泉州文庫

選平題

（清）黃啓太 著

陳忠義 林興中 點校

逸翰樓詩文集

泉州文庫整理出版委員會

前　言

　　泉州建制一千三百多年，爲中國歷史文化名城和古代海外交通的重要港口。"比屋弦誦，人文爲閩最"，素稱海濱鄒魯、文獻之邦。代有經邦緯國、出類拔萃之才，歐陽詹、曾公亮、蘇頌、蔡清、王慎中、俞大猷、李贄、鄭成功、李光地等一大批傑出人物留下了大量具有歷史、文學、藝術、哲學、軍事、經濟價值的文化遺産。據不完全統計，見載於史籍的著作家有一千四百二十六人，著作多達三千七百三十九種，其中唐五代二十九人三十二種，宋代二百人三百九十一種，元代二十一人四十種，明代五百三十六人一千五百八十五種，清代六百四十人一千六百九十一種；收入《四庫全書》一百一十五家一百六十四種，《四庫全書存目叢書》五十六家七十四種，《續修四庫全書》十四家十七種。二〇〇八年國務院頒布第一批國家珍貴古籍名錄，屬泉人著述、出版者十三種。

　　遺憾的是，雖然泉州典籍贍富，每一時代都有一批重要著作相繼問世，但歷經歲月淘汰、劫難摧殘，加上庋藏環境不良，遺存至今十無二三，多成珍籍孤本。這些文化遺産，是歷史的見證，是泉州人民同時也是中華民族的寶貴文化財富，亟待搶救保護，古爲今用。

　　對泉州地方文獻的搜集與整理，最早有南宋嘉定年間的《清源文集》十卷，明萬曆二十五年《清源文獻》十八卷繼出，入清則有《清源文獻纂續合編》三十六卷問世。這些文獻彙編，或已佚失，或存本極少。二十世紀四十年代，泉州成立"晋江文獻整理委員會"，準備整理出版歷代泉人著作，因經費短缺未果。八十年代，地方文史界發起研究"泉州學"，再次計劃編輯地方文獻叢書，可惜後來也因爲各種條件的限制，其事遂寢。但是這兩次努力，爲地方文獻叢書的整理出版做了準備，留下了珍貴的文獻資料和書目彙編。

　　二〇〇五年三月，中共泉州市委、泉州市政府決定將地方文獻叢書出版工作列爲國民經濟和社會發展第十一個五年規劃的一項文化工程。翌年，正式成立"泉州地方典籍《泉州文庫》整理出版委員會"，着手對分散庋藏於全國各大圖書館及民間的古籍進行調查搜集，整理出《泉州文庫備考書目》二百六十七家六百一十四種，以後又陸續檢索出遺漏書目近百家一百八十餘種。經過省内外專家學者多次論證，最後篩選出一百五十部二百五十餘種著作，組成一套有一定規模、自成體系、比較完整，可以概括泉人著作風貌、反映泉州千餘年文化發展脉絡的地方文獻叢書，取名《泉州文庫》，二〇一一年起陸續出版發行。

整理出版《泉州文庫》的宗旨是：遵循國家的文化方針政策，保護和利用珍貴文獻典籍，以期繼承發揚中華民族優秀文化傳統，增進民族團結，維護國家統一，提高民族自信心和凝聚力，加強社會主義核心價值體系建設，增強文化軟實力，爲泉州的物質文明和精神文明建設服務。

《泉州文庫》始唐迄清，原著點校，收錄標準着眼於學術性、科學性、文學性、地域性、原創性、權威性，具有全國重要影響和著名歷史人物的代表作優先。所錄著作涵蓋泉州各縣（市、區），包括金門縣及歷史上泉州府屬同安縣，曾在泉州任職、寄寓、活動過的非泉籍人氏的作品，則取其内容與泉州密切相關的專門著作。文庫採用繁體字橫排印刷，内容涉及政治、經濟、歷史、地理、哲學、宗教、軍事、語言文字、文化教育、文學藝術、科學技術等領域，其中不乏孤稀珍罕舊槧秘笈，堪稱温陵文獻之幟志。

值此《泉州文庫》出版之際，謹向各支持單位、個人和參加點校的專家學者表示誠摯的感謝！由於涉及的學科和内容至爲廣泛，工作底本每有蛀蝕脱漏，加之書成衆手，雖經反復校勘，但限於水平，不足或錯誤之處還是難免，敬請讀者批評指教。

泉州地方典籍《泉州文庫》整理出版委員會
二〇一一年三月

整理凡例

一、《泉州文庫》（以下簡稱"文庫"）收錄對象爲有關泉州的專門著作和泉州籍人士（包括長期寓居泉州的著名人物）著作，地域範圍爲泉州一府七縣，即晋江（包括現在的晋江市、石獅市、鯉城區、豐澤區、洛江區）、南安、惠安（包括泉港區）、同安（包括金門縣）、安溪、永春、德化。成書下限爲一九四九年九月以前（個別選題酌情下延）。選題内容以文學藝術、歷史、地理、哲學、政治、軍事、科技、語言教育等文化典籍爲主，以發掘珍本、孤本爲重點，有全國性影響、學術價值高、富有原創性著作優先，兼及零散資料匯總。

二、每種著作盡量收集不同版本進行比較，選擇其中年代較早、内容完整、校刻最精的版本爲工作底本，并與有關史籍、筆記、文集、叢書參校，文字擇善而從。

三、尊重原著，作者原有注釋與說明文字概予保留。後來增加者，則視其價值取捨。

四、凡底本訛誤衍漏，增字以〔　〕表示，正字以（　）表示，難辨或無法補正的缺脱文字以□表示，明顯錯字徑直改正，均不作校記。

五、凡底本與其他版本文字差異，各有所長，取捨兩難，或原文脱訛嚴重致點讀困難，或史實明顯錯誤者，正文仍從底本，而於篇末校勘記中說明。

六、凡人名、地名、官名脱誤者，均予改正，訛誤而又查不到出處之人名、地名、官名及少數民族部落名同異譯者，依原文不予改動。

七、少數民族名稱凡帶有侮辱性的字樣，除舊史中習見的泛稱以外，均加引號以示區別，并於校記中說明。

八、標點符號執行一九九六年實施的國家《標點符號用法》。文庫點校循新版二十四史及《清史稿》例，一般不使用破折號和省略號。

九、原文不分段者，按文意自然分段。

十、凡異體字、俗體字、通假字，如非人名、地名，改動又無關文旨者，一般改爲通用字；異體字已經約定俗成、容易辨認者不改。個別著作爲保持原本文字語言風貌，其通假字則不校改。

十一、避諱字、缺筆字盡量改正。早期因避諱所產生的詞彙成爲習慣者不改正。

十二、古籍行文中涉及國家、朝廷、皇帝、上司、宗族等所用抬頭格式均予取消。

十三、文庫一般一册收録一種著作，篇幅小的著作由兩種或若干種組成一册，篇幅大的著作則分成兩册或若干册。

十四、文庫採用橫排、繁體字印刷出版。每册前置前言、凡例。每種著作仿《四庫全書》提要之例，由編者撰寫《校點後記》，簡略介紹作者生平、著作内容及評價、版本情況，説明其他需要説明的問題。

泉州地方典籍《泉州文庫》整理出版委員會辦公室
二〇〇七年二月五日

目　錄

逸翰樓文集 …………………………………………… 1

逸翰樓詩集 …………………………………………… 167

校點後記 ……………………………………………… 273

逸翰樓文集

自　序

　　嶽有五，躋其巔，謂窮高乎？曰：未也！海有四，涉其涯，謂極遠乎？曰：未也！天下無止境，學問無盡藏。觀山至於嶽，觀水至於海，不謂之巨觀、壯觀不得。然究不能謂之觀止者，蓋真知嶽之外，有厄非司、大散二山最高，西瑪拉、天山、雪山、崑崙、長白次之。其在中華，雞足、點蒼、峨眉、羅浮、天台、雁宕，猶其小焉者爾。海之外，祇知南北有冰洋，東西未悉所止，僅以太平、大西稱四洋所極，復有裨海、大瀛海環之。餘如星宿、地中、紅、青、黃、黑，諸名雖著，猶在面積內爾。讀鄒子之書，言天下如赤縣神州者九。當時中外未通，頗駭甗言，乃今知其不妄矣。然則學問之無盡藏，亦猶是也。顏黃門有言："讀天下書未遍，不得妄下雌黃。"然天下書至於老死亦讀不遍。岡不升千仞，流不濯萬里，遽欲以蹄涔之淺，培塿之卑，便爾拘墟自足，未免爲向若、巨靈所竊笑也。余自少劬學，年衰未釋，原期有所表見於世，凡所致力，與衆殊科。如聚訟之箋注，雕蟲之詞賦，禪寂之理學，俳優之時文，均與鄙性冰炭，格格焉恒不相入。鹽其腦，擷其精，非有用之書未嘗寓目，不欲以無益累有益耳。間嘗沉浸古籍，以爲論撰，思蘄至於一家之言，限於遭際，不克卒業。中間屢經消耗生計，蹭蹬名場，而效用之志未灰，向學之心未惓。故不願僅以文章見。今老矣，行能莫瘴，功業無聞。揆諸古人不朽之三，良自傷悼。蹉跎流邁，青鬢蕭疏。沒世之悲，時用惕惕。古今充汗，幾許流傳？明知著作之難，山高海遠。然遺芻可采，敝帚常珍，敢云五嶽歸來，滄海曾經？亦聊表仰止之忱，不忘望洋之嘆云爾。爰自抒其顛末，因而弁之簡端。是爲序。

目　　録

自序 …………………………………………………………………… 3

逸翰樓文集卷一 ………………………………………………… 11
　平定金陵碑 ……………………………………………………… 11
　原權 ……………………………………………………………… 13
　傳言録自序 ……………………………………………………… 15
　簡訓要略自序 …………………………………………………… 16
　審敵篇 …………………………………………………………… 18
　洋務篇 …………………………………………………………… 21
　建都篇 …………………………………………………………… 24
　策兵篇 …………………………………………………………… 27
　察吏篇 …………………………………………………………… 28
　制用篇 …………………………………………………………… 30
　籌餉議 …………………………………………………………… 35
　論安海建城事宜議 ……………………………………………… 38
　英吉利之得印度，未嘗勞其國之一兵，印人之所以失其國者安在策 …… 39
　擬請咨江浙開米禁事 …………………………………………… 40
　韻學源流考 ……………………………………………………… 42
　帕米爾考 ………………………………………………………… 42
　全閩水陸險要考 ………………………………………………… 44
　唐立建州考 ……………………………………………………… 46

王遵巖文集序 ························· 46
　　令貽堂女學訓序 ······················· 48
　　擬傅自得金溪泛舟序 ··················· 49
　　得所得盦詩集序 ······················· 49
　　贈劉淡齋序 ··························· 51
　　重修安平金墩黃氏家廟序 ··············· 51
　　四書經義法程序 ······················· 54
　　尚志堂時文萃序 ······················· 55

逸翰樓文集卷二 ······························· 57
　　與張琴緣書 ··························· 57
　　許世子止弒其君買説 ··················· 58
　　與友論文書 ··························· 59
　　爲劉星岑先生集徵詩文啓 ··············· 60
　　禹傳子論一 ··························· 61
　　禹傳子論二 ··························· 62
　　管仲不死論 ··························· 62
　　伍員復讎論 ··························· 64
　　君子以自强不息論 ····················· 65
　　管子内政寄軍令論 ····················· 66
　　擬蘇子瞻荀卿論 ······················· 67
　　陳勝論 ······························· 68
　　子房擊秦論 ··························· 69
　　漢三傑論 ····························· 70
　　叔孫通論 ····························· 71
　　武帝殺鉤弋夫人論 ····················· 72
　　漢武帝、唐太宗優劣論 ················· 73

魏相因許廣漢白去副封論 …… 74

嚴光論一 …… 75

嚴光論二 …… 77

二疏不以財累子孫論 …… 77

三國人才優劣論 …… 78

蔡邕論 …… 80

荀彧論 …… 81

劉穆之論 …… 83

唐太宗論 …… 83

陸敬輿論 …… 84

裴度奏宰相宜招延四方賢才，與參謀議，請於私第見客論 …… 86

宋太祖深惡贓吏論 …… 86

漢儒宋儒論 …… 87

脱脱論 …… 88

明太祖立允炆爲皇太孫論 …… 89

于謙論一 …… 91

于謙論二 …… 92

逸翰樓文集卷三 …… 94

晉殺其世子申生説 …… 94

擬韓昌黎進學解 …… 95

《春秋》吴楚稱人解 …… 96

三老五更解 …… 97

光被四表解 …… 98

包來解 …… 99

讀黄梨洲論《易》辨 …… 100

辨《易》剩言 …… 101

讀錢稼軒陳斗殺父妾辨 …………………………… 102
《周禮·冬官》真偽辨 …………………………… 103
新周親周辨 ……………………………………… 105
朱陸異同辨 ……………………………………… 106
重修寶海庵義學醵金序 ………………………… 106
臺江泛舟記 ……………………………………… 107
重修李忠定公祠記 ……………………………… 108
重修鐵爐廟記 …………………………………… 109
募修浦西橋小引 ………………………………… 109
重修彌陀岩募疏 ………………………………… 110
募築壕岸暨增修義冢疏 ………………………… 110
增修郡南七寶堂元武廟募疏 …………………… 111
募修順洲大路橋疏 ……………………………… 111
祭何直亭文 ……………………………………… 112
祭吳正夫先生文 ………………………………… 113
祭侍御葉秋汀先生文 …………………………… 114
祭張雲谷先生文 ………………………………… 115
張雲谷先生誄 …………………………………… 116
侍御葉秋汀先生墓誌 …………………………… 116
清文學葉士廉壙誌 ……………………………… 117
皇清例贈孺人葉孺人烈婦楊氏墓誌 …………… 118
顯妣吳太恭人墓誌 ……………………………… 119
季弟幼眉墓誌 …………………………………… 120
媳婦施孺人壙誌 ………………………………… 121
書《史記·荊軻傳》後 …………………………… 122
李太白《春夜宴桃李園序》書後 ……………… 123

讀歐陽修《豐樂亭記》書後 ……………………… 123

書《林文忠公年譜》後 …………………………… 124

《左文襄文集》書後 ……………………………… 124

《傳言録》書後 …………………………………… 125

書劉淡齋上舍訪墓事 ……………………………… 125

董烈婦傳 …………………………………………… 127

洪媪傳 ……………………………………………… 128

釋類 ………………………………………………… 128

礮賦 ………………………………………………… 128

逸翰樓文集卷四 …………………………………… 131

修身事天説 ………………………………………… 131

明鬼説 ……………………………………………… 133

貴名篇 ……………………………………………… 135

論名教 ……………………………………………… 136

陳笙叔給諫僚友送別詩序 ………………………… 138

祭吴且園先生文 …………………………………… 139

祭吴肅堂先生文 …………………………………… 142

洪、李二公德政碑 ………………………………… 143

黜邪教疏 …………………………………………… 145

採訪忠義疏 ………………………………………… 146

重修崇福寺募疏 …………………………………… 147

新城三老論 ………………………………………… 148

管仲論 ……………………………………………… 149

子産火烈民畏論 …………………………………… 150

獲虎頌 ……………………………………………… 151

心官説 ……………………………………………… 152

歷代鄉官規制考 ………………………………… 153
黃氏世系源流考略 ……………………………… 155
擬昌黎獲麟解 …………………………………… 157
相馬説 …………………………………………… 158
重書葫蘆丐 ……………………………………… 158
答微嘉上人書 …………………………………… 159
與毛朗南同年論玉英書 ………………………… 159
南安鄉田尤氏家譜序 …………………………… 160
金溪佛祖宮捐序 ………………………………… 161
論學堂普通教習不可爲訓 ……………………… 162
與友人論朱陸辨無極太極書 …………………… 163

逸翰樓文集卷一

平定金陵碑

國家誕膺天命，桄被六幽，警蹕綏和，聲靈赫濯。握樞坐鎮，建威消萌。故自逆藩跋扈三方，邪教跳梁四省以還，莫敢螳臂當車，鼠牙穿穴，自棄於高厚生成之外。我皇上聰明纘緒，神武布昭。紹列聖之成規，循兩宮之懿訓。惡衣菲食，爲天下先；虛己推心，知人善任。誠欲活黎元於湯火，掃闔宇之攙搶也。

蠢爾髮逆洪秀全，自粵西倡亂以來，豕突狼奔，流毒海内。溯由壬戌盜弄，延蔓迄今，十有三載。我文宗顯皇帝，哀矜庶頑，剿撫兼施，宏開湯網，許以自新。顧長惡不悛，猖獗彌甚。帝乃震怒，策羣力，窮搜討。曰"官文，汝惟親臣，重其督視三楚事。湖北上游諸寇，汝殄滅之，毋遺逸于兹邑"。曰"曾國藩，汝惟元戎，總師干其督，率江、浙、湘、皖諸軍，内外具舉，迅掃元凶，用慰于朕志"。二臣稽首，對揚王休。震天威，寒賊膽。士飽馬騰，壯氣百倍。然金陵負嵎弗服，盤踞嘯聚者，又將二年有餘。皇上嗣位伊始，軫念東南，推誠任人，引過罪己。曰："惟天惟祖宗，全付予有家。予不能薙莠殲巨，其何以見於郊廟？"乃特命曾國藩以江督節制四省軍事，假之以斧鉞，授之以機宜。事權既一，戈鋋所指，拉朽摧枯。用是清江面，克潛山，蕩祁門，旋復徽州，俄拔安慶。遂分檄曾國荃等，水陸夾攻，數道並進。以所收各郡縣衆，合搗金陵。時甲子六月十六日也。

其初，攻克外城，困獸猶鬥。李臣典挖地道，誓死擒渠。蕭孚泗築炮臺，肉薄相逼。黎明，地雷機發，轟裂城垣三十餘丈。李祥和從太平門入，劉連捷從神策門入，羅逢元從聚寶門入，李金洲、陳湜等從通濟水西門並入。逆賊罪貫惡盈，難逃天網。投戈赴火，薙草獮禽。斬馘凶徒，搜捕餘黨又幾十餘萬人。置元惡李秀成、洪仁達極刑，分首藁街，臠割千刃。發掘洪秀全秘藏，暴屍揚灰，以彰顯戮，以洗雪普天民庶之怨憤。捷聞，大小臣工上徽號，恭請御殿受賀。

皇上謙讓弗遑，曰："是惟皇考簡用將帥，豢養兵士，各勵厥勤，膚功迅奏；加以兩宮聖母，惠愛格天，寬仁禔福。朕何有焉？特宜諏吉告廟，祈報穹蒼，慰皇考在天之靈，加聖母深宮之膳。爾羣工其善體朕志。"冊加國藩太子太保銜，錫封一等毅勇侯；國荃太子少保銜，一等伯；官文如之；李臣典子爵；蕭孚泗男爵；賞從征將士有差。以爲典兵籌餉，推賢讓能，無小無大，戮力疆場，忘身效命，勘定厥功者勸。其餘班賚，暨從優渥。敷天哀對，中外臚歡。自九垓八埏，下逮荒服，靡不頌聲慶溢，遠服我王靈。

臣自愧瓦奏匏宣，莫追韓碑柳雅。惟躬聞凱歌，謹效巴里俚音，用附芹獻。冀聖功昭垂，金石永永無疆。爰作頌曰："於鑠大清，奄有下矩。禧膺七曜，位當九五。東漸日朏，西被流沙。盧牟六合，四海爲家。矧伊域中，服疇食德。孰敢不庭，繹騷四國。蠢爾髮逆，昏迷不恭。蜑烟種蘖，蠻雨呼兇。倡亂粵西，流毒建業。歲在癸丑，牙踞爪掐。金陵既踞，虎噬狼吞。血漬秦淮，鬼哭祁門。顯皇赫怒，發璋徵琥。憫兹愚頑，欲剿先撫。其奈洪酋，罔有悛心。龔行天討，麗虎若林。曰文曰藩，各率所部。賊雖負嵎，勢等游釜。江面肅清，戈鋋東指。我師破竹，所向風靡。始由宿松，潛攻太湖。進駐吳會，如火如荼。歙徽既收，安慶旋拔。艫軘並馳，賊人氣奪。社鼠難憑，井蛙已蹙。臺瞰雨花，神姦畢燭。合逼金陵，罩罾雲密。甲子季夏，旬有六日。天厭凶頑，賊氛皆墨。將士一詞，滅此朝食。雷出地奮，烟噴騰空。炎炎隆隆，聲西擊東。彼膽既落，我勇可賈。突騎無前，闞如虓虎。七門洞達，齊入其郛。魚爛蛾焦，防風骨枯。巨擘滔天，神人共憤。鹹黨擒渠，一朝齏粉。自癸訖甲，塗炭十年。不圖黑獄，重見青天。昔時秣陵，子易骸析。今那其居，朝餐晡食。昔時秣陵，殘喘苟延。今安其席，設肆開阡。自非我皇，師沛時雨。疇解倒懸，疇脫罪罟。我皇謙抑，讓德穹蒼。告功祖考，敬薦馨香。嘉乃丕績，策勛旅(旂)常。錫珪班爵，曰篤不忘。"

此先四兄應曹朗川學使歲試觀風作也，業經蔭庭張先生代爲刪定。余尚嫌其繁冗，未得古文家雄深雅鍊、肅括簡净之休。良由從皮毛上敷演，風骨鮮道，膚詞剩義，諸多未汰。故僭爲增注改易，使學者知文字須通經澤古，從骨子裏力争上游，洗伐之功，更不可闕。斯作星使已刊牘録，然余終未愜鄙忱。爰仿鄭亞改義山《會昌一品集序》例，俾後進參看原本改本，於淘鎔處辨别去取；且於古文門徑，知所趨向焉。若謂點鐵成金，則吾豈敢？削完爰授梓人，刊附拙集傳後，以示觀摩。歲己酉閏二月望後二日，逸翰樓主人黄恕齋自記。

原　　權

卑不可以犯尊，下不得以干上，此古今天下之通制也。制定於一，而後天下之人心始協於一。設有歧分任之，是襄制也；苟有違異行之，是亂制也。原生人之始，未有定分，而民皆受制於天；既有定分，而人皆受制於君。君也者，羣也。羣不可以分，則必有合焉矣。羣不可以異，則必有同焉者矣。不合不同，不得謂之羣。而孰是聯斯羣也者？是固有專司主之，通其氣，萃其朋，尤必區别其倫、其品，以嚴其序，以差其等，而後羣焉。始立斯，乃所謂定制也。實則統衆羣於紛紜之中，而束而一之者也。羣歸一，而權亦一矣。制羣者方患乎不一，倘復有歧而違之，是敗羣也，是散而亂之也。受牧馬者猶不可有敗羣，而況受牧天下者乎！其在《書》曰："天降下民，作之君，作之師。"孰作之？天作之也。惟其克相上帝，乃以四方寵之。若非皇天所眷命，胡能爲天下君乎？夫上帝在穆清之表，不能自下而臨民；故特降而作之君，所以代天而出治。然則生人之受制於君，無異受制於天。此君權之所以獨尊無上，固非卑屬之所得而犯，下位之所得而干也。

我觀《春秋》時楚昭王，侯國耳。其臣鬬懷，因父成然死非命，將弑王。其兄辛怒曰："君討臣，誰敢讎？君命，天也。若死天命，將誰讎？"箴尹克黄曰："君，天也。天可逃乎？"師曠曰："天生民而立之君，使司牧之，其養民也如子。"是以民奉其君，愛之如父母，仰之如日月，敬之如神明，畏之如雷霆。此大權所以無旁落也。其在《謚法》，"刑威慶賞爲君，從之成羣曰君"。《白虎通》以羣下歸心謂之君。後世通羣學者，無如孟子。其論百姓親睦，至於疾病相扶。其論通工易事，曰："有大人之事，有細人之事。"又曰："無君子莫治野人，無野人莫養君子。"蓋有一家之君，即有一國之君，而後合以成羣，斯之謂大君。家有長子，名曰家督。權之微在一家者，猶不可以分，而況於國乎？故曰："或勞心，或勞力。勞心者治人，勞力者治於人。"是皆深明夫君本乎天、君統乎羣之義，而遵而奉之者也。自異端亂政之徒，創爲邪論，患君權之壓太重，而思有以平之。於是乎平權自由之說盛，而天下始紛紛矣。平君權，則必伸民權。民權伸，而君上之權黜矣。極紛更之害，必至於蠢焉不靖。叛禮教而尚爭端，迨變本加厲。而子敢犯父、臣敢干君之禍，層出而不可終窮。孟子曰："今居中國，去人倫，無君子，如之何其可也？"其根原起於平權之一念。而涓涓之水，星星之火，卒以湮谷而燎山，推求其弊，至於無父無君，而天下安有所底止乎？

大哉！孔子之言曰："名不正，則言不順。言不順，則事不成。事不成，則禮樂不興，刑罰不中，將使民何所措手足？"又曰："信如君不君，臣不臣，父不父，子不子，雖有粟，吾得而食諸？"聖人之訓辭如此其著明深切也。得其旨，則不平者自平，又安可矯而抑之，以啓卑下犯亂之原乎？夫民受天地之中以生，所謂定命。命定而民之受命於君，非受制於權，乃受制於禮耳。禮達而名立，名立而分明。猶之乎天尊而地卑，君上而臣民皆下，定於一尊。所以正名，即所以示分也。由是而民安於命，而名分定矣。名分定而後禮制肅，禮制肅而後大權伸。次序之所由嚴，等級之所由判。民不能越乎分，又安能越乎名？設有僭妄無階，羣且嗤而惡之耳，又焉得任其夜郎自大以稍侵乎權位哉？乃近世或惑於黃宗炎（羲）《原君》文，以公私產業爲喻，以家國分承爲解，遂欲襲其餘唾，以炫新奇。不知梨洲生值末流，躬睹明季之君昏吏貪，痛生靈之實受荼毒迫壓，困苦無所控訴，故特爲此矯激之詞，究非持平之論也。如強欲析量破斗，以解範圍而脫桎梏，則必人人如堯舜，人人如孔子，而天下始有爲公之一日。

然自三王易官而家後，遵皇路者，已無敢作違。驟而變畫一之規，非特宇內所不安，終亦羣生所不服。燕之於子之，漢之於董賢，未嘗不法堯禪舜，而卒各釀亂階,此真所謂"倒持太阿,授人以柄"者。然後知惟名與器,不可以假借。夫假借尚有所不可,顧聽其侵越之哉?以今日積重難返之弊,正患權弛,原非過壓。惟天子有權而不能自舉,乃下移而屬之政府。政府亦不能自舉,遂推而屬之封疆。封疆復不能自舉,盡卸而委諸州邑。因循頹廢,輾轉相蒙。有權之名,無權之實。即急思整頓,猶恐難以挽回,矧敢舍釋其肩,而聽羣下之紛競!林林總總,氓氓蚩蚩,誰實能分其任者?孔子曰:"民可使由之,不可使知之。"《詩》云:"不識不知,順帝之則。"《書》曰:"無偏無頗,遵王之義。"夫民也,祇堪順則遵義可耳。使之知尚且不可,又烏得增彼權力,俾之僭擬於君上?又安知分量所極,不淪於悖逆,不涉於橫流歟?孟子曰:"權,然後知輕重。"今之人,輕重尚且不知,其奚能知權乎?庸妄鄙夫,不念中國自有成憲,顧欲別立新法,抑君權以伸民權,至闢朱子三綱爲繆說,其兆亂甚於洪水猛獸,毋亦病狂喪心,自外於域中,生成迷惑而不知返歟!

傳言錄自序

天下惟有建言之職者,方能隨事陳言。國家設立御史府一司,亦深慮群言之壅於上聞,因藉此導之,使夫人得以盡言,故名其官曰"言官",路曰"言路"。居是位者,誠能虛心採擇,求所謂嘉言名言,入告于我后,斯謂之稱職矣。自風聞不實,告訐相仍,流弊叢生,於是乎以言爲諱。兼以曩時如張佩綸、吳大澂輩,談兵紙上,筆下滔滔;及授之以任,卒至喪師辱國,貽笑敵人。當事者知能説莫行,大言不慚之無當也,深懲乎此,相戒緘默,相務容養,泄沓成風。論者遂有因噎廢食之譏,而防口如防川矣。然究未爲得中也。獨不聞詢芻蕘、採葑菲者乎?古者垂鐘置磬,建鐸懸鞀,設敢言之旌以求直言。由是有史爲書,瞽爲詩,工誦箴諫,大夫規誨,士傳言,庶人謗商旅於市。故《夏書》曰:"每歲孟春,遒人以木鐸徇於路,官師相規,工執藝事以諫。"誠以一人之耳目,有所難周,故不敢杜塞衆口,而又恐人之有言不能上達也,坦然宣言於衆,開誠布公,使言者無罪。更恐其深自秘密,用申明以警振之。是以人人無所隱諱,皆得畢其言。其善者則從之,其非者則改之,其不合者則置之。斯謂之盛世。

三代以下,若春秋一二邦,猶近此意。故鄭子產不毀鄉校。夫鄉校,士游地也。士無進言之職分,而有立言之體,有傳言之途。古先哲王之體察人情,勤求民隱如此其周也。輶軒設官,郡國採風,所以不憚馳驅者,正欲採其言耳。自衰世懼譏,偶語罹非辜,而士言始廢。雖有先幾之哲,洞燭四方形勢,利害安危大計者,而君門萬里,無由自達,如余去年甲午二月杪在都與友論日事是也。余所知不止於日事,即所欲言,亦不正於日事。日事之發,本在人意中,余不敢幸其言之果驗也。今既成事不說矣,而猶有大於此者,將欲隱忍,則感時艱難,惓惓愛國之心,不能捨去。杜少陵詩云:"葵藿傾太陽,物性固莫奪。"將欲昌言於上,則限於卑末,向訴誰從?余既忝竊乙科,叨沾薄祿,誰非臣子,忍令越甲鳴吾君乎?第慮患操心,終恐盡言以招人怨。昔杜牧官居臺諫,尚名其言爲罪言矣,況余位卑言高乎?故假之烏有先生,託之子墨、客卿,冀巷語衢謳,流傳當路。因作《傳言錄》,而即以是弁於篇,藉稍抒余心焉。首審敵,次洋務,又次策兵,以至於建都、補救、察吏、制用、成才,計若干篇。大抵繁言之瑣瑣,敢云大言之炎炎?所謂言之不已而再言之,或者傳播有期,幸遇納言之大夫,觀風之哲匠,有所感發,不忘採擇,得以是迭傳於上,庶希天高聽卑,因鄙言而次第推行也。若夫知我罪我,則不敢辭。

簡訓要略自序 閩海海上釣客黃啓太著。

釣客曰:善乎曾文正之言,"能用兵者,自不妄言兵始"。蓋深知兵凶戰危,雖聖猶慎;既不輕易從事,亦不可輕率肆談。自來徒讀兵書,言過其實,以至傾覆僨事,貽誤國家者,非止趙括、馬謖兩人。惟平日大言不慚,自負知兵,耳食者未窺底蘊,徒怖其河漢之虛詞,以爲孫吳復出,不知其鑽故紙,竊餘唾,衍空文,於兵家窔妙,藩籬未涉,何況關局門徑未窺,何論堂奧!古來韜鈐,汗牛充棟。求其有裨實際,隱合時宜,爲近今所適用者,舉數雖多,切當實少。以余咫聞所及,更稽之前哲緒餘、時流名論,亦不過一二家。而此一二家中,撮其大要,舉可取爲世用者,究屬無多。如《金湯十二籌》、《鍊兵實紀》、《紀效新書》,及近時袁慰庭軍門所編《詳晰圖説》,沈敦和觀察所述《自強軍書》,與外國所著《武備五種》,德國提督康貝所著《陸操新義》之類是也。《金湯》之籌,僅能衍説兵機,約舉大凡,於簡軍訓材之方,殊未道着;惟《實紀》、《紀效》二書,條理井然。曾文正仿其遺製,用以訓練鄉團,亦已著其成效。《陸操新義》束伍諸法,多與之暗合。則信乎徵信有用之書,非徒託空言者所得竊比也。至若袁、沈兩書,其中固多可録,間亦有支離太甚,拘泥鮮通者,誠未免尊視外人,過於嗜痂矣。

自火器盛行,凡昔人所用籌防,均與今時鑿枘。當此之際,欲講求濟勝方略,須另有一番籌備,一番整頓,斷不可刻舟求劍,定鏡窺容,物物而不化者也。即如近時外洋所著兵要,皆從身經百戰閲歷而來,與書生憑空着想,摹形結撰者,相去倍蓰。嗚呼!空瓠無當,空言無用。筆下雖有千秋,胸中實乏一策。當其發揮楮穎,洋洋灑灑,非不彪彌大觀,栩栩可聽。暨乎臨陣,迷茫失次,如治紛絲,散亂無紀。兵不習將,將不顧兵,惟有徒跣而奔,竊負而逃,苟且偷生,希圖倖免國法,如張佩綸、吳大澂輩,比比皆是也。然而身名瓦裂,誤國誤民。苟鬚眉之猶存,自問已不堪設想。縱典刑之或脱,此生終莫解罪名。千春之唾罵難寬,萬衆之譏呵可畏。此皆不知兵而妄談兵之貽害實甚也。雖然,兵機雖不容輕言,而勢逼時危,訓練究不可不急講也。國家緑營兵制頽壞久矣。咸、同光復中興,實賴湖湘忠義父子之軍。自是而後,兵營皆不足恃,獨於鄉團收訓練之成焉。鄉團招募勇丁,曾、胡諸君子實首創之,厥功偉哉!

自金陵平定以來,當道狃於苟安,以爲無事,一切不加整飭。朝廷以爲經營況瘁,務從姑息;其將帥思享安適,惟聲色之是娛;其部下至快馬暖裘,錦衣玉食;兵弁除烟酒嫖賭而外,無所事事,致令天下慕從軍之樂。而逸則思淫,息則職廢。將驕卒惰,已成暮氣。至於今兹,且不止於暮氣而已。欲簡軍實而討訓之,宜糾合四方精鋭,擇材任用,如國初健鋭營成法,加以振作精神,極力鞭策,庶於軍事日臻起色。若復因循不决,長此以終,吾見天下終無一兵一卒之可用,又奚望其能禦侮乎?至不得已而臨時召募,倉猝成軍,非潰散之餘俘,即市井之無賴。平日性情不習，氣類不齊，紀律不調，隊伍不整，器械不精，演放不慣，主將之恩義毫無孚浹，營中之舉止滋多暌違，號令未聞，先想逃散。一旦驟驅之使戰，是猶投泥丸以塞滄海，引涓流而注崑炎，亦安往而不潰敗哉？若其營伍出身，略諳章程，則又習氣太重，專務巴結，趨蹌酬應，以求升遷。至逐年循例，蒐防到期。操演僅能依樣葫蘆，如江湖上之賣拳棒，弄花法，資游觀，供一時之戲劇而已。沐猴而冠，曾何足云！天下事，美觀不實際，實際不美觀。況兵者凶器，尤以哀懼爲心，肅殺爲義。若徒以玩意出之，烏能善其所爲耶？

　　說者謂：今之武備學堂，亦既仿行西法，盡改舊觀，或者於此中得收效驗乎？余謂：今之募西匠以訓兵，全不知其精意自有妙用者存。苟但襲其皮毛，單練腳步，亦只堪充當各國公使夫人大簥班而已。不特中人笑之，西人亦靡不笑之；非僕刻薄而鄙夷之也。以今日中華軍政尸居已極，覆轍滋虞，此固盡人知之，亦凡人能料之，惜無人起而補救之，誠爲登壇之深恥。倘此後更不出所料，大局何堪設想。際茲危機日逼，杞憂愈殷，僕是以不揣迂疏，不辭僭妄，爰採中外名將卓識精議，參己見而折衷之，顏其名曰《簡訓要略》。雖約舉大凡，而要旨已備乎其中矣。所願與司鈇者共參之，更願與天下英雄就正之。必欲簡之使精，訓之使勁，斷非一二年所能集事。自古善言兵者，莫如宣聖。始以臨事懼，繼以好謀成。又必曰教民七年，斯可即戎。不教而戰，是之謂棄。當世膺閫寄、握軍符者，誠能深味乎其言，則知簡訓之不可無要道，而簡之訓之不可闕其功。是則余著此書之大旨也。爲將三世滅，善戰服上刑。區區苦心，雅不願以知兵鳴。但能藉以挽頹波而醒羣夢，雖舌敝唇焦，亦不爲苟作矣。是爲序。自注：《晉書》陸機曰："三世爲將，道家所忌。"庾信《哀江南賦》："三世爲將，終於此滅。"

審敵篇 并序

　　去年甲午二月杪，黃子計偕入都，深抱杞人之憂。知近東邊防必形蠢動，誠欲以千慮一得之愚，效芹獻芻忱，爲當軸者告焉。第側身四望，知己無人。日下所稱衣鉢相傳，沆瀣一氣，如吾東海師之敢言直諫者，又以星使出都矣。俯仰塵寰,誰可告語?既滋顛倒一身之感,又負蒼茫四海之愁,緘口閉門,恐生悔吝,填胸磊塊,益復無聊。偶與二三友人餞春陶然亭,縱論古今,旁及時事,即殷殷以東北爲虞,謂艱難之局已成,朝野猶在睡夢中,良可嘆!人而無識者,非以余爲狂,則以爲妄。夫以爲狂與妄者,腐儒也,庸才也,彼烏足與知世務哉?至不幸而言中,是又益余憂愁矣。區區苦心,雅不願以見幾鳴,而亟欲爲安天下者計也。至六七月,而日人果蠢動矣。值余有三山之役,適與吾家昆季風雨聯床,極策中師之必敗。達如舍弟,亦不以余言爲然也。未幾,而喪師失地者紛紛矣。然余終不敢自恃爲明也,恐又有笑我以狂者、妄者。至今日,而黃子乃不狂不妄矣。於是,緘口之愁懷,棖觸而增長;填胸之佗傺,激發而欲伸,若有不能自遏者。然猶恐涉於狂、涉於妄,姑隱忍以俟之。

今春由閩來申,目見耳聞,皆不可耐。因游書坊,以消永晝。偶見姚東木先生《日本地理兵要》,其言若與余吻合者,乃知先生已先我慮之矣。此書舊藏總署,今始購而讀之,深嘆先幾之哲。海內幸有同心,則信乎似狂者不狂,似妄者不妄;而翻覺不狂者欲狂,不妄者欲妄。遂憮然而起,曰:"是可以奮吾舌矣!"因作《審敵篇》以抒懷,其略曰:

今天下,一戰爭之世界也。環海各國,競爲雄長。不能侮人,則必侮於人。不能併人,則必併於人。火器既行,智勇難恃。由干戈而弓矢,由弓矢而炮石,然猶未爲出奇也。陸戰極之於飛車、飛炮、靈槍、快槍,而仍層出不窮。水戰極之於鐵甲、鋼甲、水雷、魚雷,而仍更新不已。營壘可立排立徙,軍火更愈遠愈神。有一製造之精,則四邦咸伏。有一機械之異,則鄰國爭傳,窮變如斯,蓋亦極開闢以來未有之風會矣。

處今日勢,而欲以舊史羈縻之術,古先含容之度馭之,則斷斷乎其不可行。今者,堂奧洞開,藩籬盡撤。英人侵我緬甸,法人占我安南,日人滅我琉、高,俄人窺我奉、吉。強梁交迫,虎視眈眈,更有無數外邦迭相啓侮。我中國自津沽至臺、瓊,沿海七省九千餘里,口岸林立,防不勝防,似環水五洲之國,皆能爲我患者。然詳覽近今事勢,熟察遠邇情形,歐洲諸邦皆不足慮,所當併力以禦防之者，惟在東北而已矣。歐洲之國，志在通商，別無他意。英國持盈養重，必不肯首先發難。法人憚於諒山一役，且有德人之議其後，資力不厚，未遑遠圖。即使狡思啓疆，侵陵乘弱，而自地中海經蘇以斯，浮江海，逾印度洋至此，水程綿渺，軍火煤糧，諸多難繼，安能越萬里而與我抗衡？況西國以商人爲政，兵事一開，商務頓減，又安能違衆欲以貪天？但令處之得宜，即可相安無事。故論馭凡西國，皆宜和而不宜戰者也。

東北以俄强爲最，然地大物博，恒有鞭長莫及之憂。雖經營邊鄙，不遺餘力，其志不小，其禍必熾。然俄犯衆所忌，即欲有事於中華，亦慮他邦之掣肘。且水軍無出路處，若鐵路未成，中國猶可舒喘息。然則切近之災，惟在日本耳。日人悍而多詐，貪而無恥。自甲戌臺灣一役，早有輕我之心。至縣滅沖繩，益復肆行無忌。雖處肘腋，患實心腹。當彼國未更西法，政在臣下，而倭虜竟能收權於上，其可謂非英略乎？議更西法，彼酋紛紛告退，而倭虜堅持不搖，其可謂非明決乎？眉批：以"英明"二字許倭主，自是先生特識。然先生非許之也，正爲中國懼而言之耳。時望謹注。彼處土地肥美，物産豐饒，但使稍能經營，即不減於上國，況倭虜有梟雄之志乎！黃海一道，東流湍激，行船頗爲不易。東京、長崎，灣礁林立，攻之亦覺甚難。泰西諸邦，距此遼遠。彼既不畏西人，增兵改制，意將何爲？彼所畏者，鄂羅斯耳。近則傾心固結，不惜屈節下交，其故安在？眉批：倭人刺俄太子，倭主即電遣仁川王，囑其自道歉忱，兼致問候。其刺李傅相事，亦深自引爲咎。是其心不可測。然能屈己自責，不似中國之自恃大而傲，又毫無把握，致爲人所竊笑也。時望僭注。《傳》曰："其君能下人，必能信用其民矣。"庸可冀乎？而議者顧輕日本爲窮國，爲小邦，獨不思元范文虎喪師十萬，前明沿海曾受疲弊。毋乃書生處屋之談，矮人坐井之見乎！諺云："輕敵者必敗。"我師之所以屢戰屢敗者，安知非坐此輕敵之言，先有以誤之也。《傳》云："匹夫不可狃，況國乎？""君其毋謂邾小，蜂蠆有毒"，昔人已言之矣。善用兵者，臨事而懼。雖其細微，亦不敢忽。安可視爲無關，掉以輕心？苟能覘國，當不其然。彼銳志經營，匪伊朝夕。若不圖我，又將誰圖？彼之侵軼於我，所以張國勢也。彼若不自奮，亦將見併於俄。此其大較者也。

余非誇張彼虜形便，正欲使我中國臣民，知中與倭已成不兩立之勢，必併全力圖之而後已。若能滅倭，俄自不敢正視。即謂力未能及，亦當大加創懲，使彼慴服，正不當輕言和局，以墮奸計，以遺後憂耳。此時，世界已成戰争。我得一寸，則彼失一寸；我退一步，則彼進一步。今之禦倭，爲中國一大轉機，正當加意慎恃，不可輕忽者也。説者謂：日與中和，可保亞洲全局；爲日計者，當結歡而不可交怨。余則啞然笑矣。我自顧不暇，安能顧人？他日俄有事東方，我其敢出兵以救之乎？此則倭虜之所熟籌也。倭惟深知彼不能得中力助，不得不發憤自雄，以圖高麗，即以謀我，亦預恐俄早下手，所謂棋争先着者也。雖然，彼之圖高，彼之得而我之失也。高麗在我東三省背後，我不復高，是危東三省也。得失利害，昭然可睹。而豎儒乃以余言爲狂妄，不亦慎乎！今兵端既結，萬不能休。惟悉力以争，庶於邊事或有起色。不則，恐别有外人起而侮我者，又將奚以支持乎？且倭人詭詐多端，其可稍事寬假乎？世固有深知禦倭之不容鬆懈，而徒事默默結舌也。余則曰："吾舌尚存矣！"因而奮舌作《審敵篇》。

以下數篇，所籌皆國家大計。本末兼賅，經權互用，卓卓可行。賈山《至言》，杜牧《罪言》，不過如此。小儒讀之，定當結舌。劉星岑先生評。

洋　務　篇

今天下競言洋務矣，以爲富强計。孰不曰洋務之有利於國，當迅圖而不可緩，力求而不可懈。然中國自經營二十年來，帑藏爲之虚糜，脂膏爲之默削者，正不知幾千百萬。而皆泛用無濟，徒傷元氣。一旦海疆有事，迄不得收尺寸之實效。似洋務不特無利，抑且陰受其害矣。嗚呼！此豈洋務之能誤國哉？亦徒託空名，不專精以求之，自誤實甚也！請粗舉崖略，以醒豁睡夢，可乎？重洋務者，首在興學校，舉人才。製造車船、炮槍、軍火以外，如織造、種植、修築、器用，及凡百通商惠工，收恤孤寡，醫養廢疾之屬者，皆在在需用，缺一不得。我中國能事事仿行之乎？從前風氣未開，姑且勿論。就近今揣外國所引爲當務之急者，鐵路爲先。中國於此途，雖亦略有端倪，究屬限於泉刀，未竟其緒。至興設礦煤、紡織一二端，更屬無足比數。所稱畫虎者，惟船塢、炮臺、製造局而已矣。

然船塢雖開，匠師猶聘洋人，未能自立也。炮臺雖築，灰土猶買洋産，未能自儲也。製造局雖興，一切新式鉛藥、軍械，猶購諸洋廠洋場，未能自闢也。若夫派星使出洋游歷，遣學童赴洋肄習，雖於交涉情形，不無裨益。然給養豐厚，費亦不貲，預儲若優，臨事則拙。由斯而言，害實百矣，利何一焉？而究非務洋務累之也。務實與務名，顯分渭涇者也。

泰西諸國，數洋務之精者，惟英吉利首屈一指，故能雄長於歐洲。其次則法，其次則美。自德、普三國合一君，臣民勵精發憤，刷百年之積恥，雪數世之深仇，破法以後，幾有駸駸駕乎其上。俄羅斯整頓諸務較後於英、法，近則經營邊事不遺餘力。所謂吉凶由天，興廢由人，勤惰由己者，成效亦略可睹矣。若以爲霸術不屑講求，胡泰西各國之能自強者，其效如此。豈一國偶昧，而衆國盡冒昧乎？彼不能致力者，猶然衰頹不振也。中國首倡洋務，實出於曾、左諸名公。當時海內未之韙也，廷臣阻之，言官論之，有司掣持之。衆臆同聲，至以談洋務爲羞，以出總署捷徑爲不肖。大抵人情難與慮始，積習使然。私議二公者，且有破家賢子之譏。而二公不恤人言，不避作俑，毅然而力行之，亦深知風會所開，日新月異，雖天地且有不能遏抑者，無可奈何，不得不勉而出於此矣。其所病者，半在後事繼起之無人，非盡先事創始之率爾也。試舉一端證之。當馬江將開船廠，閩浙制軍某力持不可，且云："事必不成，成亦無用。"至爲沈文肅據以入奏。時某雖蒙聖眷，而左、沈當炎炎隆隆，不得已謝病而去。以今日言之，似某爲老成謀國，而左、沈不免於孟浪費財矣。然究當分別細論也。以文肅在日，實能力行其言，井然條理，寬嚴並濟，人不敢欺。使人人盡如文肅，天下何事不可興！在當時盡瘁自期耳。若身後無繼，亦非藎臣所能逆料也。

然則二公振興廠務爲合事會乎？曰：猶未可，時有待也。譬諸人，方得羸疾，必先微藥以導之，疏粥以和之，循序開方，相機投餌，庶幾充實可期耳。若身體未調，常飯尚不能進，況於參茸補劑乎？況於黃豆標飲乎？中國所弊在乎虛慕富強，不明次第，以致茫無把握耳。欲興洋務，宜預儲十年之蓄，廣致數輩之才，圖其可成，求其可繼，持之以漸，守之以恒。局廠未開以前，宜購而不宜創。

既開以後,宜製而不宜購。是以當徐而疾則違時,當疾而徐則失會。違時則附會求成,不辨楛良,而病在陵躐矣;失會則模棱苟就,不迅鞭策,而病在因循矣。際金陵初定平,瘡痍未復,蘇息未舒,物力未充,是宜購而不宜創者也。而顧反之,徒以外侮在前,急於興辦,迭更數手,付託失宜,以有限之資財,填無涯之溪壑。曠廢日月,浪擲金錢。制事若斯,可謂用違其時矣。業經開設,即爲重務,自應精派董率,力求自造,以收利權。所謂成模備呈,仿效較易。是宜製而不宜購者也。洋人覃思,迭經數世,務求勝前,便捐故技。彼以巧創,我以拙述,亦云疲於追蹤矣。然苟能致志專心,尚望推陳出新,因熟生巧也。若仍不免於購買,則所注意開設者云何?況乃新故迭易,展轉奸欺,往往有昔稱精械,今成窳器;彼爲朽廢,此猶珍羞者。薪積居多,巵漏莫塞,理財若斯,可謂操失其會矣。

今欲挽回積弊,亟圖惟新,必將改建都邑,移修廠局,先自立於不敗地,然後虛心精擇,捨我之短,從人之長。故爲君者至此,必旰食宵衣,銳心焦思,效殷中宗之懼災,越句踐之臥薪,魏太武之歷苦,躬行節儉,刪繁費,汰冗官,日與臣鄰訪人才,求利弊。開藝科實學,備異時之幹楨;立公舉名員,省四方之疾苦。大小異用,吏治必察其賢奸;水陸分途,軍制必查其虛實。釐金海關,均爲國家貨財,但法多則弊亦滋,必裁而合一也。綠兵募勇,並爲地方防禦,但心分則力不合,必併而歸營也。西人制度,皆成劃一,何嘗有異視哉?他如酒稅、烟稅,不妨加增,利源必興,弊竇必塞,抑外即以强中也。絲捐、茶捐,不妨減薄,煩苛彌汰,旺暢彌形,便民即以裕課也。宏綱既舉,節目自張,所願卓識堅持,破除成見,斯不爲浮議所搖。爲臣者至此,必開誠布公,集思廣益。淡薄明志,如諸葛公之不留餘財;夙夜精思,如李贊皇之綜核名實。凡涉交惠屬子,概屏之必嚴。但有名論嘉謀,則入告於内。勤求補闕,不限於芻蕘;廣羅群才,不拘於格例。泰西諸國所以能臻强大者,亦惟詢謀僉同,毫無壅蔽。凡在庶士,皆得陳政於君主之前。其善者,則從之;其非者,則改之;其不合者,則置之。又何嘗拘牽體制,如今之以言爲病,諱疾忌醫乎?力圖洋務,而事事顧與之相反,是真名同而實異。將以此遷延過日,不亦殆哉!今者國勢弱矣,外患頻矣。日事即暫息於前,俄防必繼興於後。當此金甌尚鞏,但若君臣一心,上下齊足,實事求是,設誠致行,則猶可以有爲;若復舊貫相仍,頹風罔革,則走不知其所謂矣。自知名位卑微,難震羣聾之聽。深恐一腔烈血,無處揮灑。故力辨夫利害之所由,析緩急之失宜。反覆於創始之維艱,任用之非輕,而深咎後來奉行之不力,以俟夫觀民風者採擇焉。作《洋務篇》。

建 都 篇

有矮屋書生造廬請謁,揖余而言曰:"先生著《洋務篇》,曲盡時情,周折形勢矣。中有'改建都邑'一語,恐駭物聽,盍删之?先生深杜詩者也,獨不憶少陵云乎'時危當雪恥,計大豈輕論'。"余笑而麾之曰:"客誤矣!余之所言,非客之謂也。"我國家,金甌鞏固,長河如帶,泰山如礪,何危之足云?即倭奴盜邊,不過如鼠竊狗偷,晝伏夜竄,乘主人之無備耳。跳梁小醜,不煩僮僕鞭笞,何恥之足雪?夫居高臨下,乃能屆不拔之基;城金池湯,乃能裕萬全之略。故古人借建瓴爲喻,大《易》象設險垂文,非無謂也。呂綱值中唐衰運,誠多冒昧事宜。余際國朝盛隆,固陳堅深根本,時既迥別,意亦不同也。客誤矣!若客尺見咫聞,真所謂夏蟲不可與語冰,井蛙不可與語海者也。余所以惓惓京國,不忍一麾江海去者,誠灼知事勢宜然,欲爲吾君建此大計耳。周公營洛邑于中都,當成周全盛時也。而周公獨能灼見幾先,此豈淺人所解哉?商家賢聖之君六七作,而祖乙徂耿,盤庚于河,故書册有五遷之説。此非中國聖君舊樣乎?帝嚳都亳,帝堯都平陽,舜都安邑,均察時宜,無拘一定也。文王遷于豐,武王遷于鎬,均求利益,不泥故常也。高祖得天下,從劉敬即婁敬,後賜姓。之説,而炎漢以隆。藝祖將改都,太宗不從,而趙宋以弱。明太祖混同宇內,銳意西遷,命太子相宅長安。雖不果行,其識見之超越,有同符者。厥後明祖居南,成祖居北,而人不非之。此非中國賢君前事乎?其他史書所紀,或值初基而即徙,或更數世而後移。指不勝屈,難以一一而瀆陳。顧皆當隆盛之時,何嘗以爲疑慮哉!春秋時,晉人謀徙於新田,楚人再遷於都邑,以諸侯封域尚擇安居,況聖天子堂堂一統乎!

即觀外國紀載,以前者不俱論。就近而言,英吉利兩易其巢,俄羅斯三移其窟。眉批:英吉利始建都於蘇格蘭,後改定倫敦。俄自盧立克崛起懦昧各六(一作諾甫果保),數傳而遷:一遷於幾耶甫;再遷於務拉的密爾,是爲東京;三遷於莫斯科,是爲中京;今則在彼得羅堡,是四遷也。緣其再遷者未久,復遷於莫斯科,故僅言三遷。俄之興,始於彼得,故取以名都。法人遷徙于巴利,巴利即今巴黎,譯音每有不同,如英吉利稱英圭黎之類。德人改定於柏林。即柏靈。彼荒服外之逐水依草者,尚能因利乘便,適彼樂郊,況中國謂之神州,碩大無朋,將鞭撻四裔乎?帝王之道,與天同方。北斗隨時所指,而衆星拱之。惟能與時消息,斯先天而天弗違矣。天子以天下爲家,西被東漸,莫非王土。但求垂萬世無疆之休,不必分此疆彼界也。孔子曰:"里仁爲美,擇不處仁,焉得智?"《大學》論止至善,首引"邦畿千里,惟民所止"爲知止、得止之證。大抵聖人每借鑒於物,觀諸黃鳥猶求其得所,鳳凰必集于高岡。夫子刪《詩》,再三致意,誠以物類至微,猶知所止,況亶聰元后之聖人乎!

夫東鄰西鄰,形勢顯分。王用享于岐山,實受其福。羲《易》預兆之,惟武王、周公能承天意。故詩人美之曰:"考卜維王,宅是鎬京。維周正之①,武王成之。"又申美之曰:"鎬京辟雍,自西自東,自南自北,無思不服。"今者東三省,密邇寇戎。直沽去海道尤近,一路平坦,絶少天險高山,未得形便。眉批:戈登留別李傅相贈言第六條謂:"中國一日以北京爲建都之地,則一日不可與外國開釁。"因都城距海太近,洋兵易於長驅直入,無能阻擋,此爲孤注險着。則此層外人已代中國慮之矣。譬諸角棋多劫眼地不堅,未免易受侵占也。《詩》云:"迨天之未陰雨,綢繆牖户。今此下民,或敢侮予?"②夫外人之敢於侵陵,雖或矜其長技,亦由我垣牆非峻,容易越踰。若令利器皆無所施,又安在敢輕侮哉?誠能綢繆未雨,法武王之宅鎬,師漢祖之關中,則可以抗制東西,高枕無虞,此萬世之利也。即爲漕運計,尤爲得策。蓋海運雖設,萬一海疆有事,漕運終不可廢,是兩費也。若以東豫、湖湘、江淮、川滇分途轉漕於關陝,揣今較昔,情形似屬易爲。更開疏伊、洛、汝、漢河渠,水利既興,灌注不窮。即令巧匠造激水運機中,輪船百數十艘,既資輪挽,又可載兵。倘鐵路能成,天意人事,更相湊諧矣。際兹軍務方興,帑藏未充,誠有未遑及此。今當悉力以争邊事,待破倭之日,收其府庫金帛,然後以所得資財,用充發揮。客曰:

"移都關中,離祖陵不較遠乎?"余曰:"客言誠然。然天子之孝,在於安四海。且守陵,舊有大臣;謁陵,自有定期。天子雖大孝,亦無頻瀆躬親之體。此可以無惑矣。吾子淺人者也,又安知大計乎?"客辭而退。因即以所辨論名篇。第於《策兵篇》之後,實於掌兵事者有厚期焉。願早奏凱歌,以襄盛舉。

題目重大,極難措手。文以破敵後立格,實先占地步。其敷佐處,均舉盛時典故,命意措詞,並臻完美。同學弟殷時望拜讀。

以知其所止爲論建都事,其說本諸儒先。蓋夫子於周末,感平王東徂,以王畿千里之地,盡委於秦。棄天險而就四達,刪《詩》時實深慨焉。文引此證論,非經術深明,安能隻眼獨具!時望再注。

陳右銘先生云:"國家應有三大做,特非臣子所敢言。一建都,二鐵路是也。"董芷珊觀察《捫虱餘譚》六策,首言建都,謂"宜以河洛爲中都,關陝爲上都"。是則時勢所乘,必應如是。即此時不如是,終來亦不得不爾也。英雄所見,俊傑識時,可謂先得我心矣。余謂:不及此時先建新都,他日有事欲遷,敵不利於我之遷,必將藉端要挾,使我仍歸舊都,以遂其玩我掌握之計。蓋津沽於海最近,自津至都,咫尺耳。山川非峻,門戶不堅,爲敵兵之所利。彼之利,則我之害;我之利,實彼之忌。若早建新都,敵人要挾之計易窮。況中日釁開,兵戎方始,勝負未分,幸而師中有人,克操勝算。是固廟社之靈,生民之福。萬一而戰無把握,致出於和。敵人必以虛聲恫喝,假言要將數十萬兵,長驅直入京師。到時仍以彼爲政,勢且要挾割地,要求巨款,難以供億。此雖不能逆料,然亦在意中事也。今不先事綢繆,恐到時欲遷無及,仍被其要挾玩弄。草茅書生,未知大計;但爲國家籌備萬全,惕惕然惟恐未周,不得不惻惻過慮者也。自記。

【校記】

① 維周正之,《詩·大雅·文王有聲》作"維龜正之"。

② 所引《詩》,《詩·豳風·鴟鴞》作"迨天之未陰雨,徹彼桑土,綢繆牖戶,今女下民,或敢侮予"。

策 兵 篇

　　黄子慮我中國之急欲休兵而至於失策，又慮我兵之禦倭而或有未得策也，因遣中山人贈之以策，曰："此時我兵在東二十餘萬矣。彼方得志而驕，必不我虞。但能斷其糧械，絕其歸路，不難一鼓可殲。"初時彼兵倏忽東西，所得之地旋棄去不敢竟據者，實懼我斷後兵也。今既得地日多，行將自恃無恐。爲今之計，宜飭我將領，持重扼要，效李牧、趙充國所爲，勿趨小利。待大兵四集，然後別尋妙計破之，則亦在掌握中耳。若夫增修都城，添扼北通精兵以壯京師形勢，更於津沽、祁口、灤河、北塘加意慎防，以避批亢擣虛，亦在不可緩。彼以爲我盡力於東，必不防備，開凍以後，將有一番馳突。惟津沽係通商口岸，五方雜處，宜飭各處嚴查奸細，防其打扮商人暗渡，則無患矣。聞彼用兵之費實倍於我，近亦頗形竭蹶，則利在速戰，而我可操縱自如。我國家厚澤深仁，人心固護。彼虜窮兵黷武，天怒民怨；又值國中黨亂，常寓蕭牆，世族淪胥，每懷不服。誠能堅與相持，使不得逞，將必搜括財賦，以博孤注。即使不形內變，亦終有不戢自焚之禍。以拿破侖之雄武，幾一歐洲；唯阻兵安忍，遂至不保其身，況彼虜國勢尚未及拿破侖者乎！以華盛頓之微弱，萬三千人抗英、法數十萬兵，屢戰屢挫，惟堅忍不拔，意氣不衰，卒能轉敗爲功，以成自立之國，況中國形勢十倍於華盛頓者乎！昔者高宗克鬼方，尚待三年。夫以高宗神武，當全盛之時，即使置鬼方於度外，亦於國體無傷。而高宗不能釋然，不敢辭慝者，良以藩封漸失，若不振作一番，安能朝侯而運之掌？我皇上聰明天亶，不歉高宗。而議者乃欲以和局誤之，亦知和可恃乎？今當下詔，申明一意用兵，撫循將士，勿惜勞苦。正不當輕易言和，以阻中外之望也。

　　夫兵家勝負，原無常勢。今之全局未必如三藩並變之震動也，安可因一時小挫遽灰壯心？昔明臣楊嗣昌自知庸懦無能，才幹短澀，故託於"善戰服上刑"，至爲莊烈帝所詰責曰："小醜跳梁。"大司馬不能伸九伐之威，亦奈何爲是言歟？處今形勢，萬難堪出於和。四逼強鄰，觀釁乘弱，不用兵於此，則必用兵於彼。前事不遠，後事之師。況倭方驟勝，未必肯和。即我屈就苟完，亦被要脅多端，難以供億。且安知不挾詭計，以舒兵力，而後再動乎？宋人之誤，可爲前車。如以爲息兵省費，則我力雖疲，彼亦不支。況我二十餘行省，尤易措籌，彼區區一隅，何處羅拙（掘）？萬不可因彼力將乏，而復資以本也。爲我軍計者，正患兵多，徒覺耗餉，利在刪汰，不宜增添。自古善論兵者，莫如宣聖。始以臨事懼，繼以好謀成，猶必曰教民七年，斯可即戎。不教而戰，是之謂棄。至去兵一著，尤兵家至確至要之言。非撤兵也，去無用之兵以省費，乃能策有用之兵以得力耳。善鬥者以十，不善鬥者以百。苟能擇兵三萬人，足敷調遣。若僅疲羸充數，徒擾陣腳，祇益驚惶，雖多無濟耳。

即謂今昔情形較異，非此則聯絡不靈，聲勢不壯。彼倭兵在東者，未必有五萬也。我但倍之可矣。留十萬精銳，足任攻圍有餘。若能出奇制勝，豈在多人？至此十萬兵，亦不必盡遣赴敵。但擇三萬爲正兵，據險乘高，相機而動；用奇兵二萬，飄忽出入以擾之，使彼不得安眠；其餘五萬，揀知兵大員，相要隘之處，居中策應。仍分二萬爲奇，三萬爲正，仿管子參三伍五之法，正駐於內，奇駐於外，更番迭用。奇出則正入，奇入則正出；奇戰則正守，奇守則正戰。亦使之不得休息，待其疏懈，可用間道斷後，包抄合攻，此策關外兵之大略也。尚有十五萬，即於中挑選五萬，以三萬調回津門，分地據守；以二萬調扎通州，護衛京師。至天津舊有鎮兵，仍著各分地段，人自保防；有失地者，從重治罪。其餘十萬兵，仍須撤遣。蓋兵興十萬，月費餉銀四十萬兩有奇。其統領隊長、什長、長夫、辛糧及馬匹、草料、帳幕、器用、醫藥、軍火、雜費，仍不在算內，一月之費，至少總在百二十萬兩。若不裁撤冗繁，立致窮匱，雖孫、吳不能善其後。能裁冗則可持久，將化勞而爲逸。而又不輕浪戰，先爲不可勝，以待敵之可勝；以不易與之，使彼虜知我軍之不可撼搖。欲戰不能，欲息不得。再持數月，行將空虛，立見潰散矣。誠能用吾言，雖無敵於天下可也，何止蠢茲倭奴哉！作《策兵篇》。

察 吏 篇

古今吏治之興，在乎得人。得人之盛，又在乎知人。能知人，斯能官人。能官人，斯能安人。任用失宜，而思求考成之無挫，不可得也。任用得宜，而欲謂庶績之不熙，亦不可得也。是以《説命》闢旁求之典，《周書》傳慎簡之文。古之哲王，所謂勞於審相而逸於垂衣者，職是故也。三代下精吏事者，莫如漢之宣帝，唐之太宗。其所以徽徽稱盛者，亦由推擇得人耳。然當時慎惜名器，賄賂不行。雖納粟拜爵之條，自秦、漢已露萌芽，捷徑究未大開。故崔烈買官，外議至鄙爲銅臭。其於貪黷之端，嚴防尤甚。凡以贓私致罪者，皆禁錮子孫。太宗既定天下，首垂法典。凡是官吏貪濁，受取錢物，皆謂之贓。故唐時尺賄有刑，如犯奸贓，重大者，入官簿録，至與叛逆同科，及該赦宥，亦不復以官爵。誠以蠱政之宜，傷時之理，莫甚於此，非過嚴也。設官樹坊，以爲民表，自犯貪污，安責百姓，此而可容，孰不可恕？其在《春秋傳》，叔向引皋陶之刑，言"貪以敗，官爲墨"，則知古人所以垂戒者深矣。同時如宣子重弊，子産規之，至以象齒焚身爲喻，且曰："吾聞君子非無賄之患，而無令名之難。夫諸侯之賄，聚於公室，則諸侯貳；若吾子賴之，則晉國貳。諸侯貳則晉國壞，晉國貳則子之家壞，何没没焉！將焉用賄？"其言深切著明如此，此足以爲凡人臣者鑒焉。

《禮》曰："大臣不可不敬也，是民之表也；邇臣不可不慎，是民之導也。"又曰："大臣法，小臣廉。官職相序，國之肥也。"夫如是，然後能各率其屬，以倡九牧，阜成兆民。若大臣，或有不謹不法矣，而欲責小臣之廉，得乎？是以臧哀伯諫桓公曰："國家之敗，由官邪也。官之失德，寵賂彰也。"治國者將昭德塞違，以臨照百官，猶懼或失之，而況將昭寵賂乎！作法於嚴，其弊猶貪；作法於貪，弊將安救？欲嚴賄賂，必自大臣始。

嗚呼！吏治之壞，至今日爲已極矣！見見聞聞，固有耳不忍聽，口不忍道者，推致壞之根由，豈盡下僚之不儆畏哉？亦由居上位之先不克自慎，有以導之。世有身爲封疆大臣，受國厚恩，職已崇矣，任已重矣，苟見僚庶貪婪，方且懲治之不暇，卒乃自蹈覆轍，狼藉姦贓，至爲同寅所腹非，下屬所告訐，而身居其間者，曾無怍容。方且對衆宣言，孜孜以嬌兒寵妾爲虞，以年老乏資爲念，其於國計之休戚，生民之利病，幾如秦越人相視，漠然無所動於其中者。用人如斯，天下事庸有底乎？然則欲清吏治，非嚴賄賂不可；欲嚴賄賂，非愼選擇不可。內則愼選樞輔，外則愼擇督撫。既察素昔行徑，又參諸衆論之公。操守爲先，才智次之。斯亦弓調求勁、馬服求良之意也。至捐納一途，尤壞吏治。曩因帑項支拙，不得不權濟燃眉。近則各省捐款，已成弩末，徒濫名器，無補需將。況捐納人員，大都因本求利，是皆猥鄙之徒，究少純良之輩。但夤緣一差一委到手，便覺肆行剝削，顧忌毫無。稍有贏餘，可供播弄，更無難趨尋門徑，巴結盤牢。所得既豐，因而加捐。凡缺瘠肥，皆在算內。是隱以國家官職，資奸猾買賣生涯。欲求吏事起色，不亦難乎！此則捐納之決不可不停者也。既停捐納，而名器彌重，則人知自愛惜矣；既愼選擇，而仕途彌清，則人知自振拔矣；既嚴賄賂，而官方彌勵，則人知自操持矣。三者並行，而猶慮吏治不整者，吾不信也。然欲行斯三者，實於貪庸不利，恐有起而阻之爾，是又非知人不可。作《察吏篇》。

制　用　篇

或謂於余曰：古者三公不必備，而制國用之權，特司於冢宰，斯何如愼重也者！量地之宜，量歲之入，宏綱細目，必精必詳；不煩鉤稽，而瞭如指掌。每歲所出之數，均不得踰於所入之數。天子但憑大府之簿書會計，以綜核之，絲毫不紊，又何所容其奸欺者。三代下，若春秋時，尚留遺規。自秦顚倒裳衣，古度漸廢，積至於亂絲難理，而綱不舉，目不分矣。極致失之根，皆由秦政自作聰明，自衡量石，不知古先哲王之精心獨運，誠有增不得、減不能者也。近時泰西經制，獨合古意。彼豈嘗讀《周官》哉？亦精思布置不憚煩而已矣。中國錢糧，皆歸戶部，何嘗無用人以綜理之？而府、廳、州、縣之櫛比鱗次者，侵漁隱昧，流弊叢生，幾於數百年而莫能究詰，其故安在？先生盍出一言以救其失。

余曰：患在重考成，忘察核；沿比較，任含糊。掩覆苟完，以塞目前之責；因循省事，以圖自便之階。始則遷延，不急清釐；繼則將就，以避勞怨；終見漏遺百出，拙於整剔，以爲重難。而度支之壞，乃不可勝言矣。夫比較一端，乃國計之瘡疣，吏治之蟊賊也！欲權國用，必黜比較；欲黜比較，必清吏治。蓋察吏與制用相爲表裏者也。嘉慶年間,上諭飭各處海關,暨遵部頒;商人親填簿、稽查循環簿比較之式,永不準行。斯真聖主智周萬物之特識,深灼隱蔽者也。

說者謂:海關厘金,可免比較。若錢糧相沿已久,苟無比較,安能年年一律?況沙田水岸,崩塌無常,絕户飛糧,處處貽累。若非比較,勢必時贏時絀,又何以重諸吏之考成?

余請以一言駁之曰:國家錢糧未嘗收到十成也,有八成、七成、五六成不等。但得七八成,即登上考矣。而民間究不得絲毫蒂欠,徒飽奸胥囊橐耳。於民無濟,於國計實大傷已。近來州、廳、縣之不肖者,但求錢糧起色,即互羨爲美缺、肥缺,若不知爲國家之元氣、生民之脂膏者。相習成風,牢不可破。上之人亦若深明其弊,特未有法以滌除之,不得不甘受其欺蒙者。以此制用,不爲泰西諸邦所竊笑乎?且又不止此。年例雖收七成,而官之私規日增日重。胥差若不剝民,將何取償?即年收定額,其能保此後不再侵隱乎?能保不浮開絕户、詭報崩田乎?立法但求其無弊,有餘則肥私,不足則賠累,亦非所以慎重吏治也。今欲挽回積重,厥有二端:一曰全行更改,一曰急爲清釐。更改之方,近時實未能行,惟有清釐一道耳。第欲清釐,須有次第,勿急遽,勿冒昧,勿憚煩,宜先令州縣造具現在民數、田數、應收底數及新收舊欠數,嚴諭以勿得欺隱,犯必重懲。更擇數輩鉤稽綜核之才爲繡衣使,專董其成。廣延繪圖、測算家,優以資斧,斟酌章程,分途四出。先行文曉諭四方,文宜簡不宜煩,方使百姓一目了然。言朝廷深悉民隱,欲痛除錢糧積弊。清釐之後,擬設自行投櫃,酌減數徵收,並爲推收過糧。令先於各州縣城外四隅,分設報造册局,限三月内,令百姓自行到局,投報現在民數、田數及典掛他人業去産存,以及向他人典入者應收底數,暨新收舊欠數,逐一報清,然後要出勘文。倘踰期不報及短報、詭報種種隱匿者,一經日後勘文察出,即論以奸欺重罪。如是,則民樂於減成之説兼免糧累,其誰不願實報乎?册造成然後履勘,三者並用,雖欲隱又安逃乎?其簿書紙張、格式,由户部用印,先年發縣存下。更遞減糧田、税契章程,嚴辦推收。諭令百姓,田只準一典一絕,照房屋例。有典即稅,典過之後,立刻推收過糧,以清藤葛。設立本户、現户、過户册,與糧册並重。既可鉤隱,又可釋累。其稅契章程,比房屋須極減輕,以免重擾。胥差勒索,立與嚴懲。其稅契單須刊新式,不得如房屋稅單之繁重。更須創立推入給出名目,以爲典時各執憑據。復立收入過出名目,以爲贖時各執憑據。如係賣斷,則立承收永過單,以各執之。以上各單式,略如民間錢庄票樣,與本户、現户、過户一册合同串根。凡有田典人,即邀同銀主赴局登稅。其承典户謂之現户,給推入單;典出户謂之本户,付給出單。即於册中載明,贖時亦如之。贖回者,如上給收入單,登載本户;付贖者,給過出單,即於現户名下登注銷字樣。如係賣斷,買者給承收單,登載過户名下;賣者給永過單,即於本户下注銷。其稅契單費,買者八之,賣者二之。典亦如之,贖時反之。其典稅單費較賣稅單費須減半,其贖時稅單費較典時尤須減半,方能便民。如有給出、過出、永過等單,糧差不得向其收糧。私典、私賣田概沒官。有田必有糧,慎重其事,使天下明知田爲糧田,不敢輕易典賣而民陰受其益矣。所有辦理人員,宜删冗費。待辦有成效,概與保獎;更擇尤者,優與超叙。則辛水雖薄,無不踴躍從公矣。各册既造成,然後酌減一二成,以昭大信。與其留肥以飽吏,何如明減而便民。

或謂:國朝永不加賦,恩亦厚矣。值此司農告罄、國帑未充,何堪再減!

余曰:我之言,正爲國用計也。清釐以後,賦決加增,安能減少?其溢舊之額,與現減之數,不特足以相抵,且有贏而無絀。

或曰:水至清則無大魚。一州一縣中,出息幾何而已。應酬耗之,辦差擾之,幕友分沾之,長隨、跟丁又侵盜之;若令捉襟見肘,恐非政體,於吏治不無妨碍。

余再以一言駁之曰:國家養士,實費多少錢糧。由四民之中而推之爲士,由士之中而擇之爲官,使之忝然民上,原望其有爲有守耳,抑將令其發財乎?際此艱難時局,聖天子尚躬行節儉,彼獨不能耶?繁缺縣養廉二千,簡缺縣千,又有禄俸。從前未有津貼,尚能支持;今兼有津貼矣,猶謂難供揮霍乎?其所以敢肆行結納夤緣,亦恃有贏餘不義之財可資播弄耳。若無財,不可爲悦,將自形格勢禁，不第各上司能原情，又誰肯傾家以效趨媚耶？

或謂：趨甘避苦，人情皆爾。若令苦瘠無利，誰樂爲官？

余曰：請即以利論比較行。胥差皆明知每年僅收成數，尚剩餘成，索之於民，彼將自飽。其分到官者，十無一二。即任官別增例規，大抵胥利八之，官利二之而已。若清釐，則額將漲溢，官胥皆便，其中隱利實多。蓋各省錢糧，每兩銀有折收制。錢三千餘，有折收二千餘；極橫時，有折收至四五千、七八千不等。今爲斟酌得中，定一劃一之法。每兩銀折收於民者，準定二千四百文。一切雜單漏規，概行革除。官之折收於糧櫃胥者，每兩定二千二百文。明示以有可沾之利，則人將不敢漏，亦不敢違矣。而司農之折收於各省藩庫者，每兩定一千五百文，再加一百文爲紙張、秤頭耗費，計折收一千六百文。藩庫之折收於各州縣者，每兩定一千八百文，實隱寓一百文爲紙張、秤頭耗費，而明以一百文爲胥吏辦公費矣。天下事惟愈秘密，愈滋弊，愈難防。若坦然明晰開示，則上下均免相蒙。如此，既體人情，兼除隱蔽，實上下交益之道也。若行斯言，而賦不加增，官不利益，民不稱便者，請籲尸寸斬以謝天下。倘各省未能一律，無難隨時酌辦，因地制宜。其餘若地丁、屯糧、雜稅，均可仿此，以意類推。此整頓錢糧之大略也。至若海關厘金，決宜併作一途，統名曰稅務司，如元時"市舶司"，以專其事。不論滿漢人員，均可擇材任用。其簿單格式，須略仿泰西各國章程。今親填簿既抑不行，稽查循環簿仍作廢紙。關稅厘金，日重一日，民之苦累不勝。而職其司者，率皆互相蒙蔽，造報吞匿。收於民則絲毫難免，繳諸上則百無一二。以此言之，亦徒飽奸欺耳，於國課庸何利焉？欲除積弊，親填簿決宜再行，更須設立親填單，由户部用印，先年頒發各縣，即於各縣設立商户稅務簿。準商民於會館、公所設紳商董事局，由商人公舉，呈縣存案。所有攬載稅行，一概裁去。紳董司月值事，縣中即以親填單先期交發該局，諭令各商民赴局買領單。照單費，不論報稅多寡，每單得銀一分。至買單後，如用不完者，準其抵銷。置貨若干出口，自行親填。如有親填單，準於稅務處酌減二成收稅。更須行補稅之法，以縫罅漏。如報稅釐本係應徵收十兩，既減二成，只收八兩矣。尚須補五錢，由稅務司處發補，納正、副兩單。正單移交縣，登商務簿，以便催繳；副單發交商人，到公局處補納。仍着該局將親填單併單費及補納稅須，逐月彙齊繳縣。入口則酌減成半，亦補納五錢。

或謂：關有外關，港有外港，澳有外澳，倘奸商及沿海船户、漁户、零户在外港澳置貨、出口，及外水洋停泊貨船入口該處，既無會館，未設紳董，又將如何稽查？

余曰：是不難。親填簿既一律矣，其在外者，則由縣委各口巡檢分司與該地士商，公舉創立董事局，即以親填單交辦，權不交巡檢。仍逐月委之參辦核查，即陰寓官商合辦之意。其發正、副單補稅亦然。至補納之税，着其立時登納，不得刻延。其補納副單，存局登簿，另由局給完訖單交商民，以便驗行。倘無此單，貨即扣留。如有遷延未納，該局董不準給完訖單，仍許報税務司將貨扣留。此時稅釐異常煩苛，亦異常吞匿。商人重足而立，改途輟業，而課款愈形支拙，非大加整頓，難期起色。故非酌減無以廣招徠。招徠彌廣，貨稅彌旺。非併爲一處無以釋累便民，杜清弊竇。此整頓關稅厘金之大略也。

或謂：國計常患不敷，而先生一則曰酌減，再則曰酌減，恐與所司之意相刺謬，難必可行。至清釐一說，事涉煩擾，費亦不貲，既非獨力能爲，亦非一朝可就。所有經費，從何籌備？

余曰：稅釐課紬，實被吞侵。能行此法，鬼蜮技窮。名爲酌減，將來增溢之額，百倍於前矣。若慮各項經費，是又不難。但行重本抑末之方，弱外強中之計。於他國販來百貨，及内地不急之需、累人之物，如烟酒諸類，仿照西法，皆增重稅。善解鬥者不用拳，斯亦轉移風會之一道焉。觀《周書》羣飲盡拘而殺，則知古人於違禁貨物，遏抑獨嚴矣。從前辦理洋烟，操切太甚，未免不教而誅。但增重稅以格之，將積久自消矣。稅愈增而人不怨，用日充。此富國強兵之術也。前以烟稅包洋人，遂至不能自主。今十年之限將滿，更無措置由我。

或謂：洋貨、洋烟，概增重稅，西人恐有責言。

余謂：當據西法與爭；爭而不得，則不必於洋關稅下明增，但自行於内地，亦非彼所能抑者。誠得行此舉，錢糧稅釐，皆可酌減。即創辦各章程經費，亦不患無出矣。此總籌各款，預爲布置之大略也。欲制國用，無踰於此。《易》曰："窮則變，變則通，通則久。是以自天佑之，吉，無不利。"《書》曰："惟天陰隲下民。"能行乎此，不特人之所助，是亦天之所順者。是可以名篇焉。

籌 餉 議

足兵莫先於足食，而籌食即所以籌兵。當此司農告罄，仰屋興嗟，宇内物力萬分維艱，各省庫款又萬分支絀，兵不練則火已燃眉，餉亟需而襟仍見肘。制國用者因循，既不得操切，復不得由舊，則難以整頓變新，又徒事紛更。此非有幹材、有精思打算，通盤純籌全局，以綜核名實之法行之，雖十孔、桑，九管、晏算，未有不棘手撫膺、長吁短氣者也。今夫天下競言籌餉矣。財政之設，徒託空文，豈真有開濟宏才經營實際哉？病在司之不得其人，理之不得其要。夫是以濫竽雜而虛耗多耳。非平昔公忠體國，無以破除情面；非留心時務，切中病情，亦無以興利源而疏導條支，除弊竇而塞防罅隙也。況天下利孔只有此數，此贏則彼絀，此長則彼消。又將操何術得勝算，能使之裕餉而不病民哉？曰：是有道焉。節宫省不急之工用，汰中外閑冗之人員。釐金、海關併爲一途，特派幹員專司董理，則用人簡而利不中飽，經制正而稅不漏巵。此其首要者也。

至於兵勇分途，有名無實。凡統領勇營者，靡不藉以沾染。綠營名額日減日少，名爲裁兵增餉，實則爲各營官開一利藪也。今宜將各省兵營勇營，一律通籌，一概裁併，不分爲兵爲勇。各省需若干兵，即預籌若干餉。統以防禦爲名目，精練爲實數，不留虛額，不設浮糧。凡掛名在班當差，概與裁撤。字識稿經書手等類，另核實數，別限名額，每營應用若干人，不得於定數外濫行收補增添。其糧餉，均不得比防禦營練兵之優。從前老弱，務從刪汰。其新營募練者，比舊總須厚贍。俾一兵得一兵之用，一伍收一伍之功。凡屬虛浮冗數，均立裁撤。如此則不特餉項不至支絀，而兵亦較精核矣。此宣聖論政去兵必先去食意，非盡撤也，去無用之兵以省浮費，乃能策有用之兵以得死力耳。

至如武科，宜再舉行。但令廢棄刀石，置弓箭於後，而以馬步分首次場，專重槍炮。擇其材且精者入武備堂，以充營伍，則國家無養兵之費，而實收練兵之用矣。若夫平居無事，各府、州、縣均宜設立屯田，令地方官紳士勸捐集款，各處置立兵屯，分官田、民田兩路。凡農民均於春夏務耕，秋冬講武。特設勸農使兼營屯之職。凡農民，一家中丁男自十六歲以上，即須嫻習武備。令下之後，凡父兄不以是教者，即爲梗法頑民；如一家中有丁男三人俱不諳武備，則田皆重科。更於鄉黨間置讀法公所，爲之講尊君、親上、睦婣、任恤諸大義。營屯使逐段逐時稽察，月要而歲會，俱不準虛應故事。一二年後，每年各季即擇技藝超群、膽勇出衆者，升入屯兵之數，以耕公田而兼訓練。凡係屯營公田，槪免錢糧。農民有選屯兵者，其家優免錢糧若干數。公田所入，除提數成存公備用，添軍火器械外，其餘應就各兵均分，而糧餉可節次漸爲裁減。此驅農爲兵，化弱爲强，通國皆兵之法也。此時火器日新月異，兵餉既艱於籌備，欲新添精製，焉得有如許多貲？若令營屯與武科相輔而行，準應舉充屯者自行購買；倘有能創造新式，立與優獎。如是則人思競勸，免用公款，而器械無不精，餉項無虛耗矣。其入屯選者，不特免其錢糧，兼免其復役。蓋農民一家三人者，即須一人應役，均於農隙時修築徑路，開通溝洫，其役皆不出十里外，名曰"里役"。豐年六日，中年四日，下年二日，歲凶者免。應役人數者，不得賄脫地方有司，亦不得私受納賄。此寓兵於農，以勤率民，即默寄省餉之方者也。

至於開源節流，厥有數端：一曰鹽綱，二曰鐵路，三曰礦務，四曰種植。鹽綱未可遽言，一道破則啓外人窺覦，姑漸置之可也。鐵路成，則扼重兵於京師，而各省之冗員、冗營可汰矣。礦務興，則聚五金以招貨物，而百工之居肆咸歸矣。是皆興商之要務，裕課之大綱也。或曰：鐵路、礦務，在在先需巨款，當此艱辛時局，補苴尚且不遑，從何籌此厚貲，以期集事？曰：是不難。國債雖不可開，商股尚可招徠。洋人於中華鐵路各礦垂涎已久，特我不肯以地利假藉耳。若中國出地，招徠華洋各商出貲，與之同沾利益，洋人惟利是嗜，未有不樂於從事者。況又華官重望以爲之招華商，聯絡合股以爲之倡，則附益更易集耳。第此等利權,當自我操。但能由我爲招,不能任彼求合;若任其求合,則各國皆群起而爭,其爲阻撓也多矣。由我招聯,則我必擇親厚邦交無利我地土之國者,始肯與之同規協力。此雖明招鐵路股份,實陰爲保護地方計也。彼思保有利權,固其商務,則不待慫恿,自必盡心竭力,爲中國防維矣。即不然,而明約於鐵路興後,每年暗輸以一二百萬爲保護貲,亦無不樂從事也。至於開礦,則仍以華官商合辦爲主,而招洋商附股。泰西中如英、美等國,皆可與之密約。必須假國債爲名,方免列強之爭附。并就各國之親我厚我者,與之深相固結,資以兩端之利益,藉爲百年之藩蔽,然後徐圖整頓未晚耳。至種植之道,須擇其有資日用,能銷外洋,如絲、糖、茶、楮、果品、樟木諸類,由勸農使相視土宜,教民布植;寬限十年之内,優免錢糧,以鼓舞之。更擇精知化學、植物學者,爲之辨別肥瘠,審量糞溉諸法以行之,務使山林原隰,各盡地力,其爲利益也多矣。

　　外此,更用崇本抑末之謀,強中弱外之計,如酒税、烟税,凡非民間日用不急之需與害人之物,以及茶樓、戲園、烟館花天酒地之處,皆宜倍增餉課。泰西諸國,均用此法以節流而民不怨者,無他,此等物事,百姓之所惡也。因民之所惡而加賦,則人心不搖,征輸不擾,而餉項源源接濟。此富國強兵之術也。倘慮烟土加税,西鄰或有責言,則當以土漿盛出爲詞,據理與爭。彼不我撓固善,倘彼或我撓,而我即用内地抽釐諸法以行之,則彼無所置喙,而我可操縱自如。前者以烟税歸洋人包納,誠爲倒持太阿。今約限之年殆將滿矣,自宜悉心措置,以收利權。斷不可因循舊弊,一誤再誤者也。至於中華土産,如絲、茶、織造之類,凡有販運出洋,釐税不妨從輕,所以塞外人之口而陰寓漸移默奪妙用。如屬洋貨入中,口税輕者,我即於内地市中抽釐。凡賣洋貨行棧,皆輸補徵過關地税,以濟子口之所未及。我自征我内地市税,西人雖強橫,亦不得越俎過問矣。凡若此者,須圖之以漸,持之以恒,節次遞爲增減,務使百姓順流而就下,相率而奉行。《論》曰:"民可使由,不可使知。"誠能擇愛民之司牧爲之董勸,舉凡務財、訓農、通商、惠工、授方、任能、修廢、興墜諸大端,悉心籌畫,將見機括操於上,法令遵於下,運用推移,不動聲色。又何利之不舉,弊之不除,生資之不豐,兵食之不足,悒悒過計以餉需之難給爲患哉?

此先生十年前作也。凡先生料事立言,皆如灼照。而計數此才,何可以斗量!今者國家次第舉行,均與斯議所陳若合符節,其言驗矣!而先生仍退守林泉,不肯出而效用,豈自負甚大,知己者稀,無人爲之勸駕歟?同學弟殷時望謹注。

論安海建城事宜議

安平在泉郡西南,上通武榮、清溪,下控漳、馬、金、厦,舟車輻輳,闠闠殷闐。夷夏勾聯,莠良錯雜,興戎伏莽,在在堪虞。勝國設立總兵官,常川鎮駐於此。內以肆靖宵小,而絕其生奸;外以撫慰邦交,而消其嫌隙。法至美也,意至深也。安平舊有城垣,載在志書,班班可考。自前明至鼎革來,號爲雄鎮。是時,崇墉猶屹,百雉紛羅;出入關津,稽查著版,豈僅重門擊柝,以待暴客而已?則安鎮之有城郭,自昔已然,爲最關緊要矣。相傳中葉,燬於寇倭。暨入國初,基構未盡荒也。至丙申遭鄭氏之亂,而堵堞無存,鞠爲茂草,良可概焉!聖朝二百六十餘年間,吏民享昇平之福,安堵無事。聞見久寂,耳目習爲固然,并不知舊址之何在。驟然而欲皆興百堵,不以爲生事,則以爲妄費。保無有阻撓相乘,訛屬紛集,而隳廢厥功者。凡民可與樂成,難與慮始。當茲效驗未著,奇創譁聞,夫孰知利賴之攸宜,保安之長久,與夫要工之實不可緩、不可怠、更不可闕乎?艱虞漫見,而騷擾先滋,毋寧苟安於目前,貽他年憾事之悔,此庸衆人之見也!若屬在英傑,肯以奇功讓諸後賢乎?而事勢居今,更有不可後焉者。

明季,臺灣未入黃圖。顔、鄭藉以稽誅,生靈遭其塗炭,悉數之不能終矣。昔之倡亂據爲窟巢者,賴祖宗神靈,芟夷而版籍之,人民始得安枕。安平雖與鄰比,猶房闥之與堂階,雖不城,無害也。今則全臺版章已他屬矣,能保外人之不我伺、不我虞乎?方今交涉,事繁狡焉。思啓疆以利己者,何國蔑有?若以海濱僻陋,其孰以我爲虞,則勇夫重閉之謂何?此莒子朱之所以見譏於申巫臣也!且又不止斯。以今之時務論,全閩封疆形勢在海,省垣、厦門實爲交涉之通衢。

鷺島口勢開而不鑰,南太武迤於外,非重兵難以據守,又易絕難援,軍火煤糧從何接濟?至於鼓浪嶼,亦淺隘耳,兼被外人占先,其能容我布置乎?萬一交涉事起,廈門之不可守,亦在意中事也。廈既難守,非僅漳馬齒寒;長驅直入,其孰禦之?鄙意用以退爲進、以守爲禦之策,自高崎內至石井,層布防臺,仍建重鎮於安平;即以水陸提督駐於其中,顧盼自雄,表裏交固,倉猝之間,有備無患,亦先事圖維之計也。勝國設立安平鎮,即此意耳。經始雖艱於一旦,重扃實奠於百年。疆理之肇域,版築之區分,度地營財,謂非官斯土者之責所當留意乎?余嘗謂:目今形勢,海重於陸,則海疆重任,宜以水師兼之。併爲一途,文告無繁。裁兵添餉,省費而安人,總統而並治。事權愈一,職任愈專。相因遞致,各得其宜。則以水陸提督駐於安平,即師前朝設鎮本意。而安平自宜建城,以資控制,庶幾臨時急迫無棘手之虞耳。今幸逢聖天子斟酌時勢,從朝賢奏,用提臣以水兼陸,則與余前議合矣。而要害所在,比櫛之臨衝環列,即百室之盈止攸關。既得人和,又資地利。城垣之亟應創建,其可忽乎哉?

英吉利之得印度,未嘗勞其國之一兵,印人之所以失其國者安在策

國於天地,必有與立。《管子》曰:"禮義廉恥,謂(國)之四維。四維不張,國乃滅亡。"若是者,中土與外夷,體制皆尚一律嚴肅。觀諸印度之喪邦,與英黎之拓宇,可知其概矣。夫印度爲亞細亞膏腴之土,地據上游,中開平曠,山川形勝,頗爲險要。元時始入版圖,實爲蒙古服屬。元衰,而葡萄牙乃假通商爲名,以漸次侵入,然所得猶彈丸僻壤耳。厥後,英人探知其處,涎其肥美。一千八百五十年,先於孟加拉海灣安達曼島處創設公司,建立埠頭,復出金銀買黑奴而釋之。樹德日久,盤踞日深。彼印人獸處禽居,祇知重嗜衣食,而無教化人倫者也。英人利其愚蒙,謂可以刑驅勢禁,遂不惜多方用費,開築貿遷以引之。嗣有戕害百數十人之獄,得藉以掩其吞噬,責其賠償,而印地乃全歸其掌握矣。此無他,印之政令無度,奢侈淫虐,怠惰廢弛,先有以自致也。

英人知印人之貪也，始則以利誘餌之，繼則以計牢籠之。凡屬農、工、商、賈，無不樂爲之用。積之久而服役慣矣，要結深矣，卒乃用植民徙民之策，節次流移，以實空地。不數年而商務大興矣，又不數年而物産充牣矣。因而創鐵路，置司牧，權關征，以迭收賦稅。遂覺不用一兵，不折一矢，而印土皆其土矣，印民皆其民矣。此西人所謂商戰之術也。觀於此，而印之所以失，與英之所以得，靡不昭然若揭矣。然追究禍根，則由印人驕怠愚蒙，不修政務，以自底於滅亡。是立國之本已隳，即《管子》"四維不張"之謂也。《傳》曰："國將亡，本必先顛，而後枝葉從之。"豈不信哉？嗚呼！天下有綱紀既頹，基扃日撥，已覺殆哉岌岌，而復來強鄰迫處，環伺相乘，於斯時也，朝不謀夕，其爲危亡，誠可翹足而待矣；而猶不知警懼焉，真所謂厦傾燕處，鼎沸魚游，以得過且過，厚自幸其不印度之續也幾希！

擬請咨江浙開米禁事

爲仰食維艱，閉糴非策，懇詳請變通辦理，以濟嗷困，兼寓防維事。竊以王政流行，亦惟貿遷乃粒；霸圖申命，尚虞遏糴生災。自倭虜渝盟，聖朝既命將行師，大伸天討矣，猶恐不足制其死命，因而閉關絕市，嚴漢奸、斷接濟，沿海米麥均嚴禁不得出口。屢經江浙商幫，赴兩省憲轅，稟請開禁，仍未準行。等草茅下士，何敢越俎代庖，置喙冒瀆？特以情關桑梓，目擊時艱，苟有裨於涓埃，不敢安於緘默，謹抒下悃，以備芻蕘。

伏惟福建一隅，山多田少，地瘠民貧，雖極豐年，仍須待哺。咸同以前，胥多仰食臺灣，咸同以後，大半仰食江浙，而福、興、泉、漳下四府爲尤亟。總計內地耕種，除米而外，兼有地瓜、黍、麥、稻、粱諸類，尚且不敷日用。臺地有米無麥，雜穀尤屬稀疏。自開建行省以來，官商兵役，五方雲集，招徠日廣，生齒日繁。約計臺南、臺北米，其不到省垣者已十數年於兹矣。臺中米船其少到省者，又數年於兹矣。外此各港販運漳、泉，十餘年前尚覺陸續不斷，十餘年後其源源而來者，僅有梧棲、鹿港兩處，今則鹿港亦漸稀矣。全臺米糧，其漸不克終以濟內地也明甚，此則無庸贅陳者也。

至於種茶耗其半，種蔗耗其半，種罌粟、烟草又耗其半。利之所趨，民遑他恤乎？雍正年間，種蔗尚垂厲禁，今則並種烟草而不禁矣。此米穀所以日少，民食所以日防也。臺米既不敷民哺，閩民不仰江浙，又將誰望乎？曠觀五大部洲產米之區，其出數稱多者，無如緬甸之仰光，次則暹羅，又次則安南。常年恒自彼運至香港，即由香[港]搬運廈門，銷售各府；亦有閩粵洋商雇舢板輪船前往載運，直達廈門者，今則隻輪不來矣。詢其故，或云市價不對，或云咸遵萬國公法，禁斷接濟。是本年洋米亦難望進口矣。洋米既絕，臺米復稀，江浙仍然閉糶，將使南省數百萬蒸黎嗷嗷待斃乎？夫去食一言，原非得已，今古事勢，正難強同。如有窒碍，亟宜變通。若復因噎廢食，墨守成見，非特阻滯難行，抑恐貽誤大局，且又不止此。閩廣民性強悍，械鬥尤多。伏莽興戎，在在可慮。邊事一日不息，米禁一日不開，卒有水旱偏災，無賴窮民，難甘餓莩，其於時局，關係[非]輕。矧自六月後，米價湧騰。每石米洋銀三元二三角，升提至四元三四角不等。若不預早設法，終恐漸成荒災。

欲疏通糧食兼防接濟，宜通稟大憲，請由善後局給發護照下各府、廳、縣，由商民請領。看米麥運到何處，即於所到之區，由府、縣加印，準給施行，並諭各商戶人互具保結"不得接濟外夷"字樣。每幫運回，立即繳驗注銷。事平之後，一律裁撤。仍飭屬員吏胥，不得索取分文，敢有犯者，從重治罪。一面咨請江浙督撫憲，通飭各屬，如遇商民到處採糶，驗有護照，須立放行，均不得阻糶留難；倘有遭風不虞，由該處呈請查明，給文付回，仍準原籍各商呈明注銷。此時北風正盛，瞬息千里，比視輪船，所差不遠。輪船尤虞意外阻截，民船則非外夷所及周防。如此辦理，則既顧民生，仍嚴接濟，雖有猾商，無所容奸，實於變通之中兼寓防維之法。當此薄海同仇，齊聲義憤，商民各有身家，亦誰肯以身試法？無合仰懇公祖大人，詳請督撫藩憲，給發護照，恩準如稟施行，商民攸賴。切稟。

持論煞有深意，洵關世道之文。世愚弟林乾謹注。

韻學源流考

蓋聞聲韻之道，由來尚矣。皇娥倚瑟，韻諧於太初；葛天操歌，音審於上古。降至南風理曲，擊壤興謠，八伯陳歌，明良賡頌，莫不響震璆玕，調鏗金石。故箕子陳範中多有韻之文，宣聖繫辭章無不諧之句，不獨國風、雅頌爲然也。秦漢而還，代有作者，皆聲入天籟，律呂自調。迨至沈郎，始有四聲之韻。梁武不以爲然，嘗曰："何謂四聲？"周彥倫所以有"天子聖哲"之對也。自茲之後，輯集頗多，末學勘聞，不能枚舉，姑取其大者陳之。

蓋韻學之重也，切今莫嚴于各限，學古要取其能通。而通韻之難也，先哲具有其軌程，後人好滋其乖異。古韻東、冬通江，《楚詞》"上洞庭而下江，今逍遙而來東"，《選》詩"玉鉤隔瑣窗，千里與君同"是也。古韻七陽實通八庚，揚子賦《甘泉》中段相通，司馬賦《長門》終篇全通是也。而今謂之江與陽通者，何也？古韻支、尤互通，《左傳》"臧之狐裘，敗我于狐駘"是也。而今之謂十一尤獨用者，何也？古韻真、文不通庚、青，而十二侵原係獨用，不與諸韻相通。至於覃、鹽、咸三韻，胥爲噤口之呼，雖曰鼎足之勻，不供他宮之用。今乃比而同之，混淆于庚、青、蒸、侵之間，則納秦越于同舟，即使相救如左右手，不終虞臭味之差池乎！蓋真、文、元、寒、刪、先六韻相通，猶之陽、庚、青、蒸四韻相通也。韓、杜之詩用韻，大率如此。考之工部《彭衙行》，吏部之《謝自然啄剝行》，六韻並用，古色斑如，固大可證矣。

大抵正始之音，宜從右穆；宜今之咏，必且順調。乃今舉本韻之字相較，或至聱牙；取通韻之文相同，反能適吻，則亦有不可解者矣。然至如中原雅音，分平聲爲陰陽，取上去而無入聲，德清第爲詞餘設耳，又豈足以登大雅之堂哉？若夫詩餘之韻，但分平反，而叶上去爲一聲，別入聲於獨叶，雖亦學之支流，然揆之四聲之義，終病其舛也。方隅末學，從事聲詩，唯主持文教者，承作人之雅化，播古調於今茲，俾不致誤讀雌霓，而同激賞于東陽，則士林之大幸矣！

帕米爾考

帕米爾在萬山之中，沿稽載籍，皆屬之葱嶺，古稱"帕米勒尼耶"，後轉稱爲

"帕米爾"。"帕米"者,波斯語平屋頂之稱;"勒尼耶"者,世界之稱,猶言大地一屋頂也。自赫色勒牙克以西,連山攢聚,南北約二度有餘,南至因都庫什山,北至後阿賴嶺。東西約二度,東至赫色勒牙克山,西至噴赤河什克南地。其間山勢豁闊,時見坦麓,以其地處極高,故以平頂肖言之。平頂中山脈隆起,界爲數區,雖各異名,而皆不離帕米爾之稱,如塔克敦巴什帕米爾、大帕米爾、小帕米爾、阿爾楚爾帕米爾、郎庫里帕米爾、薩雷茲帕米爾、和什庫珠克帕米爾、瓦罕帕米爾。爲地凡八,均以山嶺爲界。其山勢,東西行與赫色勒之南北行者異脈;其水皆西流,與赫色勒以東之東流者異向,故昔人謂蔥嶺爲天下之脊,信不虛也!全帕皆童,罕生植物。居民尤鮮,惟哈薩克、布魯特諸部之游牧人,夏往而秋回耳。各帕所在,皆近水澤。兩山之間必有川。受川之處,左右即有平地。山形多坦迤而少銳削,故兩山豁分而平地較廣者,即成一帕。自蔥嶺之塔什庫爾干起者,曰塔克敦巴什帕米爾,居全帕東南。由瓦呼羅特山口以東爲一水,由渾楚鄂帕山口以北爲一水,二水會合於伊烏札拜庫爾干。左右平地,皆塔克敦巴什帕米爾地也。

小帕米爾在塔克敦巴什之西,阿克蘇河自鄂依庫里出,曲而東北流,其左右皆小帕米爾地也。自小帕米爾之西北流之伊什提克河,西流之帕米爾河,左右皆大帕米爾地也。阿爾楚帕米爾在大帕米爾之北,自察提爾塔什以西,雅什里庫里以東,左右皆其地也。雅什里庫里以西爲全帕西界。過此則山嶺陡削,地勢漸下;湖流逼束,注入什克南境,即不名帕米爾矣。薩雷茲帕米爾在阿爾楚爾之北穆爾格阿布河左右。郎庫里帕米爾在薩雷茲東郎庫里四周及阿克拜塔左右。此二帕不甚著。和什庫珠克帕米爾在薩雷茲北,喀喇庫里南,今爲俄國費爾干省地。庫里之北爲後阿賴嶺,此全帕極北之界。瓦罕帕米爾在大帕米爾之南,小帕米爾之西,自布才拱巴什以西瓦罕蘇河左右,皆其地也。其南爲因都庫什山,爲全帕極南之界。總核全帕,皆回族游牧之所。觀俄人康穆才甫斯基、英人楊哈思班游歷圖記及戈登所紀,於全帕形勢,瞭如指掌矣!

全閩水陸險要考

八閩,山水之奧區也。其形勢甲於諸行省,實不亞於西蜀。其險要視蜀不侔者,則以其腹邊近海,津涉可通,而堅瑕之勢昭然易辨也。請先論陸,而次及夫水。

總核全省大勢,陸之險而要者,延建以仙霞關爲最。而福寧之大小天台、分水關次之。飛鸞、白鶴二渡橫截其間,尤爲鴻溝天劃。此則兀然之關津,天造地設者也。自延建而下,一帶多山,復間以十八灘之惡險,誠未容外人窺伺也。雖草澤多盜,肆其靖之,自然無事。邵武、光澤,邊於西江,山高而荒僻,土寇恒多竊發,思患預防,即弄兵無難撲滅耳。自汀、漳來,内山極多,崎嶇特甚。其鄰粤潮大浦縣界者,則多平坦矣。漳、泉交界,以萬松關、江東橋爲要隘。昔人屯兵禦防,恒於此安營下寨,是則膺閫寄者所必知焉。自省會由腹地下者,以永福汰王、白雲、高蓋諸山據其巔,隔以仙游之八尺嶺拒焉。自烏龍江渡者,常思嶺扼其首途,然不及東張、小竹諸山之可守、可拒而不可攻者也。此兩處均宜重兵鎮之。過此以至泉州,皆周道如砥矣。

論水之險而要者,以閩安長門金牌五虎口爲重。炮臺之築,莫先於此,所以固其藩籬也。而琯頭、潭頭諸小埠,層層夾束,至仙人脱脚爲止,入馬尾羅星塔,則泛洪矣。誠能逐段分布,内則暗置地營,外則建立防臺,又精築三合沙土牆壘,爲之蔽護,則天險之設鞏於金湯,人工之施堅於鐵甕矣。閩安外,自南關、大崙、間山、芙蓉、北竿、塘南、竿塘、東上而至白犬,爲福寧。福州外護,實左翼之扞衛也。南自長樂之梅花鎮,東聯萬安爲右臂。外自磁澳而至垾嶼,中隔石牌洋,外環海壇大島,是閩安爲水口咽喉,而海壇爲全省右翼之藩維也。福、興兩界,以高山市南日、湄洲、平海爲外蔽。欲拒諸外,必於此數處建立水師營盤炮臺迎擊,以截南北往來游弋之衝。就福清海口登岸,惟高山市漁溪爲近。一路蕩蕩,恐不足以資抵禦。故必於此二對口處重建炮臺,以防暗襲;而於遠海口處亦必嚴爲之閑,所謂善防者,守其所不攻,而後福清之内地,可保無虞焉。興化則涵江之三江口爲緊要，而江口汎（汛）次之，去郡城不遠，又無高山大澤之阻，此防之不可不早、不可不亟也。泉州以崇武、獺窟、祥芝、永寧數處爲海口重地，外則秀塗居其東，深滬居其南，輪舶所經，先受其衝。永寧則偏於西南內向諸鄉矣。由此而下，則磁頭極爲險要，砂礁特出，如伸右臂者也。統論附郡各海岸，絕無峻隘可守。內之石湖炮臺既未建，外之大隊烽臺復不修。敵人若捨通商口，避堅蹈瑕，此處深可憂慮！況泉於臺灣密邇，尤爲虎視所眈。思患預防，必於磁頭創立營盤，聯絡大隊、石湖，增添炮壘，潛伏魚雷、水雷，安置輪艇，梭巡接濟，與安海一氣相連，斯爲防維得要耳。

其關全省門戶者，自閩安外，金、廈兩島，實控制南洋之重鎮，銅山其後焉者也。廈門與澎湖對港，猶金牌五虎與淡水、雞籠對衝，深滬、獺窟與鹿港對峙，皆一水可航者。而廈島視金門更重。廈門口勢開而不錀，南太武逈於外，非重兵恐不能守。而地勢迫狹，莫駐多兵；軍火煤糧，易絕難援；且無退步，未足殿後。在內之鼓浪嶼，已被外人占先矣，焉能容我布置哉？似宜用節節鈐束，以退爲進，以守爲禦之法。高崎爲第一站防，臺澳頭爲第二站，石井與東石爲第三站。中間再相擇要隘，可安置炮臺營寨者，隨時添布。更宜裁併水陸提督爲一，以專事權，以省繁費。即移水師提轅於安海，建立城池，慎固防守。蓋以今昔殊勢，則籌備異情。國初置水師於廈門，原以控制臺、澎。今則全臺版章已屬他人，似宜統籌全局，先事圖維，勝國設立安平鎮，即此意耳。查安海舊有城垣，康熙丙申毀於鄭氏。自應聯絡紳耆，招徠集款，另爲相度形勢，經始雖艱於一旦，利賴實資於百年。守禦之要圖，謂非官斯土者所當注意乎？至石馬（碼）與安海犄角，爲漳州門戶，更宜詳人所略。但得廈門與石馬（碼）、安海鼎峙並擎，而漳有鎖鑰之嚴，即興泉有苞桑之固。夫固興泉即以固省會，而保金、廈即以保興泉，此其大較者也。至省會之閩安鎮，雖雄邁高深，而濱連江、羅源之定海豬頭嶼，福寧之銅沙、沙埕諸小埠，亦不可恃而忽焉廢備。能於此數處更着意兼防，而全閩之要領，水道之提綱，已操其勝算。雖所舉者僅屬大凡，而亦賅括靡遺矣。

唐立建州考

閩中歷代沿革不一。至隋開皇九年改置泉州,大業初改置閩州,大業三年復改爲建安郡,皆今福州,而建寧府亦屬隸焉。唐武德元年始改建安郡爲建州,今福州府也。武德四年移建州於建安,今建寧府也。圖經相沿,俱無異詞。考《元和郡縣志》,建州隋氏喪亂,建安縣人擁衆自保;武德四年歸附,遂於建安縣置建州。杜佑《通典》云:"長樂郡福州,大唐爲建州,後此置泉州。"注:"移建州於建安縣置。"建安郡建州,大唐武德四年置建州,以建溪爲名,或以爲建安郡。新、舊唐志或以改置建州於建安郡爲武德四年。嗣後圖志俱因其説,惟王象之《輿地紀勝》考核特詳。其紀福州府沿革云:"隋末陷於蕭銑,移置建州於建安縣;唐平蕭銑,有泉、建二州,而泉、建始並置矣。"注云"《新唐·志》在武德四年,而唐《通鑒》載:'唐以武德五年方有泉、建二州,不應武德四年預立州名也。'"注又云:"《通鑒》'唐武德五年,唐使者王義童下泉、睦、建三州',而泉、建二州已並置矣。"圖經謂武德未有泉州,《新唐·志》謂武德六年別置建州,是皆未考《通鑒》武德五年之所紀載也。又紀建寧府沿革云:"隋末羣盜割據,改建安郡爲泉州;唐平蕭銑,使者王義童下泉、睦、建三州。"注云"《通鑒》在武德五年,《新》、《舊唐》志及《通典》並云武德四年置建州,不同。考趙郡王孝恭李靖以四年十月平蕭銑,十一月李靖度嶺,下九十六州。而唐使者王義童亦以五年正月下泉、睦、建三州,是泉、睦、建三州武德四年尚未屬唐,則四年之改郡爲州,乃羣盜割據之日,非出於唐室之命令也。《唐志》及《通典》所書非是,今不取"云。按:唐立建州置於福州者,自在武德初。中間名建州者,不過三四年。置於建寧者,在武德五年,非四年。終唐之世,建寧府或改建安郡,後復爲建州。王象之所辨,審正明確,足訂圖經之失,並可補《唐志》、《元和志》、《通典》諸書所未詳。

王遵巖文集序

凡物於其所不知,不能强爲之解。工之築室,農之藝田,弈秋之善奕,甘蠅之發的,庖丁之解牛,非了然有得於心,則無以肆應咸給,而愉快即得於心者,了然矣。而所指猶有至、有不至,其於精奧深微之域,容或有閾焉以限之。於是乎託業多而傳人恒少。文士之於文,亦猶爾也。自東漢以下,文弊道喪。韓文公生唐中葉,承積衰之後,起而振之,天下靡然鄉風。其徒皇甫持正、李習之輩,又能力守師說,闡發微言,以與斯道相輔翼,故終唐之世,文體不壞。宋則陳、穆導源於前,曾、王、歐、蘇繼其後,均以其所積蓄,昌明於時。雖成就各自名家,然其根本經術,發揮義理,皆足以信今傳後,視古作者無愧色。有元享國既蹙,文亦不競。自歐、黃、虞、趙外,未有翹然繼起,浸淫而復於古者,蓋斯道之榛蕪也久矣。明初,方、黃、宋、劉之徒,爭以學術鳴,一洗元世頹靡之習。然文多霸氣,駁而不純。求其沉浸濃郁,鬱然以深,粹然以澤,沛然若有餘,閟乎中而肆乎外者,蓋未嘗一遇焉。雖曰風會使然,亦以見矯弊返真,卓自樹立,成就若斯之難也。

　　王仲子僻處海濱,無師友之淵源,無風會之推挽,復無鄉先哲爲之前導以遞相授受。而其時,鄉之人又皆獵舉業浮詞,以剽竊聲利,是誠無可與語者。而獨以其文鳴天下,使海內人士知所宗尚。士之談藝者咸推重先生以爲標準,迄於今稱道弗衰。嗚呼!此豈不知而強爲之解歟?是非併心壹志深嗜焉,有積於中而快然自得,又烏能卓乎樹立,不奪於時好,以成就所業若斯也?當是時,負海內盛名者,惟唐荊川與先生相角逐。荊川著作不逮先生遠甚,嘗自云"吾古文得之遵巖",亶其然矣,然已嘖嘖盛傳於人口。先生之文,至百餘年而大行於時。天將昌其業,以引數百年後之人,以重示之,其所得者深,斯其所傳者遠也。嗚呼!斯道之榛蕪久矣!士之糊心眯目於時藝者,幾不知所謂文,又烏知所謂古文耶?然則先生之文,其亦幸而得傳於人歟,其亦終不幸而不得聞於人歟?余於先生文,具有深嗜。舊本每病漫漶,今吾鄉將重爲校讎,姑徇梓人。請掇其崖略,附名集中。後之覽者,其將以余爲不知強解也夫?

　　遵巖先生爲前明古文名家。嘗讀荊川文中,深相推挹,而未見全集。今誦此作,益知欽慕矣。劉星岑先生評。

令貽堂女學訓序

以經術飾吏治,自是純儒作用,位不必高也。官爲二千石,則於民實最親。志得與時行,則於民恒有裨。吾師果堂廉訪章夫子之守泉也,孜孜以興教化、正人心爲本務。凡課士、義倉、育嬰、養濟諸堂院,皆其手所經始,蓋得於經術者深矣。公餘之暇,既編集《格言聯璧》以訓士人,復手錄古今閨閣懿行之美,著爲《令貽堂女學訓》一書。分事父母、奉翁姑、相夫子、教兒女、和妯娌、待婢僕六事爲目,俾賢明之淑質,讀之益感以興;愚魯之蓬頭,亦得相觀而盡善。採輯之完備,視《東萊壺範》、《胡氏女範》、《鹿州藍氏女學準》諸書,尤爲過之。余夙昔讀《周南》、《內則》,每念夫古先王之道國平天下者,莫不肇端陰教,託始脩齊有禮,意以範民,使民有室家,各自檢束,以違悖爲愧恥,而以不及者相奮勉。其所以厚人倫、美風俗,蓋即此端本正始,杜漸防微之積而致也。經言:"男教不修,陽事不得,適見於天,日爲之食;婦順不修,陰事不得,適見於天,月爲之食。"夫閨門女子之瑣事,何預於政治之大體?而坤儀有玷,遂至變晦蝕以彰災異,間有刻苦勵行者,往往動天地而感鬼神,則其所關者大矣。先王知其然也,夫是以化民成俗,恒必推本於閨訓。由刑于寡妻,至于兄弟,而後迕于家邦。觀於《葛覃》作賦,雖以后妃之尊貴,猶待禀命於師氏。則知古者,民庶婦女,皆有學塾矣。自聖學不彰,內教失傳,凡先王設立女師、保姆諸儀,無復有篇什之存。

歐西人航海東來,乃以女學盛誇於中土,不知其所竊者先王之緒餘,其所得者古人之粗迹。而西人轉矜爲創獲,無識者復艷羨而推獎之,其亦自處於蛙陋而未嘗觀彼族譾會乎?彼其笄冠雜坐,履舄交錯,媟褻跳舞,互相狎抱,大庭廣衆,曾不知羞。其於古先哲王杜漸防微之禮教云何也!吾師此書,蓋深得先王化民成俗之本旨,以推原陰教者爲首義,不忍以愚陋待民與其室家,其立意爲不薄也!今天下學堂林立矣。聖天子稽古同文,三代教化將復大行,則女學又將復古。誠得是編以置諸教嬡堂院,俾之朝夕觀摩,互相勸勉,其於養正之功效,不且配小學諸書而更有裨乎!然則以經術敷吏治,純儒之作用於此可見一斑,而吾師經術吏治之優長，又非能以此概之。

今拱北觀察善繩祖武，不忘先澤，將刊布是書，以公諸世，以爲女學之準繩，持以問序於余。余固師門老弟子，深知吾師行誼之厚，與夫經術吏治之粹美，故不能無言。陸士衡云"誦先人之清芬"，則此書非僅尋常之手澤也。余深感拱北之能誦芬，而又感吾師之學術、治術雖未得盡行其志，以興起世道，其立心命意，固大異乎尋常俗吏之所爲也！爰仿鄭亞序李太尉《會昌一品集》、袁枚序《尹文端公詩集》例，於是乎書。

擬傅自得金溪泛舟序

出南安縣治西南，有金溪焉。源始於縣北雙溪口，以永春桃溪、安溪藍溪交匯於此，故名。於時金風細拂，玉露遥零。披披遠青，響合萬葉；淰淰斜白，氣彌半溪。延林潊之鮮娱，薦雲烟之綽態。奇賞標於物外，勝情溢於目前。爰攜酒榼，特檢詩囊。舊雨談心，清流洗耳。遂於傍晚，買棹同游，舉杯共酌。高嶂輝蟾，澄波躍鯉。緑水中央，青陰兩岸。味得情多，空真碧極。翹思則葭水引懷，觸景則苓風入抱。溜穿苔而細進，雲脱樹而争歸。俄而錦纜徐牽，彩虹乍落。秉燭有慕於古人，夜飲無怨於小雅。媵斝相酬，叩舷互唱。度還雲之曲，誦明月之章。泛畫鷁以如飛，驚棲鳥而遠徙。天連水一，樹映溪千。莫不志快層瀾，目飛明鏡，竹露品茶，林風醒酒矣。

既而餘觴告終，清興未已。遂移桂楫，近泊高堤。香醪再市，鼓槳復游。綺席仍陳，蘭肴重整。吸碧筒之杯，削華峯之藕。飛沫跳珠，懸流瀉玉。交錯獻酬，以永今夕。幽襟既抒，勝賞斯愜。薄暮而游，更闌而返。渺渺乎，不知珠露沐首，斜漢挂檐也。是知時地有遷，崇眺靡盡，嘉會難逢，盛筵不再。既同游玩，宜播詩歌。翌日，朱翁敲吟志勝，予亦次韻以謝。泛舟在紹興丙子八月十一日。爰總顛末，振筆以爲序。

得所得盦詩集序

詩以理性情者也。古者，軺軒設官，郡國采風。凡先王所以垂世立教者，無非温柔敦厚之大旨。使人尋繹諷味,則懽忻鼓舞之意油然而生,於中有不能自遏者矣。故孔子謂:"《詩》可以興。"自王迹熄而風雅之道亡,薦經秦火,篇什益蕩然矣。漢、魏、六朝下逮唐、宋、元、明作家,不乏求其導源於《三百》,振響於《離騷》,反怨悱而入和平,舍淫靡而趨莊敬,仍不失詩人忠厚之義;以合乎性情之正者,蓋亦鮮矣!近世置性情於詩外,徒事標門徑、講聲律,侈間架以求所謂詩,而詩之根柢乃日薄,趨向乃日卑,風氣乃日壞。余謂氣骨、才華、神韻,三者缺一不可;而原其宗旨,尤必以性情溫厚爲歸。間嘗持此意以論詩,學者每苦其過高,輒格格不能相入。

觀察渤海劉公,獨韙余言。先生,今之善詩家也。自其少時,出語已驚其長老。迨通籍後,出承明,入秘閣,日與當世鴻碩相切磋,儤直餘閑,復結燕臺吟社,所推襟盡一時名士,而先生之詩日益富。總其包羅宏有,不名一家。其從弟彤儒,謂先生早年寢饋唐賢,晚乃服膺玉局,故其詩不染埃氛。今觀所傳,如《在山》、《南征》、《薇省》、《灤江》諸集,大抵得諸青蓮、香山、眉山三家爲多。余嘗歷數國朝詩人以來,自吳、王、施、宋後,未有能獨樹一幟,肩代興之任者。中間復間以袁、趙橫流,蔣、張煽焰,而詩道益以不振。之數子者,如天魔舞,如野狐禪。譬之小家女,日事倚門炫飾,雖無意買笑誨淫,而出頭露面,有乖家範,非正道也。顧其餘波泛濫,莫之能塞。道光初,浙東姚復莊、閩中張亨甫崛起海濱,思掃除而廓清之,以蘄復歸正始,振衰起廢。二子雖未足當此,然其矯然自立,不奪時好,可謂豪傑之材矣!自是以來,俗尚進取。趨舉應者,幾不知風雅爲何事,聲韻爲何物。道之陵夷,至斯而極。

嗚呼!今之人心猶昔也。直道未泯,秉彝攸好,性情無殊,而詩安得有殊乎?先生天資迥絶,服古尤深,故能於聲華闃寂之餘,振頹風而標正軌,極造詣之深邃,未知於姚、張何如?然即此懷抱之高超,思筆之清俊,以視袁、趙輩之甚囂且塵上者,固已遠矣。其折節下交,虛懷樂善,尤非近世士大夫所能及。今將編年彙集,重付剞劂,用廣流傳,諄命鯫生弁言簡端。余感知己之深,屢辭不獲,遵命附驥,期藉以垂不朽焉。

贈劉淡齋序

讀書數千卷,閱世數十年。講習交游,皆里中之所謂賢豪長者。其見聞不雜於流俗,其嗜好不汨於聲利。生平所蓄,自文章、書畫、金石外,無餘資。故能芥視功名,苴視貨帛,終不以爲胸襟累。得乎己則重與之旋而敬之弗失,不得乎己則輕與之遠而藏之弗尤。古之人所謂足己無待,而寬然自得者,其在斯乎?其在斯乎?雖然,生今之世,被今之習,士大夫耳濡目染,均不出於聲利,即不能不溷於流俗。流俗之所移,非擾則紛,疇其能以自得乎?今有服儒服,冠儒冠,號爲讀書,其所講習,皆剽竊科名之具。剽竊,猶盜也。穴壁攻門,操錐鑿門。穴入,錐鑿抛矣,惟金玉錦繡是收是求。間有躡蓬山、登芸館,幾不知史書爲何物,太史公爲何人,諸子百家何姓氏。甚而束閣六經,并四子書疏,未嘗寓目,至於典出《左傳》,亦復茫然。惟是歌管之追陪,與酒食之徵逐,日焜燿於上都,相與講聲氣、競攀援,而冠蓋之奔馳,忙於負販矣!苟非適乎其有得能自脱於聲利者,鮮矣,矧能超然於流俗乎?能外於流俗者,抑又鮮矣,矧能以文章爲嗜好,書畫、金石爲蓄積,搜羅宏富,迥別於尋常聞見乎?且人生惟多衣食累,居恒苦奔趨,茫茫然勞碌風塵,顛倒憔悴之不時。糊口既乏生資,息肩又莫爲地。筋力疲而神明就散,安所得寬閑假釋其擾而靖其紛,以求所謂自得者?

今劉君所處皆異乎是。其交游於陳君,而講習於謝君,又今世之所稱賢豪長者也。而復居同鄉,生同世,其取資較爲易。《易傳》曰:"魯無君子者,斯焉取?"斯劉君,其有所取乎?其亦得於君子而有以自得乎?啓於陳君,固戚好,嘗辱見知。今將介劉君以交謝君,樂吾道之有鄰,而企乎自得之不虛也!於其將行,侑之以言。

重修安平金墩黄氏家廟序

自古宗廟之設,所以妥先靈、聯族屬、尊尊而親親者也。《記》有之:"尊祖,故敬宗;敬宗,故收族;收族,故宗廟嚴。"又曰:"宗廟之禮,所以祀乎其先也，所以報本反始也。"自分昭穆，辨貴賤，序事辨賢，以至於旅酬、燕毛，其規度也特詳。由是而踐其位，行其禮，奏其樂，敬所尊而愛所親。以此祀先，其斯爲孝之至乎？是故，君子將營宮室，宗廟爲先，居室爲後。自七廟、五廟，以至於三廟、一廟，自天子、諸侯，至於卿、大夫、士，未有不以此爲競競者。然則廟之制，不綦重哉！夫萬物本乎天，人本乎祖。有祖必有廟。廟也者，神之棲，人之本也。忘乎廟，則忘乎祖矣！木之本有根，水之本有源，無根無源，安所從出？人而忘本，其可預於宗祊之事乎？是當斥之於廟門之外，不得比於人數者也。

前志之言曰："祠堂也者，言祠之於一堂，不忍分也。"祖不可見矣，其煢蒿悽愴，懍怳憑依附麗於孫子綿遠之身，故雖千百其人，數從之後，猶曰堂伯叔兄弟云者，言均之爲一堂之親，而同本乎祖者也。夫苟不念爾祖，獨與妻孥羣聚於井竈湢湢之間，如雞棲豕牢，是亦足樂矣，何以祠堂爲？祠堂之不治，於祖有何虧損；而生者之伯叔兄弟，無以爲歲時伏臘，衣冠類聚之所。間卒然相値於街衢里巷，袒裼裸裎，褻嫚過之，曾不少須臾焉。其視同堂親長，與路人無以異。不才子弟，習見其如此也，一旦毫毛利害，恚怒恣睢，遂有醜不可道者，其禍皆由於祠堂之廢也。祠堂不弛，則同宗支屬時爲冠裳之會，得聞察父哲兄胥相訓誨。苟未至於儻蕩其心，將無畏於面斥目數而譙讓之，庶幾其有瘳乎！此祠堂廢興之明效也。

吾宗黃氏爲安平甲族。家廟之基，由來舊矣。自建斯堂以後，改之修之，迄於今六度矣。始創之者，爲雲軒公六子逸頤府君。嘉靖庚寅年，晴峰、畏庵、約庵、蓮湖諸老，又醵金而重構之，菊山叔祖爲之立石於壁，煥然一大觀也。奈未及數載，竟燬於寇倭。迨菊山公宦成歸，乃謀諸族人而興修焉。自出己貲之半以爲之倡，竭力經營，比舊基加拓焉。凡諸族姓子孫入廟者，皆當不忘所自也。菊山公嘗云："族人多事，子姓相乖；福祿不增，禍患日至。其弊均出廟事廢墜，祖宗神靈之不妥，無以默庇其衷，又無族規以爲之範，豈可以當吾世而使先人無居，子孫失教如此？"故其爲記也，殊競競焉。其曰："我先世之爲此堂也，匪所以爲儀,蓋亦示之教也。必欲死者之父兄子弟以神相守,弗忍一日未有所歸也;必欲生者之父兄子弟以睦相序,戀戀然無所不用此愛也。百爾族姓,果皆肅而莊,衎而和,裹言不茨,羣猜以忘,時乎其在此堂也。匪惟我生者實受其澤,凡死者之鬼之靈,亦永享而賴之。不然,人各有心,南北阢異,倫且不屬,而祖宗之神無所憑依,其將遐棄我已去矣!堂之設,不亦虛乎?"美哉,斯説也!信所謂仁人之言,其利溥哉!

  自菊山公修後,太傅明起公繩祖武,又重闢而加增焉。視諸前規,約廣數倍。其惓惓於先澤,勤勤於祖禰者如此。逮入本朝,順治丙申,安鎮遭鄭氏之亂,宗祊鞠爲茂草。奉遷以後,雖棲神有地而廟貌未新,宗老愧之。時傲庵叔祖居諫垣,曾議修祠事,不果行。賴同宗洽選明府游於粵,得俞俊叔爲之助,乃與肇燕孝廉謀,並馳信於楮園鴻博,使作書勸諭,開宗黨明義之忱。由是衆志翕然,咸樂觀成焉。此康熙丁丑所以有重新之舉也。嗣五十六年丁酉,又改爲焉。道光癸卯,又葺輯焉。此歷代遞爲興建修改之原委也。至今日,又六十餘年矣。雨震風凌,榱崩桷蝕,其上樑又幾破損,不及時修治,將至於傾塌頹壞,無以妥我先靈。揆諸族衆子孫之心,能無惻然乎?及至大壞而始議修復,恐所費仍復不貲,其將悔前此之不力而貽後憾乎?抑將好貨財以私妻子,任其頹敗,更曲爲推諉,以待諸後人之尚義勇行乎?是則所謂滋惑矣!

  所不可解者,諸族姓之心,如是其偏且乖也。凡遇鎮中迎神賽會及諸游衍雜劇唱戲等事,均不惜立破慳囊,揮金如土,以博慷慨豪爽之虛名。視其擲諸無用地也,猶興致躍躍,既快且易如是,豈其於生我育我之根本而忍令其頹廢如此,豈惟惑乎之貽笑不將駭且怪又甚焉!幸而有知大義不忘本如叔及侄、侄孫輩等,出而勸勉,故太得執鞭策其後。凡屬金墩安平派下者,皆宜加意致思焉。以太之不敏無似,尚能努力居積,忝竊科名,勞形薄宦。所謂當吾身而不修祠堂,於我無增損焉。然猶孜孜然不忍先澤之遽湮,廟貌之漸隳;亟亟然與諸同志日思修治,其惓惓勤勤也如此,則凡不及太者,更當奮而益加勉焉。豈惟祖宗之棲神攸賴,凡諸族姓亦實受其福云爾。

四書經義法程序

友人廣搜舊篋，得宋、元經義前製若干篇，謀以付梓，而囑余爲之弁言。曰：自古帝王，未有運世無本而能治天下者也。本者何？人才是也。固本者何？培養人才是也。人才視文章爲進退，文章與國運爲盛衰。欲養人才，未有不稽古右文者也。《易》曰："觀乎天文，以察時變；觀乎人文，以化成天下。"懲虛車而棄車，非所以爲治也。用與養違，則選士權衡之失，非制科之病也。制科之以文選士，由來舊矣。經學試士，權輿東漢。漢試經生，練虛實，重專門，繩家法。魏、晉、六朝因之八品、九品中正，録行能仍稽經術。至隋而始設試科，師承淵源，的有所自，然猶廣羅衆説也。

至唐而制始畫一。其初祇帖經，先口試，後改墨試，而程式始立。帖經者，明傳注，通大義。不得於本經、本注外，妄引異説，所謂遵一代之成憲者也。帖經兼試策論十，帖八者登上第，帖五者乙科，獲三者退黜。故文體侷促，其式略如洪武初年四書義一二百字，五經義二三百字而已。《文苑英華》尚存篇數，韓退之《不貳過論》是其濫觴。宋初猶沿舊制，《不讓於師論》至以引何晏舊注作衆解，爲王文正所黜，則不許立異也。是則經義取士，起於隋。唐代乃特設專科，迄宋、元皆沿之，非王安石創立也。安石奏罷詩賦，專試經義策論，不過欲人引用其字説耳。嗣後策論，或兼或否，仍無定制。惟經義則不易，雖至明初猶襲之。故謂制義始於安石，則可；謂經義始於安石，則不可。源流燦列，俞長城誤歸之荆公，亦未嘗深考耳。

程式模範宋世，已有成書。大抵唐人僅尚疏解，而少闡發；宋、元則闡發獨詳，故其所作，有繁、簡、脩、短之不同，由其所頒義式，亦復不同也。然朱子在當時已有經義不便之譏，毋亦習積弊生，如制義之泛濫庸膚有不可耐者乎？觀成化以前經書義尚少對偶，則知古文風氣未漓也。遷流既極，必復歸真。今制科改從經義，其殆懲時藝之弊陋，返尋初服，預兆新機，將以炳焕人文，而光啓中興之運者歟！茲編之刻，特其先路耳。是爲序。

尚志堂時文萃序

或問於余曰：時文，小道也。談藝而及時文，末之末者也！子之梓《時文萃》，將以嚇腐鼠鷯雛乎？曷爲是區區者？余曰：子之言雖是，不勝於群居閑談，玩時愒日乎？夫國家以此取士，士子以此進身。名公、鉅卿、鴻才、碩彥强半出於其中。蓬閬神山，縹渺層霄，非梯階末由自達，舍是而進，則雜流耳。時文，固士子之梯階也。自捐納開而仕宦之途溷。富商大賈，市肆牙儈，稍有贏餘，皆得挾其阿堵物，以博取人間青紫，有志者所以撫膺長嘆耳。而制藝一科，煌煌天壤，終不得泯滅。操觚之士，倘復薄時文爲小道，毋乃自棄之甚乎！言者，心之聲也。制義，代聖賢立言，實以自寫其心也。其心激者，其言肆；其心平者，其言和；其心忠厚而諒直者，其言必樸質無華，清深而條暢；其心寬敞而樂易者，其言必開豁宏達，朗爽而高超。氣，水也；言，浮物也。氣盛，則言之短長與聲之高下皆宜。故韓子論文，謂"未嘗以矜氣出之"，"以昏氣出之"，誠善其所養也。抑之欲其奧，揚之欲其明，疏之欲其通，廉之欲其節，其得諸心而應諸手也，汩汩然來矣，猶必迎而拒之。其自道也如是，非深涉甘苦，烏能有味乎其言之也？

時文與古文，雖異道而實同源。顧或窘於才，或儉於學，或囿於風氣，或縛於準繩，是皆不躋其巔，不窺其奧者也。即才博矣，學富矣，抗心希古不泥繩墨矣，而騁意所之，輒出野不能入格。嘗有終身伏案，皓首研磨，卒不獲於此中三昧，得大解脱者。譬諸升高，九層之臺，百尺之樓，千仞萬仞之峯，非勇敢强有力而兼耐性者，必不能造極而追幽。故或初時躁進甚猛，不數武而疲矣，又不數武而喘矣。至於精憊力竭，廢然半途者，比比矣。誠哉，其難能而可貴也！烏得目爲小道乎？

余自少時學文，作輟靡常。間嘗沉浸古籍，思蘄至於一家之言。限於遭際，不克卒業，其視所謂時藝者，頗覺冰炭。中間應試，俙得俙失，雖非所嗜，亦復强而就之。弱冠後，更舍去以學商賈，懋遷居積，日不暇給，蹉跎流邁，迄用無成。不特抗志遠希者，莫獲登岸；即曩時視同冰炭者，究亦未有心得焉。而二三同志，殷拳下商。聊爲削而存之，衷而次之，將以藏諸家塾，示諸侄輩。適友人見之，頗謂不謬，慫惥付梓，而坊□復以爲請。爰擇其尤雅者，應諸手民。非敢問世，蓋將與同人共證甘苦也。顏之曰萃，聚而升也。聚而上者謂之升，非梯階，曷由升乎？今諸君萃處一堂，從容講習，有"拔茅連茹"之兆焉。他日殆將以其彙貞吉乎！是爲序。

逸翰樓文集卷二

與張琴緣書

昨承謙忱，虛懷下問，叩僕以詩古文門徑。自慚晚學無師，僻居孤陋，求獲維艱。偶有所窺，大抵皆歷朝灰燼之餘，掇拾獵取其一二，如從禽散野，逋脱不得，間爲僕所擒住，後車籠篝，聊充缺數。昔人所謂只可自怡悦，不堪持贈君者也。然後起英多，倘不棄遺老朽，願相切磋，僕終不敢自秘，蹈末俗驕吝之習也。謹陳其概如左：

以聖朝稽古右文，制度典章，度越前載，獨於詩文一道遠遜昔賢者，無他，門户家數、分疆别派囿之也。派之一字，僕所不喜。少陵云："文章千古事，得失寸心知。"欲置身絶頂間，非僅宗尚一家，一人之師承，所得概盡者也。而鄉村學子，論詩必宗新城，論文必宗桐城，若舍是便目爲外道者，僕竊以爲不然。新城、桐城之詩文，誠簡净無枝葉，第間架格律，未免太拘。後之學者，必盡以是自期，專以是自限，亦可謂狹隘局促，不善得師者矣。

僕嘗謂，詩文無所謂派，求其是而已。寄託愈尊，流傳愈遠。欲有所取法，非力争上游不可。既得之矣，又不宜淺嘗中輟，廢於半途也。知載道之有由，則宜涵養以充之。矜與怠，皆害累也。即思致力矣，而安常不變，仍與畫地無異也。就詩論，氣骨、才華、神韻，三者缺一不得，此詩之力争上游也。以文論，根本經術，發揮義理，羽翼名教。此文之力争上游也。澤於古者深，則庸膚糠粃一掃而空，不必力求工而自無弗工矣。師法、家法雖不可違，但問途於已經，得能者指授之，其中關鍵步驟，無難了徹。兼以精進淘滌功夫，閲歷既久，涂轍自清，百病靡弗袪已。僕之所獲，如是而已。得其是，縱先哲之精，難爲我掩；不得其是，即千人之力，亦難爲我争也。凡僕所以日夜孜孜爲此者，求自適已耳；不欲自炫,并不肯徇人之毁譽也。知僕者多矣,然亦不耐俗流之求應也。有來學者,苟有所知,則必以告。孔子云:"自行束脩以上,吾未嘗無誨焉。"朱注以脩爲脯,以十脡爲束,殊失本旨。必待脩脯而後施教,聖人無此鄙吝處。束,束躬也;脩,脩身也。自前漢已作是解,退之亦如此云。《琅邪代粹(醉)編》、《古夫于亭雜録》備舉其詳,非僕之杜撰也。所望此間賢士,日進於道,得以承儒先明體達用之傳,僕之鄙願,不勝大慰。若僅僅以詩文自見,非僕所期於諸賢之微意也。

自顧樗庸,桑榆已晚,然愛人無已之忱,深冀同道志士,及時自勉,以進而希有用之學,爲有用之人,庶不虛生此世。舉凡文章之流別,晉摯虞有《文章流別》。特其緣起耳。至於文無駢散,詩無古今,但祈專精爲之,入室既深,自能相濟爲美。諸君誠不厭切磋,僕當有一得之愚裨益左右也。臨函附及,不盡區區。統希亮察,匡其不逮爲幸。

許世子止弒其君買説

《春秋》書"許止弒其君",三傳意略相同。《公羊》於書"葬許悼公"下,尤深原之。獨歐陽氏以爲實弒,陳氏傅良因《左傳》"奔晉"之語,遂疑"不弒,胡以奔",若謂真有其事者。是皆深泥舊文,以辭害意;而於聖人之微旨,毋乃有所不達乎!夫許止,非弒君也,以藥故也;亦非不嘗藥也,輕用藥也。輕用藥則草芥君父。恐因姑試之心,而開逆節之萌。聖人防其漸,所以警人心而杜亂本者也。

古者孝子事親,晨昏視膳,寒暖躬親,敬恭致養,如恐不及者,情動於中而不安於外也。至於視疾,則尤加謹焉。謹其所不知,而其所知者,猶惴惴然,未敢自信,安忍以其所弗知者而竟用之乎?若謂急不暇擇,則又不得言焉。人子之奉親也,慎始而敬終矣。疾之來也,必有漸矣。其驟焉者,非可預防,其平居積致之故,則固詳悉矣。即經方未諳,而可用不可用之劑,應常見而熟分之,獨不可徐而深思乎?而顧施之甚遽乎,竟安然而無所動乎?是遂於中而徑行乎外者也。經書爲弒,深意著矣!至於不嘗藥,微耳;嘗之,而遂可解免,亦泥耳。嘗不嘗,非人所能知。謂不嘗,而加以逆惡,聖人無此深文也。斷之以輕忽,許止無所逃罪矣。吾故表而出之,以存經意。則凡人子之輕忽其親,迹近於斯者,其獲戾也多矣,而可不深省乎?若夫博弈、飲酒,棄衰親於①弗顧者,更無所逃罪於天地之間。

【校記】

① 原作"於親",誤,今改爲"親於"。

與友論文書

在京日,與先生談及當世文章,其得稱作手者,海内曾不數覯,而先生固以余言爲過也。夫處今世而論文章,吾口之所能形,皆昔人之所已概;吾心之所欲達,皆昔人之所前陳。是以博學深識之士,其見解已周於庶物,其誦讀已備乎百家,常歉歉然不足於中,不敢自以爲是。信諸己而暴諸人,即明知其所以然,亦第存之於心,而不欲驟形之楮墨。斯蓋通人之學所得者深,而常念造詣之艱,殊多層累,甚未容以朝閉户而暮即期其合轍者也。鍾元常學書大華,三十餘年。永禪師臨楮,足不下樓者四十許年。翰墨,薄藝也。名不虛立,非久於其間,專且勤焉,日浸而月磨,力積而功收,猶未可以僥倖襲取之,其成就若斯之不易,矧文章之事,蘊蓄無窮,發於性真,根於道德,貫於天人,賅庶物而奄百家,卓然垂於一世,而横絶於古今者乎!

近世承學之子,撥染未幾而梨棗酷受其災,重以師友爲之標揚,顯要爲之獎借,庸俗無知爲之附和而隨聲,而已死餘灰,遂乘風而播氣。雖復燃無自,恒覺塵窗漬几,煩人拂揮。以余觀今世詩文之家,汗牛充棟,求其原本經術,發揮義理,足以信今而傳後者,千百中實無一二。夫以制科之積弊,揣摩之陋習,士子雖號讀書,恒有束閣經史並四子書疏未嘗寓目者。一旦履清華,歷臚仕,亦惟率其不學無術之身以相酬對。是以館閣之中,笑柄甚多,往往貽之四方,傳爲口實。而身履其間者,曾無怍容,方且武斷自豪,飾非文過,以覆己而欺人。嗚呼!文運之衰,至今日爲已極矣!

自金陵大憝削平以後，天下狃於苟安，以爲無事。凡典章制度，皆墜壞於冥昧之中而不知拯救。迨至禍機垂發，邊陲驛騷，而元氣蕩然矣。今則脂膏朘削，物力艱難，讀書種子欲求一糊口安身之地而不可得。凡爲父兄教子弟者，均以習誦爲迁途。間有業此，亦惟務進取，速名利，以多收金玉錦繡，炫世自豪耳。爲問閉户靜修，專一藝以成名者，且莫之覯矣，而況能尚友千古，潛心著述，以成一家之言乎？凡學者所有著述，大半在成名以後。然士子自託業至於成名，其精力半已消磨，況奔走衣食爲妻子仕宦計者，心志日益紛其擾擾，已不可言狀矣，尚能撥其冗雜，俾有餘閑以致力於文字之一途乎？夫亦見其難而甘於頹廢已耳，烏能如昔人之專精致志哉？吾故曰"今世無文章"，非刻論也！

　　議論甚是！今之學者，人人當書一通。劉星岑先生評。

爲劉星岑先生集徵詩文啓

　　往歲，觀察劉星岑先生報罷丹陽，左遷螯局。爰得我所，樂居是邦，都人士屢從之游，於賤子實未謀面，顧乃濫聽輿誦，枉過高軒。太既深喜君子之至斯，復顧事大夫之賢者。採苗藿而甘維繫，可以永朝；偕琴酒以相往還，遂無虚日。夫以八閩形勝，温陵素號名區；四海人文，晉水猶參末座。舐淮王之剩藥，雞犬升仙；沾杜老之殘膏，炙羹辨味。凡屬文貞學士，儒林文人，比户可封，滿街都是。非十步而絕無芳草，胡千里而獨注神交。毋亦一孔之儒，難從目論；千秋之託，別有心期者歟！

　　獨念太身不繫於朝班，名不屬於里閈。生平著作，罕享千金；爐火工夫，丹虚九轉。推敲月下，不逢風雅之公卿；牢落日邊，未動疏狂之賓客。誰鑄金而事佛，空種玉以望仙。譬諸鈍器鉛刀，猶思一割；其奈下材駑馬，難引九方。乃先生招之使前，愛而忘醜。超賞識於驪黃之外，判毁譽於皂白之間。可謂栽桃李而不遺菲葑，取絲麻而無棄菅（菅）蒯者矣。以先生詩律矜嚴，文繩辨正，固已如披桂林之芳馥，惟擷一枝；搜松壑之輪囷，獨擎千仞。然猶琢磨不倦，磋切相期。歸細律於暮年，趣引繩於後起。謂太論詩頗諳塗轍，乃以點勘襄之；謂太臨文略辨淄淈,復以流傳勖之。斯真才高氣下,德盛心虛。不稱無佛之尊,自負夜郎之大。此以視旂晉郊而示衆,哦秦碣而矜能者,誠不可同年而語矣。

太於先生,屢蒙知己之辭,深愧逢人之譽。兩當軒槀,因朱學士而始傳;千頃堂文,得徐尚書而逾重。同聲既應,相賞不孤。爰出綿貲,爲刊全集。先生臨行,殷勤相囑曰:"如刻成,當爲僕揮散文序之;閩地多名手,更爲僕徵詩文序之。"太夙薰蘭臭,欲播椒馨;載佩徽音,彌懷同調。自笑瞑臣聽曲,願爲嚆矢之先鳴;更祈大雅扶輪,共作詞林之鼓吹。

禹傳子論一

天之於衆人,有容心乎?曰:否!天之於一人,別有容心乎?曰:否!否!天之於一人之聖,獨有容心乎?曰:否!否!以一人踐天子位,民奉之,己承之,而實天命之也。天之於一人,非有私,而胡以命之哉?則舉天眷以靖人心,恐於穆無形而人必不服,且有假之以作符命者,而安在有可憑乎?曰:否!命之權雖出於天意,命之理實先定於民心也。故曰:"天視自我民視,天聽自我民聽。"伊古以來,皆以此驗天心之有屬,見天理之無偏。而世顧以禹爲傳子不傳賢,何其謬哉!

我觀上古時,君不甚高,民不甚下。天子既無壓力,何有專制?臣民各率恒情,何自分等?當軒轅御宇,洪水未行,中外開通,九州猶然大一統也。然以帝摯荒淫無道,天下諸侯會平陽都,舉而廢之,若無事然。其視置易其君,真弈棋之不如,則君無所謂貴也,民無所謂賤也。然則孟子民重君輕之説,蓋本諸古語,其時天下大勢,猶皆以民爲主也。傳賢傳子,禹固無所容心於其間,何萬章猶以爲疑耶?是直以私意測聖人矣!夫德至於聖人大矣,而禹絶不自以爲大也;位至於天子尊矣,而禹並不知所爲尊也。彼其心專以爲民耳,卑宫室而盡力乎溝洫。禹之心,無時不以民爲事,則雖有其位,不樂而轉以爲苦也。位何苦?懼不稱位以殃民。斯苦耳,苦在民,猶苦在禹也。民不一日適,禹詎能以一日安耶?觀其下車泣罪之言,禹豈以君爲樂耶?傳賢以安萬世,與傳子以安永世,果孰重而孰輕耶？禹之愛民，又豈僅在永世耶？民倘違，雖有賢而名譽難沽；民誠從，即因子而嫌疑奚避？禹之於天位，蓋不自私，而直以天命命之也。

命之權，固參以天意；命之理，必洽於人心。禹曷嘗自爲措置耶！傳之之見，蓋出於俗人擬議之私。薦益於天，禹已先在七年前。至禹崩，而益弗克承，遂位箕陰。天不益歸而啓歸，民不益向而啓向，則又在禹身後事，禹亦烏能預知耶？聞聲四日而弗窺，過户三回而弗入，禹之意獨見其大，豈區區效流俗之憶戀室家，貽謀產業耶？至敬承克肖，子亦能賢，斯乃天之所以報巨功，與民之所以懷明德，皆由冥冥中默爲推移，而禹之子乃適承其乏。曰傳曰與，皆非所以論聖人，而奚俟援天以解歟？

禹傳子論二

聖人之處天下，雖本於人情，而皆專以天下爲心者也。傳賢傳子之疑，世人以爲異，而聖人無容心焉。聖人無戀天下之心，而獨任肩天下之責。其輕視天下者，則以爲身外之物；其重視天下者，則引爲終身之憂。故曰："巍巍乎，舜禹之有天下而不與焉！"聖人之憂天下者，無時而或釋，初何嘗以天下爲樂乎？治則心安，不治則心危。苟可以宏濟斯民，雖膚髮無所愛，而何況子孫！雖曰父子相傳，古今天下之通義，聖人亦豈好爲立異以矯越恒情？第其心有不自得者，則寧以舍置爲公，而不願以付授非才，重負天下之謗。此則聖人之明於自量而非後世之所能知也。

若其承繼得人，聖人亦願以世及相傳。杜天下之窺伺，而斷淆亂之藤葛，豈復以私而自疑也哉？其愛子孫者，情也，私也；其愛天下者，理也，公也。聖人輕私而重公，自不肯惜情而違理。然苟窺在廷之人才，無能過於吾子吾孫，聖人亦曷樂爲避嫌而犯輕棄天下之失？昔者祁奚舉其子，稱其仇，而世不以偏黨貽譏。況聖人之用心高於祁奚萬萬者，而奚容以私意窺測也哉！

管仲不死論

責人以死，難事也，況屆於可死不可死之間，則不能責之以徒死，而當根究其人之相從本末，以得夫義命之所歸，而後可擬議其跡，而推原其心焉，如管仲之於子糾是已。孔子曰："志士仁人，無求生以害仁，有殺身以成仁。"孟子曰："可以死，可以無死，死傷勇。"太史公曰："死或重於泰山，或輕於鴻毛。"以二子之言推之，然則孔子成仁之説非歟？是又不然。蓋孔子所謂害仁者，夫固正名定分，合乎義之可死而不死也。若仲之事，孔子不特厚原之，且以仁許之矣。

論者求其旨而不得，乃創爲桓兄糾弟之辭，不知桓實弟而非兄也。就令子糾爲弟，而仲所以輔之也者，亦如荀息之於奚齊，授之以傅孤，臨之以顧命，則子糾已成爲君，管仲已成爲臣，名分不移，倫紀攸關，仲安得逃而避之哉？狐偃策名有年，惠公尚難逼以貳，而況於仲乎？度仲之事，糾未必如季友之奉般，不過因依召忽，爲求官計耳。三仕三逐，此身久無所主，糾未嘗以臣視仲，仲安得以死殉糾歟？鮑叔之傅小白也，屬之於僖公；管仲之事糾也，不聞出於君命。二子皆僖庶孽，國人惡糾之母以及糾之身，而憐小白之無母且賢也。故高國願奉以爲君，是則内無奥援，糾雖立，必不濟。仲固嘗論之矣，則其不爲糾臣可知也。生臣、死臣之語，忽亦知仲義可以無死，特自執謀人軍師之見，故舍生而不渝耳。

夫子以爲召忽雖死過與取仁，未足多也。子糾未成君，管仲未成臣，量才度義以立功名，未可非也。大抵死生名義之關，惟聖人辨之最詳且確。擬之以自經溝瀆，雖死爲無名，名分未定故也。若使仲於糾實早委質，則不待告廟即位，君臣之義自無可逃於天地之間，其視匹夫匹婦之輕生痛癢無關者，倫理顯相懸殊，夫子詎復爲是言歟？惟其生非糾臣，故以渺不相涉者爲比。不然，千秋之綱常大節，無如臣子死事之重，關頭一念，終身之完缺繫之。仲雖德被天下，豈能以萬古之大經許之假藉乎哉？

糾未成君，仲未成臣，自爲定論，正不必强言桓兄糾弟也。文筆壁畫一清，正爲先儒諍臣補此罅漏，必傳無疑。劉星岑先生評。

讀書須具眼目，如此處夫子論管仲以匹夫、匹婦爲比。若仲於糾實早策名委質，則非輕渺不相涉，夫子不應爲此不倫之詞。《左傳》繫子於糾，不繫於小白，明糾爲兄也。《公羊》謂糾宜君，《穀梁》謂糾可立，《史記》序糾於小白之上,皆以子糾爲兄也。荀卿曰"桓公殺兄以返國",與《莊子》同。古《越絕書》言管仲臣於桓公兄公子糾,即《管子·大匡篇》亦以子糾爲兄。惟薄昭與淮南王書言"桓殺弟以反國"。然韋昭注:"趙氏汸均以爲時漢文於淮南爲兄,故避兄而言弟也。"《史記》謂公次弟糾,次弟小白;杜預以糾爲小白庶兄,則歷來書史皆以糾爲兄矣。程子獨謂桓兄糾弟,不知何據而云然?糾未成君,仲未成臣,其辭見於《家語》,較程說爲長。國朝毛西河太史、管蘊山侍御,皆主此解,力闢桓兄糾弟之非,可謂先得我心矣。自記。

此章當與正名章參看。夫子於衞君待之爲政,尚力持名分之定論,豈於管仲君臣之間,獨肯假藉?實以管仲因依召忽,與之同事,未嘗策名事糾也。夫子網羅羣典,在當時必有根據。第生管仲後事,經百餘年間,非門弟子耳目所能及。惟夫子獨知其旨,故不肯爲門人衍說,恐聞見未廣,或開同堂爭辨之端,所謂多聞闕疑也。俟他日讀書既多,見聞既確,自能理會。此聖人教人之妙用耳,讀者不可不知。又記。

伍員復讎論

君臨一國而竟荒耽狂悖,有禽獸之行,敗類貽羞,此古今之所痛惡也。春秋時,天下無共主,故諸侯得縱恣。楚平以中構新臺之醜,滅天理而亂人倫,使遇盛德當陽,應不能稽斧鉞之威而免方伯連帥之討伐。子胥之父奢,以正諫而死,忠也;其兄尚,以從父而死,孝也。稱罪無犯,受誅無名,使熊居稍有人心,固宜深爲原諒,憐其本志之無他,赦其觸忤而復其職位。此準情酌理之當然,雖失東榆(隅),救過猶未晚也。楚平不自惡,專威肆虐,至欲滅其宗而絕其後。芟夷草艾甚於寇讎,雖桀紂之凶,猶未及此。子胥間關奔走,九死餘生,呼籲無門,沿途乞食。當斯時也,五典墜矣,三綱殄矣。芈氏之於伍員,恩割矣,義斷矣,曾路人之不若!而顧謂員也,尚宜戀故國,思舊服,毋忘祿養之前恩,此真所謂大不情謬妄必不然之説也。

其在謚法,刑威慶賞爲君,從之成羣曰君。《白虎通》以羣下歸心謂之君。

君也者,羣也,言能合羣以盡名義也。羽淵殛鯀,而大禹共職,天下不得疑其忘親事讎,無他,審乎名義之公耳。向令伍奢死於法,員也必自服其咎,安分而俯首無辭,匪第不敢言報冤,抑且束身而歸命,焉得以其讎衆人者讎君乎?君臣之義,定於天,定以尊卑。命之君,實作之師,非任其專威肆虐也。若僅使一人縱恣於上,以從欲而棄天之性,則所謂君之名義安在乎?魯橫江有言:"匹夫猶惡無禮,而况整領人物之主!"君臨天下,尚羞敗行,區區一國,胡爲者?以楚平之慚德,蔑倫紀,淫子婦,殺忠良,視其所爲,真披毛帶角禽獸之不如。彼既自裂冠冕,而欲令羣下稍存裙帶之繫之思,則亦等諸穢袙棄襦,以賤惡鄙夷麼擲之,烏得議其倒行哉!

乃或謂楚平之橫施雖虐,子胥之慘報亦酷,業既毁其宗社,傾其國都,生遷死辱,怨雪憤伸,情亦劇矣。卒復笞處内宫,毋乃太過歟?第不如此,不足昭天討而快人心。自來暴主之淫凶,每謂人莫予謫。惟極之,宫闈不静,帷簿不修,妻妾亦不能相保,庶幾挽回其溺志,提悚其驚魂。然則子胥此舉,洵足爲千萬世人君淫凶之警戒云爾。徐五曰:"鞭須六百?"余謂:"猶恕耳!禽獸之屍骸,正宜灰暴揚風,抛投飼犬,曾何鞭數重輕之足論哉!"

君子以自强不息論

進鋭而退速,始勤而終怠,或隳末路,或廢半途,此古今天下之通弊也。處憂危則奮,耽逸樂則忘,如燕巢堂,如魚游釜,此又姑息偷安之積習也。苟有羞惡,胡至於此?孟子曰:"人不可以無恥。"恥之心憤激於中,而求伸於外,缺憾於先,而圖償於後,如勾踐之不甘受辱,苦心焦思,卧薪嘗膽,不能以一朝居也。人一能之,己百之;人十能之,己千之。不恥不若人,何若人有?故曰:恥之於人,大矣!物恥足以振,國恥足以興。信乎《中庸》所謂"知恥近勇"也!能知恥斯能自勉,能自勉斯能自强,能自强則力不患不足,才不患不優。觀於《乾》卦,前後三爻六畫皆剛。知君子之至誠無息,實深明乎天運之剛德,以勵其健行。困而行,强而行,與安而行,其志一,其道同也。

古今未有無恥之昏君庸主，而可與圖報深冤、復先仇、雪身辱；即未有無恥之諧臣媚子，而可與共肩大任、興新政、揚國威者。無他，上下相蒙，隱忍相安，率先有含垢包羞之舊毒深中於膏肓，而志日以頹，氣日以奪，得過且過，形同痺痿，如病久陽虧，一息厭厭，遂餒焉而莫之自舉也，又安望其自強乎？間或陽稍衰矣，庸醫者不論其輕重淺深，輒以病爲損、爲傷、爲正氣已敗。本元已虛，祇可安而不可擾，可静而不可動，補藥既不能用，峻劑又不得施。無已，姑以薄味嘗之，以希粥飼之。度其所開方論，皆權就皮毛，舉似以不甚痛癢之苓甘，遷延度日。君子誅其心，以爲養病自肥與養寇自重無異也。然且託於和緩以厚自解嘲，在當局者既茫如矣。凡無主見之流，亦復相從束手，相率噤口，而不敢言非。有旁觀者精審機先，將歸咎於舊症之本體之實難痊補救，灰心不復施治矣。亦安知即此庸醫之玩愒誤之也！若陽氣苟乏，何以存身？既得遷延，便非盡脱。嗚呼！天亡陽則陷，人亡陽則崩。陽虛之說，誤盡天下之蒼生。臨症者，不失諸倉皇，則流於濡滯；張之固錯，而弛之亦錯也；緩之固差，而急之亦差也。氣本非虛，惟塞而不通，泛而不攝，則先自虛矣。

　　君子第法天以行氣，而疲者可使之起，弱者可使之壯。既不操切，又不因循，較之服健脾之丸，轉覺功效倍增，而又極安穩。氣何以健即以行乎？氣者，健之進而不已，純任自然，一息尚存，終不容懈，循環往復。無爲也，仍正自有爲。四時行焉，百物生焉。業爲天之宗子，必以克肖乎天者則之，斯足任承代而無忝所生。人第見終日乾乾，維日孜孜，思日贊贊，以爲君子之自勵，故如是其專精也。然運用推移，何一非顧諟天之明命，有以提撕其夙夜，而乃益悚其精神建極，曰維皇君子，以立極參之，遂允稱合德。所謂永言配命者，殆以天行不息之精意，力追夫天命不已之元功，具庶乎純乎陽剛，而毋或以陰柔間之。果能此道，雖弱必強。君子之所以自強而克配彼天者，其在斯乎！其在斯乎！

管子内政寄軍令論

　　蒐卒乘以圖自強，而使鄰敵得窺吾國軍事之虛實，悉軍勢之堅瑕，必有啓其心、生其疑而滋其患者。若非協而謀我，亦將忌而防我，至於釁端交逼，環伺相乘，是皆宜密竟張、宜藏竟露之爲憾。此管子所謂"難以速得志"者，殊非策之善也。

　　夫立國有有形之甲兵，有無形之甲兵。有形之甲兵，倖而險；無形之甲兵，順而和。倖而險者，以之制一國而不足；順而和者，以之制天下而有餘。觀其作內政以寄軍令，而知勝算之獨操，實得無形之妙用焉。三代上寓兵於農，惟周制最爲盡善。管子師法《周官》，去繁重以趨簡要。軌里連鄉之設，即井邑郊甸之遺也；司良長帥之編，即師旅卒伍之屬也。政成而軍具，內修而令行。無在非政，即無在非軍。推之，士有三選，田有四時，無事則咸歸政籍，聞徵則立就軍行，尤與《周官》若合符契焉。乃説者因兵農分都鄙，遂疑其盡更古制。不知善學《周官》者，莫管子若，正不得以霸術少之也。舊名雖改，遺意固猶存耳。即以《周官》證之，大司馬統軍帥也，而言掌邦政，其與管子將毋同。他如軍伍會於司徒，軍禮行於宗伯，軍禁徇於士師，是皆寓軍令於內政之旨也。管子惟得乎斯旨，故政成而民競勸，軍行而民不知。凡屬一鄉一伍之人，少同居，長同游，入夜而聲足相聞，在晝而目足相識。以戰則強，以守則固。夫是以民咸親睦，自忘其身，蹈水火而不踰，臨鋒刃而莫顧，此即《周官》任恤相助之教也。吾故曰：善學《周官》者，莫管子若也。

擬蘇子瞻荀卿論

　　凡當世之放言高論者，其人必恃有過人之才，自以爲身任天下之事而無難，而用之者卒少成功，轉以釀成禍害。其所作爲，非疏闊而難行，則紛更而滋擾，而不知太過之弊中之也。昔孔子憂道之變，刪述六經，垂訓後世。其言如布帛菽粟，使人循途守轍，無新奇可喜之思。然上智由之，可以窮神達化；中材由之，可以進德修業；下愚由之，亦不失爲寡過。夫子慮後人之背之也，復申其説曰："聖人復起，不易吾言。"又曰："索隱行怪，後世有述焉，吾弗爲之矣！"聖人憂道憂世之心如此其深切著明也，故其徒皆恪守焉而不敢越。勇如子路，辨如子貢，智如冉求，當夫子前循循然，無所表異，非得聖人之化裁，烏能如是乎？終夫子之身越數十年，禮樂不壞，異端不興，非教澤入人之深，聞風興起，守師説而不敢背者乎？

荀卿生孔子後，其於聖人之言論，亦聞之熟矣。驟然欲高出其上，盡反其所爲，使天下偭規越矩，大背先王之正道，不亦謬乎？吾以知其心必不出此也。李斯學於荀卿，又從而甚之。至於坑儒滅書，破壞先王之政典。其負咎於師也實深，不啻視若仇讎矣！而推其原，非李斯仇荀卿，荀卿自仇也。李斯之敢於背師，荀卿導之也。主人開門而揖盜，期謂盜能遵主人之教，不席捲以去乎？荀卿以桀、紂爲性，堯、舜爲僞，子思、孟子爲能亂天下，皆言人所不敢言，而竟悍然自是，將以是驚世駭俗，思高出乎天下。則非特好惡拂人之性，其於先聖哲之訓，所謂法言德行者，蔑視之久矣。夫以聖主如堯、舜，高賢如子思、孟子，非千百世之所共尊[信]，千萬人之所愛敬者乎？以千百世千萬人之尊信愛敬而尚敢於凌蔑，爲師如是，受其教者何所憚而不爲乎？彼李斯，特其效尤耳！

天下事勢之變，莫不由於發端一夫階亂，禍勢蔓延。在荀卿立説，不過取快一時，馳騁自雄，實不念其弊之至於此極也。嗚呼！盜污遂至宣淫，殺人必且行劫。事勢之流失，猶水之就下，將有變本加厲而不可終極者矣。是以君子立身行道，務端其始，庸德庸言，不必力求過人；而人卒莫之過者，誠先立乎其大也。彼放言高論之荀卿，固難與語此，若李斯之悖亂，更無足責矣。

古人作文，往往以古譬今，使言者無罪，聞者知戒。子瞻此論，本爲王介甫而發。姚姬傳即有此説，不過引荀卿作話頭耳。後人即定爲荀論，似非本意質之。劉星岑先生評。

陳　勝　論

取天下者有其藉，成天下者有其機，謀天下者有其才，治天下者有其具，而復收之有術，馭之有方，肩之膺之又有其器與量，而後天下歸心焉。此固不必侈言積德累功，而初非箋箋狹隘之鄙夫小豎所能勝其任也。當秦之暴虐，天下咸怨。陳勝以戍卒驟發大難，四方響應者，蜂擁而蟻屯。論者遂以首謀歸之，而不知此特先後之別耳。勝以七月起兵，至九月而劉邦肇於沛，項梁苗於吳，天下之爭欲亡秦者，猶骨鯁之塞於喉間，胥待吐之而始快。勝與劉、項，均塞也，即均欲吐之者也。事機之遲速，亦逼於時會之緩急耳。非謂勝、廣不起，而天下遂無首事之人也。勝之初興，既合於人情之競動，又獨得倡義之美名，以故猛士謀臣，相率歸附。似勝原非鹵莽從事，而卒瓦解土崩，竟潰敗若斯之易耶。豈兵士之未雲集歟？糧餉之未充儲歟？器械之未精備歟？然勝之病，皆不在是也。

夫勝因衆怨而興戎，似取天下不爲無藉矣；乘群雄而先發，即成天下亦不爲無機矣。而何以興廢異形，初終易轍者哉？此無他，始基不立，主謀不定，奇才不用，民心不收故也。此數者，英雄之所長，人主恒操之以與敵人爭天下之勝負者也。得乎此，則勝而興矣；失乎此，則負而廢矣！興廢之兆雖甚微，而勝負之機則易決。勝既短乎此，而加以才識不廣，氣量不宏，籌策不豫，而烏能有成耶？雖其初輟耕太息，不無意氣之抱負，迨後稍得藉手，基局未固，正艱難磨厲之時，而乃因機勢略張，遂侈然以自大。此與公孫述、隗囂之列戟陳陛，又何以異耶？夫帝王之器量，迥出尋常。具聖賢之心，懷英雄之略，不如此不足以當之；即降而求其次，亦必有略髣髴乎是。天生蒸民，爲天下主，固非偶然者。以項籍之梟雄，猶未堪以語此，而況陳勝乎？若夫無其才具與其德器度量，而欲力征經營，則覆敗隨之矣。《易》曰："鼎折足，覆公餗，其形握（渥），凶。"言不勝其任也。司馬遷、班固以爲聖主之驅除，信不誣哉！信不誣哉！

子房擊秦論

膽有大於天下者，其視天下皆小矣；識有高於天下者，其視天下皆卑矣。若夫位居九鼎之尊，勢負萬鈞之重，才稱一世之雄，人統八方之衆，如始皇之威四海，滅六國，其得天下也，雖殘暴而不仁，而推其膽識，必有包舉天下者乃能舉天下而若輕，必有函蓋天下者故能收天下而如束。其在《書》曰："予臨兆民，凜乎若朽索之馭六馬。"而始皇不懼也。彼方自處於大，自處於高，其視天下臣民皆卑皆小。而以位論，則惟我獨尊矣；以勢言，則惟我獨重矣；以才推，則惟我獨雄矣；以人舉，則惟我獨衆矣。極其量，且將超五帝而絕三皇；盡其力，更欲撻四夷而鞭六合。蚩蚩者何物，渺玆醜類，其孰敢有加於我、凌於我，愍不畏死，以相嘗試者？而況周廬環列，驂乘萬千，後擁前呼，出警入蹕，風雨不能侵其袂，鬼神猶且慴其威。

不謂博浪沙中，偏有一措大，獨以草芥蔑之。鐵錐一擊，震驚朕師。侍從譁然，徒御駭然。即副車誤中，已不啻關其口而奪其氣，褫其魄而勾其魂矣！身雖未死，心則已死。縱十日大索，遍地追呼；而力士猶存，從容偕去，其如子房何哉？吾竊意始皇當此危疑，斯時膽虛矣，識眩矣。向之所恃以爲大於天下者，至是而皆小矣；以爲高於天下者，至是而皆卑矣。而卒讓子房之識以獨高，讓子房之膽以獨大。則是當始皇時，舉天下之膽，實無有大於子房者；極天下之識，實無有高於子房者。惟其充天下爲膽量，故能以小視天下者，視始皇而輕之；惟其超天下爲識見，故能以卑視天下者，視始皇而賤之。不然，子房亦僅一介布衣、一匹夫之末耳，非有絕識異膽，懷報韓忠勇之志，其敢以小加大，以卑凌尊也哉？

漢三傑論

自古帝王之興，非偉抱獨具、負雄才大略者，不足以經營天下；非有二三豪俊爲之羽翼，亦不能共襄康濟，建宏達之遠猷。是則開基英主，未有不愛才者，即未有不錄功者也。惟其能用才，愈不欲人之自見其才；惟其能賞功，愈不樂人之自恃其功。至於心術隱微，窺見尤深，一有缺憾，則必犯疑忌。此吾讀史至漢三傑所以有軒輊，而未能滿志焉。三傑之中，自以張良爲最。其識見之超越，心志之純一，不以成敗安危易其故，不以盛衰寵辱動其中。自來儒者尚論蕭、韓均有微詞，獨於子房無異議。雖以程、朱之理學，猶謂其頗有道氣云。知人論世，誠非易易。

然據三人當日所處時勢，以觀其行事而驗其心術，則固百不失一焉。相國與高祖同里習處，深知其性之所近，則言易聽而計易行；而卒無奇勳偉略獨出冠時，僅以慎守管鑰聞信。遷史所謂依日月之光，碌碌無奇節者，非刻論也。譬諸人家，家長才智過人，凡左右腹心者，大抵以純僅老成，司守財帛爲主翁所深信，不必英謀卓見而始效用也，雖中才守職無害也。若淮陰之奇才不偶，國士無雙，誠非高祖所深喜。況功名之際，善處爲難，克終實寡。信既露才揚己，自矜多多益善；又復徵兵不會，據地要封。其行事每犯高祖之所忌，特以天下洶洶，未卒底定，故姑事容忍耳。是信之所爲，已在高祖算内。高祖能料信，信不能窺高祖底蘊。此其所以終爲禽虜，而莫能自脱也。吾以爲信之學養，實有所未逮。不然，人臣至功高震主，非退讓則深藏耳。

若夫子房，家世仕韓。不以韓滅而遽灰壯心，尚孜孜然求可報仇者，其立心之忠誠懇摯，已足取信於人主。故高祖重良志操，一見而即傾心焉，豈僅偉其謀略哉？當夫滎陽相持，漢軍數潰，諸將自行間逃亡者，不可以一二數。雖以淮陰之卓識，猶不能自固；獨良崎嶇戎馬，追隨於顛沛之中，屢值傾危，如鴻門事急矣，項伯引與俱，猶相從而不忍去。迨諸將爭功，高祖心存厭薄，獨善子房，自擇齊三萬户以與之。論功酬庸，原非過厚。而良卒不敢當，但願以留自處。此高祖之所心賞者。以視淮陰之擅請假王，致主疑怒；鄭侯之買田受金，下繫詔獄者，其相去不亦遠乎！總而論之，何勝信，良又勝何，非第謀略之奇偉也。其謙柔自處，善全終始，已非二子所能企；其一心戴主，安危不變，寵辱不驚者，尤足風示來兹，爲萬世人臣之法鑑焉。

<h2 style="text-align:center">叔 孫 通 論</h2>

争之與讓，其義相反者也。武人之争功績，與文士之争功名，其情又迥相反也。争而不止，必至於亂，此非第拔劍擊柱焉已也。欲息其争，而徒以刑法督責之，是猶以暴易暴，不能弭其争，而轉以滋其亂，其奈此紛紛者何哉？當漢高初即位，羣臣在未央宫置酒論功，卒至攘臂較量，睥睨而不肯相下。高帝心憂甚，而未有術以已之。於是叔孫通乃以朝儀之説進。迂哉！魯兩生乃疑其欲興禮也。夫禮必百年而後興，惟聖者能之，非特通不足以語此，即統全魯之諸儒，亦

未足以幾此也。朝儀者，非禮之全體，祇禮文著現之一端耳。大抵天之生斯人也，有血氣則爭，有智勇則爭。爭之生於人心也，惟禮可以已之，亦惟禮得以消之。推原其弊，皆由於尊卑之分不明，上下之序無階，貴賤之等無別。是以升降進退，多率意而妄行；言動威儀，亦徑情而直遂。此在私室周旋之際，猶譏鄙野；而況高宮文陛，廣衆大廷乎！

至朝儀之興，三代本有遺典。觀康王朝應門之外，列侯均就方位，循序而前，則其意可見矣。通以爲堂廉不肅，則上下無章。雖雜採秦儀參以行之，而初非因陋就簡，草創規模已也。其尊也，不可踰；其卑也，不可越。分其行而就其列，獎其遵而罰其違。穆穆皇皇，蹌蹌濟濟，凡自公、侯、將、相、卿、大夫、士下，各序在位，式禮莫愆，雖鵷班未入，而睹此漢官儀之盛，而皆懍乎其自歛也，肅乎其難安也。嗚呼！自通創斯儀，遂開歷代朝章文物之先聲。由是而貴有常尊，賤有等威，循分自安，莫之能違，不必黜其爭，而自無敢爭者矣。此雖高帝之善於聽受，亦通之妙於轉圜也。何物迂腐，乃欲以高自待者待通，何其謬歟！後世耳食鄙儒，未悉當時事勢，輒舉聖賢所難者，槪責之於通，毋亦視通太過，而非通所樂受與所樂聞也。夫通之所起者，朝儀也，非禮也。然當此盈廷之角立，羣下之競紛，皆束於儀文而不敢動，其爲益也大矣，其用心亦良苦矣。立效救一時，而非邀名於萬世；揣通之本意，亦祇如此夫。

<h2 style="text-align:center">武帝殺鉤弋夫人論</h2>

極天下所難割之情，能割而捨之；舉天下最不忍之事，能忍而離之。此古今大英雄、大智識、大局量創見之事，其剛果明決，有迥出於尋常庸才萬萬者。歷觀世家大族、豪右名流，往往姑息以偷安，養癰以遺憾，求其割離而一旦決絕之且難覯，而況宮幃之間耶？近世人主，多惑於牽制之私，而爲其所縛，不能脫然而舍累。一瑣事也，或沉溺於情而莫甘割棄，或耽戀於愛而重惜忍傷。每不吝違義以徇之，屈法以就之。即明知其難假，而恒有寬假之意態涉於其中；縱羣擬爲難容，而終有包容之隱微間於其側。此吾讀史至漢武帝殺鉤弋夫人事，而深

嘆卓識英風千古獨絶矣。乃王船山反以不善處置譏之，謂其防非所防，患有出於防外者，此固不可爲訓也。嗚呼！迂儒曲士，目未周於古今，其不達於時變也，大抵如斯。

武帝天資高明，經事多，智慮深，見夫漢家外戚之憂，盤踞盈廷，實恃中宮爲奧援。自呂雉開臨朝風氣，爲母后者，不思懔從子之義，掩牝雞之醜，動輒效尤而闇干。千載而下，惟曹魏深明斯誡，預詔斷絶。此固地道無成之當然。然而中宫恒不樂聞，且又利於立幼，況兼有昆弟姻親爲之慫恿，腹心婦寺爲之籌謀，而魚貫猱升，紛紜並進。此非獨貪戀大位之爲患，亦恐釀成禄、産之奸凶。武帝之先事防維，豈特絶垂簾禍根，亦預遏非種亂萌，有深心焉，有獨斷焉。雖擁廷詔獄，近於涼薄寡恩，然主少母壯之言，實爲千秋之卓見。夫以東朝而司晨秉政，高踞大寶，權莫我尊；頤養兼隆，物莫我議。逸樂既極，飽暖思淫，夫亦孰有能制之者？武帝誠念及此，其烏能以一日安乎？其得不爲身後慮乎？暫留之既不得，姑容之亦不堪。則惟有割情忍心，早事決斷者之爲善。所謂一慚之不忍，而終身慚乎！彼鈎弋雖過惡未形，然德無極而怨無終，女子小人實爲難養。既不能效王才人隨龍馭而上升，則千萬歲後之貽憂，斷非遺詔所防閑。計亦祇弭患無形，賜之尺組，隨之九原，所以善其終而全其恩義，畢其愛而保其名節，較之退居冷院閑宫，尤爲妙於處置云。彼唐宗不忍誅武曌，徒留遺臭於人間，其亦未嘗審擇所處，以防僭亂之階歟！

漢武帝、唐太宗優劣論

論人主於三代下，雄才誇（跨）竈，自當以漢武帝與唐文皇爲首稱。推二君之居心行事，均所謂內多欲而外施仁義者也。一孔小儒，莫不伸唐而絀漢，劣武而優文。然而宸居，衆瞻也，天下重器也。爲一時靖難，固需有君人之才，垂萬世觀型，尤貴有君人之行，則漢武爲優矣。迹其一生大綱，魁柄獨攬，權不下移，躬行制作，崇重儒術，氣概之恢宏，與太宗略相等，固未容輕易軒輊。論文德，則求才策士，招賢納諫。初用衛綰，繼用倪寬、公孫宏，何殊房、杜之任也？東方朔以辟戟賜金，汲黯以少戇見容，何殊旌魏徵之直也？論武功，則定邊策兵，推轂擇將，其善用衛、霍、楊僕，與專任徐、李也，不特相似，抑且相侔。他如開疆拓土，傷財勞民，並有晚暮之悔，尤爲若合符節。至於創制顯庸，亦各有不相讓。蓋帝承文景之後，事事矯之，以嚴厲思欲更改軌度，恢張大業。惜群臣才多庸下，不能奉宣德意。其視太宗時氣運初興，人材鬱起者，實有難易勞逸之分。故太宗便於成功，而武帝艱於就緒也。

說者謂太宗拔馬周於逆旅而躋之顯秩，武帝有一董江都而不能用，此其所以獨遜一籌歟？至於戾悼之誅夷，與承乾之廢黜何以異？霍光之託孤，與遂良之顧命又何以異？然而，鉤弋之賜死，異乎武媚之放歸矣；子夫之專寵，異乎巢刺之踰牆矣。觀於負扆賜圖，付託得人，沖幼臨朝，安於磐石，知子知臣之明，又豈世主之所能逮乎？此以視佳兒佳婦卒成虛語者，不大相徑庭哉！蓋嘗論之，綱紀廉恥者，人君馭世之大防也。爲君至於瀆倫，則綱紀墮矣，廉恥喪矣。魯橫江有言：「匹夫猶惡無禮，而況整領人物之主！」天生蒸民，作之君，實作之師。若任其蕩檢踰閑，縱欲敗度於民上，是豈上帝之心哉？武帝天資高朗，剛果善斷，故能割衽席之愛，防禍根而遏亂萌。雖擁廷詔獄，史臣以爲寡恩；然子少母壯之語，實爲千秋之卓見。太宗溺兒女私情，牽制而不能決斷。明知雉奴淫昏，不克負荷，卒乃輕付神器，釀成亂階，何其蔽滯若此乎！讀祕記，識武氏能亂天下，究不能效武帝故事，使才人日侍其側，至於父子聚麀，不再傳而遂有女戎之禍。薦經韋、楊，毒延三世，何貽謀之不臧，一至於此！豈非躬納弟婦，作法於涼，爲上蒼所痛惡，而特報之以濁亂歟？上之化下，猶風之偃草。讀史至此，凡爲君者，可以戒矣。故以才以功論，則唐宗似勝；而以君人之行言，則漢武尚未潰範。蓋漢初風教敦厚，名義澂嚴，紀綱廉恥固未敢盡廢也。

魏相因許廣漢白去副封論

大抵國家之禍患，莫甚於權奸之壅蔽。權奸不去，壅蔽不除，大之則貽宗社之憂，小之亦滋盈廷之蠹。第不先去壅蔽，則權奸又不可得而除。欲除之去之，夫豈可輕易言哉？彼其勢力久據，根蒂盤深，固非一朝一夕之故也。履霜堅冰，其所由來者漸矣。要津布滿，盡屬腹心，其樹植也多，則其彌縫也必固。欲發其覆，必密其機。苟漏洩而敗謀，將危身而誤國，其害有不可勝言者矣。觀魏相因許伯以白去副封，其用意可謂深至已。夫霍氏憑權藉寵，經歷三世。光雖身死，其女尚爲皇后，妻顯時通長信宮。其子禹爲右將軍，其兄孫山以奉車都尉領尚書事，親戚皆居要地。故事凡上書者，皆爲二封，署其一曰副。領尚書者，先發副封，所言不善，屏去不奏。是殆將杜絕人言，預爲掩飾地，以關其口而彌其隙也。嗟乎！壅蔽如此，此古今人主所以終身迷惑者，大都墜其術中者也。帝雖來自民間，深知情弊，其奈感援立之德，則怨不敵恩矣；託肺腑之親，則疏不間戚矣！若夫處逖遠之勢，交淺言深，一旦欲去其壅蔽，匪唯不見信，適足以取疑耳；匪唯不相知，適足以取辱耳。至於許史輩，則地最近而迹最親，心相向而言相入者也。藉之以白於上而去其副封，不特投之固甚順，而動之以所不疑，抑且引之使立轉，而啓之以所必從者也。魏相因而說譬之，許伯因而切陳之，宣帝因而感悟之，其所因者大矣。

説者謂相，身居御史，有言職也；位尊近君，得言地也。苟見事機之切中，自應慷慨而直陳，何必藉私人以傾私人，近於阿比詭隨之計乎？不知霍氏得君專政久矣，勢盛而難移也，基扃而難拔也。副封不去，過惡不聞。雖有一二奏參，帝猶將疑爲權重威尊，犯衆人之妬忌也。去之，無所容奸，而凡在廷得以盡言矣，聖聰得以盡聽矣。轉機甚捷，儼若有把握之可操。是雖因人而成，而實因勢利導也。然推魏相之心，則猶不願及此。相不嘗數上封事乎？觀其所指陳，譏世卿而懲專恣，亦甚願及時遏抑，損權寵，散陰謀，以全功臣之世，同於徙薪曲突之所爲，而不欲誅滅舊勳，以疑於凉薄也。至封事不行，然後因許伯白去副封，則所以爲國謀者至深且遠，而非夤緣外家、暱比私人之比也。矧其平昔公忠體國，固裒贊孜孜乎！

嚴　光　論　一

嚴子陵之在東漢初，毫無建白樹立者也。而高風亮節，輝映今古，膾炙人口,較之在廷諸勳臣僚寀,而倍覺光榮。而後人之議之者,非過抑任情,則稱美逾分,推之當時事勢,平生行誼,皆有所未符。求所謂論世知人,殊乖厥旨矣。其貶之者曰:羊裘一着,鉤弋虛聲。在光武,既略分言情,何妨一伸故舊之歡,稍副傾襟之雅。矯飾過甚,近偽沽名。此一說也。其褒之者曰:飛鴻冥冥,弋人何篡。高尚其志,薄視王侯,以天子之尊,卒不能屈匹夫之賤。在光武雖謙以下人,而子陵則自守故我,寧爲介,不爲通。此亦一說也。而吾以爲,推兩人素昔之志事所存,與其所以心心相孚者,則不僅在此。

蓋先生之志,光武固知之深矣。其平日言論風采,著現諸日用行習間,必有一毫不涉苟且,不爲威怵,不爲利咎者;雖在朋儔尋常酬酢中,而皆無所依違,無所屈撓,無所阿私。硜硜然耿介自持,一洗諸諛順適、附和隨聲之俗狀。周旋日久,確見其操守凜然,狂奴故態,實有一往直前不稍改易者。而後光武尊之、重之、愛之、敬之,向日所欲以加膝之誼,親之而不可得者,愈覺思慕難已。故三徵九聘,到處物色,不能一日而去諸懷。亦庶幾引而就之,推而進之,以幾倖其遂我招尋,不我遐棄也。向使子陵碌碌因人,亦如庸俗流之進退,舉所以待衆人者待光武,則帝早鄙夷之矣,又安在其殷勤相向哉?

若夫光武之懷,則先生亦窺之審矣。其平昔知人善任,隨事求是,總大綱不苟細務,核實用不尚浮名。舉凡遣兵察吏,褒德尚賢,事事皆經親操,絕無一毫之假借。雖極艱辛,樂此不疲。而臣下又皆奔走弗遑,各述其職。度以先生之聰明才幹,爲之左右後先,未必能駕漢廷諸勳臣寮寀之上。是以陳力度德,自守清高。既不受其網羅,自不遭其厭賤。環顧朝野上下,又多日競於功名,無一肯循執謙退者。夤緣奔競,相習成風,在先生早羞之矣。則惟以我之不可屈致者,以成至尊好善忘勢之名。率天下之沉酒濡首乾沒不還者,激焉而生其廉恥。庶盈廷無貪位之辱,而在野有清風之慕。一朝節義,由我而開。所謂不爲之爲,較之相助共理,而百倍其功,其爲惠厚於故人者,豈有量哉!此其意,先生早審之矣。

向使隨衆容悦,與廷臣旅進旅退其間,度以先生之清操,亦非全無補於世,又何至爲官家所薄而遽絶要領？然而臣僕之分，與師友之尊，又孰輕而孰重耶？在先生，固不以是貧賤驕人，而致光武之敬；在光武，又豈能恃勢相臨，而違先生之守哉？其所以相喻於中，相砥以義者，亦惟光武能卒成之，惟先生能允蹈之。邈哉！先生其弗可及矣乎！

嚴光論二

古來志士，有自揣才學不及而能養高藏拙，以倖得千秋之盛名者，子陵是也。當建武初元，天下已定，文通武達之英，師濟同朝，分次就列，以效贊襄者，亦各不乏其人矣。子陵即欲厠身容足其間，其能有所建白耶？揆其平日志量才具所蘊蓄於江灘垂釣下者，亦覺規模狹隘，終不能大有所爲。矧孤立無援，僅以其志節之不可奪，如汲黯忠貞正色立朝，度未必言聽計從，竟伸其志。幸而君方嚮用，胥得盡吾所欲爲，以次第設施，而勳舊間之同寮嫉之，新進近侍復交非之，咄咄子陵，雖欲持故人之誼孜孜啓迪，知無不爲，其烏能邀君之憐以容衆自容耶？知其不可容又不能忍，則將脂韋隨俗，以庸庸碌碌，緘口結舌，默默然浮沉其間，諒亦非子陵之所甚願。

而況操諸己者，究未有能大異於人，則凡他日經濟文章所藉爲潤色太平之具者，恐終吾身亦不復有見長矣。咄咄子陵，其能以一日安耶？不能以一日安，則毋寧養高自重，使天下欽吾之介節，仰吾之清風爲不可及。且使天下人相率砥礪，起頑立懦，復知世間有廉恥事。則吾道之所以盡己而愛人，淑身而善世者，持此以歸報天子，顧不大歟？此子陵之妙於藏拙，即子陵之善於養高也。乃或謂其有心矯俗，以得虛名，殊不知其自知之明，返己甚悉，乃能決然無戀，有以自處者耳。

二疏不以財累子孫論

湖上李漁曰："二疏之所難，不在請老，而在不以財累子孫。"黄子曰："噫！此淺人之見也，烏足以知二疏之心哉？"天下不近人情之事，稍有知識者不肯爲，亦不屑爲，而況明哲乎？觀二疏之行事，真古今大識見、大明達之所爲。其不念子孫，正其深於念子孫者也。其曰"教怠惰，令勤力"，又曰"與凡人齊"，則知二疏自入官以後，其子孫必恃其祖父之聲勢榮顯，好怠惡勤，優游鄉里，美食鮮衣，不稼不穡，無出羣出①進取之思，而樂與凡庸爲伍。是並有不可以鞭策、不可以教誨者，故爲此勘透世情之言，樂與鄉里共享聖主餘金，盡吾餘齒，聊以卒歲耳。

今讀其書，情見乎辭；觀其言，足以知其心矣。阮籍曰："太上無情，其次不及情。情之所鍾，正在我輩。"余謂：處盡天下之人情，亦得其中而已矣。矯情者，不可不及情者，亦不可也。向使二疏諸子孫中有一二讀書明理、持躬循分之儔，力不足以任耕耘，身不足以肩負販，焉有坐視其饑寒而不爲之所？吾知二疏必先有以處此矣。然則子孫但患其不賢，賢則未有自損其志者。惟其甘爲凡民，故亦以凡民置之。大抵古今越有識見之賢，越能於忽不經意之中，窺其微而見其著，處其大而盡其心。即疏廣、受之請老辭官，意亦如此，人以爲知足不辱，吾以爲別有所見，故託此爲辭也。觀其開口之言曰"吾豈老悖"，則知二疏亦猶人，情念子孫，即在情理中，焉有視若途人，矯情太甚，而下同於不近情之輩哉？

【校記】

① 此"出"字似爲衍文。

三國人才優劣論

自古國家人才之盛衰，胥視乎君上之振興。此非第培養以植其根基，又須鼓舞以發其志氣。讀史時至三國，人才美矣！盛矣！顧其間猶有優劣之分焉。一孔之儒，莫不優蜀漢而劣吳、魏。然此非論國統、國勢也，論人才也。

論人才，自當舉始終全局以衆優之處爲斷，不當偏舉一二人之傑出以爲彼善於此耳。若以終始全局言，則蜀之人才曾不得比隆偏隅之東吳，況魏之地大物博乎！蜀之所以不能得志中原者，非僅地勢兵力之所限，亦人才不逮之故也。

説者謂蜀，文有葛、龐、蔣、法之良，武有關、張、趙、黃之勇，其他擅一材一藝者悉數難終，安在其不吳、魏若也？吾以爲時非一統，鼎既三分，欲經營天下，非名世異才不足言，非合群策羣力相資亦不足言。況時有久暫，事有廣狹，運有隆替，培養鼓舞又豈一朝夕所能成就乎？設有舉之者，無輔之者，有興之者，無繼之者，安在能振作人才以效贊襄乎？

　　就吳而論，權之雄略不亞於先主；其文臣如周瑜、程普、顧雍、張昭等，皆一時俊拔；其名將如丁奉、徐盛、朱桓、黃蓋輩，亦謀勇兼優；況瑜没而魯肅代之，肅死而陸遜、凱、抗復相率繼之。蜀則除諸葛外，僅有龐統、法正耳。統與正又早卒。後起如蔣琬、董允、張裔諸人，固非有大幹略，其精鋭之糾自四方者，亦日就凋喪，則人才之衰謝可見已。至於馬良、伊籍輩，固司馬徽所謂"白面書生"，烏知經濟者也？孔明惟勢孤助寡，故至躬校簿書而不恤。若使蜀才盛於二國，何致食少事煩乎？

　　曹操本命世雄才，又能知人善任，使之各當其職。士之願效智力者，安得不相率鼓舞、相率輻輳乎？原其初，即有郭嘉、荀彧爲謀主，二人固皆王佐才也。外如荀攸、賈詡參贊畫，崔琰、毛玠定選舉，智士如程昱、陳羣，將材如滿寵、張郃者，均指不勝屈。而蜀無有也。至操没而丕、叡接，懿興而師、昭繼，羽翼既張，遂相篡奪。其爪牙心腹，如郭淮、鍾繇、賈逵、王肅、陳泰、王祥、羊祜、鍾、鄧之流，亦復宏濟一時，後先輝映。蜀其能有此繁盛乎？

　　先主雖總攬英雄，思賢如渴，第初以倉皇救急，奔走投命，不暇爲人才計。賴徽爲之畫求賢策，資以龍鳳而稍定。迨後偏局一方，卒未聞有所振拔。孔明雖開誠布公，集思廣益，其所羅獲者，祇一時攀附之鱗翼，而非冠世開濟之英豪。此其所以終身勤勞，未能有成，良由隻手擎天，一木支廈故耳。綜千古而論人物，如孔明者誠不多覯。故鄧芝稱爲一時俊傑；昭烈謂十倍曹丕；即以司馬懿之梟雄，猶推爲天下奇才，風流名士。惜乎參佐多庸下，不能相濟爲美耳。夫蜀僅得一諸葛，已足震響寰區，況多助之命世才以繼續之乎！然則吳、魏之虎、狗，誠不如蜀漢之一龍也！

蔡邕論

　　余觀《後漢書》至王允處蔡邕事，未嘗不嘆名義之頹然，公論之紛然，而臣道之闇然不明也久矣。當董卓既誅，朝廷自公、卿、大夫、士，靡不額首稱慶；百姓歌舞於道，至有賣衣裝市酒肉以相賀；斷頭爲器、燃臍爲燈，以肆快意者。然允實出萬死一生之計以力除之。危哉此舉，稍有人心，當共欣慰。而顧於稠人廣衆中，爲之太息而嗟傷，君子惡居下流，世遂誣邕爲哭卓。邕何嘗哭卓也，不過一時感嘆，發於不自覺，失檢耳。余謂此舉也，非惟不忠，抑亦不智。允之責於廷，下之於獄，實爲振紀綱、勵名教，見非苟求於邕，而持之過刻也。觀其責邕曰："董卓，國之大賊，幾亡漢室；君爲王臣，所宜同疾，而懷其私遇，反相痛傷，豈不共爲逆哉？"其詞嚴義正，顯然著明如此。而邕顧以修史贖罪爲請，廷臣亦爲之解免者，不過因邕素負重名，爲憐才計耳。而允卒不之許，邕遂死獄中矣。當時馬日磾退而嘆曰："善人，國之紀也；制作，國之典也。滅典廢紀，王公其無後乎？"後儒成敗論人，因允之遭害，徵日磾之言信驗，遂疑允執法過峻有以致之。嗚呼！何其是非之謬歟！

　　夫以允之除卓誅逆也，邕之附卓黨逆也，誅黨逆而不可，將並不誅逆而後可乎？允不責其平日比援附益之非，聲罪而顯討之，而僅下之於理以瘐死，亦可謂存厚矣。説者謂邕事親孝，處友信，郡國皆重其賢。身雖從卓，實非附卓。推其心，亦欲爲朝廷默效轉圜，陰圖補救者，特受卓牢籠，未脱嫌疑形迹耳，似當以此爲邕原者。余謂：出處者，人臣之大節；從違者，志士之初基。一朝失足，千秋貽誤，此豈後日百端彌縫所能解乎！或曰：士爲知己者死，食焉不避其難。當世公卿，未有知己之深如卓者，亦未有待己之厚如卓者。君子觀過知仁，邕之慟卓，即所以存厚。余則謂：君子當明公義，不受私恩。卓既竊據朝權，何難舉以厚於邕。顧卓挾其僭竊之私，以濫市夫腹心。邕亦懷其僭竊之私，以銘恩於肝膈，是古今所謂苟且之人也。舍苟且之人而不治，何以服天下後世乎？夫邕食漢禄，非食卓禄。卓之致邕，本出於脅迫。孔子曰："要我以盟，非禮也。"爲邕者，苟見卓弄權肆虐，得所藉手，方期與允定計，爲國除其凶害。所謂力能誅則誅之，不能則去之，豈不毅然丈夫哉！顧乃徘徊遷就，既莫致身以圖君，又不潔身以遠亂，其爲甘心籠絡、戀棧因依可知也。幸而天討得伸，元凶授首，尚忍於百官座中爲之惋惜而諮嗟？萬一不幸，卓得默移龜鼎，邕其奚以自處乎？其將效莽大夫之劇秦美新，巧媚頌以祈倖免乎？是更難爲邕解矣。

或曰：其才足以修史也。修史足以爲國紀也。無論史之成否，堪爲公是公非，與爲諂諛迴護；而當此兵戎蜂起之秋，安用此舞弄文墨者爲乎？余故謂：允誅卓而奸凶之亂以懲，下邕獄而順逆之義以明。常怪五代之衰，王彥章爲朱溫效死，作史者嘉其忠，爲之立傳，欲以佐畔黨逆之人，勸天下後世。余竊非之。夫朱三簒逆，其兄惡之，路人皆知之矣。章即武人，不識大義，獨不聞人言而感憤者歟！或曰：桀犬吠堯，各爲其主。然犬固不知順逆，人也而犬乎哉？以彥章助溫而死，史官爲之立傳；以邕附卓而死，君子爲之惋惜，則名義無存，而猥鄙之見多矣。

昔漢諸葛先生隱居擇主，不肯輕身許人。孫權數聘而弗來，曹操屢招而莫致。迨豫州三顧草廬，諄諄以大義爲請，然後從容而出。若以爲吾不出，則後世亂臣賊子無所不至矣。《出師》二表，一則曰"漢賊"，再則曰"漢賊"。當羣雄爭立之中，未知孰正而孰邪；而先生視昭烈，獨能以漢室爲心，乃許馳驅而不悔。則觀上下數千餘年之尊魏爲正統，乃益嘆當時主臣一德，沆瀣（瀣）同心，識見之高爲不可及。如彥章之粗鄙，無論也，即蔡邕文士，吾亦不敢以此例責之。但以士君子立身行道，受人之知遇，與拜人之恩澤，則當推究其人之爲公爲私。否則，潔身以遠之，而勿爲其所屈。若夫允之處邕，雖或以爲過當；然其激揚於名教之順逆，而爲之公義也，非私怨也！

詞嚴義正。中郎復生，無辭自解。劉星岑先生評。

荀或論

天下事有不待勸成者，未有勸而不成者。當其受勸成之機已決，及其將成勸之心亦遂，設有從旁阻撓，勸者將攘臂與爭。誠不意業基垂成，阻之之人，乃出自勸之之人，此則平日受勸者所色然心駭，而深訝其不情者也。昔荀彧輸心曹操，操以擬子房，彧亦待以高、光。其見重於操也，實由於此。觀《魏書》所載及《彧別傳》，凡有建計密謀，皆彧與參之。以操雄才大略，固無俟臂助有人，始得展其跋扈飛揚之勢，而所以釀而成之者，則固彧爲之羽翼也。

當董承被害，伏后與父完書，言帝方爲報怨。完得書以示彧。爲彧者，苟乃心王室，秉忠貞之節，將必與完定計，爲國家鋤其凶害。業既不能隱忍，坐視亦已甚矣。顧乃求使至鄴，勸操廢后，並發覺其私書，使操得以爲完備。是爲逆臣脫死難，而以禍亂貽君父者也。雖不從弑后，史書間有疑事；而廢后之謀，固備知之矣。即不預知，而目擊逆操凶鋒，欺凌君后，爲人臣者，宜何如痛心疾首！所謂力能誅則誅之，不能則去之，胡乃裴回遷就？既莫致身以圖君，又不潔身以遠難。迨至董昭議立魏公，始欲效君子之愛人。是平日爲推，今日爲挽；平日欲其進，今日忽欲其退。無怪操之不平耳。二十年相從無間，一朝而背之，將以爲爲操名乎？則弑后欺君，萬世已丹諸史册，將以爲自爲名乎？則佐奸黨惡，百身莫贖其辜。況聰明如操，大事常先諮之，而謂彧能始爲所愚，終乃覺悟者，吾不信也！觀其陳兵事，每以劉項爲言，足知其心事矣。至是而始有違心，不亦情之悖乎？操之密以相諮也，亦意其能勸我也，不虞其能阻我也。嗚呼！將成而阻之，猶懼其無及，況未成而首勸之乎！觀之既成，而猶能阻之乎？不慎於其始，而悔於其終，此則君子之所深恥。而謂非君子者，竟顯然欲自託於君子哉！

此篇與《劉穆之論》，俱見賞於學使陳桂生先生。原評《荀彧論》，層層洗發，推勘入微，愈敲愈緊，直使黨瞞者無從置喙。用筆矯變不測，峭刻堅凝，雅與老泉爲近。《劉穆之論》，斷以優於才而絀於道，一語破的，即抉出愧懼病死，直誅穆之之心。議論確鑿不刊，筆亦蒼深肅括。余自少好作散體文，抗心希古，有志未逮。每有論撰，常慮賞音難覯。且今世既無爲此者，非笑則罵耳。故所作史論，輒復隨手散失。今遭宗工賞識，殊恒使人興知己之感。自記。

嘗讀范史，不免有疑。今讀此作，可謂理明詞達，字挾風霜。劉星岑先生評。

劉穆之論

耽庸人之所安而自以爲安者，非豪傑也，嗜欲所蒙而警覺不先者也。或預知其非安，卒不能脱然無累，豈真處其上而勢難下哉？欲勝道故也。《宋史》言劉裕諷朝廷求九錫，劉穆之愧懼發病卒。又言穆之性豪奢，食必方丈。夫以穆之之事裕，處危地也。盡心以輔之，亦知其必行篡奪，終不能決然捨去者，溺於富貴也，而其心實有所不安也。觀其愧懼病死，足以知穆之之心矣。蓋穆之優於才而不優於道者也。凡人之情有所慕，則必遷。惟君子爲能不遷，素位而行，無所動心。處富貴可也，處貧賤可也。處貧賤而驟致富貴，與處富貴而卒歸貧賤，亦安之若素也。

管仲三歸，夫子以爲器小；孟子富貴不淫，貧賤不移；武侯誡子書靜以修身，儉以養德。聖賢之於道也，常兢兢然，不溢其志。是以履盛滿而不驚，居高厚而不危也。遭際隆時，功業顯於天下而不爲身榮，道無加也。志偶不合，布衣歸耕而不爲身辱，道無所詘也。道大於身，道之所安，身亦安之。違乎道者，身必危。身危而道安者有之，未有道危而身安也，又焉往而不愧懼哉？又嘗言於裕曰，穆之家本貧賤，叨忝以來，朝夕所需，微爲過豐，亦可見其侈然自肆矣。猶必以此心自明於先者，蓋有所震動也。惟心不自安，故卒值傾危，遂杌陧焉若無所措然。則如穆之者，誠可與處安而不可與處危者也，才有餘而道不足也。

唐太宗論

讀史至高宗納武曌、明皇納楊環事，而嘆唐室家法貽謀之不善，一至於此，愈覺孔子正名定分之説非迂，實爲天下萬世之大防也。孔子曰："名不正，則言不順。"上行下效，捷於影響。上有好者，下必有甚焉者矣。故曰：君君、臣臣、父父、子子，君臣父子之大綱，爲千古不易之常經。雖至暴虐無道之主，淫昏濁亂之朝，天良未昧，猶知名義之不可干，未有敢公然無禮，肆行無忌，不顧臣民之非笑，不恤史策之貽羞，如唐二宗之悖亂之尤甚者也。傳曰："積習生常，有自來矣。"彼蓋習見習聞其開基之祖父，創業之英雄，號爲令辟，猶靦然行之者矣。將以此爲細行之不矜，小德之出入，於事無害，於理無妨，並不知倫常爲何物，名分爲何等也。魯橫江有言："匹夫猶惡無禮，而況整領人物之主！"天生蒸民，必有司牧作之君，實作之師，非苟然也。故曰"首出庶物"，又曰"亶聰明作元后，元后作民父母"。上之所不爲，而民或爲之，是以加刑辟焉；若上之所爲，而民亦爲之，固其所也，又何禁焉？

夫身居民上，則舉動難輕。未有斁三綱而淪九紀，舉傭販、農工之所唾棄，下流、不肖之所嗤非，而竟冒昧行之，安然不以爲怪也。無他，有開先者，即有繼後者也。太宗躬納弟婦，至欲立巢剌妃爲后，賴魏徵力諫而止。彼固自比於周公之誅管、蔡者也。然其殺弟則已過矣，乃復貪戀其妃之色，處以後宮。稍有人心者，必曰此吾弟婦也。一之爲甚，其可再乎？天下多美婦，人何必是，而太宗不顧。即或内陰納之，在外尚有恥心，猶將陽爲掩飾也。乃太宗均不然，卒欲以與妃生者承曹王後，何其遂非怙過，悍然不知愧恥如此乎！彼高宗之於武氏，明皇之於楊妃，亦猶是耳。

向使太宗嚴宫闈之辨，定名分之閑，端本正始，使後世子孫皆有所則效，天下臣民皆有所觀瞻，則人人知禮教之防，人人懔順逆之理。當武氏、楊妃未入宫，固已有所顧畏，而不敢行；即欲徑行，而宫廷侍從，中外大臣皆將群起而議其非，其敢公然坦然肆行無禮，不知忌憚如是哉？惟當身作法，子孫效法，致令舉朝皆以是爲固然無足怪，臣下皆隱忍而不敢置喙，是以釀成兩世之禍。彼明皇躬平大難，親見武、韋之穢亂，猶不自覺悟，復納子婦，則於庸昏之雉奴，又何足責乎！是皆祖宗涼薄有以貽之也，皆開基創業者之責也。吾於太宗有不滿焉，因作此論。

陸敬輿論

病危始覓良醫，時危方求良相，此古今天下之通弊也。至危時求之亟矣，然效驗未著，容有不盡知者矣。人與國之所以治，與雖危而猶可以治，惟良醫良相確有把握,非收功於既事,則徵驗於目前。苟以貪庸者參處其間,鮮不驚疑而阻撓。當其從旁叢議,喧喧擾擾,何止一端一人。蓋貪者利病人之沉痾,遷延而不力爲治;庸者紊病人方脈,忙亂而莫知從治。彼不能治,而遂謂人之皆不能治,且并誣人之大不可治。此無他,不悉病情,不諳時勢故也。見情審勢,而天下之理得矣。若是者,吾得之唐陸宣公敬輿焉。敬輿者,一代之偉人而救時之名相也。

凡良醫之治疾,必先對症下藥。第症有重輕,脈有緩急,則施治亦有後先。用其方,則應如桴鼓;不用,而疾多翻覆。良相之救時,何以異此!宋臣蘇軾進奉議之言曰:"德宗好用兵,而贄以消兵爲先;德宗好聚財,而贄以散財爲急。"至於用人聽言之法,治邊馭將之方;罪己以收人心,改過以應天道;去小人以除民患;惜名器以待有功,諸如此倫,皆深中時弊者也,豈特進苦口之藥已哉?吾以爲贄所最留意者,尤在慎賞罰、勵廉隅兩事,實爲當時之要着。蓋唐至中葉,名器之濫極矣,賄賂之滋甚矣。《傳》曰:"惟名與器不可以假人。"又曰:"國家之敗,由官邪也;官之失德,寵賂章也。"若名器濫,則等威無別,而貴賤位淆矣。賄賂滋,則上下交征,而廉恥道喪矣。

觀贄所論《進瓜人擬官狀》曰:"當今所病,方在爵輕,設法貴之,猶恐不重。若又自棄,將何勸人?"其論却絕諸道饋遺,曰:"作法於嚴,其弊猶貪;作法於貪,弊將安救?"又曰:"日見可欲,何能自窒於心?已與交私,固難中絕其意。"其防微杜漸,先事謹嚴,實足風勵天下,示凡爲臣之法戒焉。《禮》曰:"大臣不可不敬也,是民之表也;邇臣不可不慎也,是民之導也。"又曰:"大臣法,小臣廉。"官職相序,君臣相正,國之肥也。若大臣稍有不法不謹矣,而欲責小臣之廉,得乎?凡贄所言,皆古今之良模,臣子之正軌,而在當日尤爲對症下藥。惜乎處貪庸之世,身所行者皆形人之短,口所言者皆中人之忌。滔滔皆是,誰與同心?齷齪鼠輩,甚不利乎贄之一日在朝也,故贄亦不得一日安其身云。顧贄在而唐尚有起色,贄去而唐遂入膏肓矣。《奏議》一書,固古今之良方也。夫賢臣醫國,誠不樂其方劑之著驗,與名號之顯垂,而爲緩爲和,永昭天壤。然則,在市在官者，豈必矜炫表暴哉？觀其寓南賓時，閉戶不著書，僅編成《陸氏集驗方》五十卷行於世，信有微旨哉！

德宗本係庸主，性又多疑。其播遷也，若非陸公，何能返正？而一經天下少安，即信任讒慝，斥逐忠良，唐之不亡，幸也。文能透發時事，見得陸公之言為當時對症要策，信足當為後世法程。劉星岑先生評。

裴度奏宰相宜招延四方賢才，與參謀議，請於私第見客論

開東閣以賓禮賢才，本宰相應為之責。將以上佐天子，理陰陽，察百官，遂萬物，非博訪周諮，固未易稱職也。漢公孫氏嘗行之矣。夫以承平無事，三公坐論，養威持重，為朝廷所尊任。即使稍立崖岸，門施行馬，以絕交通，孰得謂其丰裁過峻者？而尚虛懷延訪，遍察周知，以無負委任焉，則其留心政事可見矣，矧軍書填委之時乎？唐值德宗多猜，朝士有相過從者，令金吾伺察以聞。以故士大夫不敢私謁，宰相亦不敢私第見客。至裴度為相，始奏除之。謂今日時勢，正宜招延四方賢才，與參謀議，而可高臥臺閣，託迹避嫌已乎？

雖然，宰相而鞠躬盡瘁，私第之見客，原屬無所容心。宰相而伴食貽譏，私第之見客，或有不可為訓者。夫以故交之結納，暮夜之苞苴，親賓之囑託，門下之周旋，不見無以慰其懷，見之或難絕其意。又況謠言方起，刺客逼誅，衛兵頻來，中使不絕。豈無宵人用離間計，請罷度以安恆鄆之心者？使忠誠不足結主知，謗毀或因而交涉。不特德宗之滋忌，未能遽釋成心，恐裴度之匪躬，亦難久安故步也。惟度自信平生持已有不貳之忱，乃能得德宗推心有不疑之志。片言奏請，中旨遽行。遂使私第化為公堂，門客皆成僚屬。蔡州之平定，即此其始基也乎？觀《漢書·李尋傳》曰："士不素養，不足以重國。"度於此奏之請，誠知治體之大者。彼懷私挾妒者，又烏能宏茲遠謨哉？

宋太祖深惡贓吏論

壞天下吏治者，莫過於貪婪；敗天下人品者，莫大於無恥。無恥則不知自

愛，貪婪則不復愛人。是皆贓吏之所爲，而實爲生民之巨蠹，地方之深憂。彼其巧趨蹌，善夤緣，工揣摩，弄文墨。以要結上官爲故智，以侵漁百姓爲恒情。積弊既深，儼若有相承之衣鉢，而誅戮不足以懲戒，憲章不足以防閑。非人主深惡而痛絶之，嚴其責而重其科，又安能轉移積習而使之聞風斂迹者哉？古來人主之寬厚大度者，莫如宋太祖。史稱其注意刑辟，斷死必三覆，獨於贓吏，棄市不少寬貸，可謂得致治之大體而深知馭吏之要道者矣。

夫太祖不嘗憫庶寮之禄薄而特增官俸乎？其所以增之也者，非使之養其廉恥而自重其身家者乎？俸不給而犯贓，外困於川貲，内逼於交謫。枵腹從公，雖賢者亦無能自振，而況不肖乎？若俸既增而又墨，禄累給而仍貪，是不以吏自待而以盜自待也！以盜自待而以百姓爲魚肉，其與殺越人于貨愍不畏死者何以異？真所謂不待教而誅者也。吾觀唐太宗初定天下，首垂法典。凡屬奸吏犯贓，乾没錢幣者，與叛逆同科，及該赦宥，亦不復以官爵，其立法較太祖尤嚴。自宋初至中葉，猶承其遺文而師其善意。然則太祖深惡而誅贓吏，實循唐初舊典，宜也，非苛也！

漢儒宋儒論

通天、地、人之謂儒，美名也。偉哉！震斯名者，躋韋布於衮冕。顧休號空建，誰實膺之？當孔子時，即有慕其名而歉其實者。故夫子謂子夏曰："女爲君子儒，無爲小人儒。"定之以君子、小人，儒林之界限始嚴，儒宗之名號乃不可以浮冒而僞託。而今世顧分爲兩家也，曰"漢學"，曰"宋學"。而於唐，若無與焉。崇漢學者，恒抑宋；推宋學者，必黜漢。尊之若上於九天，卑之如墮於九淵。出主入奴，紛紛囂囂。究之楚固失矣，齊亦未爲得也。病漢儒者曰"支離"，病宋儒者曰"空疏"。毁之既失其真，譽之能不踰其分乎？吾以爲：論文學，則漢儒有實際；論道學，則宋儒多虛談。無他，彼易爲功而此難爲行也。觀宋儒之以道統自任者，恒不免有過自矜張之氣。

孔子不云乎，"文莫吾猶人也。躬行君子，則吾未之有得"。又曰："君子道者三，我無能焉；君子之道四，我未能一焉。"即至學識口耳之勞，猶歉歉然，曰"何有於我"。古聖賢之於道藝兼收並蓄，不敢偏廢，如此其兢兢也，然猶承之以謙虛，策之以不足自勉。未嘗侻然自任，唐突千載，冒昧一時，謂道誠在我而居之不疑也。道者，天下之公器，而出之宋儒，則若私爲己有也者，漢儒無是事也。統之説，自宋開之，以兩廡之樽，而擬於九廟之鼎，據之秘之，若懼其睨吾旁而遽攫以去也。間有人能共肩者，則又各存忮刻之心，而靳分承之惠，不憚多方攻擊，排擠陷阱，使之無所容身而後已。斯宋儒之通病也。漢儒於文學重矣，實未嘗敢輕德性也。第循緣階而忘上座，不能無買櫝還珠之誚。宋儒則舍其器而求其本，幾若珍粱肉而厭蔬菓，獲璵璠而棄碔砆。然俾天下後世人知有義利之防，人禽之辨者，誰之力歟？誠使學者身體力行，文質交修，破墨守門户之拘，而以尊聞行知者，砥柱頹波，上接薪傳，下開覺路，則於守先無憾，啓後攸資，夫豈不甚善歟！

第恐習糟粕遺精英，離神明竊形似。路程猶是，趨向則非。徒以傳説當親歷也，斯不亦大可嗤歟？惟夫通兩家之賓驛，樹絶學之風聲。窮理以致其知，返躬以踐其實。博文約禮，自明而誠。愈覺爲學有積功，而造道無躐等也。斯真君子之儒行，而非小人之儒名者矣。由是而知百川之赴海，萬水之朝宗，果有次第而實殊途同歸焉。則宋學且有功漢儒，後之紛紛訛呵者，可息喙矣！

脱脱論

天下處至難之勢，莫重乎身屆家國之間，顧親則忘君，顧君則忘親，二者皆有所不忍、有所不敢故也。不忍，則難割；不敢，則難斷。難割難斷，何以臨危而濟變，當機而定亂者乎？夫不忍與不敢之心，善心也，人情之所難免也。割與斷之心，非初心也，事勢之所不獲已也。以所難免之人情，值不獲已之事勢，而卒能全其君以全其親，爲臣爲子，不縈憂維艱哉？若是者，吾於元得一人焉。其人爲誰，則脱脱是。夫脱脱者，伯顔之猶子也。自幼養於伯顔，則猶子而實子也。當唐其勢，謀危社稷，伯顔奉詔討之。至於入宫弑后，血濺帝衣，則其蔑君之惡，已露萌芽。人臣無將，將則必誅。固不待後之專橫自恣，而始知其深犯帝忌也。況復内操朝政，外握兵權，擅爵人，赦死罪，任邪佞，殺無辜，諸衛精兵收爲己用，府庫錢帛聽其出納，使天下之人知有伯顔而不知有帝，而謂帝能堪之乎？兩相妨則必兩相圖，非帝行誅亦終犯上，此誠在意中事耳。

脱脱雖依倚伯顔，心實憂之。觀其私白於父與質於其師之言，固已惴惴其慄矣。所慮者，左右前後皆其樹黨，萬一事機不密，主危身戮，在所必及。矧盈廷諸臣，均非彼敵乎！假令脱脱貪權位、徇私親，則伯顔騎虎之勢必成，即不然而顧身家，畏首尾，持兩端，則伯顔跋扈之事亦必成。不幸而成，則千秋篡弑之名，助奸黨逆之非，下流所歸，衆怒難犯，他日討賊有人，能終保乎？幸而不成，則九族就誅，百身莫贖，既不能全其所養，復不能全其所生，雖有智者善辭，亦難爲之解免矣。脱脱内懷忘家之素志，外輸憂國之赤誠，知烏魯世傑班爲帝所重，因與之深相固結，密從籌畫。

適逢伯顔請太子獵於柳林，帝乃乘其機會命范匯賫詔，聲其罪狀，奪兵柄而逐之。嗚呼！此雖天意，抑亦人謀。向非脱脱收管鑰，固基扃，置衛宮中，列戍城上，未必使倉皇失措，束手無策而去也。惟圖之於未敗，乘之於無備，迫之使不逮防。又諭旨：「僅逐一人，罪不他及。」則兵士各自歸衛，誰肯爲之助亂乎？此所謂疾雷不及掩耳者也。由是而專恣抵罪矣，前功未泯，猶足保其身而存國體，上以全君臣之分，而下以盡父子之情，使伯顔得以善終成所，不至縲首藁街，其視大義滅親者，尤爲更進。夫人臣當事勢之難爲，遭人情之難免，而卒能全其君以全其親，則凡姑息以養奸，優柔以致禍者，皆不得藉口於不忍割、不敢斷之私心，以求解於天下後世。彼以不忍而成弑君之名，與以不敢而就滅族之誅，皆君子之所深惡而痛絶也。惟有所慇置以成，其終不忘，斯脱脱之謂歟！求忠臣必於孝子之門，吾於脱脱亦云。

能抉出忠臣之苦心，表而出之如此，乃可以論古。劉星岑先生評。

明太祖立允炆爲皇太孫論

從來人主懷自用之偏見，自是之私心，未有不誤大局者也。自是則心不虛，自用則心不下。不虛不下，而能措置咸宜者，未之有也。況復成見之執，磐固胸中；泥古之詞，紛膠耳下。日與文人學士談舊典，曾不審鄙儒迂腐之見，不足以臨大事而定危疑。其於保天下黎民、後世子孫，又何所賴乎？當太子標卒，明祖哭於承天門，其意尚未定所立也。學士劉三吾進曰："皇長孫正嫡承統，禮也。"帝頷其言，立孫之意遂決。在死講理學者以誤贊其事爲是，必以太祖事事能得其正。立孫之正，通天下之達禮也，而不知正坐此弊也。太祖本有自是之意積於平時，而後三吾乃窺其旨而承之，亦不過以私意逢君，而非真心爲國者也。

夫人臣當一德之朝，道合言行，自應爲國家立萬年長久之計，烏得愛虛名而忘實禍，遂謂古典如是，上意如是，人心亦必如是，儘可遵行之而無後患耶？不知古典死板也，時事活變也。人心無常，即天命亦難諶，而況於人事？然則謂古典概不可用乎，何以《禮》經煌煌，既闢殷周之過舉，且引孔子之言以證之，是豈謊而無據哉？曰：此非孔子之言，乃漢儒撰爲斯説，將以杜後世群下之窺窬，而定萬年之正統，庶幾常經可守，變亂不生耳。然我觀《春秋傳》，太子死，有母弟則立之，無則立長。年鈞擇賢，義鈞則卜。古來正道之相承，本皆如是。是君薨未嘗議立孫，豈君在而概云舍子乎？殷道兄終而弟及，歷有數君。即太丁之亡，伊尹亦立丙壬，良由無禄，故乃不獲已，復立太甲耳，非謂此即可據爲立孫之明驗也。若以立孫爲是，立子爲非，孔子殷人不應腹非其祖，豈數典而遂忘之歟？且夫寶鼎，重器也；宸居，大任也。人主承天理物，即當爲海內度安危，爲蒼生權禍福，擇其賢且才者而畀之，世德深則眷命長，豈區區爲一家之私計已哉？立孫之説，乃私一家之褊心，而非公天下之大道。孔子萬世師表，若僅爲人主私家計，亦淺之乎測聖人矣！

夫以人情雖愛孫，其與愛子之心應無殊，爲太祖謀者，當爲萬年宗社計。值聖躬猶存，兩者均係臣子，又皆骨肉至親。子可立，孫未嘗不可立。立孫可，立子更無不可。且既愛其孫，即當爲之計安全，似不當以愛之者害之。如徒溺於目前，不審所處，則亦禽犢之愛耳。英雄如太祖，夫豈不知此義，何以入三吾之奏而遽從之乎？抑未嘗深心籌度爲太孫地乎？且以太祖之明決，亦深知燕王跋扈,鞅鞅非少主臣,允炆決非其敵手,何不竟擇類己者而授之?既安其子,又保其孫,何以預灼危機而卒投之虎口?殆有鑑於前朝爭國之禍,乃欲立孫以一天下之統緒,以靖天下之紛紜,環顧在廷,惟學士深知吾意,故其言遂與之適合乎?似也而猶未的也。其所謂愛虛名而忘實禍者,弊不僅在此也。

其平生嘗自矜直,以爲三綱五常至朕而大明,若遽立燕王,不徇廷臣之正議,則似涉於偏愛,近於私情,非復帝王磊落之大度,而不知弊正坐乎此也!其自恃爲公與正,乃即其偏見自用,私心自是耳,真所謂賢智之過也。不然,太祖亦無書不讀,豈不知《左傳》在前,《禮記》在後,且多漢儒僞託,何至迷於古典如趙括之徒讀死書不知合變哉?諒由成見在胸,三吾之言乃得入而誤之。後世鄙儒,慎毋溺於舊典,徒抱枉死城之禮文,而輕爲朝廷論説,焉可?

于謙論一

顏黃門有言:"讀天下書未遍,不得妄下雌黃。"余嘗閲侯方域《于謙論》及袁枚《反侯于論》而嘆之。推之言,信讀書閲歷之言也,而益嘆知人論世之不易易也。大抵尚論昔賢,須有鑒古之識,多聞博涉之資,而後度世不差其分量,擬人庶近於等倫。侯氏之言曰:"于謙非社稷臣,故不諫易儲。"袁氏曰:"于謙社稷臣也,故不諫易儲。"二説雖有所見,各執一偏,又拘於聽覽,未悉當日情事,故褒與貶均不得謂知言。非謙者非,而是謙者亦非也。嘉慶年間,通政司搜檔册,獲謙《諫易儲》、《請復儲》二疏,陳子莊《庸閒齋隨筆》具載其事。朱石君《知足齋集》有《讀張次仲跋阮泰元于忠肅公〈諫易儲〉、〈請復儲〉三事》,其真跡近在浙東一學士家。二疏雖晚出,然在當時臣工士庶,頗有傳爲故實者。其見於《蒼霞集》及各家文集,亦不一書。

第不解方域在明季號稱博學,即不見于疏,獨不見憲廟祭忠肅文乎?何識見之淺陋如是歟!説者謂景帝知謙深,信謙重,任謙專,故謙黨於所親,私於所立,恐一旦上皇太子復位,而己不得安其身。是説也,與小兒之見何異!謙若有心袒護,兵柄在握,早多設防;貞、亨雖奸,豈能遽入北軍,安然無事哉?若然,憲宗即位,當首怨謙,何以帝初登極而即下詔襃忠,雪其冤獄,贈恤予諡,遣使致祠,而復官其子冕哉?其祭謙之文曰:"在先帝已知其枉,朕心實憐其忠。"故凡構謙者,皆以次誅夷。是不特上皇鑒謙無他,即東宮亦深知其善處人家國,委曲調護,殊費許多心血也。當英宗回鑾,謙實首率羣臣,請備法駕儀仗親往奉迎。景帝不悅,賴謙婉辭解之,其意旋釋。卒能盡禮郊迎,相見泣下,去猜嫌,致愛敬,崇推讓,消構讒。謙之用心亦良苦矣。

厥後易儲之諫,密疏先上,爭之尤力。設無在廷諸臣之逢迎,東宮之位必不致遽搖也。此謙之力所能爲,心所能盡也。至於事不可挽,謙亦無如何也。而不知謙者,反謂謙不能以去就爭。夫大臣事君,原非若悻悻丈夫,不聽則憤拂衣而去也。當此儲宮未定,廷臣紛紛各有所主,謙在而上皇安,太子亦安;謙退而事機之變,間不容髮。此其所以拳拳愛戴不能自恝也。蓋至見濟亡,仍力請復儲,謙之心豈一日而忘儲宮,又豈一日而忘上皇哉?其所以不憚苦辛,不避嫌怨者,一腔烈血究爲何處灑乎?

向使奪門不起,聖躬獲安,謙必以猶子比兒,委婉通誠,從容諷諭,使監國有所感悟,使太子復歸東宮,則君臣之義無虧,兄弟之情如故。景帝既別無所出,舍兄子其誰歸?上皇見復立己子,讒言必不容離間。統緒授受,措置得宜。兩帝和愉,互相揖讓。盛事完美,直指顧間耳。若夫倉卒舉事,僥倖成功,亦幸値謙之志安兩宮,委曲求全,故漫無豫備耳。設遇他人,事亦敗矣。萬一不成,將置上皇於何地?是則貞、亨輩之罪上通於天,而謙戀主之誠愈顯然共白也。二百年來,無一人不憫謙冤。至朝宗而始生罪議,魏叔子又從而附和之。信袁氏所謂一孔之儒,多目論者,其侯方域之類歟?

于謙論二

予作于忠肅論,以駁侯方域、袁枚二說,而意尚有未盡也。後見王嗣槐所作于論五篇,學者咸以爲推闡盡致,能道得于公心事矣,而實未悉當日建立本末情形也。當土木之變報至,舉朝驚惶,甚至有議南奔者。羣工遷怒於宦官,幾成激變，所謂事機之間，間不容髮者也。維時在廷原議，祇欲請郕王監國耳，未嘗擬其遂即真也。嗣見變故多端，太子年少，太后且有召襄國金符入内者，幸瞻墻賢而自止。羣臣始更原議，以爲不立長君，無以安中外之心，而制敵人之要挾，事起倉猝，爲定亂計，即少保亦不能自主也。太后之視郕邸，與視英宗無以異。國無奧主，羣臣請於外，太后主於内，郕王雖欲不立，其可得乎？謙即明知其非，其能力排衆議，而使郕王不得即真乎？夫勢急時危，兩利兼權，自以社稷爲重，待事機稍順，然後默效轉圜，此謙之本志也。而其心未嘗不以監國爲是，即真爲非也。特事逼倉皇，格於廷議，未能驟易耳。

及鑾輿北回，事機順矣，而復生易儲之議，此又謙之心所不料其至是也。郕王内絶兄弟之情，外忘君臣之義，貪戀大位，有同攫奪。其私心易儲固犯天下萬世之不韙，其功在社稷，未始非太祖列宗之所共鑒。設於迎鑾後能自退歸藩邸，則守國既賢於叔武，高名復駕於曹臧，固善之善也。即不然，而克終天位，仍以寶鼎歸諸兄子，天下後世，誰得而議之？此于公之所拳拳也。故於易儲時，即首先力諫，疏再三上，而景帝固不以謙爲非也。迨至見濟亡，仍密請復儲，謙之心未嘗不欲以一身之存亡去就，争東宫之復子明辟。然究不願以憤懟激烈，釀成事端，直欲積誠感悟，使景帝善自處置，兩宫完好如故耳，而其争之又未嘗不力也。此惟景帝知謙心，故聞鐘聲而即曰："于謙耶？"亦惟上皇、太子知謙心，故爲之誅奸辨冤，厚恤致祭。謙可無憾於地下矣！後人紛紛置喙，妄議是非，皆不知其本末情形也。

逸翰樓文集卷三

晉殺其世子申生說

共世子之死，人皆曰二五煽之，妖姬譖之，獻公尸之。獨惜申生行矣，阻於羊舌言，故及於難。然則申生不死於獻公之手，而死於羊舌氏之心矣。公之處心積慮，欲死世子也久矣。雖國人猶將知之，夫豈獨羣下哉？申生出非嫡正，公早弁髦視之，第以未有大故，廢之無名，殺之亦無名也。東山皋落氏之伐，實欲假手敵人。觀答里克之諍之語不足徵，欲殺之隱，顯然於詞色乎？爲人子，當視無形，聽無聲，見機以達節，逃亂以全倫，使君父無成惡之名。所謂"大杖則走"者近是。三人占從二人，勸行者衆矣，奈何偏聽羊舌而自即於亂命也？吾以知申生之心，固有所留戀也。胡所留戀？以君老子少也。羊舌氏遂窺窾而阻之。謂羊舌之阻行爲有心乎？曰：有虎豹之在山也，見人則噬矣，獨未嘗自食其子。設虎豹亦如噬人者噬子，則其子亦必逃威之不遑，其肯俯首以待暴亂乎？

人之所以異於禽獸者，爲其靈而不蠢耳。若明知之而故蹈之，反不若禽獸之冥頑，猶得免於凶鋒，以全父子之愛也。其曰違命不孝，棄事不忠，飾詞耳。復曰子其死之，乃悉見其心矣。獨不勸以事成而後去之，師歸而後逃之乎？徒識棄事之爲不忠，不識危身之更爲不忠哉？僅知違命之爲不孝，不知就死之更爲不孝哉？吾又知羊舌氏之阻，蓋有所鉗制也。不然，豈衆慮之未周，遂止而不敢乎？蓋有所不得耳。當公之命羊舌爲尉也，殆有授之以意，使默爲伺察焉。然使世子而行，度公亦釋然耳，必不追而殺之。特申生自危懼，行之不終，而反爲戮，則更受惡名耳。羊舌氏內諂於嬖婦，外媚於昏主，不欲世子之倖逃，亟欲趣之死敵，以畢乃事耳。惜乎申生不悟，爲之傅者，又不能終決耳。託甘言以阻羣下之忠謀，卒使吾君痛子於無辜，使世子陷君於不義，是真天下之大奸人，忍而且險者也。厥後，羊舌氏之族終赤於晉，亦足見蒼蒼在上者，昭然不爽矣。申生之將死也，使人辭於狐突，亦自悔不念伯氏之言。然使無羊舌氏之阻，則必聽伯氏矣；不聽伯氏以至於死，可知不阻於羊舌，則不至於死矣。地下其有隱痛乎？吾故誅羊舌氏之心，以爲阻忠謀者戒。

一眼覷定共世子之死由於羊舌，古人未有論及此者。可謂讀書得間，用筆尤縱橫透徹，達所欲言。劉星岑先生評。

擬韓昌黎進學解

洪維我皇唐，肇造區夏。聿增序黌，治化文明。鑠殷索而邁周京，幾垂三百年以爲程矣。粵自河朔定平，宇內休兵。天子乃舉臨雍盛事，設饗食子。三老五更，執醬而饋，執爵而酳。於焉養耆德也，而實以昭勸士、示稽古之榮復。大修講學典禮，俾環橋觀聽而心傾。於斯時也，庭階雋彥，咸造咸升。自庶士以溯公卿，偕衽袱以合綏縷，莫不相與就列，颺拜而歌賡，可謂盛已。翼日，國子司衡乃進而勉諸生曰：維學遜志，弗爲胡成；愈愚補拙，匪勤曷精。故古人重寸陰而輕尺璧，日于邁而月斯征。爾諸生但須在冶如金，一試鐘鏞之響；勿效虛車飾載，空傳瓦缶雷鳴。觀諸溝澮無本，尚立涸於皆盈。而況聞望過情，更奚關身世之重輕。言未已，有笑于列者曰：有是哉，先生之愛弟子也，先生之迂弟子也。

古者飛翹揚滯，登明選公，萃片長其悉錄，名一藝以咸崇。以故人爭自奮，群思拔濯與磨礱。凡屬鴻生碩彥，詞伯文雄，靡不收度內而納彀中。蓋有散樗而見黜，孰云懷寶而致窮？今則家珍敝帚，國乏宗工。懷兔園之冊者，薪積而樗叢；挾敲門之具者，磚拋而瓦攻。上流下效，相習成風。師傳弟受，如瞽導矇。試詢以三史六經，百家諸子，渺不知其所終，茫如墮烟霧而入溟濛。然且玉堂選貴，金馬籍通。出應皇華之使，入陪桂柞之宮。而神色昏憒，頭腦冬烘。訛沿帝虎，典紊貔貅。惟是驢鞭遂臭，爐火煨紅。苞苴結納，遊謐牢籠。又何知多文之資富，積學之爲豐？

先生曰：子，來前。大匠不爲拙工改廢其繩墨，良農不爲窪田戾違其種植。

但盡吾心之所爲,更敦善行而不忒。夫是以處觀,一鄉型出爲多士,則獨居端本而善身,廷獻持危而正色。其在《詩》曰:"古訓是式,威儀是力。"子第清修以俟時,而又何惑焉?若夫窮達命于天,廢興關乎國,雖后稷之善耕,神農之力穡,亦不預占有年而操其豐嗇也。

《春秋》吳楚稱人解

《春秋》稱人之義例,說經者向無的解。其爲來聘而稱人,則以爲進之也;其爲伐國而稱人,則以爲退之也。而獨至於吳、楚,則進退均無定衡。解經者亦自愧其說之騎墻,懺慌游移,毫無特斷,故復曲爲之辭曰:赴告稱爵,特筆稱人。不主墨守而主兼綜。此殆鄭康成病俗儒之膠固,假以通融;以爲世無聖人,不必推求過甚者也。如是而《春秋》之旨晦矣。所謂知我罪我者安在乎?夫《春秋》者,褒貶之大經而聖人之特筆也。故曰:一字之榮,榮於華袞;一字之嚴,嚴於斧鉞。若從赴告而書,則循舊史成文,而夫子所以修之之權又安用乎?若以鄙爲夷而詆之,則吳、楚實非夷。彼僻陋在夷如杞、莒小國者,尚得稱侯稱子;而吳、楚反退從夷例而人之,毋乃輕重不倫乎?若以來聘稱人爲進詞,何以僖四年盟于召陵,屈完書名,宜申獻捷亦仍是例,則謂來聘稱人爲進之未當也。至伐國稱人,則不獨吳、楚從貶黜例。即小如邢、鄙如狄,其於伐衛亦書人矣,不當於吳、楚而疑之也,況《春秋》書齊、晉、魯、衛伐國書爵者,亦指不勝屈,則不得謂伐國稱人爲退辭矣。如云《春秋》鄙夷吳、楚,斤斤焉不欲以名與之,使之不得遽同於中夏,何以會于孟,僖二十一年,獨書楚子?成二十五年問于巢,亦書吳子?哀元年圍蔡書楚子,會黃池亦書吳子?是書爵書人,仍無定見。而謂於備書之中寓貶抑之法,以是爲見聖人之用心,不亦謬乎?

吾以爲《春秋》,天子之事也。凡屬僭天子者,皆聖人之所惡也。天無二日,民無二王。而吳、楚獨僭稱焉,惟名與器不可以假人,況僭天子之名號而居之乎?彼欲僭而居之,夫子乃削而奪之,則所謂特筆也。殆以此即謂夫子於吳、楚,皆奪其爵,從退黜之例;所以褫其僭尊無上之心也未爲不可,而猶未盡得

《春秋》之本意也。《春秋》於吳、楚，不特書人爲退，即書爵亦未始非退也。於何見之？即於吳書子見之也。夫楚爵僅子，而吳則上公也。公也而仍子之，則與楚書子，均爲黜僭誅竊之權衡，實謹嚴之微旨也。至於書人，微者詞也，非其君臨之也。雖假君以赴告，亦仍以微者降之也。此雖循舊史成文，而於吳、楚獨多稱人者，亦聖人降抑之深心隱寓裁制。不必於其君則皆子之，於其卿大夫則皆人之，而概從微者之詞，亦就所舉事上定論，因端制斷，以爲進退定衡焉。

三老五更解

《禮記·文王世子》："遂設三老、五更，羣老之席位焉。"鄭注："三老、五更，各一人也，皆年老更事致仕者也。天子以父兄養之，示天下之孝悌也。名以三五者，取象三辰五星，天所因以照明天下者。"又云："三老如賓，五更如介。"《正義》曰："蔡邕以'更'字爲叟。叟者，老稱。又以三老爲三人，五更爲五人，非鄭義也。"又曰："三老亦有更名，五更亦有老稱。"《樂記》："食三老、五更於大學。"鄭注："三老、五更，互言之耳，皆老人更知三德、五事者也。"鄭氏康成兩注，一訓"象三辰、五星"，一訓"老人更知三德、五事"。解三、五雖微有參差，而皆主各一人解。

考三老、五更，諸儒之説紛異。宋均《援神契》注云："三老，老人知天地人事者；五更，老人知五行更代之事者。"應劭《漢官儀》云："三老、五更，三代所尊也。三者，道成於天地人；老者，久也，舊也。五者，訓於五品；更者，五世長子更相代，言其能以善道改更已也。"《續漢·禮儀志》注引蔡邕《月令章句》曰："五更，長老之稱也。三老，國老也。五更，庶老也。"盧植《禮記注》云："選三公老者，爲三老；卿大夫中之老者，爲五更。"《漢書·禮樂志》"養三老、五更於辟雍"注：李奇曰："王者父事三老，兄事五更。"《詩》云："三壽作朋。"鄧展曰："漢直以一公爲三老，用大夫爲五更。亦常人行禮乃置。"又《詩·閟宮》"三壽作朋"，傳："壽，考也，考老義同。"是三壽即三老也。箋云："三壽，三卿也。"此即盧植《禮注》，意與毛傳亦合。《白虎通》"鄉射"云："三老者，欲言其明於天、地、人之道而老也。五更者，欲言其明於五行之道而更事也。三老、五更幾人乎？曰：各一人。何以知之？既以父事，父一而已，不宜有三。"案：諸說俱與鄭義合，指各一人說，惟訓三五義有異耳。然蔡邕云："三老，三人，明天、地、人之道；五更，五人，明五倫之理。"又杜預云："三老，八十以上，上、中、下三等。"則均不從鄭說，而又泥於三老必三人，五更必五人。惟陳詳道云："古者建國，必立三卿；鄉飲，必立三賓；養老，必立三老。故《禮》曰：'三公在朝，三老在學。'三公非一人，則三老、五更亦非一人矣。《漢志》以德行年高者一人爲老，次一人爲更。永平中拜桓榮爲五更，建初中拜伏恭爲三老。此漢禮之失，而鄭據此以爲三代之制，誤矣。"又馬睎孟云："三老、五更，不必數之三、五也。"謹案：欽定《禮記義疏》云："三老固不止一人，然亦不必定三人，如三公之不必備也。若如杜氏爲三等之說，將五更分爲五等而可乎？"與陳氏、馬氏說合，既不拘守鄭氏及諸家所謂三老、五更各一人，又不泥於三老爲三人，五更爲五人，最爲持平精確。若漢之以德行及年高一人爲老，次一人爲更，魏至唐俱因之，或取致仕者舉用之，誠如陳氏所謂"漢禮之失"而相沿爲誤者也。至如蔡邕以更爲叟，蔡集《問答》云："曰：三老、五更，子獨曰五叟，何也？曰：字誤也。叟，長老之稱，其字與更相似，書者轉誤，遂以爲更。嫂字女旁，瘦字從叟，今皆以爲更矣。立字法者，不以形聲，何得以爲字？以嫂、瘦推之，知是更爲叟也。"考《列子·黄帝篇》云："禾生子伯，宿於田更。"商丘開之舍注云："更當作叟。"則是蔡說不爲無據，而諸儒之訓爲更事、更代者，未免強爲解矣。

光被四表解

《易》曰："惟大人者，與天地合其德，與日月合其明。"曰，君象也。合明，言極其光也。乾，君道也。乾德合天，故以此爲訓。《魯論》載孔子之贊堯曰："惟天爲大，惟堯則之。"言堯之德，配乎天也。曰巍曰煥，言乎其高大而光明也。故史臣於舜即讚之曰："重華，華光也。"重即對堯而言也。八伯賡歌，有"日月光華，旦復旦兮"之辭，是即此意也。觀於《虞書》，言堯"光被四表"，可以明其義矣。解之者曰:光,桄也,充也,廣也,横也。因今文作"横",及孫炎本作"桄",遂歷舉前人舊文之引《書》言横被者以證之。如《西都賦》"横被六合"、《東京賦》"惠風横被"、《慰志賦》"聖德横被"、《馮異傳》"横被昭假"、《王莽傳》"唐堯横被"等語,以爲"光"作"横"者,歷歷可徵,遂從今文訓爲"充"爲"廣"爲"横",不知光之通於充與廣、横者,皆假藉之文,而非本文之義也。本文原作"光"。《尚書》古文作"光",不必證諸典載引伸之詞,而直訓爲"光明"、"光燿"之"光"可矣。

謹案:《宣帝本紀》及《蕭望之傳》並云:"聖德塞天,光被時表。"是包六合而言,言上下四表也。班固《典引》"光被六幽",蔡邕注引《尚書》"光被四表",指爲上下四方矣。《詩·周頌》"既昭假爾",箋謂"光被四表",《正義》即以爲引《堯典》文矣。《淮南子·俶真篇》高誘注曰:"頗讀如'光被六合'之'被'。"他如《中論·法象篇》、《魏公卿上尊號奏碑》、曹植《求通親親表》、王粲《無射鐘銘》,均引《堯典》本文,作"光被",從無假藉作"桄"、"充"、"廣"、"横"者。解經當從經,正不必横生枝節耳。若以"光"宜訓"充"、訓"廣"、訓"横",則詩書所謂"學有緝熙于光明"者何居?且又不止此。《虞書》稱"帝,光天之下",是直作光燿言矣。《周書》謂"光于四方,顯于西土",則知古訓以光明言德多矣。《説文·人部》文"表與裏對,故以表爲外",謂爲四海之外。且下文有"格于上下"一語,格,至也。若非與日月合明,何以光燿被及於四表,而至於上下乎?此鄭注所以直依古文,實訓爲"光燿"之"光",而無需通假之詁解也。若以鄭引緯書《考靈燿》,雜舉"地有四遊,日有九光",以爲矜奇立異,則與横生枝節者又何殊?非鄭解經之本意也。

包　來　解

音學之亡久矣。古人一字有數音,一音有數義,不第通轉已也。又有方音,有諧聲。各從其俗之音而呼之,各從其類之聲而叶之。故有音同而字異者,如《春秋·隱八年》書"公及莒人盟于浮來",《公》、《穀》二傳浮俱作"包"音義。

包音苞，一音浮。《左氏》作"浮"，杜注："浮，紀邑。東莞縣北有邳鄉，西有公來山，號曰邳來間。"獨范氏《穀梁集解》以"包來"爲宋邑，語似未確。《檀弓》鄭注："秦人猶搖聲相近。"是則浮之通包，亦方音之轉耳。《鹽鐵論》："李斯與苞邱子同事荀卿。""苞邱"即"浮邱"也。《漢書·楚元王傳》云："浮邱伯者，孫卿門人。"是可爲包音苞，又音浮之一證。《禮記·投壺篇》："若是者浮。"注："'浮'或作'匏'。"《漢書·酷吏傳》"枹鼓不絶"，蕭該《音義》引《字林》曰："枹音浮。"是又"浮"可作"枹"也。《集韻》"'匏'亦作'包'"，則與《禮記·投壺篇》注"'浮'作'匏'"之音合矣。是包本音浮，又與"枹"、"胞"、"孚"、"桴"等字互通。字雖異，而音實同也。

浮來爲紀邑。蓋隱之初，紀、莒有隙，後紀、魯聯姻，至二年盟于密，始成，實魯成之也。莒逼於魯，而後與紀盟。四年春，復伐莒，是盟未堅也。於是公復會莒人，盟于紀邑。所謂"以成紀好"者，近是。《公羊傳》以"公曷爲與微者盟"，不知紀與魯親，公爲紀屈，故盟莒於紀地，謂之宋邑，非矣。紀、莒之於魯，壤地相錯，宋則遠矣。以地理考之，山東青州府莒州西二十里有浮來，則可知其爲紀邑無疑，而"包"之爲"浮"亦無疑。余謂宜直從《左氏》作"浮來"，方合地志。而《公》、《穀》之作"包"，實屬方音之轉更證矣。

讀黃梨洲論《易》辨

《易》之爲書，從象數起也；猶疇人之學，從籌盤入者也。無籌盤，算何由著？無象數，《易》何由明？觀梨洲先生《萬充宗墓誌》，乃謂："《易》以象數、讖緯晦之於後漢，至王弼而稍霽。又以老氏之浮誕，魏伯陽、陳摶之卦氣晦之，至伊川而始明。又復以康節之圖書先後天晦之。"并指離南、坎北爲康節臆說。斯言也，毋乃矯枉過正歟！夫王、何掃象，世儒以爲罪浮於桀，將使學者舍象數而專趨義理，意非不善，然亦知《易》之精理妙義，即在象數中乎？輕象數而外之，則《易》之所寓者安歸乎？以卜筮者象其占，《說卦》已有明言。自虞、夏、商、周以來，至於春秋，天子、諸侯皆有太卜之官職掌，相承千數百年而不廢。雖以國家大事，尚待詢之於三龜而稽疑定志，設以今人當朝，鮮不訝爲怪誕矣。今將黜象數、卜筮擯之，謂非《易》之旨，雖鯫生下士，猶將以爲不然，而況大儒乎！

善乎夫子之言曰："《易》之爲書也，廣大悉備，有天道焉，有地道焉，有人道焉。兼三才而兩之。"故《易》六畫而成卦，分陰分陽，迭用柔剛，故《易》六位而成章。大抵聖人覺世牖民，皆將推天道以明人事者也。而兩儀三才，陰陽剛柔，動靜常變之判，不能無所寄。寄之於畫位，實寄之於爻象焉耳。卜筮之用，特其淺而易見者。凡邵氏所有撰述，皆承四聖微言，推闡《繫辭》、《說卦》以明其旨，初未嘗稍立異者。天生康節，實爲大《易》開闢混蒙，先天、後天圖，朱子亦遵其說，未嘗敢廢象數也。今不宗《繫辭》、《說卦》，而但宗《程傳》，豈《程傳》闡發能出孔子範圍乎？不明義理寓於象數，而遽欲據《程傳》以攻康節，其亦可以不必矣。至於京、焦之災祥，馬、鄭之讖緯，魏伯陽之《參同契》，與夫方外爐火、兵家陣圖，暨援《易》爲依歸以立門戶者，前賢已斥其謬，無俟梨洲之贅言也。若言《易》而屏象數則愼矣。伸此抑彼，乃明季講學家習氣，不謂梨洲亦蹈之。

辨《易》剩言

梨洲先生論《易》，宗《程傳》而闢象數。余嘗疑其說而詳辨之，獨於論卜筮未盡也，爰伸其義以暢其支。自古天子、諸侯，皆有太卜之官，職掌相承，閱數千百年而不廢。自犧、軒、堯、舜至於夏、商，下逮東周，未之有改也。史稱太昊始畫八卦，而卜筮以生。傳言遇黃帝戰于阪泉之兆，孔疏以爲將戰，卜吉，曾得此兆也。堯之命舜曰："天之歷數在爾躬。"歷數何書，根《河圖》，實根於《易》也。舜命禹曰："官占惟先蔽志，昆命于元龜，詢謀僉同；鬼神其依，龜筮協從。"可知三代以前，皆有卜筮矣。《詩》稱"亶父遷岐，謀始龜契"。《書》稱"周公相宅，卜維洛食"。《春秋》如秦伯伐晉，徒父筮之；晉侯勤王，史偃卜之。經典之述卜筮也，難以枚舉矣。自古國家發大謀，興大役，動大衆，未有敢行專決，不詢僉同，不協蓍龜，而能善其後者也。龜筮惠迪不從逆，是以晉惠違卜，慶鄭譏之，然卒以致敗。故曰："汝則有大疑，謀及乃心，謀及卿士，謀及庶人，謀及卜筮。"間有筮短而龜長，亦必三占而從二。

古人君之於國家大事，兢兢業業，好問周諏，如此其慎也。夫是能稽疑，定志吉凶，與民同患，行無過差，而動無違悔。自掌卜失官，凡天子、諸侯之興役動衆者，不待詢之三龜矣。蓍契不從，愎諫自用。此自古及今所以多敗亡相續也。古者聖人興神物以前民用，立道設教，具有深意。雖極聰明睿智，神武不殺，亦未有不齋戒洗心，退藏於密，而能洞燭機先者也。大《易》六十四卦，篆文皆推君子以定其爻象，而其辭也多戒懼。然則聖人之情見乎辭矣，而猶必通卦驗，玩象占者，蓋立象以盡意，設卦以盡情僞。聖人實深悉夫人之情僞難知，事之變幻莫測，非卦象不足以盡之，故復繫辭而明吉凶焉。以卜筮者尚占，夫子明言之矣，則謂大《易》非僅卜筮之書也可，謂大《易》非卜筮之書也斷乎不可，"居則觀其象而玩其辭，動則觀其變而玩其占"。即君子之所以致用也，"精義入神"之謂也。雖然，君子於國家事，不敢專也，不敢自是也，幷不敢負天人交助僥倖嘗試也。其或將有爲也，將有行也，問焉而以言，其受命也如響。是以"自天祐之，吉，无不利"，遵古先聖王之教也，謂非詢諸卜筮而云何哉？

讀錢稼軒陳斗殺父妾辨

余讀《國朝經世文編》，至錢稼軒辨陳斗之辜，謂"妾無徵而婢有徵，直若治獄，當舉約爲斷"者，不禁哂然笑曰：陋矣哉，錢君之爲此説也！此胥吏憑文之科臼，而非經生達體之權衡也，何其淺於讀書而深於用律者哉！據約而爲之斷，設無約，又將何所據以斷耶？《禮》載"父母有婢，子雖父母没，敬之不衰"，則以其爲父母所愛也，不以其爲婢也。王氏之受寵於恭，非一日矣。其納爲側室也，亦必有辭矣。恭居官而王隨之任，恭罷官而王偕之歸。雖愛選色升，内外大小當無不以如夫人呼之矣。父既妾之，而謂斗能不以庶氏之禮待之乎？驟舉約而目之爲婢，在斗母祇欲教子脱罪，原未計約之可憑不可憑也。設王之外族有詰，言約由斗造，其將何辭以自解乎？斗之納約與刀於母柩前也，實以報王者告母耳，非將歸獄於官，而猶思據此廢紙以求脱此倖免之軀也。

臨斯獄者，不就前後情節，引經酌理以旌孝子死報之心，哀孝子兩難求全之隱，伸其志以成其名，尚得謂信讞乎？尚得謂善議歟？不敢歸怨於父，而自歸死於官，在斗亦只知報母，甘心受誅，固不爭王之爲婢爲庶也。其報母，奈何曰"凌嫡致死"也。嫡子不可殺庶母婢妾，獨可凌女君乎？《春秋傳》之辭，聖人百世折獄之書也。其斷嬖人之子曰："賤妨貴，少陵長，遠間親，新間舊，小加大，淫破義，所謂六逆也。"王之以賤陵貴，視斗之僅以少陵長者，準情科罪，又孰重孰輕乎？微賤出身而驕盈肆志，既奪其寵，又不禮焉，推其心，直不知女君爲何矣。橫逆之加，其又甚耳！胡氏之鬱鬱致死也，亦良有故。病劇及革，猶弗偕視，則王氏之罪，上通於天矣。夫恃嬖陵尊，律有明條。一日陵之，是殺一正室也；百日陵之，是殺百正室也。況多年奪嫡陵虐之，使致疾致斃乎！斗之幼而不平，長而報怨也，亦猶人情；所失者，在不知審處耳。

說者謂申生不咎驪姬，以安父也。今斗忘父愛而仇之，傷親心矣。且父猶存而殺其庶母，是蔑生親也。然背遺命而釋母仇怨，是蔑死親也。蔑生親，非仁也，固不堪；蔑死親，非義也，尤不忍！二者皆非斗之所計及也。蓋愚民何知，第見母死由於此，常懷刻刻必報之忿，彼固不知爲父諱惡也。苟知諱惡，則必有所隱也，有所待也。此其所以失耶？雖然，斗，農民也，亦愚民也。彼必窺父出而後行，亦已委曲從事矣。是安得過於責備，苟以繩斗歟？然則將如何而獲定斯獄耶？曰：正名辨分。王氏有嫡室而後，斗也有庶母。王既不以嫡視胡，斗安能以庶視王？若據約哲之爲婢，猶屬寬假之詞耳。設王氏有子，又奚憑以斷耶？業經事父有年，共操家政，而猶執約以據，曰"是婢也，非庶也"，人誰信之？斷之以陵蔑正室也，則王有可死之罪，而斗即可獲全矣。且夫不背母，孝也；不當父前，仁也；不愛死，義也。具此三者，人情之所難覯也。不爲之伸其志以成其名，尚得謂信讞乎？尚得謂善議乎？

《周禮·冬官》真僞辨

《周官》一書，乃周公述文、武之舊法，以綱紀天下也。漢儒如馬融、鄭康成,皆以周公致太平之迹,其語實本於劉歆,故宋鄭伯謙發揮經義,即取其説以名之,謂之《太平經國書》。然林孝存則以爲武帝知《周官》末世瀆亂不驗之書,故作《十論》、《七難》以排棄之。何休亦以爲六國陰謀之書。惟康成遍覽羣經,獨尊信之,以爲囊括大典,網羅衆家,故答林碩之論難,使《周禮》義得條通。而後,是書乃大行於世,實賴鄭氏傳注之功爲不少也。

《馬融傳》云:秦用商君之法,其政酷烈,與《周官》相反,故特疾惡之,搜求焚燒,欲絶之。是以隱藏百年,迨孝武除挾書之律,開獻書之路,此書始出於山巖屋壁間,復入于秘府,五家之儒莫得見焉。至孝成帝時,劉向子歆校理秘書,始得列序,著于《録略》,然亡其《冬官》一篇,以《考工記》足之。時諸儒並出,共排其非。惟歆斷爲周公舊迹。厥後杜子春、鄭興、鄭衆、衛次仲、賈逵、馬融,並傳其學,皆作《周禮解詁》。故康成作序,首發明之。《舊唐書·儒學傳》云:"《周禮》一書,上自河間獻王,於諸經中最晚出,其真僞亦紛如聚訟。"橫渠語録曰:"《周禮》是的當之書,然其間必有末世增入者。"鄭漁仲《通志》引孫處之曰:"周公居攝六年,後書成歸豐,實未曾行;經後人迭爲改易,非盡舊典,則所闕不獨《冬官》已。至先儒以河間獻王用《考工記》補《冬官》,爲累《周禮》。"然《南齊書》稱:"文惠太子鎮雍州,盜發楚王冢,獲竹簡、青絲編十餘簡以示王僧虔。虔曰:'是科斗書《考工記》。'"則其簡爲秦以前物,似非獻王所補,亦非劉歆取以足之已。至莽、歆之徒,附以僞説,誠不免爲諸儒之所詆議。故國朝方望溪先生著《周官辨》十篇,力指《周官》之文爲歆竄改,以媚王莽,證以《漢書》,言之鑿鑿。古今來用《周官》以誤國殃民者,前則王莽,後則王安石,皆不善讀書,非經術之能誤人也,亦泥古太甚,師心自用耳。

至周公定六官,後世式遵其訓,實爲古今之令典。其大綱細目,精心布置,不遺不漏,有非後世之粗舉大凡者所能企及。其體國經野,設官分職,各率其屬,皆有精思存焉。其糾禁勾稽,月要而歲會,足令頹廢者無所藉塞。至八法、八柄,所以治官府而馭羣臣者,誠爲千古不易之良規。然則《周官》六典,其源確出周公。而流傳既久,不免有所竄亂,而大經大法,終不可廢,不得因後人之貽誤，而疑古聖之遺型也已。

新周親周辨

漢儒治公羊家，有新周、故宋之說，蓋本於宣"十六年夏，成周宣榭災"，《公羊傳》："外災不書，此何以書？新周也。"何氏注云："新周故分別有災，不與宋同也。孔子以《春秋》當新王，上黜杞，下新周而故宋，使若國文黜而新之。"是何注本作"新周"矣。乃據《春秋繁露》三代改制《質文篇》云："絀夏親周。"故《宋史》記《孔子世家》云"《春秋》據魯親周故殷"，則皆作"親周"矣。此說經之家最宜辨也。

主新周之說者，如近世孔檢討《公羊通義》，以爲周之東遷，本在王城；及敬王避子朝之亂，更遷成周。作傳者據時言之，故號"成周"爲"新周"。如晉徙新田謂"新絳"，鄭居郭鄶爲"新鄭"之例。傳云："新周者，以成周雖非京師，而先王宮廟有災，爲除舊布新之象。且天道不遠，若使周人懼而修政，興宣王禮樂，則子朝之亂不作，可無居新周之事矣。"方望溪《春秋直解》亦主之。臧茂才《經義雜記》以爲《公羊》言"新周"，核諸董、劉之說，謂以樂器空存，無補實政，故災而望周之重新，聖人書之，所以承天意也。此說俱長，可以鍼何注之痼疾。

至主親周之說者，李晉卿《春秋燼餘》云："言成周者，何以王朝宗廟之重言宣榭？"則疑魯言京師則不親，故舉國號以書之。新周者，親周也。又按董子《史記》及惠徵君棟之說，皆以爲當作"親周"。古"新"、"親"通，"新"當讀爲"親"。證之《大學》"在親民"，程子曰："'親'當作'新'。"《書·金縢》"新逆"，蔡傳曰："'新'讀爲'親'。然則作'親'乃'新'之假藉。"考唐石經諸本，皆作"新周"，何注亦作"新周"，安知非董子《史記》之錯哉？錢大昕之說最爲確當，惠氏未免爲古"新"、"親"通所誤。至以《春秋》當新王繫宣榭於成周，使若周文黜而新之，此說甚誣。且故宋傳絕無文，惟《穀梁》有之，與此意不相涉。新王、黜周、王魯之說，賈逵闢之、王祖游譏之是也。主親周之說者，終不若主新周之說較爲明辨矣。

朱陸異同辨

道本一原，學無二致。考亭朱子之主敬，象山陸子之主静，皆反身切己之功，無分門別户之見。當其會鵝湖時，論及教人。朱子欲令學者統觀博覽，而後歸之於約；陸子欲令學者發明本心，而後使之博覽。朱以陸爲太簡，陸以朱爲支離。彼此不合，而異同之説從此起矣。而要各準其從入之途以爲教，安有所謂異同哉？夫陸子詆濂溪加無極於太極之上，恐人求諸虚無而逃入於禪宗，與朱子往來辨論，不過參考以衷於一，未嘗各挾己見也。觀陸子白鹿洞講"喻義利"章，朱子以爲切中學者錮疾。又，《與包道顯書》云"南渡以來，理會着實功夫，惟子静一人"，則朱與陸有深相契合者焉，烏有所謂異同歟？且朱子晚年自悔，亦云"近日方見向時支離之病"，則朱子又將引陸子爲同心，其無異同可知矣。

至元儒吴徵（澂）謂"朱子主道問學，陸子主尊德性"，朱、陸始判爲兩途。沿及有明，各尊所聞，各行所知。其尊陸者曰：雖專以尊德性爲主，未免墮於禪宗之虚無；而持志端嚴，終不失爲聖賢之徒。若晦翁於道問學，支離決裂，非復聖門誠正之學。其尊朱者曰：雖專以道問學爲主，未免失於俗學之支離；而循序漸進，終不背於《大學》之訓。若象山於尊德性，虚無寂滅，非復《大學》格致之爲。是二説者，皆非也。蓋朱子之居敬窮理，何嘗不以尊德性爲事？陸子之孔、孟教人，何嘗不以道問學爲事？且未聞尊德性，誠意、正心矣，而猶入於虚無者；道問學，格物、致知矣，而猶涉於支離者。《易》曰："君子以同而異。"《吕氏》曰："所入之途雖異，所至之域則同。"有志於道學者，所以不可不辨之於早也。

重修寶海庵義學醵金序

由德濟門出郭，東偏半里許，有殿庠然，有樓巋然，帶浯江而拱紫峰，疏秀爲祇林冠蓋，即寶海禪院也。院之廢興不常。國朝雍正間，邑令唐公復即庵中爲義塾，而院遂以塾重。經理斯役者，非第爲禪林香火計，蓋亦有興學之思焉。嗚呼！自學校衰而士習日頹，襲青衿者，往往剽竊儒書以博取青紫，亦猶披緇袂者，每假宣揚佛號以謀獵金貲，均爲儒林、佛家之蠹，有心人蓋傷之矣。

自五大洲氣機大開，外人染華風者，輒侈談三代盛時，自王宮、國都以及閭巷，莫不有學，非惟言之，抑能行之。今則外洋學堂林立，幾不減大道爲公之世，而我中國反步其後塵，執是以思，可慨亦可愧也！今朝廷銳意振興，凡屬臣民奔走就事者，爭以殿後爲羞。各府、州、縣開辦蒙小學堂，每先就義塾改建，逐漸推廣。嗚呼！不有興之，誰爲繼？然則今之世界，爲學務之世界；而今之義學，亦學堂之基礎也。所惜泉郡僻處海濱，地瘠民貧，雖有熱血人，無從措手，除官紳建立一二外，寂焉無聞。而所謂義學者，又不特徒擁虛名。按籍以稽其舊址，固多泯滅而不可考，何幸斯地未盡就湮，猶得留爲後人藉手耶？

光緒初間，院廢而塾亦就傾，蓋幾幾鞠爲茂草矣。猶賴里人陳君正軒國學、晉庭上舍喬梓，極力經營，始復舊觀。是非深憫義學故基，不忍聽其湮沒，等此存禮存羊之意歟！工甫竣，復集都人士稟官訂章，延師課讀。其初雖絀於經費，不免暫輟中止，然基扃得賴以不墜。今果值興學時代，後之人得藉以繼長增高焉，則謂唐公爲有功於學校，陳君之有功於唐公，相與並昭來許，不亦宜乎！去夏，吾泉大水，殿廡堂廨並没洪濤。由斯而不急爲修復，恐後之人愈難乎繼矣。所願同志諸君子，共擎斯舉，集腋成裘，俾就睹之功，不至終隳於末路，想亦有心人所樂共爲觀成乎！世界滔滔，豈無具熱心樂育如唐公孝本其人者？余將執鞭而隨其後。是爲序。

臺江泛舟記

天地，一大席幕也；吾生，一大夢寐也。士生其間者，苟非有君國民物之荷，則亦及時行樂，自適其適耳，何戚戚於人世爲哉？歲九月之十七，距重陽遠八日，同人相約於釣龍臺下，爲泛舟之役。上溯鳳山橋，下沿馬江灣，以攬江山勝概。是日也，天氣清明，遠嵐浮翠，斜陽未抹，帶水如練。閩中節候異於他邦，至此尚服單袷，其朗爽可知已。余以不得志於時，對景物而悲秋。嘯歌傷懷，正賴絲竹陶寫。顧不於重陽登高，而於望後臨深，其志趣略有異。蓋登高者，適時之士也；臨深者，憂時之士也。余雖不得志於時，而君國民物之思，未嘗一日而去諸懷。祇以手無斧柯，空勞慨嘆已耳。今者敵氛未息，外寇猶橫，安忍以一己之樂而忘天下之憂？猶幸閩嶠僻處海濱，風景不殊，耕市不驚，舉目山河，尚足爲吾民慶如天之福。以視津門、東省百姓之罹於烽鏑，扶老携幼，逃亡無所者，相懸何止天淵！則余之得與諸同人泛舟於此江者，誠非無緣。矧既不得志矣，又無職守之羈，何戚戚於人世爲哉？

　　計同志來者：殷君允經、濟世，陳君既庭、策言，萬君吉甫、士俊，周君克生、之楨，謝君薇泉、爲霖等十二人，皆蓬閬俊民，烟霞逸客也，鄉邦之選於是乎薈。入夜，月明如晝，濤聲送響，與笙歌相上下。余方剪金膏而話舊，擘麟脯以行觴。或飛五色之箋，或幻雙枚之令，或談遁甲之經，或究長生之術。或則講兵要，而六花八陣如出身經；或則論輿圖，而鬼域神洲胥可指掌。皆切身之要務，經世之鴻言，振廢之金詮，救時之玉笈。凡三家村老、八比酸生之輩之所津津樂道者，不在此數。是夕，余爲主席，操翰墨以從諸君子後，亦以誌一時鴻雪之因云爾。

重修李忠定公祠記<small>庭訓命作。</small>

　　鳳山之麓，有祠荒焉，實祀前明戶部尚書李忠定公之祀。公宰吾晉，有惠政。事蹟詳郡乘，不贅。其爲治也，如風薰雨潤，及物無聲，而欣欣向榮。晉邑之民，是以大和。去後，民思不置，故僉建斯祠，額其上曰"棠蔭祠"。去東郭里許，凡有過者，必往禮焉。歷年既多，修廢無常。今者入其室，數椽僅存矣。寒飆一發，屋瓦鏗然有聲。榱棟傾軋震撼，庭除頹然，垣墉又將顛越。風露積矣，草木淒然。久而不治，行旅者悼之。姻戚何怡亭太守，慨然是事，爰商於余曰："盍發篋傾囊，爲諸同志倡乎？"余應曰："諾！"爰命梓人聿來胥宇，鳩工庀材。經始於光緒四年春，訖工於光緒五年夏，縻白金千有餘緡。董役司財爲僧清慧。築既成，爰觴同志，讌而落之。都人士過者，咸嘖嘖稱是曰："是役也，所以勸守令之蒞吾鄉者，所以表邑人之能德李公久而弗替者，亢願後之君子，時修其祠宇，以無忘甘棠。"是爲記。

重修鐵爐廟記

余總角，歲嬉於外祖家。舅氏携以登龍山，指所謂鐵爐廟者，爲在温陵八廟之内；而示之廟前槐樹，大可數圍，削半偏，若筆架然。其下有石，如硯微渦。旁有小石如墨。地周圍略高，如案。案之巔，石筍卓立，如筆。天然四寶列於文房者，不圖於此山仿佛遇之。時雖未知文事，愛其清陰幽雅，恒婆娑而不忍去。及長，閱《清源郡志》，得韓府長史楊君宗曜所爲撰記，味其文高古有則，爲之三復不置。舊傳留鄂王於此山鑄兵器，廟貌魁壘，靈異響臻，洵偉觀也。南宋曾公從龍未第時，禱神示兆，有"兩燭並輝今秋，一薦橫行天下"之詞。他日應魁，兩夢克符，先幾不爽矣。自是民間趨之若鶩，士之禱科名者咸叩焉。嘉泰間，公爲之重建，舊誌備載具詳。則廟之設，由來久矣。閱世云遠，修廢不一。

今者入其室，數椽僅存矣。雨淋日炙，風震霜凌，幾於棲神無所，神像剥落，顛倒傾頹，岌岌焉行將仆矣！太等愴名勝之掩没，悲古蹟之荒湮，乃邀同人，爰始爰謀，鳩工飭材，需費頗巨。今之丹臒塗漑，頓還舊觀者，實賴仁賢居士，信善宰官，施金捨貲，傾囊解橐，以助其成，俾斯廟易危而安，易陋而焕，皆邦人君子之力。行見神明赫赫，鑒觀有靈，定將以昔之佑曾樞密者而佑於同志諸君矣。因落成後，綴其大略，搦管而爲之記。

募修浦西橋小引 _{庭訓命作。}

循武榮州西偏四十許里，有西溪焉。溪之西有橋，曰浦東，曰浦西，俗傳厝浦尾二橋者也。地當安永要衝，行人來往如織。未成時，恒有溺者。年深圮於水，民之厄於水者日益夥，余心憫焉。浦東一橋，固已獨力支撑，告厥成功矣。獨斯橋也，未有替人。春水方生，艱難病涉。蒼黄行旅，瀰漫驚心。元不辭僭越，方與二三同志唱議經紀。役甫興，是夜溪流暴漲，未斷橋梁復漂没三丈餘。詢之同人，僉謂工愈繁，用愈巨，而力愈艱辛。欲因是中止，恐後之君子更難乎繼，爲遲回者久之。月餘，溪流迭浸岸矣。有告於元曰："日前涉者數輩，溺其二焉。"自惟綿力疲於獨，愧未能繼，然惻隱之心，人皆有之。十室豈無忠信！其能與吾二三同志，分人之憂，急人之急，如治其私者乎？所願與四方善士共擎之，無斬臂助焉。其有垂雲天之高誼，以利濟津梁爲要義者，必能傾囊解槖，澤我徒杠，是則元等更有厚冀焉。遂濡斯翰，以爲緣起。

重修彌陀岩募疏

彌陀岩者，溫陵名勝之一區，清净道場之古刹也。泉郡四名山，以清源爲特著；而彌陀斯境，尤爲清源最。洞天福地，高矗冲霄。中間石室，疑非人工所積磊。峥嶸壁立，架跨渾成。肇自唐初，荒山啓宇。其上丹梯傑閣，聳峙凌雲。軒楹四闢，豁然昭曠。顧瞻極頂，空濛崔崒，蒼翠無際，浩浩乎大觀也！堂奧垂成，寢龕爰立。馨香樽俎，以崇祀乎文昌帝君、觀音大士者，訖千餘年於茲矣。閱歲頻更，興修遞積。

比年以來，茲巖幾成荒陬。霜露飄零，荆榛蕪穢。崩榱摧桷，掩翳乎蒿蓬。向之席址扃基，所稱洞天福地者，但見頹垣廢壘，殘瓦凋甀。西風颯颯，披拂摩蕩於衰草斜陽下。維時文人學士，幾輩登臨，雖欲竦企遐觀，徘徊於此山之中，以攬勝概，其奈蕭條景象，蒼涼滿目。睹此荒墟，真有不堪回首，怒焉傷懷者。倘不及時修治，將後此日就淪胥，更蕩然無復有存焉者矣。太等不辭作俑，唱言經始，更需同志共樂觀成。所望四方信善、宰官、仁賢、居士，或分鶴俸以添增，或解蚨囊而補缺，庶幾登懸藉手，葺緝告功。福有攸皈，非維特受。是爲序。

募築壕岸暨增修義冢疏

由德濟門出郭，溯而東，沿迎春門而下，界於其間，有岸長三四里許，相傳曰壕岸。上通法石，近接浯江，爲行旅必由之道。地窄而岸狹，當春雨水，尤苦泥濘。傍岸隆而高，窪而深，糾錯橫斜，居民叢葬，處也通途，無主卜兆，利不計貲，孤窮流寓，於焉是窆，歷多年所，其倉卒而殯於此者，不知其幾千百輩矣。而地不供穴，土不掩棺。一經風飄雨淋，則骸胔暴露，禽畜又從而踐之，死者□不完其屍，盛暑蒸薰，腥穢不堪。偶聞過其下者，往觸而成病。斯亦仁人君子之所心惻乎！欲修而拓之，完而築之，非購田附岸，無以成坦道而便行人；非擴土成墩，無以納新阡而安幽骼。歲在元默執徐，月維流火，同志議集，勉爲斯役。自維綿薄，顧此工繁費鉅，非一撮所克底成。譬諸築室徙木，一力擎之則疲而易蹶，肩以衆負而趨耳。所願四方善信君子，宏開心地，廣種福田，效祇園之布金，俾萃裘於羣腋。澤及枯朽，感均幽顯。是則太等有厚冀焉。遂掇崖略，以爲緣起。

增修郡南七寶堂元武廟募疏

粵稽祀典所載，必有功德於民，而後俎豆春秋，隆其崇報。神道設教，由來尚矣。其有閭里憑依，未經典禮，歲時報賽，以社以方，亦有司所弗禁，矧靈異叠徵，彰彰志乘哉！温陵南關外七寶堂元武廟，崇奉玄天上帝。權輿宋代，以迄於今，捍患禦災，庇民於福。蠟炬飛樑，曾傳顯化，彼都人士，猶嘖嘖艷稱之。歷年既久，修建迭興。然神靈而寺窄，非美奐美輪不足以宏瞻仰。今欲增修前殿兩翼，左奉觀音大士，右祀鄉中土神，後則重塑世尊而居焉。并設住持，以時供養。太等不辭作俑，爰倡經紀，更需同人共歌讓落。所望四方信善君子，垂雲天之氣誼，結香火之因緣，惠布金錢，俾集裘腋，丹青紺宇，沾溉緇流，盛舉共襄，觀成有日矣。是爲序。

募修順洲大路橋疏代

泉郡枕山而襟海。鵬錦雙溪，泝其游源；筍浯兩江，演其支派。曲厓怪錯，幽壑糾紛。迅渡增澆，涌湍叠躍。因歧成渚，觸澗開渠。駕浪通波，非橋莫濟。橋之迤而修、擎而奠者，自萬安渡後，惟臨漳、德濟門外二橋爲最，俗諺謂之新浮。其接乎新橋以通大陸者，則順洲一橋，實首途地。發漳、厦靱衝，行李往來如織。年深圮於水。經理者未得其人，更易故地，退數武而漫安基址。鳩工庀具，費亦不貲，然卒無成效，不數載，復就傾頹，識者痛之。滙東西溪諸水歸新橋而盡委輸於大壑，其上流岸仄，川回而倚伏；其下流渦盤，峽束而洊湮。猝遇蛟龍爲災，陽侯不禁，行潦暴集，巨浸稽天。雖復白玉爲梁，黃[金]作柱，絡千尋之鐵鎖，鎔百鍊之扶欄，亦安能保固撐凝，揩拄而不傾洞哉？欲修而復之，完而築之，非相度形勢，測量淺深，離坎窅而就平中，舍激衝而扃漫衍，又何以徐排雁齒，穩卧虹腰，恢濠濮之巨觀，彌津梁之缺憾耶？

謀烈等不辭僭越，倡議經營，更需同人共觀讕落。顧此工繁費鉅，非一掇所克底成。諺云："獨力難支，衆擎易舉。"以吾鄉多信善君子，去歲洪流蕩析，十室九空，深勞遠道之輸將，迭拜重洋之寄賜，宏金廣布，遞驛源來，義粟仁漿，解困雨驟。陰蔭枌鄉之暍，陽回黍谷之春。潤瘠噓枯，卒賴以濟。矧斯橋爲周行之要會，輻轃之通衢，而有不聞義趨風、赴善若渴者乎？所願同志都士，惠心宣道，雅量宏淵，廣施布地之金，超濟乘輿之水，庶幾孤征遠邁，共慶慈航。負販褰裳，羣登彼岸；恩波無既，福澤攸歸。是則謀烈等有厚冀焉。遂濡斯翰，以爲緣起。

祭何直亭文 庭訓命作。

維光緒庚辰四月朔，越二十有七日，戚友黃恩元謹以剛鬣柔毛庶饈之儀，致奠于亡友直亭姻三兄何君之靈曰：自來友誼之篤，未有如三兄之與元者。性相同，齒相若，居相近，營謀相資，而又因以車笠之盟，重以兒女葛蘿之愛。今於三兄之没，能不摧惻心肝而悼良友之不可復作耶？嗚呼！三兄古無其人，而今已矣。始與先伯兄、先四兄共營生業，操計然之術，忽忽者垂十年；繼與元同事者，又將三十餘年。朝夕相過從，其知之無不言，言之無不盡。雖至千里雲山，猶移書互相切劘。嘗謂元曰："人生之富貴不可知，亦並不可恃；惟性行之摯操其在我，斯終古不磨。俗流重貨財而忘倫紀，往往有兄弟胡越者，惟我二人能闢此見。今既白首不渝矣，然終當慎持於後，以永示子孫。"元敬謝不敏，而謹奉其言，以爲箴銘。今者三兄往矣，後誰能爲此言耶？嗚呼痛哉！

余雖不常視書，然常聞"朋友切切偲偲，兄弟怡怡"一語，未嘗不酷慕之。若吾三兄者，其信有合於斯，殆所謂古人歟？而今竟成古人矣！

余家兄弟七人,而君同胞亦七。今既凋零殆盡矣。其存者實無二三,而皆且耄矣。猶憶壯年時,先四兄没,兄哭之慟。及暮年,先伯兄没,而兄又哭之。而吾今復哭兄矣。冥漠有知,其能與吾諸兄相聚否耶?人生未及百年,而轉瞬皆遊墟墓。將所謂不可知亦並不可恃者,其信然耶?非耶?聞兄未病時,常以余爲念;及將易簀,又問余近狀何如,頗復痊可否?而余以衰老之身,沾染牀褥,竟不獲與數十年相處之舊交與之永訣,能不凄然自悼歟?嗚呼!古誼日亡,每念知己之言,有逾鮑管。既傷逝者不復,又自嘆相識漸渺,其誰能喻余心耶?來日苦促,相見詎期。聊掇衰(哀)詞,以抒余悲。詞曰:

摯性不刊,浮生易晚。嗟哉三兄,從此已遠。薄俗衰漓,古誼誰陳?良朋永逝,凄然一身。善受全歸,手足依依。更期同調,德音莫違。聲氣相投,有蘭如臭。嘆逝愴懷,豈惟婚媾。疇昔箴言,信誓弗諼。音塵雖渺,金石永存。逝者如斯,存者無多。又弱一个,傷如之何?善始慎終,没又奚憾?更持德輝,遍燭幽暗。病莫我臨,没莫我訣。耿耿此心,吞聲嗚咽。生芻一束,懷我好音。靈爽終古,誰鑒余忱?

祭吴正夫先生文家兄命作。

維年月日爲吴四先生五七之辰。其同鄉年姻世誼家弟姪等,謹以清酒白茅,相率哭奠於寝堂之次,禮也。竊維教孝之旨,厥曰:身體髮膚,不敢毀傷。此親承聖教者以爲臨終而啓手足也。其示保守之難,至極之臨深履薄,大矣哉,守身之義!通其訓者,可以承祧索臣矣。顧賢智之過,又惑於丹經秘錄,怪誕離奇,不惜以不貲之身,而妄試不經之説。名爲延壽,實以促生,多見其不知量也。守云乎哉?哀維先生,以叔寶神清,兼仲宣體弱,比及壯年,因寒暑失調,幾至一蹶不起。遂奮然有省曰:"吾今知其大矣!"由是節嗜欲,定心志,不以聲色而有攻於外,不以愛惡而有捐於中。嵇中散所謂"守之以一,養之以和"者,先生其庶幾焉。是朝弦暮歌,非徒以悦耳也,曰吾身之鍼砭也;春蘭秋菊,非徒以娱目也,曰吾身之藥石也;涼亭暖室,隨寒燠之宜,曰吾身所爲清虛静泰、少私寡欲也；密友良朋，談風月之勝，曰吾身所爲形神相親、表裏相濟也。厥配夫人鄭氏，賓敬始終，亦能相厥起居，調其旨蓄，相與維持調護之，無或失時以爲先生憾。當夫花晨月夜，不速客來，藥草翻階，茶烟繞室，先生倦眼纔醒，鑪香半燼，聽時鳥變聲，觀游魚吐沫，人知與先生共適，而不知先生之自適其適也。充是適也，棄人事而從赤松子游不是過，即躋上壽，享大齡，何爲而不可哉？夫何十數年以來，一傷季弟怙齊君之變，再悼厥配鄭夫人之亡。至今年夏，仲兄慶堂先生纔免喪，而先生亦遂以精神不振矣。嗟乎！先生固篤於天性者，焉能曠達爲懷？宜乎質非金石，不能不隨大化以俱盡也。嗚呼哀哉！觀其持身之正，可謂不虧、不辱者矣！等託葭莩之親，知先生最悉者，公爲之誄。其辭曰：

茫茫大塊兮，終古以生我躬。渺一稊米兮，奈何欲與草木而爭榮？謂達人其知命兮，能守身者能順受其正。苟遺體之不敬兮，亦何有於貽厥令名。維先生守其大兮，奉身如執盈。謂兢兢而戰戰兮，吾先民自有法程。一跬步而必愼兮，嗇我神無搖我精。何方外其多歧兮，貴寂滅而清净。藉金石爲藥餌兮，誰知其害爲傷生伐性？先生謂我有丹兮，可起衰而濟病。彼禽鳥與竹木，維風月吾以主盟。將終老於其中兮，何羨乎九轉之克成？夫何乘化其不留兮，毋亦去來之不自我爲政。吾輩不免涕淚以傾兮，未能如太上之忘情。瞻仰儀形兮，尚有典型。嗚呼哀哉！尚饗。

祭侍御葉秋汀先生文

嗚呼！金臺日遠，凄凉客邸之樽；絳闕雲飄，悵望帝鄉之路。漫騎鯨而竟去，偕跨鳳以俱仙。蘭桂雙枯，壎篪並輟。感百年之易盡，傷二惠之難留。而況桑梓情深，葭莩戚忝。白茅藉用，猶竊比於生芻；青簡尚新，愈愴懷於宿草。能不思亡僾悒，悼舊欷歔，執紼增悲，罷舂誌慟者乎？

哀唯姻翁，忠厚傳家，詩書世業。戀青氈爲故物，雪案披帷；標黃甲以先登，霓裳織錦。拾級而迴翔秋賦，聯翩而釋褐春官。峻塔書名，快啖紅綾餅餌；曲江赴宴，歡膺紫綬章綬。二十年農署卑棲，暫浮沉以隨俗；三千牘柏臺樹望，終鳴叫以驚人。方謂如願胥償，長途畢遂，容容後福，坦坦冲懷。從此利涉大川，紫澥之迴風不打；優遊好景，青陽之炎撒（繖）高張。眼中則犀角觥觥，身後而鳳毛濟濟。六張五角，焉知誰磨蝎命宮？駕喜乘歡，到處是爽鳩樂國。縱使海枯石爛，焦沃未乾，任他地老天荒，尾閭莫洩。孰意月圓有缺，花艷難常。五緯移宮，天上驚星辰之墜；四時易候，人間變旱潦之災。怪風起而大廈飄搖，桷榱折落；繁霜凋而長松偃蹇，枝葉摧零。顛倒殃祥，幾笈難知於天道；覆翻冷暖，真同驟幻之人情。玉宇急修文，遂蒼黃遽召；冥途多蠢物，恒皂白不分。又誰信帝釋梵天，許多謬誤，森羅惡地，絕少心肝者也？嗚呼！團團大陸，夢夢蒼垠。東墮西傾，尚有萬全之缺撼；山崩石隕，偏遭同病之元黃。二氣極紛紜而上靈失馭，三辰遞代謝而真宰何功？泣路悲絲，但下通人涕淚；合眸放步，任從造物低昂。即此觀陰隲莫憑，從今後陽狂不諱。死便藉青蠅以爲弔客，生當騎瞎馬以偕瞑人矣。然而仰喬梓高風，共向西州而返駕；觀松楸遺愛，羣思南國之甘棠。痛今朝漬酒空帷，祇餘獨往；問他日乘車燕市，誰與同歸？椒醑聊陳，芻忱藉薦。尚饗。

祭張雲谷先生文

嗚呼！士窮節乃見，亦惟哲人君子，始能固其心。非今世之所稀，孰爲使余欷歔而沾襟？余既縱觀乎滔滔，曷有幾乎先生之所爲？死者不復生，嗟余景仰其從誰？嗚呼！先生多文爲富，惟德有鄰。列孔門之座者，則原思之樂道安貧；登高士之傳者，則黔婁之清節修身。非引行誼於古人，又烏足爲先生之方倫？簞瓢屢空，甑金（釜）生塵，人不堪其憂者，惟先生境困而志伸。嗚呼！先生內方外圓，不激不偏，雖立身嚴峻，又純任乎自然；莊敬寬仁，靄然可親，雖自持耿介，又平易其近人。嗚呼！有先生之砥行礪隅，真足使天下寡廉鮮恥輩聞風自愧。其非夫近世經師，都人尚有瑕疵，惟先生同聲贊嘆無異詞。今雖龍蛇告災，木壞山頹，而峻望貞於金石，高風極於斗台，又豈徒吾黨之所慟惜而徘徊？生芻一束，旨酒三升，先生之靈爽如昨，尚來格而來承。

張雲谷先生誄

嗚呼！風疾草勁，道阻驪馴。不圖季世，重睹先民。哀維先生，維古之人。隱居求志，樂道安貧。貞不絕俗，潔不染塵。抱廉厲砥，惟德有鄰。自持耿介，與物爲春。端莊和厚，藹然可親。訓誨生徒，善誘循循。盎盎道氣，外粹中純。平生著作，經義敷新。偶垂文藝，冠絕時倫。數奇憎命，棘院沉淪。未登秋賦，房薦常頻。他人處此，不勝蹙顰。先生視之，渺若浮蘋。龍蛇屈蠖，隱曜潛鱗。以之致用，精義入神。以之崇德，利用安身。不有先生，誰識道真？遺教可陳，懿行可遵。忠信篤敬，垂帶書紳。天生先生，大雅扶輪。如草有蕙，如竹有筠。頹波砥柱，元化陶甄。貪夫鄙類，聞風逡巡。道火將熄，先生傳薪。豈獨吾黨，阿好所親。蓋棺定論，郡邑維均。直道公評，儒席斯珍。嗚呼先生，文質彬彬。高風迥絕，峻望嶙峋。山木雖頹，金石未湮。式昭行誼，以待絲綸。

侍御葉秋汀先生墓誌

吾郡近道光時多顯宦，後先同朝，御史五而給諫居三。自陳笙叔先生以直聲震寰區，盛事流傳，至擬諸朝陽之鳴鳳。嗣後五六十年，無復繼之者。匪特地氣洩而天理亦衰，居是官者率不能有所建白，造物故若爲靳之。侍御葉秋汀先生吾姻戚，固所謂忠厚君子也。惜值玉輅西巡後始膺斯職。維時大局日壞，時事日非，雖有彌天之手，無所挽回，況僅以諫官司補救乎？然先生自入臺後，即思銳意言事。嘗與太書申辨曰："是非者，天下之公也；喉舌者，朝廷之職也。吾輩受朝廷特知，即當論定是非；內如宰執之模稜，外如督撫之貪詐，皆臺諫所當亟言。君子務知大者遠者，非僅朝參一牧令，暮劾一守巡爲盡職。況弟自少頗懷斯志，既不屑爲若訥之苟容，則當效亢宗之自樹，兩端鼠首，非所知也！"

及太隨計入都，先生益傾襟相訪。太惟引唐魏徵、馬周爲式，而以宋李定、舒亶爲戒。先生亦深韙鄙言。值聖朝無闕，諫書自稀，先生又在官日淺，未幾遂丁內艱以去矣，志與事，實未一二酬也。回籍後遽歸道山，不亦惜哉！距生道光丙午年九月初七日，卒光緒乙巳年五月十八日，享壽六十有三。弱冠後以附生登己卯賢書，庚辰聯捷成進士。浮沉農署二十年，始補主事。由員外京察薦擢郎中，特授陝西道御史，調廣東御史，歷充鄉會試磨勘彌封，派驗看月官。德配吳安人，生子四，仲殤。慶華、慶禧、兆禧，郡邑文學。簉室張氏，生子二：夢禧、祝禧。男孫德賜。今將以光緒戊申六月十八日，卜兆迎春門外雲麓鄉東坑山下樹腳尾，因扞安人柩合壙，而祔四子兆禧父側，媳烈婦楊氏姑側。銘曰：

神羊有角，獬豸嶽嶽。方見一斑，遽摧蹉跎。國喪雋良，人亡準維。一家之痛，一郡之悲。雲麓幽宮，千秋永固。翼世清芬，行人嗟慕。喬梓高風，身没名存。松楸遺愛，庇于後昆。

清文學葉士廉壙誌

嗚呼！家運之盛衰，倏忽變更，其尤動人以傷心之感哉！當我姻翁葉秋汀先生之任京秩侍御也，膝下三鳳爭勵於學，有聲庠序間。群從亦蘭馨桂馥，森挺庭階前。炎炎隆隆，高門之鼎盛方興未艾。乃未幾而冢君嘯秋姻世兄告謝矣。三子即吾婿也。二惠競爽猶可，又弱一个，竟隨侍御而歸泉臺也，不亦悲乎！越明春，余婿士珍亦相繼以亡。追昔撫今，前後易觀一俯仰間，能不悽愴傷懷，而嘆雙珠之樹之掩抑摧藏，如斯其速也！

姻翁有子六，士廉序次珍婿，性循謹，孝於父母，友於弟昆，志行爲一家最尤；工書，能文章，以故聲名雀起。未及冠遂雋一觴，外人方艷羡有是兒，即其父亦以大器期之。何意憂能傷人，毀至滅性，姻翁逝遂哀慟以終也。可不謂賢乎！原配楊，同邑人，先没。繼娶即户部郎中楊心農先生之令媛也。閨德之粹，姻黨著聞。夫没未逾三日，遽仰藥以殉。闔郡冠紳，同聲贊嘆，以爲榮於生也。斯不尤可感乎？距生於光緒甲申年，殉烈於光緒乙巳年，時日均九月十九日，亦奇異已！士廉生光緒己卯年八月十七日，卒光緒乙巳年九月十六日，祔葬父墓側，在迎春門外雲麓鄉東坑山下。烈婦即附葳姑側，以成其孝烈之志也。穴坐辰戌兼巽乾。銘曰：

侍御數子，士廉尤賢。夫孝婦順，人無間然。何期毀滅，遽殞天年。烈婦殉之，行義雙全。名高紫府，伉儷偕仙。

金石文最忌數佛供果，如直頭布袋混束裝去，毫無起訖。間或稍知叙掇，則又似墟市間記牛肉賬，逐項開支，更不知何者爲珍饢貴味焉。斯不亦大可嗤歟？先生憫俗多庸手劣工也，即隨意抒寫，洒落揮毫，仍具抑揚宕漾之致，一唱三嘆，饒有餘音。雖無縫天衣，難尋線跡；然鴛鴦繡出，已將無數金針暗度矣。同學弟時望謹注。

皇清例贈孺人葉孺人烈婦楊氏墓誌[1]

升高墟而曠覽，煒矣哉！天光之焜耀者，其日星耶？地氣之磅礴者，其河嶽耶？四靈之羽儀者，其麟鳳耶？佳殖之扶疏者，其松筠耶？而有貫於天地、超於品物、爲人倫之所宗仰貴尚者，其唯志行耶？非是，何以參三才而立極耶？志行完則無古今、無男女，而皆允垂不朽於兩間，吾觀葉烈婦仰藥身殉，不禁肅然起敬而重有感矣！烈婦者，戶部郎中楊心農先生之賢媛，侍御葉秋汀先生之賢媳，而士廉茂才之賢偶也。在室日，凤薰禮教；于歸後，咸慶宜家。自事親、相夫、睦姒、恤下、閨德之懿，爲族姻冠。舉其美，悉數難終。當茂才病危，祈天請代，湯藥親調；及没，而菽水不沾已數日矣。余獨貴其決志全歸，使内外家皆因而增重，鄉黨之秀頑愈聞風而稱仰曰："信有如是之賢父、賢翁、賢夫，乃有如是之賢女、賢婦、賢配也。"吾想億兆内並時而殞者無量數，此亦何與於人而能使人感激歔欷而不能自止？仰視日星河嶽，且爲之生色；即觀麟鳳松筠，反讓其揚輝。非所謂洽人心而扶天紀也耶？"人生自古誰無死，留取丹心照汗青"，故史曰"重於泰山"。彼前明之龔鼎孳、錢謙益，又曷不嘗讀破萬卷，食禄千鍾耶？而何以濡忍不決，貽千古羞？則觀葉烈婦之視死如歸，舉凡鬚眉而巾幗者，皆將無地自容焉。是宜大書特書不一書。其生卒葬處，已具載於茂才壙志中矣，兹不復贅。銘曰：

哀籲天，天泣血。誓身殉，心似鐵。干將可斷不可缺，浩日清霜無此烈。百萬軍雄愧勇決,芳型千祀此其臬。

此篇乃就拙著《逸翰樓文集》中録出。烈婦,榕城名門之女。自幼穎慧,善讀書,通經史,知大義。居甲第世家,不驕不惰。無紈綺浮華舊習,懿範徽音,洵堪儀型。鄉國六親三黨,皆慕而敬之。生則羡美,没則嗟悼,非阿好虚譽也。其逸事多傳爲佳話,如衷衣袒服,均密自澣濯,不輕假婢媪手,尤與周京之姒妃,聖善之生質暗合焉。玉林山人黄仲恕記。

【校記】

①《逸翰樓文集》卷四亦有此文,乃從此録出;唯篇名略有不同,無"皇清例贈孺人"數字。"後記"從卷四移此文之後。

顯妣吴太恭人墓誌

嗚呼!黄楊厄閏,慈竹生寒。惟我顯妣吴太恭人卒於寬仁里,第令終有俶,春秋六十有九。大德峰前卜云其吉,藏有日矣。其孤太謹述徽音,將代石以納諸壙,爰搦血而誌之!

嗚呼!太恭人懿德之傳於人者,自宗族鄉黨間内外大小,下逮臧獲無異詞。矧余小子之遵述懿行者,又烏敢漫爲溢美,掇拾浮文以貽矯誣粉飾之譏乎?太恭人延陵右族,以詩書禮法世其家。自高曾祖父兄,咸秉殖德重望,爲鄉間矜式。恭人漸染熏修,彬彬乎有典型遺意。迨歸事我先大夫毅齋府君也,和順莊敬,三十餘年未嘗有厲色疾言、矜踞惰慢之容形於動靜者。由是一家之中感而化之,自築里逮婢媪,上下咸和。有不若者羣於是諮恭人爲之剖是非,釋殲(纖)芥,得其一言,無不涣然以去。時家方鼎盛,門内食指幾百數。府君於昆季中序最季而獨秉家政,非閫助有人,其能表裏雍睦如是乎?其整齊家法,綽有條理。凡冠婚喪祭,男錢女布,下及米鹹陵雜,皆一手摒擋。不逮奉舅姑而蘋藻益虔。至於教子女有方,恤戚里有恩,待婢僕有制,猶其懿行之末焉者耳。其尤難者,仲娣病羸,子女尚幼,恭人事之三年無懈容。凡百藥餌,均躬親之。没,則爲之撫其幼孤,尤爲盛德事云。其他懿徽,難以枚舉。

傳曰:"無善而稱之,是誣也;有而弗知,不明也;知而弗傳,豈仁乎?"故約敘大略,以存諸家乘,刊石幽宮,以垂諸久遠,畀世世子孫知後人之倖叨餘蔭以享先澤者,其來有自。距生道光丁亥年五月十七日□時,卒今光緒乙未年閏五月廿三日子時。男四人:長崑光,己卯科優貢,漳平縣儒學訓導,兼署龍岩州儒學教諭;次即太,乙酉科拔貢,己丑恩科舉人,內閣中書、泰寧縣學教諭,欽加五品銜,河南試用知縣;次河光,兵部員外郎銜;次祥光,邑優廩生。孫十二人:祈年,邑廩生,臣堯,崑光出;文鵬、修年、文端,太出;有年、樾、綿、年,河光出;來年、添年,祥光出。曾孫二,尚幼。女二:長適戶部員外郎何式穀,次適邑優增生陳植槐。女孫八人。以光緒乙未年十二月初十日安葬新門外大德峯,穴坐乾向巽。亥巳,孤子太泣血謹誌,例不銘。

季弟幼眉墓誌

嗚呼!今茲距弟之歿,蓋九閱星霜矣。孔懷之情,曷其有極?顧余方以圖名念切,息轍未能計,此九年中,非偕吏入都,則公車赴汴,鹿鹿魚魚,日無暇晷;至不獲卒盡其心,爲弟謀一窀穸,亦屬憾事。今歲冬,由京南旋,猶子來年、添年以求得藏魄地,卜葬有期來告,請襄事並誌其宅兆。自以未成立,不敢丐銘當代鉅公,墓版文屬余爲之。余嘉其能識大體,坎幽之作,義亦奚庸多讓?且非余,抑無以知季弟之行誼也。爰述其大略,以丹諸石。

弟,諱祥光,字遜曼。自高曾祖父夙以潛德耆望,隱耀於鄉間。至先大夫毅齋公昆季,而族始滋蕃,子姓多以科名顯。公生余兄弟四人,弟最後,故又自號曰"季眉"。

嗚呼!吾族著姓黃巷,肇因吾先世故居在此,而地遂以名。溯自文江公以詩賦聲於唐,碧溪公以詩話樹於宋,迄勝國菊山太守、毅庵尚書公又播其芳。入本朝則楮園徵君繼之。著作相承不絕,名德傳人,積垂於後;而尤多詩人,故代以詩鳴。季少歧嶷,五六歲入蒙,塾師教以章句,輒成誦;屬之對,沖口而出。蓋當勝衣就傅,即已別具性靈。比十餘歲,而屬文居然成篇矣。自是,眼界日充,文思益進，先後受知於學使孫公子綏、陳公桂生、烏公筱雲、王公季樵諸先生。入泮林，登上庠，列高等，咨禮部，在季方以飛騰自屬，余亦屢以上進鞭之。何期鶚薦雖膺，《鹿鳴》未賦，卒至年逾强仕，僅博廩膳以終。文章憎命，可嘆孰甚！此中殆有數限，於人又何尤焉！

綜厥生平，頗善讀書，尤耽詩畫。庭訓而外，式稟兄教爲多。每當雨夕風晨，聯牀唱和，幾如穎濱之與眉山，何樂如之！詩慕袁簡齋、趙甌（甌）北，畫仿徐文長。著有《棣華齋詩存》四卷，尚未梓行。余每戒之曰："袁纖趙獷，均非正宗，尚其改學他家爲是。"中年消耗生計，精神稍紛。雖筆墨未嘗間廢，然亦憊已。余每觀其詩，深憂其年之不永也。嘗作輓友章，有"萬事回頭水澆背，百年彈指箭離弦。人到夜昏終瞑去，君如睡早上牀先"等句，味其旨趣，非不達觀；然余見之，終愀然不樂。詩能成讖，言爲心聲，殆非虛語已。竟以積勞成病，一旦不起，嗚呼痛哉！距生於咸豐丙辰年十二月初九日寅時，卒於光緒丙申年四月廿八日亥時，得年僅四十有一。元配王氏，繼配沈氏，皆無出。續後周氏，生三子：長錚年，早殤；次來年，又次添年，均未娶。孫一，名金福，即蜈以嗣錚年者。女三：長適邑庠生謝君，名龍恩；次未字，三許字葉。兹以光緒三十年十一月初四日午時，安厝於本邑北關外四十一都玉蒼鄉地名上麥山宫後，穴坐乙向辛兼卯酉，并移長子錚年之柩而祔侍其側焉。同懷兄仲氏爲之誌，例不贅銘。

媳婦施孺人壙誌

孺人施氏，名畹香，字婉儀，邑南關外衕口南潯鄉人也。父悅秋公，伯父靜山公，均以名進士孝廉樹望於閭左。媳婦年廿歲歸于吾家，爲豚兒文鵬配。性耽史書，雅好文墨，於婦功烹飪瑣事，略不瞻顧。幸内外家頗贍給，針黹竈炊，皆有傭婦婢媼代之，故不以俗務淆也。越三載而生一子榖貽，以娩難亡傷已。時余方在京，不及見家中人，又不忍以信聞，故不獲知致病原因，迨歸而痛惜無及已。然余自治裝訖臨行，即諄諄告誡豚兒及内人，以媳婦在妊爲念，毋令妄服藥，且毋得用生穩婆生產，須順任自然，宜依《達生編》所云，以静養、安睡、忍痛,勿急臨盆爲的法。是余之兢兢留囑,未嘗不慎。萬不料其匆卒貽誤,以至於殆若斯也。

余少從沈靜虛先生遊,於《易》理陰陽術數之學,粗知大略。當爲豚兒卜婚時,即逆慮有此一段因果,誠非祈禳所能解免。其所以兢兢嚴囑、諄諄致誡者,蓋預知其不免於難也。而果竟違吾言,一至於斯,始信數之難逃,固非人力所能預挽。是誠無可如何者,亦愈增惻惻耳。兆既成,爲其志,其略如左。距生於光緒壬午年四月初十日辰時,卒於光緒甲辰年四月廿五日申時。葬於西關外佛蹟山麓,穴坐乾拱巽兼亥巳,外籌亥巳乾巽。志畢,爰命兒文鵬書丹,以納諸幽扃。

書《史記·荊軻傳》後

讀史至《刺客傳》,每心非之,謂其輕身許人,以成屠狗之烈;雖視死如歸,君子奚取焉?獨至觀荊卿入秦事,而慨然心折也。曰:嗟乎,此天地間奇氣也!當秦之強暴,山東諸侯,奉帶冠,祠春秋,爭言事之者,幾於百年而莫敢支吾。荊卿一匹夫,酣飲燕市,目秦廷之上,虛無人焉,其氣不可謂不壯;易水之吟,悲歌慷慨,英雄聞聲,尚有涔涔淚下,至於白虹貫日,感動乾坤,山川爲之低昂,鬼神爲之嗚悒矣。事雖不成,足以懾虎狼之心而褫呂政之魄,折從橫人之口而鼓烈士之氣。

自秦迄唐、宋千有餘年,國家或屈於強鄰。其間公卿大夫搢紳先生,每不惜奴顏婢膝,以厚結敵人之歡。此則愚夫愚婦之所羞,士君子之所發憤者。然則荊卿亦奇傑矣哉!俗儒成敗論人,輒謂誤燕丹、喪田光、賊樊期,以疏劍術爲卿咎。然劫盟之錯,計出自丹,非卿意中事也。所謂待客俱者,欲別圖耳。夫以輕藐之軀,持三尺之鋒,臨不測之地,雖庸駑亦知其無成。而謂知勇如卿,意料詎不及?此不窺其心,徒訾其迹,曾亦思荊卿之所不屑爲而亦爭爲之者,獨何人也歟哉?

荊卿刺秦一節,事雖不成,實足爲亡燕吐氣。後人不論時勢,祇以定理議之,殊不足以服其心。文獨表而出之,自是正論。余亦有此文,愧不足觀耳。劉星岑先生評。

李太白《春夜宴桃李園序》書後

余觀唐李白《春夜園宴序》，蓋感之矣。其言曰："天地者，萬物之逆旅；光陰者，百代之過客。浮生若夢，爲歡幾何？古人秉燭夜游，良有以也。"余讀此數語，輒怦怦於心而不能自已。夫白懷濟世之才，豈真效東晉任達放誕風流，爲此"一死生齊彭殤"之語之虛妄哉？而胡以屣脱天地，瞬視光陰歟？第以時當天寶，兆亂已成。身其間者，曾不聞懷君國民物之憂，惟僅如燕雀處堂，得過且過，則天地猶然逆旅也，光陰猶然過客也。若其勤於職業，則當如古人之惜分惜寸，豈能虛度浮生哉？有安史之禍，而後有藩鎮；有藩鎮之患，而後有黃巢、朱温。智者遠見於未然，白也蓋心傷之矣。一命不沾，四海稱屈，白亦良自傷矣！秉燭夜游，聊寫此滿腔之抑鬱耳，夫豈真如嵇、阮放達也哉？願海内明識，毋以繩約之拘，度奇侅之士也！

讀歐陽修《豐樂亭記》書後

自樂其樂者，細民之居心。古之大人，必後天下之樂而樂，凡以與斯人共之耳，故孟子謂"樂民之樂"。斯意也，立於朝則宰相，仕於外則節度、刺史。而刺史於民尤親，故常以民之樂爲樂焉。歐陽公修，既治滁之明年，乃於州南之山，鑿石疏泉，闢地爲亭，與滁人往遊其間，因作爲斯記，所以宣上德而達下情，推原聖宋之豐功茂澤，長養休息，涵濡生民於百年之深。故刺史樂歲物之豐成，得以安其職而盡其懷，名其亭以寫其事。立言有體，寓意無窮。俯仰今昔，感慨係之矣。夫民安豐年之樂，則君上之恩養厚矣；刺史同民之樂，則刑政之清簡又可知矣。雖作記遊之文，非僅爲記遊作也。其視柳州《愚溪》、《新堂》諸序，尤爲過之。彼蓋觸忤於時，而情多拂鬱。此循成於政而志特寬舒者歟！余不獲生修之時，治修之政，使斯民各得所而共享此豐年也。爰濡筆而墨其後，竊有感於斯篇。

書《林文忠公年譜》後

嗚呼！世之需才也孔亟，而才之用世也恒艱。説者遂謂："才亦需世矣。"具旋乾轉坤之幹略，不幸而遇非其世，雖十管、樂，九瑜、亮，亦終不得伸其志。即幸遇世矣而不得其君，其亦卒歸於顛躓而無可如何，如唐陸宣公是已。若夫抱有爲之才，際可爲之世，見用不得謂不早，遭時不得謂不顯，遇主不得謂不深，而亦卒歸於顛躓，迄不得伸其志焉，此則天司之，而非人爲之也。觀《林文忠公年譜》，可以知其概矣。

公自少歧嶷，十三歲入泮，二十舉於鄉，二十七成進士，三十六歲補御史，三十九陳臬，四十六開藩，至於督河撫蘇，年猶未五十也。道光十七年總制荆襄，時年五十三耳。明年遂有粵東之命。迨遣戍至於賜環，年遂六十一矣。雖其間歲月不無虛度，然身在塞外，心維君國，猶爲朝廷開水利，興屯田也。其惓惓忠愛之思，至於顛躓而不悔，卒能以誠格悟，感動天心，終期大用，而公亦已老矣。卒之日，年僅六十有六。雖未躋於中壽，亦近古稀矣。同時惟吳文節公並負天下望。論者遂以擬公，謂正直聰明，與公爲近。然公之在天下也，猶景星之與慶雲；其澤被生民也，猶甘露之與霖雨。其存也，敵人畏其威，盜賊懷其惠，實能以身繫天下安危。此豈特並世賢臣不能相企，即同鄉先輩李文貞未之或先也。

歷觀古來如司馬文正之在洛也，兒童走卒，皆知其賢；及入相中朝，竟以鞠躬盡瘁，致隕其身。王文成之莅贛也，驅除梟獍，宏濟時艱；及起征粵西，亦以力疾從戎，終於嶺嶠。蓋公之德望勳業，與二公若合符節，後先輝映。所殊於文正者，獨遣戍耳；而於文成之謫驛場，殆相似。然二公猶不得謂遇主，惟公遭逢盛世，事堯、舜之君，值明良之慶，幾於大用而終不得竟其用，此則天實司之而非人能阻之也！冥漠中，殆將以顛沛磨厲，成公之名耳。彼厄公忌公者，烏能使公不遇哉？

《左文襄文集》書後

國家累洽重熙二百餘年，聖聖相承，人材輩出，翊運弼基之彥不輟於史冊，嘉慶、道光間號稱極盛。承平日久，人不知兵。吏緣爲奸，民聚而嘯。傑黠者煽之，羣不逞者附之。盜兵竊弄，鋌而走險。蠢蠢烏合之徒，志非大也，才非雄也，勢非盛也，不過晝伏夜竄，苟圖生活耳。其始，火未燎原，撲滅甚易。而竟使養癰成患，潰決莫收，至於穴社憑城，披猖橫扇，糜爛極十三行省，以爲至尊宵旰憂，則當時茬事者之過也。自洪逆首亂，禍延數十載，毒流滿天下，兵疲餉詘，幾不可支。湘湖諸君子當衰弊之餘，出而匡之，策羣力摧劇寇，積翳重開，亂絲就理。其發揚蹈厲之氣，足以掃天下之雜穢而使之清；其廉正峻肅之規，足以作天下之羣靡而使之立。

左文襄公發業於鄉，起家於幕。其名位卑微，無所憑藉，卒能與曾公、胡公頡頏上下，追逐迴翔，昭雲漢而光日月，蓋賢臣推讓之宏，聖天子知人之明，異數休美，輝映乎前古，葛亮、趙普之遭際，未足多也。公之功德在人，不獨在吾閩。閩之人德公獨深，尸祝之，廟祀之，舞蹈而咏歌之，雖婦孺不絕於口。昔蘇軾以不及見范文正公爲憾，余竊有同志焉。自恨生晚，不獲與公共時，如公之與曾公、胡公焉。暇日，讀其奏議，感公之知遇爲古今不數覯事，遂染翰而墨其後。

《傳言錄》書後

時事艱難，手無斧柯。感憤之深，不覺涙泫。余忝竊乙科，叨沾薄禄，思欲攄其忠愛，懼無裨於涓埃。惟士傳言，於傳有之。傳之其人，書請觀於太史；言者無罪，例合仿諸司勳。因作《傳言錄》八篇。篇弁以序，緯以審敵、洋務、策兵、建都、補救、察吏、制用、成材，計若干篇。心之憂矣，曷云其已。既不能昌言而見聽，亦或恐盡言而招尤。每誦"張亨甫四海飄零"，"杜牧之《罪言》未敢訟當時"二語，於吾心有戚戚焉。錄成，遂書於後，以誌我生之遭逢不偶，不敢幸其言之果驗，亦謂言之略有可採，而終不得效用建立，聊以抒其感憤云耳。

書劉淡齋上舍訪墓事

搜志乘而討人物，欲訪其里居故宅，往往依稀髣髴而莫得其蹤。況年代相去云遥,塵事滄桑,迭經兵燹,市朝之改易,陵谷之變遷,誠未可以一二數。而能於豐草長林、頹垣零甓,以求所埋没先哲遺墓者,不綦難哉!

莆郡劉文定公,以文章節誼播芳南宋,爲一朝之冠冕。海内論文獻者,翕然稱之,謂與忠惠、文節、正獻諸君子後先輝映,允爲鄉邦增重。而鄉人所師法而仰慕者,一以文定爲歸。迄今數百年,其餘韻遺風,猶相望於山陬水涘云。忠惠、文節墓當孔道,豐碑巋然。道左正獻墳壤,雖僻深山,至今猶然完固,過其下者,皆得而景行之。獨文定墓失考已久,邑乘僅載曰"孝義里"。第據傳聞誌之,亦未知墓之確在何處者。公之裔孫淡齋上舍,獨以是爲兢兢(兢兢),因與莆中同志謀立義社訪求。所謂前賢塋兆者,遍歷山麓,幾幸旦夕遇之。

乙亥四月至西劉山,見有墓圮甚,一碑仆荆棘下,扶而立之,剔而讀之,既得公配林氏墓,復得公手書夫人墓誌,乃拓數紙,納諸墓而葺之,爲驚喜者久之。地固孝義山,非鄰鼓樓,與邑乘似不相合。以其所載止是,遂擬公即合葬於此。郡人亦以是屬公,而淡齋以爲公墓別有在,終以爲疑。益訪前賢墓,而求公之墓不衰。歲十一月辛丑,將往延壽里訪賓之先生墓,迷路而至常泰里。因登馬垓山,籍地盤旋徘徊,審視於墟莽叢薄中。卒遇老人,躑躅而來,猝然問之曰:"子爲劉氏子孫乎?來尋墓乎?"淡齋以其言異,遽應曰:"然。"因固詰之,曰:"此間有劉墓者,歲遠無人問,弗治久矣。所餘地或闢爲圃,圃中數易主矣。每授受輒相戒勿犯近處,恐其子孫來祭掃。"因促之使前導,疾趨視之,阡陌間翁仲林立,即其前發數尺,有碑礧然出焉,其文曰"宋工部尚書贈少師諡文定後村劉公墓",旁有小字"萬曆戊子冬裔孫元桂重修"。伏而審睇之,其驚喜過望之狀,倍於曩昔矣。歸乃謀諸族人,鳩貲而興修之,即舊碑樹墓門。與圃者爲要約,俾歲納租數百錢,世世守公之墓。年伯郭子壽先生嘗爲之記。

暇日,淡齋與余偶話是事,並出舊記相示,則已著録於《吉雨山房文集》矣。余謂:樹碑歲月,固在邑乘。前至誤西劉爲鼓樓地名之訛舛,則志乘者之陋也。以夫人之墓爲公墓,誤認爲合葬,則未知古者婦人無誌,例統乾綱,金石具有義法。夫人惟先没,故公自爲之誌,乃克以誌傳,何郡人之不察也!淡齋尋訪既銳，日奔走於荒山窮林、榛莽叢穢之墟，不免爲烈風淫雨驕陽之所苦，卒能以仁孝之忱通於神明，得先於夫人墓所獲公手誌，而決爲公墓之別有在，其亦得讀書之有得而作事之細心，偶有所值，皆不敢漫然過之乎？雖然，以公之文章行誼，卓自樹立，昭昭然如日星河嶽之在天壤，極千載而長存。即使佳城終掩蓬蒿，而公之爲公自在也；況冥冥中又將默爲呵護，特秘而有待，以啓後人之誠求耳。淡齋賢乎哉！其平日服勤以事其兄，暇則置力於詩古文辭者，具見於前記所錄矣，茲不復贅。

董烈婦傳

辛巳春二月，余將有三山之役，需次洛陽橋，聽輿人之誦曰："烈哉斯婦，死猶馨也！"一曰："徒死無益，不如姑從焉，而以強暴鳴諸官也。"旁一憤然曰："隱忍生，污片刻耳；慷慨死，烈千秋也！"一曰："官胡不究？"則又有從而鼓掌曰："爾何愚也？今世之官，認真者誰哉？"復共嘆曰："惜無人達當道，申婦冤而旌婦德也！"余訝其言之有異，憑軾而聽之，遂下輿而細詢之，則去年十一月事也。問婦姓，董其氏，烏嶼人，嫁於洛陽者也，名字未遑記憶。所謂強暴，殆其鄉之虎而冠者也。鄉人似有知之者，特無敢攖其鋒。是日日暮，婦歸自母家，道鮮行人。巨凶素窺其色，伏伺之，截諸路而要之，戲與言，斥之；止歸其家，力拒之；嚇以老拳，拚命相撐。婦體無完膚，衣無完縷，而此心終懍懍如石也。復力持凶人之髮而握之，喊聲酸嘶。暴者懼不得脫，擠諸潭而下之。天明，居人環集，屍浮水上，面如生。手中握髮盈把，尚隱隱作怒容。鄉里爭相傳告，薰沐而殯之，嘖嘖稱異焉。

嗚呼！國家德禮之化行，雖海濱僻壤荒村婦女，猶知尚貞正而慕節義；一有不幸，猝遇強暴，猶能捨生完潔，揚此清波，蓋我聖朝文物聲明之盛，涵濡於茲，已二百餘年矣。士大夫沐浴休風，陶鎔德化，其持身率教，又當何如？而此事終不可沒也！微輿人言，幾失之矣。夫表揚貞風，士大夫之責也。予悲烈婦之冤未伸，而悼其德之不顯也，爰染翰而叙其略。

洪媪傳

洪媪者，惠義里人也。夫早没，子幼，家苦貧。出入巨家門，推販薄物以養其姑。姑某氏，亦青年而寡者也。媪曲意承顔，無少懈。有族叔祖某，善其所爲，珍羞日遺之，媪得遺輒以奉姑。叔祖病，媪朝夕視疾亦如姑。嘗屢至余家，爲言其嫂李氏最悍逆，一家細長，咸威畏之。尤不禮敬吾姑，稍拂其意，便反目横視，若不相識。伯死，婦陰有去志而未發。鄰里勸姑靳之，姑曰："吾不可留此蛇虺，以毒吾諸婦。"亟命醮去之。視其姑，較前尤甚。未三月而夫又死，零落無依，憤懣（懑）以卒。余嘗以此語人曰："某氏婦不孝於其姑，而無善終。爲人子婦者，可不思也哉？"媪生一子，最孝。尤勤於經紀，家漸裕，人以孝順之報云。

釋類

有或譏余曰："先生日游市井，雜飲、屠沽之中，恒萃不類者之而與類，雖曰太邱道廣，得毋近於褻乎？"余曰："子何言之隘歟！夫尊莫尊於天地，貴莫貴於人身。然天地至大，尚有禽虫；人身至清，猶有蟣虱。不聞禽蟲溷塵埃之宇而天地遂以爲嫌，蟣虱棲肘腋之芒而人身遂以爲病乎？"

客曰："尊卑不等，貴賤不倫，故聖人不没於物焉。能以身之察察，受垢之汶汶乎？衆醉獨醒，衆濁獨清，故賢者不逐於流焉，能以己之昭昭，混俗之昏昏乎？"余曰："聖人不没物，初未嘗外物；賢者不逐流，初未嘗異流。矧余非聖賢，又不得志於時；垢俗之徒，疇其能知尊之貴之乎？苟得志於時，將爬搔抉剔，畀禽蟲蟣虱而使之各得所安；不得志於時，則亦任禽蟲蟣虱自翺翔於浩蕩渾穆之天，雖處吾度内，吾亦熟視而無睹焉耳，又安在其爲失類也哉？"

礮賦 不限韻。

客問主人曰：僕聞前民利用，必探制作之原；格物致知，務稽創造之始。一事不知，儒者且恥。矧軍裝爲兵家亟需，火具尤今時所恃。將以利捷戈矛，用神弓矢。敵萬人而淬機鋒，壯五兵而雄蘭錡。紫電青霜之地，警武庫以先鳴；農弧殷斧之間，張吾軍而橫視。陣佐火荼，堅攻壁壘。聲激石而砰礚，器得燧而䗪馳。武仗之精，蔑以逾此。則必覈其源流，考其緣起，述其類名，索其物理。辨古今之殊施，徵大小之異軌。豈智者創而巧者因，宜窮其端而竟其委？幸不棄而教之，竊願聞其大指。有如礮也，"砲"、"礌"，則文互見；"槍"、"銃"，則名并臚。火射雖見於《周官》之載"枉矢"，"礟"字則始於潘岳之賦《閑居》。若謂偏旁從石，則石兵之説，黄帝乃其權輿；若謂器用宜火，則火攻之具，孫武不著兵書。或謂：軒轅爲作砲之朔，吕望開作銃之初。魏造爆杖，唐號拋車。稽古歧異，聚訟紛挐。究之《孫》、《吳》、《司馬》、《韜》、《略》諸編，此法不紀；天演、飛樓、雲梯而外，兹器闕如。不特魯史戰陣所未及，抑且唐前攻守所不儲。制度之義乖迕，今昔之法齟齬。僕用滋惑，惟吾子其詳論。

諸主人曰：邃矣哉，子志之殷佃矣哉！子言之魯也，聞嘗觀期門，稽册府；參損益於物原，簡軍實於典午。歷代相沿，瞵然可睹。由製字之源細推，悟施石之用最古。春秋發石之旝，輝晃戎行；戰國飛石之車，馳驅陣伍。范大夫蜚石超遠，制力運機；甘延壽投石絶倫，著手示武。大抵石以引針，是爲炮之初祖。迨郝昭之敵諸葛，石礚壓其衝車；魏武之擊袁軍，霹靂振於車輔。廣雲則李密見稱，雷石則唐時可數。即至許洞著經，虎鈐隸部。撞車以攻城闉，礮車以撲樓櫓。雖其法妙爭鋒，疾逾伏弩。然論宋以前之見功，舍機石其奚取也？宋、元用兵，乃以火行。因事增廣，技神前明。宋藝祖字改火炮，遂略南地；劉永錫躬獻手礮，盛傳咸平。虞允文霹靂礮之威，制勝於七寶山後；大金國震天雷之式，防禦於西安汴城。或以紙擅長而石灰、硫黄實其内，或以磁繼鐵而焰硝、火藥振其聲。至元世祖攻襄陽之日，有亦思馬括西域之精，天地皆震，神鬼爲驚。則有飛火槍同時並用，旋風砲錯出争鳴。單梢虎蹲，皆陸地之卓卓；連天水底，尤水戰之錚錚。

洎明世祖交阯功成，得神機法，置神機營。佳者鑄銅，而建鐵西鐵之冶兼濟；大者載輻，而用架用樁之具互呈。更有佛郎機，錫大將軍之美號；十眼礮，並鳥嘴木以抗衡。最後獲西洋紅夷之式，更能佐拔闉裂砦之征。九子銃尤其小，一千斤至三千斤為程。彈子或外鉛內鐵，壯氣助鼓鐲鳴鉦。名狀為紀載所未悉，奇巧因變幻而迭生。中的爭勝，挾術操贏。故明代兵仗、軍器二局，分造火器，各有品評。凡十九種，俱以礮名。其為制也，比櫊鼓而音齊流，採首山而冶莫盡。填藥彈而心虛，鍥花葩而手敏。其小者，備鳥銃、手槍之名，借朱火、金繩之引。口有金珥，笕如玉瑱。用妙從禽，精推射隼。濟之者彤珠，避之者鈹盾。如虬壺盛水，激漏箭以遄飛；如豹管窺天，視斗杓以為準。其大者，媲璣衡而法求工，測顯微而鏡不眕。鑄比於龍脩萬鈞，架隨於蜺旌連軫。大小長短之必平，輕重低昂之必允，中線彈壓之必勻，招架滑車之必緊。膛口配鉛彈之方，繩頭比車馬之靷。數百步靶必鍊精，萬千鈞器不厭蠢。搖擽一聲，烟騰鮫厴。其為用也，橫睨側盼，列隊成行。勇夫之勢赳赳，軍士之氣趫趫。雜鼜鼓於清筎之陣，映龍旗於飛旐之場。進退疾徐之有度，步伐止齊□不忙。旂牙齊舉，機括斯張。朱熮一蓺，紅塵四揚。鼻神雁神之隊，龍影蛇影之旁。彈丸脫手，作作有芒。星烽照日而閃爍，谷響殷雷而砰磅。歘絳雲而色起，欻紫電而光翔。舉高檦以駖磕，走飛熖以礌硍。方位不爽，辟易莫當。以之震動戰陣，捍衛邊防。銷驚天之玉弩，固設險之金湯。冠五千火器而特著，列十二槍圖而稱強。蓋自此炮既興，舉周戈唐弧之雄，大劍長槍之利，莫能與之爭長。洵戰士之永賴，而兵器之最良者矣。

惟我大清之創業也，定天下以武功，安斯民於無事。綠水之神威久宣，白山之盛烈長示。固已神弓寶蠹護其藏，天鉞威弧垂其利。示英武於寰區，勤訓練於將帥。若夫鑄礮䖝聲，貢金制器。其名助威大將軍者為最先，其載《皇朝禮器圖》者尤詳。記虎槍、花準槍、舊準槍珍庋內府，三神槍壯行圍之威；回礮、渾銅礮、臺灣礮悉錫嘉名，十□種樹旌門之幟。厥後制造求精，式樣昭異。參之中西算術，以神其能；歷諸演放校場，以嫻其試。合槍、銃、礮而大其規，考宋、金、元而超其類。懿乎爍哉！中外咸仰軍容，美善已無遺議。足集創礮車施火□之大成，足補《火攻圖》、《火龍經》所未至。雖示天下不復用兵，然有文事必資武備。

逸翰樓文集卷四

修身事天説

自《湯誥》發明性學,首提"維皇上帝,降衷於民"之藴,而生人之本原宗旨於是乎曉然共喻矣。由殷商以迄衰周千有餘歲,無復有人能繼其傳。至子思嗣徽祖庭,本孔子"獲罪於天,無所禱祈"①之説以闡揚之,而宗教始定。則知曠古君民,皆欽崇天道,以永保天命也。夫道原於天,性率乎道,人修乎教。三者大旨,均後先相續,本末相因,隱顯相驗,盡乎人以合乎天。而綜其歸宿,究莫不兢兢戒儆,謹微慎獨,以致其力而極其功。蓋真知乎"陟降厥居,日鑒于兹"②,固無日不相在爾室也。誠察夫天之於人者重,顧視吾身,無時或釋,則人之所以承天者匪輕,而顧可自褻其身乎?每慨周室衰微,人性日雜,人身日卑且污,而天與人始分隔矣。

孟子去孔子百數十年,深感乎大道之將衰,人性之益漓,人身之隱壞也,嘗憮然曰:"人之所以異於禽獸者幾希。"梏亡之後,旦氣不存,其違禽獸也不遠,如是則身非吾有矣。有身而不修,與無身同,而人且爲天所棄。嗚呼!是豈天所以待人之心哉?上帝仁愛好生,無人不欲其得所。矧人性至貴,將參三才而立極。故孟子曰:"盡其心者,知其性也。知其性,則知天矣。存其心,養其性,所以事天也。修身以俟之,所以立命也。"自來論性論道之書,至《孟子》而義始完備。溯原於天命,歸責於人身,而其下手工夫必以收放心爲謹要。能收放而心始得存,能存心而性始得養。此用功之次第也。惜乎自漢以下,人心皆汨於功利。即有一二能信道者,亦不過於灰燼之餘,掇拾大略,渾舉大概,究無有切實而得真傳者。遞衍至唐、宋、元、明,數千年來,士人所學,僅僅以經義、詞章、考據爲講習。言其皮毛,皆土苴也。惟宋時嘗崇理學,宣道統,而腐頭巾之膚廓,儴面具之裝演,均無與於斯道之精旨。爲人爲己,顯分渭涇也。良知致知,猶然龐雜也。所謂鞭辟着身、提醒近裏者安在乎?

幸天誘其衷,利公瑪竇西來,乃復舉修身事天爲重要宗傳,始還我數千年之暗室燈。沿脈尋根,一本同原。其大體大用,均與孔、孟、曾、思之旨趣若合符節。此會歸有極,中外同風之先兆一證也。豎儒不明斯旨,恒欲自矜而薄彼,專己而輕人,不知自軒轅以前,下逮商、周,士皆尊天,人皆敬身。故《詩》曰:"敬之敬之,天維顯思。"又曰:"各敬爾儀,天命不又。"出王游衍,無有敢肆之者,著於傳記,見於《春秋》,備垂於諸子百家。其大旨胥舉人受天地之中以生,所謂定命,於是乎有威儀之節。一有不敬其身,不慎其儀,而人皆笑之。歷觀六籍經典,未有不歸功上帝,尊天敬天以淑其身者;即未有不尊天事天,各敬其身以承奉上帝者。自有書契以來,言昭事上帝者不勝枚舉,何止百數十處。《商書》曰:"惟天生民有欲,無主則亂。惟天生聰明時乂。"《泰誓》曰:"惟天地萬物父母,惟人萬物之靈。"綜核古今,靡有不以修身事天爲重道要務者,雖帝王猶然,而況於臣庶乎?

惟高高在上,不能自下而臨民,故特降聖哲、睿智,作之君,作之師,用以循天命,率人心,修正教,明道理,而事始畢矣。未設君師以前,羣生咸尊奉上帝而敬事之,慎修之,謹懍兢兢然,恍若有督察其身者。故曰:"敬天之怒,無敢戲豫。敬天之渝,無敢馳驅。"天視固甚明也,天聽固甚近也。謂身於何束?束於上帝耳,誰敢不敬乎?誰敢不修乎?事之云者,非敬以虛文、敬以美物也,實敬以心耳,心敬則身無弗修矣。若第空言事而罔慎厥身修,則上帝弗臨矣。天與人原未嘗間隔也。惟必吾心正而天心亦正,吾氣順而天氣亦順。有義務,有專責,此理甚明,盡人易曉。明乎修身事天之義,則萬殊同歸,萬物同治,萬國同懷矣,此又寰球大同之一證也!嗚呼!世界風潮,環生迭起。混混團團,視天夢夢,顧安得統大地衆生而盡發明斯旨乎?

【校記】

① 查《論語·八佾》,"祈"字應爲"也"字,一本作"矣"字。

② 此乃《周頌》之《敬之》句,應作"陟降厥士,曰監在兹"。

明鬼説

讀《魯論》"季路問死問事鬼神"章，無識者不明杏壇啓迪，雖言外具有精蘊，幾疑聖人不闡幽隱，不露靈明，六合之外，存而莫論，若故以不答答之者。豈知愚頑惡死，天地尊生；上帝在穆蒼，未嘗不憫羣生之陷溺，欲超其生而救其死，俾永全乎人靈，以無墜於鬼趣也。蓋墜鬼趣，則不得復爲人身，淪落將無所底止。始而胎生，或爲牛馬，或爲犬豕；繼而卵生，或爲雞鴨，或爲燕雀；終而濕生，或爲螻蟻，或爲蟲蛆。雖粗具有生之濁質醜形，幾幾乎無復生趣矣。豬犬甘穢，魚鱉甘腥；設前生行修，何至淪落若是！是豈不大可哀哉！諺云："秦檜、李林甫，九牛、六娼、三寡婦。"以余觀雷殛二次，豬、牛均一檜一甫，名何適合乃爾！不經驗之，將譏爲齊東謊言矣。然則生者死之根，死者生之轉；鬼者人之粕，人者鬼之魂。未能事人，又焉能事鬼？未能知生，又安能知死？夫子此語，蓋將以喚醒普天一切人心，及早回頭，庶毋迷於鬼道，乃克終殖其生機。較之禪家暮鼓晨鐘、當頭一棒，發人深省處尤爲十倍沉痛云。旨哉斯説，請申晰之：

夫自造物開闢以來，有陽必有陰，有生必有死。輪迴之理，本屬天道之往復循環。大《易》著原始返終，故知死生之説；精氣爲物，游魂爲變，是以知鬼神之情狀。夫然羲經一部，其於生生死死旋轉相因之奧旨，早已發明，透闢開示，無復餘蘊。即古書中如先秦諸子，亦既盡露端倪，初無俟白馬西來演説，輪迴其義始行發現者也。自古長生之道，雖渺不可知，恒難盡信，亦不易求；然生理常存，則生氣終非泯滅。夫子不曰，"人之生也直，罔之生也幸"。而免乎報應之説，雖吾儒所不談，然惠迪從逆，吉凶本若影響。況人秉陰陽之氣而生者，氣盡而亡，猶葉落歸根，苟得春風鼓盪，仍復萌芽，生之理誠未盡絕，則生之氣之機應亦未盡絕也，特以墜落爲憂耳。溯夫人也者，生於天，生於地，其原質之崇，固將參三才而立極者也。能事人，則能盡人之性，而無忝所生；不能事人，則天命之性先已桔亡，鬼關迭開，人且入於禽獸，雖欲不生爲異類而不得，奚尚有作鬼之後望？夫豈不大可哀哉！歷來知命之明哲，惟深察乎此，故不肯倖生，而亦無求生。正惟不倖不求，乃不至背生而趨死。浩氣之團結，下爲河嶽，上爲日星。雖舍生就義，而靈魂之完固，直與性生生理而長存；較之用修鍊苦功、內丹始成圓滿者，又有間矣。眉批：補此舍生一層文義，愈見周匝，可謂透發無遺蘊矣。門人陳庭策謹注。老、佛之見性無滅，修命葆存，歐西二教之救靈魂，其用殊，其理一也。

顧俗儒淺見，每以生爲人始，死爲人終，故有大造"勞我以生，逸我以死"之說。不知迭生迭死之機關，猶夫寒暑之運行，得乾道則成男，得坤道則成女。其有顛倒陰陽者，而男女始行易轍，且不止於易轍而已。眉批：男人轉胎女身，女人轉生爲男，恒有之事，惟確見者方知之。腐儒凡夫不悟也。庭策又注。彼苟成爲人，則以人道自待者待之；彼不成爲人，則歸魂游魂，頹精喪魄，餓鬼畜生，將分散隨其所感，以任其所之，而天地何容心焉？而天地亦豈無意歟？哀莫大於心死，而身死次之。生機梏，人理滅。與獸爲偶，與禽爲羣，以類相從，理固自有必至者。是則人爲之而非天爲之也。上蒼好生，無人不欲其生，即無人不惜其死。特彼甘自趨於死，雖天亦難拯其生。凡所謂人靈於物者，至是而漸變蠢矣。再易時而冥然無知，頑然罔覺矣。雖有菩薩之慈悲，欲其不淪於異類，而亦不得矣。墜落之苦況，與墜落之慘境，即依其生平之行爲以自定。故釋氏"緣果"二字，足補聖經賢傳之缺。

欲知前世因，今生受者是；欲知來世因，此生作者是。天堂地獄，即在人心。既陷溺其心，則三途六道之圈，終失足而莫能自脫，又烏得藉齋僧唪誦，爲懺悔趨避，以冀倖逃於牢狴？此必無之事，亦必無之理也。是以古之君子，念此至熟也。存其心，養其性，以是爲生。生之天，而實以事人者事天。故其下手學問，必先自收放心始。能放收，而後能修身以俟。堅以立命，嚴以定命，安以循命。異時之寬其拓宇，即此其下基也。孟子之言，澈始澈終，夫豈欺我者歟？不能復其生，將永淪於死，至於沉昏而無所終極。非但不知有人道，並不知有鬼道，更不大可哀也哉！

此作先生欲爲下愚說法，喚醒虛妄，故夾入釋氏語，非援儒入墨也。然原始返終，大《易》已發明其理。萬殊歸一，質之達人，當亦了然不昧本心耳。殷濟世謹注。

晉王坦之與沙門竺法師甚厚。每論幽明報應，便要先死者當報其事。後經年，師忽來云："貧道已死，罪福皆不虛。惟當勤修道德，以升濟神明耳。"

貴　名　篇

水涸有波乎？無有也。火燼有灰乎？無有也。木蠹有株，金銷有屑乎？均無有也。五行之在兩間，其維繫施用，最切於人事者多矣。然尚消磨而必滅，經過而不留，況生人以草土頑軀，蜉蝣寄壳，藉形質假合於四大中，其不能堅牢永垂，以自立於世也明矣。所堪藉以自立者，惟名焉而已，故曰"豹死留皮，人死留名"。古今稱不朽之三，曰立德，曰立功，曰立言，而皆為立名計也。昔賢云："三代以下之人心，惟恐不好名。"余則謂往古來今之君子，未有不以名為重者。且無論君子留芳遺臭，榜久懸於千秋，雖小人亦有所顧忌焉。寧殖醜名於身後，臨終思掩；華督藏名於侯策，末裔猶羞。推至曹操之假文王，石勒之譏司馬，皆具有名之見存也。好之則羞惡仍未忘也，不好名則好利耳。利之與名，如冰之與炭，肉之與刀，清茶之與鴆毒，其相反也顯而易見。夫固盡人皆知也，而何以一見利而顯者隱矣，明者闇矣？雖有美名之可忻可羨，而亦終弗顧也。其所趨者在彼，則其所捨者在此。有所重必有所輕，自然之勢也。若夫餓死當目前，交謫紛室裏，中心抑鬱，怦怦然動而思悔，且將改易面目，更端以赴之，而猶懼其無濟也。誰欤託達名高，以鳴其殊好哉？欲矯枉為之，翻自疑其不情。無他，私隱之區，實有不能以不能安者迫也，然本心終未盡泯也。

梏亡未甚，平旦猶存，則必有所儆悟，與有所怫違矣。迫之以難忍難安，雖高明志士，斷不能背恆情而自別趨向。然迫之以難容難受，雖齷齪凡材，亦豈甘屈辱而自處卑污！無他，名譽攸關，較之性命身心，尤百倍其懍懍也。非極陷溺，猶思顧惜，而謂名詎不重視歟？俗流苟且救急之私計，可暫而不可常，且有屢欲救而屢相睽者。如不可求從吾所好，聖人知其深，故反以執鞭願為者惕之。然試語以為娼、為盜、為乞丐之所得，十倍於謀生，雖下士亦有所不願就者。無他，名辱則志辱，志辱則身辱。縱極困頓，猶將棄而違之。避榮而即辱，君子恥之，而豈獨君子恥之哉？有同好，即有同惡也。居不肖之名，辱其身以及其親，此惟景升之豚犬則然，稍進如子儀奴才而亦有所不屑也。愛惜其名，甚於愛惜其利也。知衆人之所不屑，則知恒情中皆有顧名思義之根株而未嘗盡絕。故器曰"名器"，節曰"名節"，古先聖哲，豈能矯彿人之常性以忻動於世？實由盡人本心中均有其所慕所羨者存也。知已逝者難返，則知所留者有在。身終朽，惟名斯不朽。故能知名之爲貴，或有篤於所好云爾。因作《貴名篇》，以推其概而窮其隱，俾後之有與同好者，咸擴而充之，是則余之願望也夫！

論 名 教

名教綱常之在天下，如水之在地中，無物不滋其灌漑。滋其灌漑，則此身常受德澤，斯垢污不染，芒刺不生，疥瘡不起，而後人身有有①潤色之華，猶夫人道有榮光之美。所謂地維賴以立，天柱賴以尊，人品賴以成，故能參三才而立極也。夫人身之在世間，影響猶逆旅也，光陰猶過隙也。上壽不過百年，中壽僅得八十，下壽祇有六十。通羣倫而合算之，大約以三十年爲一世。其獲臻於三壽之歲數，已每見其稀。一旦無常到晷，糞土山丘，則此頑軀朽壳之不能永駐於紛紛擾擾之塵界俗場，亦已彰明較著矣。而謂富貴利達，嗜欲紛華，其能長保以垂於久遠者，實亦終不可恃矣。所稱得久保遠垂，榮光於前古後今者，惟令名而已，故曰"豹死留皮，人死留名"。古人樹不朽之三，有立德者，有立功者，有立言者。然惟立德之名爲尤最。故君子恒以没世之不稱爲恥，而特引爲一生之疾痛。孟子曰："生，亦我所欲，所欲有甚於生者，故不爲苟得而恒取義而舍生。"孔子曰："志士仁人，無求生以害仁，有殺身以成仁。"取義成仁，而後能令名永昭；名永昭則雖死猶生，休美顯著於世間，極之萬古而不磨。士人讀聖賢書，入學伊始，所以深仰前徽，自揣終局足以綏馨後葉者，惟此而已。節義綱常，尤此身之犖犖大者。

蓋棺論定，萬世千秋，羣生之卑鄙於我者奚若，羣生之尊崇於我者奚若，不凜凜乎其可懼可思乎？然則人倫之所由著，人品之所由尊，與人名之所由貴，舍此無以立也，背此無以成也。乃知生人之顯名，於此相關尤重。立德其始，而立名其終也。氣體髮膚，行道立身，斯謂之全而受。揚名後世，以顯雙親，尤謂之全而歸也。故君子以名爲教。辱身苟賤，貽名德羞，一行敗而百行隨之矣，烏足以垂令名而修厥德乎？彼驥馬走獸，其美名之得以永稱者，曰惟德之故。若人頭而畜鳴，則人賤不如畜貴矣。今之主張廢綱常、壞名教者，皆人頭而畜鳴者也。彼吳偉業之謁龔鼎孳，雖相視而笑，而兩心愧恥猶未泯也。此謂之平旦猶存，此謂之天良難昧。今之失節敗名，每自相假藉，自相迴護。明知一己身名瓦裂，懼貽後世訾病，遂欲舉千古失身失足之大防，並決去之以爲快。且嫌孔子設立名教範圍，殊廢置了千百世材幹人物。不知孔子所取者鉅重，所棄者輕微，而所收羅者宏遠也。

倫紀綱常敢於潰敗，又何事不可爲？無論人品清高者羞爲引避，不屑與之同途而共事；即觀其降志辱身，已澈生平之底蘊。既無好志趣，安有好才猷？既無好行爲，安有好經濟？捨鉅重而甘就卑污，枉屈求容，則其爲人之性質，非奸貪則庸鄙，非苟賤則獧刁。其大致總與狙詐浮澆爲近，所謂不問而知其心緒矣。彼既自菲，我烏能厚期之？彼既自輕，我安能引重之？況滔滔汩汩，趨蹌奔競，將統天下而盡入淪胥，必以倫常爲贅。我言其是，是例彼之非也。我言其長，是形彼之短也。亂臣賊子，橫行雜出於其間，慨然而罔知回頭，紛然而莫能止禦。萃上古清明之厚俗，盡變爲末世穢濁之澆風。羣慗然不諳愧恥，悍然無所顧忌，且以行所當行，爲所當爲，終難與提撕警覺。若昏昏泯泯，長此終窮，伊於胡底？非天心速轉，安在茫然罔知，遂能憬然悔悟哉？然自來上蒼之愛名教也，甚於愛生靈。我觀乾象之昭垂，清明多而陰翳少。雖鬱結凝閉，否塞晦蒙，正氣有時或未得伸。然苦霧繁霜，淒風零雨，蔽滯曾未逾時；而朗月之昭回，清風之瀟灑，殷雷之鼓盪，迅電之掃麾，轉瞬焉已。如鐘鐸提撕，箑芒揮撲。曩日之霪霪障癘，腥穢旁流者，至是不知消歸於何有。而星斗依然麗輝，經緯依然就度矣。此以見天心之仁愛，未嘗長此蔽虧，則知綱常倫紀之昭垂，終古不昧。是不特天理難違,民彝難外,而國體、國基、國法之相依以立者,亦覺惠順則迪,悖逆則棼也。

秉於生初,循於後起。秩曰天秩,序曰天序,率性天然,舍五常其奚以哉?夫民生於三,事之如一。君、親、師、長之尊嚴,名位與天地並存,名分與天地並重,故曰"天之經也,地之義也,民之行也"。是則夫子垂爲定訓,將以正萬世之人心,示百王之儀軌,豈苟然已哉?自來宇宙之變故,縱極紛紜;而兩間忠孝之命脈,無一日或絕於人心。亂臣逆子,事不多見,縱橫行一世,而終底於滅亡,李懷光、僕固懷恩是其前鑒也。他如王莽、董卓、朱溫、安禄山,或橫屍都市,或見弑親男,至今垂爲厲戒。循環報復,天道昭然,夫豈得盡如操、懿、裕、胤可以僥倖闇干哉?彼薄視名教者,其亦應廢然返歟!

【校記】

① 此與後句比照,疑衍一"有"字。

陳笙叔給諫僚友送别詩序

吾泉僻處海濱,唐、宋縉紳著聲尚少,明季則鄉賢輩出,至國初仍盛。自康熙後,惟道光中年多顯宦。維時同朝御史五,而給諫居三。今之御史,即唐之諫議大夫,在侍從中,位最卑,望最清,事最簡,而心又最休且逸,其繁勞也異曹部。朝廷所以貴之者,爲其司喉舌,出納王命,號爲天子之言官者也。其在《書》曰:"命汝作納言,夙夜出納朕命,維允。"《詩》曰:"出納王命,王之喉舌。"然則諍臣一職,自唐虞三代,即有專司。其職重,則其所以責之者亦匪輕矣。掌科,即唐之給事中、左右拾遺、補闕,特兼各部糾察。謂之科,而近於御史中丞者;論其秩,視御史稍進,則其職尤重,而其所以責之者,愈匪輕矣。國家之設官也,將不惟收犬馬之勞以爲效;亦深冀效神羊之抵觸,鷹隼之搏擊,俾狐鼠羣不敢憑城社而自肆,豺狼類無能據當道以自雄,庶幾世界清明。凡有鬼蜮,隱然懾奪其私心,而無所依恃,又烏得逞變詐械機以舞弄於化日光天之下哉?

自世衰道微,乾綱不振,貴勢用事,備奸貪而極横暴。即爲御史、給諫者,亦惟日隨仗馬,旅進旅退,搖尾乞憐,若不得已,無聊姑求容於旦暮。其於吏事之弊竇,生民之休戚,天下之成敗安危,均似與已無與,猶秦人視越人之肥瘠,忽不加惻於心。有臣如斯,予府濫登,天下事安有予乎?其所以庸庸碌碌、無一見長者,大抵因循模稜,積成風氣,相習使然耳。此無他,妻子之戀深,則忠愛之思薄;身家之繫重,則悝怯之情多。塞口緘唇,畏首畏尾。即有責之者,曰"同寮皆爾,我獨賢乎哉?豈不欲往,懼譏友朋"?由是互相推諉,莫之仔肩,而天下事愈不可爲、不可問矣。其或任性使氣,間有偶然抵觸,時一搏擊者,亦惟隨怨仇爲報復,借牧令作標題,爲問寒蟬仁鳴,伸眉毛而觸要人者,且莫之覯,況敢聳神羊之額角,張鷹隼之爪牙,震若風霆,鳴若金鼓,忠肝義膽,大放厥辭,斥強梁之權貴,先褫其惡魄而奪其凶威,俾朝端大爲吐氣,臺中迥然生色者哉?良由聖天子在上,太阿獨持,當機立斷,用人行政,正直非私。故奸回無所肆其譸張,言職得以伸其志氣。譬諸當陽普照,而羣蜺自消,有固然也。眉批:宣廟上諭:"朕非飾非文過之君,用人行政一秉至公,何嘗因有成命自存迴護耶!"《書》云:王道正氣,真乃是時實事。

吾想其時,天下有三諫議,而直聲震寰區,更荷睿哲之褒揚者,則惟晉江陳笙叔先生奏參奕山、耆善一疏,尤爲海內傳誦云。是以中朝人士,至擬諸朝陽之鳴鳳,而凡作權門鷹犬者,皆將愧惡無以自容,盡爲一世詬病唾棄矣。自時厥後,先生雖以微眚鐫秩,歸休退處,而聲望彌高。將旋時,京朝僚友,車如流水,馬如游龍,羣相餞祖於正陽門外,復争作詩歌以寵贈其行而惜其別,則所以推重之者至矣。余生也晚,恨不同時,不獲與先生日相周旋,推襟送抱,爲蓬蓽光。今讀其同人贈什,低徊俯仰,猶恍然於高山之景行云爾。余甥澤山廣文,乃先生族子,暇時持斯秩,以序爲請。余盥而誦之,凡宇内名流所爲先生贊嘆揚言者,已無剩義矣。余又奚贅焉?①

【校記】

① 此文之後原有《葉孺人列婦楊氏墓誌》一文,因與卷三有所重複,此處刪而不録。詳見前述。

祭吴且園先生文

嗚呼!世界之變運,遽至斯耶!窮變極三,三靈失馭。丁運陽九,九服墊昏。斯乃乾坤板蕩之秋,禮教陵夷之會。俗謂人生不幸,天於我輩何幸!其先因綸綍之倒持,而絲棼千縷;其繼憒輸棋之失着,而局換一枰。兒戲干戈,種禍根於藩鎮;糞污倫紀,逐流及於膠庠。遂令海外游魂,草頭亡命,窺竊神器,穢亂鼎彝。藉寇兵而賫盜糧,觸地維而衝天柱。德非湯武,稱革命干;凶甚温巢,假亡秦族。其有身膺九列,口誦萬言,至奉拐徒騙子爲偉人,推怪物妖魔爲豪士,不恤偷生求媚,且羣反面事讎。二教昏天,五經掃地。斯時也,三光晦矣,萬姓沈矣。問誰是正氣揚風,忠肝誓日。挽人心世道而尚賴維持,回逆浪狂瀾而力凝砥障。懷九鼎萬夫之抗,具千鈞一髮之延,極諸威武難移,確潛不拔者,則惟吾鄉且園吳老先生。馨香百倍,仁勇雙全,信矣哉!其斯爲人物之龜龍,衣冠之標準歟!若論品藻,難罄竹而鋪芬;約擧生平,盍盥薇而揚美。

世固有知酬咏草,温卷先容。時到開花,呼盧得手。王摩詰通内宫節,裴思謙挾中尉書。探詭遇而獲禽,始先登而即鹿。倖逢機會,奚惜夤緣。先生則早直西曹,晚勷内省。迴翔禁苑,趨步章京。本清切之論思,參璣衡之密勿。同輩皆胥鈔脱腕,獨君能立辦啜嗟。受兩宫特達先知,負四海英才重望。以故臚傳未唱,廷對咸推。岱宗之雨崇朝,日下之雲五色。金吾清道,公卿羣賀得人;玉宇高標,士論翕然忘已。其不可及者一也。

世亦有梅占先春,桂香染夜。紅綾會上,號召朋樽;銀錠橋邊,流連舞扇。消日用蔡齊耽酒,騁風懷杜牧狂言。或覘莫敖之趾高,將誚夷吾之器小。先生則自龍頭既屬,益懷撝謙;雁塔先題,恒羞侈泰。王曾氣量,生平豈志乎温飽;葛亮襟期,致遠莫先於淡定。除却朝章國故,並鮮關懷;任他酒地花天,終辭寓目。簪纓赫赫,依然布素宗風;譽望隆隆,未脱書儒本色。清恬獨出,閑雅如常。並不知棋局幾行,樗蒲何物?又奚事笑人擔夯,譏彼牧猪哉?其不可及者二也。

世抑有顯才揚已,恃學驕人。詩誇白也仙心,筆咤羲之鬼手。夜郎自大,難容老子之箴言;偷竊相輕,亦屬文人之陋習。先生則聰明冰雪,蘊釀獨深;皮腹春秋,鋒棱不露。喜愠亡形於辭色,朋從莫間其慮思。高卑胥概以包羅,寒暖一同乎平視。其不可及者三也。

若夫文宗四省,德峻三台。玉尺頻量,金針遍度。梁公典選,李桃萃類門中;陸相司衡,龍虎咸歸榜下。南金東箭,有美兼收;北斗泰山,無思不服。使節逾崆峒以上,星輈出山海之關。至於遇雋能則多方獎借,當懲戒仍委曲周全。王陽明號菩薩後身,施尚白稱文宣護法。香名嶽峙,奕世留徽。佳話流傳,一時盛事。在先生猶屬餘緒,非悉數能綜羣芳。徒闡諛聞,無關大局。慨自龍蛇起陸,虎豹當關。獮猺肆甚磨牙,魑魅張焉獰目。託身平等,開自放以厲階;藉口小康,引大同而侈飾。藐綱常如笯狗,期揖讓作夔龍。故主雖存,孤兒可誑。但窺地利,竟昧天良。獨不憐七作思殷,朝廷絕少癸辛之惡;尤可恨三分裂漢,臣子羣懷操懿之心。莽大夫受新室封,蔡伯氏污僞朝祿。然猶可解者曰:買山願阻,娛老貲空,姑藉糊饘,苟延殘喘。既非甲科前輩,又殊親貴宗人。凡屬卑官,難繩大節。繫維未及,痛癢何關?竟有比肩制撫,接踵侯王。曾無香火之情,那得衣車之感?琵琶別抱,已過他船;粉黛重調,便登頓局。詢歲數,則鬒霜戟滿;論財源,則粟雨倉盈。猶復鐘漏蠅營,貪婪饕餮。思噉蒼赤魚內(肉),勉作兒孫馬牛。以視先生,寧消愧死!觀其《百哀》預撰,七尺拚捐;志在成仁,貞無易節。傅欽之是金玉君子,楊用修乃忠孝狀元。顧危國步之艱辛,復厄君權之杭楻。鼠狐踞社,蠍蝀迷天。加以喪故頻遭,統基雙絕。一木焉支大廈?長繩莫挽頹陽。姑從哲士保身,暫效寓公寄息。青柏以後凋益翠,黃花因晚節彌馨。丁族均就範圍,子姓咸遵約束。守顧亭林之庭訓,勿事新朝;慕傅青主之家風,相從大隱。從此優游里衖,聊且與娛;牢落田園,庶幾卒歲。俯仰尚非本志,唏噓輒喚奈何。猶幸梓舍多材,蓀枝濟美。食子收子,堪媲穀難;大兒小兒,都成楊孔。玉樹翻風於宇下,瑤林錯彩於階前。慶堂構之聯翩,蘭馨桂馥;卜門閭之昌大,椒衍瓜綿。眼中既犀角觥觥,身後仍鳳毛翼翼。則亦顧而樂之,慰其嘆矣。方謂剩茲韓陵片石,當彼恭殿靈光。正士咸存,訕惑終難簧鼓;清流互引,詖邪自絕譸張。

論先生之辭翰,固宜學士才人,普天俯首;舉先生之志操,尤遣污官巧宦,無地汗顏!何意瓊樓告成,玉棺遽下。身騎箕尾,色闇山川。人之云亡,邦國因而殄瘁；天乎不弔，典型喪此老成。末流並鮮憖遺，多士何從欽式？徒令三千弟子，失聲崩壞木之山；八百孤寒，痛淚灑皇華之隰。雖曰清風未遠，猶堪立懦而廉頑；值茲白日將傾，愈覺傷麟而嘆鳳。等桑梓瞻儀，枌榆託蔭。或交聯蘭臭，或誼叶莩親。聞鄰里之停舂，慟門墻之永隔。心傾北面，願鎔鳥佛金容；涕隕西州，頻返羊曇石路。忍看宿草，哀致生芻。低徊青簡尚新，躑躅白茅藉用。徵士受延年之誄，生幸同時；中郎銘有道之辭，歿無愧色。須念素車白馬，巨卿特為元伯來；漬酒炙雞，孺子難向林宗置。敬陳椒醑，藉薦芻忱。尚饗！

祭吳肅堂先生文

自來俊異，別具胸襟。將以擔當百變，經緯三靈，作人心世道之權衡，樹名教綱常之保障。則必豹蔚增其文彩，龍頭屬之老成。淵停嶽峙之涵容，威鳳祥麟之偉度。度非後生小子，末學粗才所能仿佛形模，依稀體假者。而況時丁末造，蛇神爭赤白之衝；道極終窮，龍血濺玄黃之野。國狗偏從宗國而噬，人梟亂煽剌人諸兵。狂吠張囂，鋒凶肆虐。躁浮者亡本，澆薄者辜恩。文冊襌而歡迎，表修降而勸進。辭燕眇樂生之涕，報韓鮮博浪之錐。蓋自有開闢以來，睹聞所及，奇災變故，未有梦於此時，如是其甚焉。當斯世界，而欲求疾風勁草，嚴霜貞松，舍我肅堂吳老先生，又誰屬歟？夫維大雅，卓爾不羣；譬諸冥鴻，弋人何篡。《詩》著既明且哲，《易》標獨立不移。若先生者，可稱兼美。其殆庶幾乎！盍縷芬芳，永昭金石。

先生幼而循齊，長益敦敏。誌金環之悟，早異常童；宏玉佩之辭，恒褒長老。未登綺歲，便先藻采池芹；迨及英齡，仍與香分貢樹。拔既超夫羣萃，聲更雋乎一賞。爰隨計車，連茹廷試。染金壺之墨汁，紙貴洛中；垂玉質之馨蕤，名高日下。遂乃西曹侍直，北闕依遲。簪筆樞垣，參籌內省。平地一聲而奮震，遙天五彩而騰雲。在先生雖屆暮年，惟晚達斯成大器。入則玉堂金馬，焜耀國華；出則使節星軺，馳驅皇路。而仍志期宏濟，羞逐世紛。觀其贊軍機，編方略，修國史，教庶常，當官厯五載之勤，請假無一時之暇。精神出衆，詣蘊兼人。厥後雖總括兵鈐,丞參學部。顧同官多鮮合,窺大用渺難期。因之致仕歸休,見機早作,諒非素志,祇益傷懷已。約綜生平,無黨無偏,有爲有守。簡繁胥任,才大也;紛營鮮競,學純也;喜慍忘形,養粹也;幾微預灼,識高也。其謙退似晏嬰,其惠恭似國僑,其眸盎有同程伯子,其淡寧全學武鄉侯。定見先知,何殊李沆?屬當大事,不讓呂端。進如江左夷吾,高岡之鳴鳳也;退亦山東謝傅,尺屈之潛龍也。非貢諛辭,允徵實錄。

蓋先生科名清貴矣,而氣品亦復清貴。官職清貴矣,而志節聞望益形清貴。此以視親而貴,王侯宗室也,而先生不羨其權;尊而貴,制撫中堂也,而先生並忘其勢。兩相比較,孰爲薰蕕?求之昔賢,尚難合選。值茲季世,那得斯臧?他日縉紳祀名宦之祠,道德列儒林之傳,洵可以灼章史乘,彪炳丹青者矣!今雖木壞山頹,傷亡嘆逝,而蘇邁真成犀角,超宗殊有鳳毛。身後眼中,無憂無憾;九京百行,全受全歸。從茲靈氣游雲,並與忠肝貫日。神雖降地,佛已生天。東海仙龕,預築倪黃仙館;西崑帝所,仍依元紫帝鄉。周翰回崧嶽高蹤,玉局返奎纏位次。就令三千弟子,難追掛席之游;允堪帶礪山河,猶壯騎箕之氣。

等朋樽梓社,親炙蘭言。方將日過鄉林,長承緒論。何意典型伊邇,鑽仰已遙。悲櫟朽之違繩,緬椒馨而莫臭。生芻一束,旨酒三升。哀哉!尚饗!

洪、李二公德政碑

天之生斯民也,有本然之職分,即有當然之義務,燦然之設施,以相隨於後而默策於先。夫安得所藉口推諉旁貸,以自釋其肩而輕弛其任者哉?無論達而在上也,凡士紳之優游桑梓,伏處草茅,亦必爲鄉黨排難解紛、息訟和親,使閭閻無鬥争,長享安平之幸福。斯爲士紳之責盡,而非有所要譽也。昔人所謂一命之榮,當思於物有濟,在天下則裨益天下,在一鄉則裨益一鄉者是也。若夫苡高隆,沾禄養,糜其食者敬其事,居其位者竭其誠。觸目恫瘝,恒懼顛連之失所;勞心黽勉,敢矜從事之獨賢?力所能爲,無慢令也;達所可行,無虛應也。故孟子謂之天民。若是者,古之人有行之矣,胡今之居官者多曠廢也?故吾於洪、李二公，獨有深仰焉，且致默感焉。

　　洪公，名永安，字梓青，河南商城縣西關外楚巷人也。起家戎幕，由偏裨積功歷至專閫，旋奉命提督福建水陸軍事。特辦興、泉、漳三府鬥案，首清土匪，綏靖地方。白下樓船，遵士治之。約束江淮，草竊欽萬福之威名。德施如風，政行若水。芟夷惡孽，莠稂净而嘉穀萌；薙獮荒禽，梟獍驅而好音萃。故得齊風變魯，晉盜奔秦。黠吏畏威，精民感德，非偶然也。

　　李公，名增霱，字襄國，著籍雲南蒙化廳，由科甲出身。少時負才子之稱，壯歲膺長人之重。歷任繁劇牧令，調署泉州知府事。名高江夏，京師號曰無雙；行冠河南，海內推爲第一。其爲治也，以精勤率屬，以和惠誠民。始雖戴月披星，終獲迴風滅火。由是小人革面，君子輸忱。草偃從風，葵傾向日。白額歸誠而遠徙，青琴永叶以高張。故得心篆凝香，口碑載道。來嗟甚暮，去留餘思。鮮于銑推一路福星，司馬光號萬家生佛。德之券也，政之旌也。非曰諛揚，允堪紀實耳。

　　而或謂李公優愛，洪公過威。遂因霜雪之嚴凝，競致《春秋》之責備。同事則屬員膽小，蜚語郵傳；聞風而豪勢心寒，謗書路溢。典刑當罪，幾疑不教而誅；凶要難寬，翻謂操戈太蹙。不知威克厥愛允濟，愛克厥威罔功。自昔所傳，於今爲烈；而況有司之積弊，頹弛已深，泉郡之流風，雜囂又甚。火烈民畏，水懦民嬉。金剛之努目不先，菩薩之低眉難化。惟洪公能以辟止辟，斯李公得期刑無刑。譬諸笙磬同音，辛甘互濟。雷霆雨露，相合而益彰；秋肅春溫，殊塗而同軌。爲問今之從政，其能有此風規乎？彼其安心臥內，袖手放衙。覘上憲爲憂愉，置蒸黎於塗炭。爭營捷徑，溝瘠罔關。但飽貪囊，污流奚恤？由他笑罵，隨面唾之自乾；容我清閑，養尸居之餘氣。衆方抱慚入地，渠偏得意升霄。若兹之儔，自檜無譏，斗筲何算！諱其名，陰爲大盜；充其義，即號穿窬。雖復蒙木偶以衣冠，被土蒩以文繡，尚不至斯之醜蠢！若是之頑冥，以此爲官，羞殺天下！非得二公之徽猷顯績，以聳動而勵磨之，風氣其可挽回乎？衰頹其堪振作乎？今雖瞻韓未遠，借寇難期；而没世不忘，民情可見。上峰尊奬，下土謳思。較之膺崇封，羅厚殖,其爲榮也多矣！泉人感之深,恒舞蹈而歌咏之。因欲立碑以垂遠,爰屬濡筆而書鐫。從此忠獻堂前,競説韓公之逸事；襄陽道上,永傳羊叔之芳型。

黜邪教疏

蓋聞邪説誣民,有干先王之典；左道惑衆,難寬司敗之誅。是以吐火吞刀,祇載幻人於西域；呼風唤雨,不傳異術於中華。眉批：丹國内地,界其梅殖,國王能呼風唤雨。在歐洲、非洲,人均有是術,不足爲異俗,謂之念噴呪。良由禁之者嚴,先事而防微杜漸,抑且除之必早,何人敢相率效尤？經正無邪,異端自黜,理固然也！自青牛東走,白馬西來；仙佛爲災,奸宄日雜。或奉真禮斗,謬談太上神霄；恒茹素念經,演説三途六道。漸至分門別户,踵事增華,設局叢奸,開堂鬻術。假禍福災祥之事,逞放僻邪侈之心。拜跪者蹤滿道中,冀傳修煉；祈禱者香盈門外,競事皈依。男女混淆,農工廢惰。聚衆爲燒香入會,相逢多語怪成羣。始則誘取資財,私圖肥己；繼且胡行誕幻,相率害民。曲室深房,冀遂奸淫詭計；迷香秘藥,横施放肆奇方。如此非爲,殊堪痛恨。不除俑始,恐釀亂階。甚而魄攝魂飛,驅遣淫昏之鬼；紙裁木刻,狰獰迷惑之妖。造酒生花,日遊城市；藏形幻影,夜入人家。殘害嬰兒,黄口横遭酷虐；刳剔孕婦,青年慘受奇殃。携入圈中,人可成豕；牽來櫪下,客或化羊。較飛頭斷髮之鄉,奇聞更甚；比蛇蠱金蠶之術,毒禍難堪。此皆不世淫凶,所當撲殺者也！况乎施符噀水,召甲驅丁。託醫道以濟人,假神書以動衆。作奸犯科輩,身竄其中；游手無賴徒,羣聯爲黨。黄巾造孽,將軍號地丁天丁；青犢興妖,賊仗分五幡五校。信從者衆,波及純良。崇奉既多,希圖僭妄。凡身與其教,遂籍有其名。從之,則已陷於賊中；不從,亦難逃於法外。一時發覺,四起兵烽。徵捕及於無辜,踪跡延於善類。干名犯義,誠所不容；惑世罔民,於斯爲甚！與其臨時嚴緝,恐致株連；孰若先事預圖,無使滋蔓乎！

乃者異端之外,復多邪教之人。蠢爾西洋,來兹東夏。耶蘇座設真神教,保護靈魂；天主堂興救世教,開消懺悔。後先踵武,新舊分途。則有玩法梟民、無知鼠輩,或以貪財苟得,偶墜迷津。藉爲逃罪護符,希圖漏網。林幽爵避,淵邃魚潛。有司欲制而無由，差票欲拘而不得。黜之非易，邪是用興。然以人治人，豈無妙用；因物制物，自有微權。宜令地方之官，爰稽名而記字，庶幾清濁之辨。乃類別而羣分，用布諸郊，垂爲令典。如有願從其教，則亦各遂其心。視之若娼優，等之若皂隸。其家室，不得與民通婚姻之禮；其子孫，不得與民觀學校之光。屏除不齒於人羣，責備倍嚴於國法。井疆殊厥，驅異路以同歸；册籍繩焉，庶迷途而自返。苟赤心之未泯，終丹書之可焚。自治其民，無傷於事。如是則人咸知恥，莫不自新矣。方今聖主當陽，萬方效順；良臣輔治，百度惟貞。雖管窺蠡測之忱，奚足與知乎山海？而千慮一得之見，或冀可比於蒭蕘者矣。謹疏。

採訪忠義疏

蓋聞日星河嶽，塞正氣於滄冥；鐵雨金風，濺鬼雄之碧血。執干戈以衛社稷，童汪踦竟作國殤；出巾幗而殉丈夫，杞殖妻能辭郊弔。自古匹夫匹婦之輩，不少守忠守義之流。固不特紆青紫者，撑扶搖之勁草；綰銀黃者，作板蕩之良臣也。洪維國家大化覃敷，鉅恩普被。食疇服德，已二百餘年；踐土茹毛，極八萬方里。舉凡談雞碩彥，隱豹畸人，罝兔武夫，悅尨女子，靡不喁喁向化，嶽嶽戴天。懍厥綱常，扶茲名教。臣真草莽，指白水以爲盟；命等菅茅，死泰山而尤重。蓋自粵西盜起，而忠義之輩彰彰矣！

爾其藝苑通儒，泮林名宿，腰不折乎五斗，品已重於三升。取義成仁，望門牆於孔孟；僵尸餓骨，侔情性於夷魚。甄生只一布衣，虞俊甘爲漢鬼。明倫堂上，柱撞王省之頭；旌義冢邊，淚灑涇原之血。舌將焦而罵賊不輟，膝似鐵而見讎難降。嘗登舟以讀楚詞，一葉一哭；更開壁而焚逆詔，三躍三呼。則士林中之忠義有如此者。

若夫六合散人，一廛市隱。處江湖猶懷魏闕，有血氣莫不尊親。河西傭常著葛衣，向金城以行乞；老鍋匠鍊成鐵冶，入夔市而愴時。抗節爲倉葛之呼，權宜設弦高之計。均之一死，勝爾實多。各盡所能，當仁不讓。雷海青擲器地上，誓剪禄兒；唐姚洪投書厠中，肯從璋賊？則齊民中之忠義有如此者。

他如旗門小倅,鄉曲團兵,揮戈願掃千軍,拔戟自成一隊。誅淖齒者右袒,幟列成行;平宸濠者前驅,旗書報國。狼瞫已獲死所,南八豈願生降?激以義聲,空拳皆爲勁旅;置諸危地,烏合盡屬鷹揚。每障背而活使君,復聳身以衛官長。被七創而不悔,遭五矢而猶雄。則丁壯中之忠義有如此者。

　　至於管揚閨式,木茂女貞;柔順無愆,徽烈兼劭。小戎女子,勞板屋而知兵;梁國夫人,執鼓桴而激戰。既突圍而救父,更冒刃以衛姑。迨至援絕城危,糧空計窘,作睢陽之妾,甘入鼎鑊以饗軍;爲渭源之妻,先率女兒而下井。任彼腸刳,周婦骨碎猶香;居然臂斷,廖姬心貞似石。則閨閣中之忠義有如此者。

　　凡諸懿節,共裕徽音。略迹雖殊,原心則一。既輕身而重義,宜崇德而報功。然而蘭無言而不芳,玉韜光而易晦。余闕忠成闔戶,綽楔未表於當時;李輔身死孤城,墓木俟封於異代。所賴激揚大吏,彰癉鉅公,採實行以達宸聰,訪撫聞而編國史。黃封三錫,沛九天雨露之施;白骨一抔,增大地河山之色。庶幾熒熒燐火,慰貞魂於古戰場中;抑且赫赫聲靈,泐姓字於表忠觀裏。

重修崇福寺募疏改友人作。

　　崇福寺者,鯉城勝概,虎阜靈基。溯源包青紫之奇,縈帶攬筍浯之秀。初興刹宇,相傳洪進故居;繼闢禪林,肇祖太平興國。歷年彌久,遺蹟常興。五花露彩,開香火之因緣;十寶虹流,顯莊嚴之氣象。法鼓雷鳴,晨鐘風遠。誠可樹天龍之窟宅,永垂護法幡幢;超靈鷲之林巒,長作清源屏蔽者矣。

　　無如星霜候變,桑海流遷;庭院苔封,樑楹蠹聚。僧伽星散,徒增鳥雀之歡呼;瓔珞塵飄,時漏雨風而剝蝕。蟠青虬於石柱,鱗鬣消亡;棲乳燕於雕甍,粉泥灑落。頹垣斷礎,難期雙樹成林;桂殿蘭宮,空望孤標剩塔。短椽雖庇,故址徒存。彩勝凝塵,乾竺之相輪斷絕;毫光映日,牟尼之寶相凋零。溯從頹廢至今,稽遲歷代矣。

　　微嘉和尚等業行純修,德年高邵。十纏遺累,八解超凡。釋教名賢,純一校五雲之典;空王嗣子,節庵修三藏之書。將以沾溉緇流,津梁後學。慨然有志,鋭意興修。插草唱緣，不少同心之侶；拈花示現，宜資有力之家。興思啓宇以羈棲，爰效沿門而托鉢。所望現前菩薩，輸赤仄以開壇；再世宰官，布金錢而成苑。仁漿義粟，量鼓爭操；手賺腰纏，傾囊畢集。發大宏願，殷孚信心。藉手登懯，闢三千之世界；摩肩輻輳，鳩百堵之崇工。盛舉共襄，聞風渴赴。令名垂永，即日觀成。覥厚福之攸歸，信隆緣而共慶。是爲疏。

新城三老論

　　古今之善爭天下者，爭人心而已矣。成敗安危莫不有機，而機即繫乎人心。觀人心向背，察天下去就之機，故曰"得人者昌，失人者亡"。人心之所歸，天下之所順也；人心之所棄，天下之所違也。欲父母天下者，須有嬰兒天下之心，尤先勿忘其父母而自盡嬰兒之道。觀新城三老，董公之遮説漢王，可謂深得其要矣。宇宙之大亂，縱極於昏泯；而古來忠孝之命脈，無一日或絶於人心。賊子亂臣，事不多見。雖橫行一世，恒卒底於滅亡。然則天理民彝，物則之良，終如日星河嶽之昭垂而不可廢拙哉！項籍乃放殺義帝於江南，何其悖歟！義帝之立，雖出項氏私意，然亦順一時民望，爲天下之所信從也。既與羣雄共奉以爲君，則名分昭然，大義咸揭矣。而籍乃以爲吾家所立，烏得擅專主約若是？則成如兒戲，置如弈棋也。天下之人具有耳目與心，其能盡遮蔽歟？未有過失而逆行凶殘，宜衆怒共攖，咸目爲賊也！

　　漢王之初討籍亦不過以其背約徙我蜀中，然此私仇也，非公義也。明其爲賊，敵乃可服。兵出無名，事故不成。必如董公之言，而後古今順逆之大義，乃隱隱相孚也；而後天下向背之大機，乃昭昭若揭也。海内之豪傑，各有天良，聞此言者，可以決去就矣。垂萬世帝王之統，開百代忠臣孝子之忱，皆此一言倡之也。獨惜蕭、曹、韓、陳、絳、灌輩，能爲漢王謀，胡不能陳此義耶？此劉、項成敗興亡之一大關鍵也。兵皆縞素，發使告諸侯，親爲義帝服喪，是隱以臣子自居，而顯爲普天之君父銳志報仇，斯四海聞風，莫不仰德矣。諸侯信之，衆雄服之，天下忠義之士羣然赴之，奮然興之，如日當霄，如水趨壑。漢王此舉，榮於湯、武多矣。不待戰臨，而三軍勇氣百倍，發於性天，勃勃難遏也！然則仁不以勇，義不以力；天下之公憤，當與天下同之。以誅賊爲名，以天下之鋒爲鋒，熊羆之精銳莫過於此矣。漢王得此言而說服信從，則知天下臣庶之心亦無不信從說服也。明乎順逆，而勝負之勢分。仁者無敵之方，其即在是歟！

管　仲　論

自古欲肩任天下者，必逆度乎事之所能舉，功之所能就，名之所能成，而後置身於局中，順時而利導焉，非然者有避地逃之而已。又必深計乎國之尚可立，君之尚可爲，民之尚可用，而後措手於盤上，因勢而漸移焉，非然者有褰裳去之而已。是故，善用天下者審其機，不善用天下者濡其迹。唱之貴和，發之貴應。百赴而迭阻，何如專畀而同歸。乃説者謂"管仲能用桓公，桓公不能用管仲"，何其謬歟！

夫仲者，桓之仇也。射鈎頻危，終不記怨，而顧舉諸亡虜之間，推諸羣卿之上，仲何以能得此桓公哉？人必曰："賴有不世之知己，平昔之深交爲之極力推轂，如鮑叔者，而後桓公傾耳聽之，傾身任之乎。"似也，而未盡然也！桓公本有高世主之規，雖爲公子時，夙留心人才也久矣。三仕三已，管未嘗臣子糾也。内無奥援，糾雖立必不濟，仲固曾論之矣。國人惡糾之母以及糾之身，而憐小白之無母且賢也，故高、國願奉以爲君。是則桓公自少舉動，必有大過人者。故僖公命鮑叔輔之，因而高、國亦歸心焉。則其平日於全國之賢者，必有默相審察焉。非僅管仲，即隰朋、賓須無、王子成父、召忽輩，早隱在旁，求羅致中。其奈身居維城，襄公猶在，不敢顯然結納，以啓嫌疑疑忌耳。不然，何一登位，便爾棻正盈廷，卿長皆民譽也。仲之因依召忽以求功名，桓公固知之諗矣。生臣之説，欲用之謀，不特召忽料之，施伯亦料之矣，豈待因鮑叔汲引而遂深信不疑哉？

蓋桓公心目中早有仲，仲心目中無日不有桓已。自信桓能用我，主舍我無以爲輔，我舍主亦無以成功名耳。好色不害霸，好貨不害霸，好佚樂侈奢亦不害霸。九合諸侯，一匡天下，惟仲馬首是瞻。信非桓公無此專任度量，抑非仲無此宏施規模也。得君而行所欲行，爲所欲爲。反坫三歸，奪邑三邑，仲不自以爲泰，公亦不以爲過。魚水君臣之契，曠世無儔。此其偉績，重任他人，能承之乎？漢馬援之告光武曰："當今之世，非但君擇臣，臣亦擇君。"旨哉斯言！可謂審詳乎利見之根原，而獲交乎之款曲者矣。春秋下惟燕昭之於樂毅，先主之於孔明，爲能一心一德，終始不渝耳。然樂毅、孔明均不得大伸其志，此則時勢限之，而非遇合之不逢耳。

惟仲能審勢知機。當桓之時，秦猶僻處，楚未萌芽，中原之列國，惟齊爲大，可期致富致強，兼又擁鹽鐵之膏腴，承太公之餘烈，但令損益政令，不必改革紛更，而自覺廢弛無不張，衰頹無不振矣。仲惟深悉乎此，故惜其身而不殉，養其才以待施。矧遇大有爲之君，懷拯民救世之猷，又安忍錯過也？兩相需則必兩相合。乘風雲之蘊，其時可，其勢順也。懷治天下異才，安忍捨破格之奇逢而就死耶？世何患無奇偉之士，徒以身負宏略，不肯屈於小就，又復不獲其君，致令徒抱梁棟，終老空山。雖具掀天揭地經濟，卒不克伸展布。僅以抑鬱窮居，寂寞著書爲事，無人枉顧而問之，豈不哀哉？

子產火烈民畏論

以優柔博長者之名，以舒慢邀羣黎之譽，應操故縱，宜肅而疏，此衰世之懦庸流，而政典之大蟊賊也。夫政不可暴苛發也，而縱弛亦安能有爲？政不可躁急施也，而緩迂亦庸得有濟歟？忌標劑之峻猛，而思易黃豆以苓甘，此庸醫養疾之私，其玩愒亦與操刀等，又奚望振衰而起廢，鞭梗而醒頑者哉？吾聞之，太上能以寬服民，其次莫如猛。故子產有"火烈少死，水懦多死"之偉論，誠以民之易生滋玩也，乃其積習使然也。欲全革其故常，非預襯其頑魄，未必振悚驚惶，大畏民志也。驟然而使之知畏，何如懍然而使之自畏！辟以止辟，刑期無刑，古之人有言之者矣；猛以濟寬，威克厥愛，古之人有行之者矣。故曰："如火燎原，不可嚮邇。"又曰："如火烈烈，則莫我敢遏！"此非單任強霸而徒藉勢逼之使法驅之也。

民之粟以寒,由政之風以厲聳而動其宜也。狎而嬉,其可乎？固不待焦頭爛額,早自有曲突徙薪意者,恒情也,亦故智也。民有知覺,原不期然而然也。大刑用甲兵,治亂之重典,實救涼之溫被也；中刑用刀鋸,砭愚之方針,實磨鈍之利礪也；小刑用鉤棘朴敲,警痛之敷塗,實振恥發羞之藥石也。民不可欺,而恒有幻譸張以欺我者,臨以火則不自欺矣；民不可恃,而固有希恩澤以恃我者,懾以火則不自恃矣。居今世而侈談不嚴肅、不怒威者,浮詞也,亦飾説也。竦而服與悦而服,志同也；分順逆,不分誠僞也。畏而從與譽而從,思一也；異勞逸,不異是非也。不逆,而胡以順歸？不勞,而胡以逸使？其所以順化而逸獲者,皆賴有逆激以先提其志,勞苦以奮發其思云爾。非震而驚之,曷克俯而就之也？相率而漸逃,不敢也；相違而背去,亦不能也。惟民心目中、魂夢中胥懍懍乎有昆炎威風,玉石俱焚之形勢,實逼處此者,而常離之惟恐不遠,熄之惟恐不消,遷之惟恐不速者。若僅如揚湯止沸,隔釜抽薪,猶屬寬假之詞耳。

烈之云者,鬱攸而韜光,蒸騰而吐焰,噴薄而上空,蔓延而旁灼。民畏其肆也,而心不得不自歛矣；民畏其疾也,而心不得不自舒矣；民畏其紛也,而心不得不自一矣。民之性蕩而狂,惟火乃足以靖之；火之威明而發,惟民胥窺以避之。能得火意,則隱無所不周,亦廣無所不及。赫赫然,民之畏之如畏天命也；昭昭然,民之畏之如畏神威也。擊而彰,動而變,宵人以爲酷吏,君子以爲嚴師也；俗論以爲庖丁,名流以爲慈母也。火入於地,則用晦而明矣；火焚其巢,則先號而笑矣。誰能執烈而不濯,觸烈而無傷乎？欲束之以不敢違,而先示之以不可犯。雖極諸冥然罔覺,蠢焉不靈,其孰敢冒昧以從、輕率以試哉？畏之甚固已,未向而先奔,思進而遽退矣。無然泮奐,無然僭越,無然留戀,斯則火烈之明驗。而子產民畏之明論,雖奇而實確也。

獲虎頌

惟天運壬子元年,太守雲南李公襄國再莅溫陵,政成期月,百廢俱興。黎庶傾心,軍人用命。二月廿五日狩於南山之洪瀨谷,獲虓虎而歸。闔郡歡然,同聲贊嘆，慶爲奇徵，播厥嘉祥。此盛瑞異事也，不可以無傳。昔漢劉昆宰江陵，一日反風滅火，羣虎負子渡河，故唐李白頌韓仲卿之治行曰："白額旦去，青琴高張。"公之敷政是邦也，勝殘遏虐，除暴去苛，豈第區區服猛遠徙已哉？其獵得斯獸也，業經中槍狂吼，追奔五十餘里，乃復歸誠畢命於座前，是冥冥中陰有以驅之。其在《詩》曰："不懈於位，民之攸墍。"況顯顯山神，孰敢不靈？何物於菟，干我大刑。

今天符既臻，人心咸聳，佳兆萃矣，當有佳應，固宜其投檻就俘也者。南狩獲虎，何殊西狩獲麟？誠願勒之貞珉，垂之來葉，用以示建威消萌之漸，又烏能已於頌乎？不揣固陋，揚徽矢音。其詞曰：

南山有虎，負隅不庭。恃其牙爪，嘯風厲腥。李公蒞止，戴月披星。軌以文教，揚德綏馨。奮其武烈，威頑服冥。芟夷暴亂，如雷如霆。勝殘去苛，爰肅天刑。跡人來告，虎下郊坰。下令驅逐，將檻囹圄。忍令虓闞，傷我生靈。公令一麾，士勇五丁。中厥金槍，如受鉸釘。委原畢命，膏野屍形。天綱既振，蠢類咸醒。凡百有位，懍視箴銘。

殷濟世曰："此篇雖頌也，而實以諷爲規，不蹈阿諛陋習。孔子云：'居是邦也，友其士之仁者。'益我者三，直諒多聞，公其念哉！"

索居無聊，日爲病魔、睡魔所苦。適友人偶談及此，爰染柔翰，游戲一揮，文不加點，筆不停輟。擬諸禰正平吳江賦鸚，聲鏘金玉，句盡飛鳴者，工絀優劣，相懸何止壤霄！然當此羣蚩刺天，五經掃地，但稍企盍簪叶調，聯袂同賡，戛戛乎已難其選。矧以斯類，求氣應聲，欲庶幾能事不負，雅與題稱，共觀有目，難詎知心。差之毫釐，謬以千里。將享馨香於萬古，在明得失於寸忱。君子之道，又焉可誣耶？自記。

心　官　説

自唐虞稽古建官維百而後，世界凡百職司有官之名號，典其守者，莫敢曠焉，更莫敢忽焉。人身小天地，職其司，效其用，亦具有五官之稱。觀《內經》，羅列毛舉，言官者備矣。雖下屬如膀胱，猶引爲州都之官。夫維天君泰然，百體從令。故靈莫靈於心官，而大體、小體均依倚焉以爲之主。信乎凡體皆由心生，有心之官以司其運用，而後有耳目之官，有手足之官。失其官，違其用，則有廢其司者矣。耳目之官不司，則蔽於物。舉凡嗜欲之牽引，聲色之瞀亂，猶夫塵垢之翳昏，游絲之點綴。受其染沾，其觸雖適然偶蒙，恒莫能自脫焉。若心，則居中以爲之措置，在内以爲之提防。苟非自尸厥官，疏縱貪饕，凡屬外邊諸夤緣，烏得入而運動之？董正以治官，曷若誠求以正心。心得其純全，各官皆不相偏雜。

而凡惻隱之心，爲仁之官；羞惡之心，爲義之官；辭讓之心，爲禮之官；是非之心，爲智之官；均從心而式序在位，毋一稍踰矩範焉。所謂子率以正，孰敢不正？下體衆體之蒙茸，又豈得侵擾是官哉？治心之要，勿遲疑而貳以二，勿驕怙而參以三；固不待營衛周防，眉批：內注：營屬血，衛屬氣。臨官皆舉其職矣。然則，百其司，不如一其官；一其官，不如一其心焉。心無忽，斯官無曠。故曰：省官在於省事，省事又在於省心。虞廷之勵官，祇一傳心學耳。心者，君主之官，神明出焉。夫固無有蔽我者，實皆我之自爲蔽也。心無主，則宮室妻妾皆生留戀以爲之阻礙，莫能自脱於牽纏。由是嗜欲交攻，聲色沉昏，而後至良之本心乃大壞焉。設先安其心，定其心，勿遽動遽求，夫何至於放？又何至於迷？是皆君主之思，想職之咎也。吾故不責諸羣官而特誅心焉。

歷代鄉官規制考

鄉官之立，肇祖軒轅。溯其初經土設井，鸞州版籍，各有專司；迄夏、殷而不易其故，至周而規制大備。由縣而鄉而遂，均置大夫。比有長，閭有胥，族有師，黨有正，州有長。遞分中、下大夫，上、中、下士。雖與府史徒衆，共任厥勞，然皆選而舉之以材，非派而充之以役也。漢制，鄉亭有長，三老掌教化，嗇夫聽訟獄，游徼巡盜賊，皆有秩。惟三老爲最尊。

高祖二年，舉民年五十以上，有修行能帥衆爲善者，置以爲鄉三老。新城董公，至遮説獻討項計。高后元年，置孝悌力田二千石。師古注以爲特設而尊其秩，所以風厲天下。文帝二年，詔户率置三老常員，遣賜帛人五疋。武帝元狩初年，遣賜三老帛。六年，遣謁者循行天下，舉三老以爲民師。故壺關三老至爲悼園鳴冤，湖三老至上書訟王尊功，則鄉官之貴可知已。東漢明帝，賜三老孝悌力田，爵三級。注以爲皆鄉官之名，以助風化。由漢多以本郡人爲丞、尉也。然鄉官與丞、尉實不同。

晉制縣户萬以上置四鄉，嗇夫一人，書史一人，佐二人。百户置里史。户千上置校官掾。縣設方略吏部尉。江左建康，亦置六部尉，大縣二人，小縣一人。齊高帝建元三年，以縣吏貪賄，乃別置校籍官令史，以防懈怠。後魏初，不設三老，唯立宗主督護。北齊，令百家爲族，有黨與副各一人，閭正二人。千户上置里正、里史二人，隅老四人。隋文初，令五家爲保，保五爲閭，閭四爲族，置里閭黨族長正，以相檢察。蘇威奏鄉五百家置正，理人間詞訟。後因黨與愛憎，公行賄賂，不便，遂罷之。唐令以百户爲里，五里爲鄉，每里族正一人，在邑爲坊正，在野爲村正。縣司選勳官六品以下，白丁青年强幹者充之。

周顯德五年，詔諸道、州、府令團，即今團練法。大率以百户爲團，團選三户爲耆長，以察奸盗。宋建隆初，則有衙前、里正、户長以督賦税，承符、手力以供捕逐。在縣則有曹司、押録、孔目、虞侯，各散雜職。大約衙前如唐之押衙、掌街，承符如漢之游徼。然其職秩卑賤，不復漢之尊貴矣。

竊嘗論之，周之建設鄉官，乃選以臨民，非科以助役。自漢以下，寖失先型。唐之所循，非復漢之禄秩。而宋之差派，更異唐之供徭。漸漬至於元、明，雖有飲賓、鄉董、里長正諸名目，而告朔之餼羊，是禮非矣。邇稽古昔先民，原有大比、書升諸舉。由管、商變制以後，先王之政典日以衰微。考察不公，轉而充使；輸庸不行，因而和雇。而隆平美意，蕩然無復有存矣。善乎！柳子厚之言曰："有里胥而後有縣大夫，有縣大夫而後有方伯、連帥。"天子之與里胥，雖貴賤不侔，要其任長人之責則一也。

周時鄰里鄉黨，胥命官以主其事。漢則鄉亭分任，均以禄醻養之，而三老、孝悌尤爲尊。蓋上之人愛之重之，未嘗有誅求無藝、迫脅不堪之事；下之人亦自愛自重，未嘗有頑鈍無恥、畏避苟免之爲。即有時偶停，亦在上者重其職而不輕置，非在下者畏其苦而不肯承也。故自漢興至於衰季，初不聞以鄉職爲尤贅、爲厲階也。唐、宋以來，乃始行輪差逼役，期會追呼。其官吏貪殘，又復非法徵求，肆意凌蔑；而鄉官之困踣卑污，非復周制舊規矣。觀唐睿宗時御史韓琬奏疏，而知鄉職之不願爲；讀宣宗大中時詔書，而知鄉職之不易爲。由是而窺避者多，苛派日甚矣。

歷觀前載，惟漢初最得古意。其所爲鄉職，比庶人在官者更進。逮唐、宋變選爲役，非充則募，不特徵辟無期，且有苦其艱而多方以求倖免者。余故歷考前朝規制，每況愈下；而深慨古先王之所以尊重鄉宦者固在彼，而不在此也。

黃氏世系源流考略

黃之先，蓋出昌意，數傳而至夏季杼，實軒皇之子孫也。軒轅，古諸侯襲封，姓公孫，非姓黃；而乃以稱帝者，蓋推五德之中，適應運而興者也。前清時，寡識不通如京師大學堂教習屠寄，至以黃帝爲黃種人之帝。余嘗辨駁其說而非之。蓋古者聖人之王天下也，以五方五行推運而配五色。時帝雅當其位數，故以黃號；猶金天氏膺天眷而受命，故以金名。嗣後，夏之尚玄，殷之尚白，周之尚赤，亦各以運著；非建德因生即以黃爲姓也。黃帝之子孫，源遠流多。五臣並皆祖之，不止單微一族。由禹王姒夏而至季杼，蓋經三數傳矣。此時氏族，猶未盡分，荒遠難稽，無可深考。譜牒推溯，亦僅著其大凡。至禮制定周公，而本支始百世矣。然又有姓同而氏異者，故有丁出、桓出之殊，或以國、或以官、或以地、或以邑居與父字而分；猶夫伯有之出子良而曰良霄，子產之出子國而曰國僑。官則分司馬、司空、司徒，邑居則分柳下是也。至以國、以地則尊矣，蓋天潢之血胤者也。雖時丁末造，國微而併於楚。然遥遥世胄，黃之封域，猶顯於春秋。眉批：《公羊傳》：齊桓有憂中國之心，江人、黃人首先赴會。乃僖十一年，楚人伐黃，諸侯雖會於陽穀而不能救。十二年，楚遂滅黃矣。然子孫猶散處江淮也。不至如皋陶庭堅之忽諸，至戰國時而春申君著矣。

　　春申君，名歇，故今猶有黃歇浦、黃浦江之稱，即所謂因國、因地而遞傳者也，實爲吾黃著姓之始。至漢初，四皓乃有商山黃綺。然張良所見，僅城北黃石，非專以姓傳也。惟甪里先生實姓黃，東黃、夏黃則非。後皆仙去，其子孫所系，亦莫由得知矣。其赫奕彪炳東京者，惟江夏太守子孫爲最繁，且多顯宦，故黃氏後人皆祖之。不知文疆實潁川之孫，潁川由關內侯升至宰相。江夏以孝，潁川以忠，皆祖德家聲，爲後裔所宜知，不可數典而忘者也。漢末，則世英盡職，卒謚忠侯；叔度幽居，人稱顏子。三國時，則東吳之公覆，西川之漢升，標表輝煌，尤光史乘。而自光州固始同以八名族來閩者，則應祖西川而非祖吳會矣。眉批：黃蓋無子絕封。魏晉六朝不具論，亦不勝枚舉。入閩則首推忠義開國公，具顯揚於史傳，登諸通誌。其後子孫乃居黃巷，而地遂以人傳矣。

　　忠義公再衍而一葉，始開五花，故名其子皆用草字頭，所稱英、莫、華、蓋、革是也。嗣由今新美里而遷興涵國歡院，仍以黃巷名村。族既繁而三黃始判矣。三黃之裔，復有前後、中後，茲爲五黃之別。然由唐垂拱中溯初祖以迄咸通朝，居永福者爲白雲，居清源者爲紫雲。至今住白雲山下，裔胄尚有十餘萬人；而三黃後在興涵各鄉分居者，亦不下數十萬人。蓋祖德之留貽，山川墳宅之粹美，而子孫之昌盛，胥受其澤者也。

　　夫萬物本乎天，人本乎祖。有祖則宜祠，宜祠則有廟。不曰廟而曰祠堂，蓋從謙詞也。不曰家廟而曰總祠，家廟則各有，總祠則公有，羅而包之，實推而暨之。記曰："尊祖故敬宗，敬宗故收族。"今吾宗老成長者，同輩明哲，咸欲爭先唱緣，成兹義舉，蓋推仁孝禮意，本先聖收族之古風，而大宏人道者也。能行斯宗旨，則有倫有別，何至如末世雜種畜生，引異姓爲同胞，貽拜他人墓之譏，拖市棺而哭云爾。余嘉其義類足以風世，故撥閑爲叙其崖略，庶作合譜時有所稽核。若夫支分派別，尚有源流，約舉未盡者，以俟後之君子，推溯焉而加詳可矣！

　　按：禹會諸侯於塗山，執玉帛者萬國。至周，僅餘千八百，亦由後王德薄不能紀遠故耳。然建德胙土，雖朝朔屢易，終難沒先代之封。豈止三恪作賓，足以永世；四岳遺裔，尚留諸姜已哉？觀任、宿、須句、顓臾，至春秋風姓猶延，所以存太皡祀。知先聖胙德者遠矣。《春秋傳》："邾人滅須句。須句子來奔，因成風也。"成風乃魯莊公之妾，僖公之母。風，姓也，太皡之後也。成風爲之言於公，以崇明祀，保小國。引《周禮》爲請，則知遥遥華胄，實祀先德。故至春秋而僅存。吾黃氏，即其類也。臧文仲聞六、蓼滅而悼皋陶、庭堅之忽諸，則知荒墜厥緒，覆宗絕祀，古人所深悲也。讀"德之不建，民之無援"二語，愈覺先王賜姓命氏、列爵分茅有深意焉。推舊封以延世祀，存先烈而勸嗣休。報功崇德之宏，實溯所自來者。重惜世德之不承，彌念先德之匪輕。開創能作求，奕世當自求矣。《詩》曰"嗚呼前王，繼序不忘"，其是之謂。夫讀書須具眼目，此數處傳文可以互參。因叙黃氏世系源流，記憶偶及，即爲標出。後人慎勿忽略過去。頤園自記。

此篇，先生寓鷺門時，諸華僑宗人欲於廈建設一祠堂，宏收族而兼興學，囑爲叙厥源流。先生諾之，一揮而就。雖僅略舉大凡，亦詳且悉矣。古人作文，每在三上。凡先生爲翰，不假思索，都在旅次燈前，頃刻千言，唾咳隨風，仍自從容中度也。門人陳庭策謹注。

擬昌黎獲麟解

凡物之以名著者，必其常見也，衆知也，故使人得以是名名之也。六畜之類盛，誠難枚舉。若馬、牛、羊、豚、雞、犬，雖田夫、野老、耄婦、稚孩，不待告問而皆得以名呼之，爲其見之常而知之衆也。非常非衆，將奇而訝之，羣目怪異焉，即偶一著現，又奚自別識其名哉？《詩》、《書》、《春秋》，傳記百家，言麟者暨矣。載筆者僅垂之空文，曾未親睹其實跡也。未曾親睹而虛相轉傳，雖使載筆之人逢之，又烏知爲麟與否？

説者曰：麟爲聖人出，惟聖能知。麟，西狩之獲，咸將棄焉，非以其形奇狀異而怪訝之歟？設非遇孔子，夫孰辨其爲麟哉？見諸常而知諸衆，在庸耳俗目固然。聖人爲麟悲，具非常非衆之材，偏生於莫見莫知之世，宜爲庸俗耳目之所棄，則亦惟聖人始能識之。聖人，類麟者也；若庸俗，畜類者也。以出類而叢於非類，死麟且不識，何况生麟？毋怪疑爲不類也。

相馬説

馬之良者曰千里，惟善相者能知之。伯樂、九方皋，均精是術者也。倘非遇相人，則或行五七百里，三四百里，一二百里，又誰辨之？日行至於千里，則力大任重，美姿洵天成矣，而筋骨權奇，形神俊逸，更有超乎牝牡、驪黃之外，非徒粗認皮毛而已，故皋、樂從而別晰之。否則，駑羣赭白，一望混同。皋、樂雖巨眼，亦奚自分其爲良爲千里哉？

説者曰：相馬有經，鑄馬有式。世之稱哲學，號通材，大抵因前人標格以爲揣摩，便欲尸素濫充，攘衣食以養身家，冒貨財以炫世俗。爲問馬之陰陽剛柔且不識，而安論精工？夫相馬，以神不以形，以筋不以骨，列羣雖紛千足，而明辨衹準一心。故即物之劣優，分人之軒輊。若徒依舊樣，泥成法則，與今之徒識皮毛者，又何以異哉？

重書葫蘆丐

充類至於乞丐，甚污且賤也。然有殊情而詭行者，則不同於尋常俗乞之所爲，吾觀侯官林子《畏廬集》中所傳葫蘆乞事，輒欷歔感慨而不能止。以彼能書，每操筆入市，所得恒倍於類流。執筆時，輒書"吾主光緒皇帝，臣李仙書"。意殆自維無功力，而日取給於百户之人，供其醉飽。有司不以爲罪，非國恩寬大不至此。嗚呼！行乞而懷國恩，奇類也，非常人也，可以爲臣矣。顧今之相率臨官者，均不臣也，而均同於賤乞之所爲。值兹世變滄桑，號爲民國，凡百醜類，皆欲平等自由，臣之一字，於何向稱？故曰"均不臣"也。若其哀號而償於市，與者不以爲悋，得之者不以爲貪。視彼口蜜腹劍，專相陰私，操暗刃以攫人脂膏，其貪饕較濁乞萬倍！然且言行相違，污其心而潔其口，聚苞苴以迎獻，輒藉飾於奉上之敬恭，曰吾爲臣當如是。是真不臣也，非乞也，而更甚於惡乞也！

嗚呼！天良未泯，乞者猶念國恩。觀有明之末史，甲申難作，彼污且賤輩，尚能題詩廟壁，投身江流，以殉節焉，不可謂卑田院中無出類也。迄今誦其什者，口作馨香；重其人者，傳爲佳話。藐諸負恩失身，如江左三家龔、吳輩，固乞丐之不如。其他背豢養而肆行梟獍，直等自檜以下矣。乞丐臣之説，林子之爲此語，其殆有所託以風世歟，抑果真有其事耶？吾故節取而重書之，以爲後之爲人臣者勸戒焉。

答微嘉上人書

昨接來書，過蒙獎飾。若意僕將僅以文翰嚇腐鼠、鷦鷯。耿耿私心，竊有未盡；悠悠俗態，何足與言？敢述鄙懷，以供雅哂。僕入世之日，受戒尼山；出塵之風，傾襟曹洞。平生尚友，推葛亮、劉基；方外交游，薄秉忠、廣孝。死灰枯木，祇足寒心；箭辨機鋒，徒勞鬥口。二者均非正眼，難厠真宗。舌本翻瀾，何與天龍之堅指；脚肋踏實，不憂滑路之石頭。吹大法螺，建大法鼓，必能使三途振聾，六道醒迷。頓漸同歸，詎爭一時之衣鉢；樹臺脱相，永超四大之火風。開塵縛於焰岡，焕智珠於苦海。又奚慮風旛動性，欲障踏肩。五百神針，難謝宮人於北闕；三千慧劍，莫誅魔鬼於東方者哉！

至於爲道忘軀，尚乖宗旨；開堂演乘，亦滯言詮。揆之玄門，未符聖域。先哲有云："釋家修性而不修命，道家修命而不修性。必須性命雙修，方證無上菩提。"旨哉斯言！可謂先得我心，允乎素見者矣。未審大哲以爲何如？仁者見之謂之仁，智者見之謂之智。若其仍昏愛水，未酌天漿，則亦猶偃鼠飲河，各適其願，各滿其量而已。終如下走，絶窺上乘，同墜於凡濁塵觀，安能超悟無生之初地耶？自以少耽禪悦，久契宗風，思成佛生天，當先靈運。無語言文字，乃是真空。頗欲外脱形骸，内專修練，祇因塵緣未净，俗冗猶紛。他日得以皈依三寶，屏除一切，親承上座，日接中峰，口與心期，形隨神往。無任款款，不盡拳拳。

與毛朗南同年論玉英書

前日，玉英來會館，座上相對，不交一語，徐聞背後，復矢怨言。以斯妮子之在涵江，故是鐵中錚錚，庸中佼佼；非如俗下膚泛文章，東塗西抹者比。第我固有情於彼，而彼乃以欲視我，宜乎其不對也。夫精、神、氣三者，人身之寶也。晬面盎背，盈革充膚，皆從此出。苟得其所養，上之可馴至於聖賢，中之可冀登於仙佛，下之亦不失爲聰明强固之材。洵如是，其可貴也。大上曰："無勞爾形，無摇爾精，乃得長生。"長生者，短折之對鏡者也。人身無此，則如土塊木偶，僅屬形骸；雖苟存於世，亦行尸走肉焉耳。以有用之精神，而施諸無用，安在其爲明哲乎？

百年三萬六千日，除奔走勞瘁、憂傷疾病之餘，其得寬閑無事，安心行樂，以養此至寶者，曾有幾時？養之如是其甚難，而顧輕於消耗乎？以余艱於子息，八産而僅育其二。次者六歲，去年又痛甚西河。每念殷勤閔育之艱，保抱携持之愛，未嘗不凄然下淚。夫以生育之匪易，保養之劬勞，其得望長大成就者猶十無二三，顧忍以自身之骨肉淪棄於卑污下賤之流而不知愛惜？他日長成，將謂他人父、謂他人母，不悉生身者何自。生男猶可言也，萬一生女，復墜孽緣，是將難以形狀者。庸俗無知，固不足惜；曾是我輩，乃爾樂爲？余每思及此，不禁毛髮悚然，芒刺在背，爲之汗出如油者矣。

南安鄉田尤氏家譜序

譜牒之紛綸，其源流統紀，非世家名族，宗祠中有掌司之責而又平日留心家乘，兢兢以收族爲考稽根本，圖爲祠堂職志專繫者，必不能周悉其審詳。故彙集恒難，修譜愈難。即有志乎此矣，而或絀於力未能及，或阻於應鮮同聲，年代既湮，曠廢彌甚，是則續修爲尤難也。

尤之先，蓋出於姬之聃季，食采於沈，胙土命氏。其由河南光州固始，同以各著姓從琅琊王入閩者，則以思禮公爲肇祖。相傳避王嫌名，因之去水爲氏，殆以此。夫其始遷吳之長洲，則自叔保待制公。再傳而下，在錫爲有終，在蘇爲無己是也。入南宋，則以文獻、文簡、莊定公時爲最著，所稱五世之間，三登宰輔，屢朝科第，迭掌絲綸，信乎炎炎隆隆，其斯爲盛族之光者歟！故圖曰尤圖，溪曰尤溪，非簪纓世澤，奕葉傳芳，詎遂能若是溥歟？其疊見諸名人著咏者，蔡君謨、何潛齋、王梅溪、沈戀學均以詩歌詞贈（賦）而頌之，尤爲譜繫增輝。自有家牒夫以瓜瓞之昌熾,支緒之綿延,非其族中人素掌職司而又繫心宗圖世次者,誠不能網羅而遍悉。顧乃盛著於名賢之稱述,標表煇煌,灼彰來祀,非世德之流衍孔長,又烏能如是萃美耶？余故略撮其緣起,與其盛傳於累朝者,舉以爲則,俾附諸名賢紀咏之末,以爲尤氏家世頌,且爲其子孫勸焉。《中庸》不云乎,"昭穆之序,宗廟之典"也。《記》有之,"萬物本乎天,人本乎祖。"敦祖故敬宗,敬宗故收族,家譜之修,其即本古先哲王敦叙九族、親睦垂型之至意乎！世道既衰,同羣渙散,禮失而求諸野。仁人孝子之心,尚其應各盡分誼,以各盡族倫之規制哉！倡始雖出於世著,相成實贊於世宇。二君均華僑商人,尤爲異數云。若夫淵源統繫,已詳具於悔庵太史祖德詩及譜記矣。其支分派別,宗緒之繁衍難紀者,信非外人所能贅,余又奚贅歟？

金溪佛祖宫捐序

金溪之有佛祖宫,由來尚矣。地據溪山勝概,溪水泂環瀠帶,伏流交注於其下。漁舟夜火,瀰望若繁星。天將曙,溪聲與鐘磬音遥和,當頭棒喝,清人心焉。當橋未建時,有高僧卓錫於此,誓發宏願,以助洪功。計將以其沿門托鉢之勤劬所得,爲諸信善唱轉世三不忘本性前因後果,而建造始告成焉。惜其後竟燬於火。經理者未有傳人,而斯宫香火亦漸零替矣。雖前後修廢不一,而終無有住持司薰修者,續舊事以起例而發凡。是則常住無人,暮鼓晨鐘,誰捧香花而供養？則寺宇之必至坍塌,勢有不能不然者矣。今者,斯宫頹廢亦既有年,雨霖日炙,霜震風凌,梁棟全傾,磚瓦没片,無復有支拄之可言。忍視佛祖暴露於鼠塵鳥糞中,有心人能不過焉而惕然傷之？

兹猶幸我佛有靈,弟子有緣,機緒有端。月之前,余自西溪旋郡,道經此,思略憇息。見宫已崩圮,徒四壁立。左翼偏有衰桷殘瓪支架於頹墙剥垣未盡倒墜者,倏忽間,聲如奔濤震響,一搖撼而逼壓俱下,危哉險乎！幸坐宫前,諸童叟争赴看余買鱸魚,無一傷焉者。是非佛之靈感,神之威力,有默爲轉移,曷善致此？

是殆將以猛醒聾瞶警振之棒喝,啓發諸弟子集修捐願,殷孚信心乎?是不可無以紀之。爰染翰而叙其略,藉以爲緣起焉耳。

論學堂普通教習不可爲訓

或問於余曰:今之濁世界,自負新學家數者,每襲西庠之餘唾,而自炫新奇。究厥科門,絶無偉異。僅以普通總舉,籠統教習,造就實無一成就。揆彼學術,爲有裨耶?爲無裨耶?先生試盡言折衷之。苟可以闢其詖邪,開其蒙混,袪其錯失,使學堂知改良方法,毋蔽蔽然陷於黑暗獄中,斯真千萬輩盲羣之導迷艣,億萬祀衆生之功德水也。願慎思而詳辨之毋忽。

余對曰:西人立國,具有本末。溯古先哲以來,中西學業,體用同原。流及既衰,始形歧異。觀利公瑪竇西來,首以修身事天,爲重要宗傳。括其大旨,與孔孟合,實還我四千餘年之暗室燈。其序《幾何原本》文,藐算術猶土苴,則其餘可見矣。

由立道而後通藝,即與大《易》形上、形下,同其判説。基礎既定,間架方張。夫培材猶培殖然,根柢磐深,乃滋枝葉;本實積而茂,華敷漸而榮。不可缺者,功也;不可紊者,序也。有始終,斯有先後矣。乃今之僞學謬種,貽誤蒼生者,但知醉心歐風,得舐西嫛嫛<small>,女奴也。</small>之陰溝流,而快爲清香;一沾西隷之肛門糞,而嗜爲甘旨。其於歐庠形式門徑,且有不識;而何論真詮功用,又奚論實詣精微?不過據一二皮毛西書,單誦些少藍本教科書,便欲以矇導瞽,以訛傳訛,此我閩人所譏誚爲狗呼猪者。"教科書"三字,俗語與狗呼猪同音。此真奸徒也,惡孽也,怪物也,妖魔也。而於國粹學理名義,全失問津。并不念西人未諳中字,未解華音,誤以"普遍"、"普及"之"普",作泛涉言。斯乃翻譯輩舌人之乖舛,而我不先爲詳審,以致其揀擇,而抉其純疵,彼卑田院之歐流,又奚足怪歟?

天下事惟兩不相師,斯兩不相涉。業既欲相師,則當推求其名義,洞澈其淵源。西字原無訓詁,而翻譯之精嚴,猶訓詁也。烏得憑假借,徇泛承?則所差豈止毫釐,所謬豈僅千里歟!即謂略涉源流,使先周知,然後分科而擇術,授方而任能,隨性所宜,以施鞭策,似亦有辭以自解。第一通尚且不能,矧欲普通乎?以此涉學,泛乎若水中之鳧,亦安所往而得游行自在者?如犬喫糞,東塗西抹,無形之毒,愈中愈深,是真不可救藥者。至於脂膏精髓,浚削無休。以此破耗中國財帛菁華,消磨幾許,直糟蹋不留餘地矣。而且宵僅半午,月停四星,如叢蔓草,如治棼絲,欲假此訓中小童蒙,真所謂"賊夫人之子",徒以滋長其放心。玩愒如斯,胡其與古先哲王寸陰必惜之義,大相刺謬乎!推溯歐西實學,具有師承。其創設伊初,專精致一之義,原不若是其悖也。何其笨蠢乖錯乃爾歟!此吾所不能爲新學者解耳。譬夫將請貴客,廣開延單,都泛然與之酬應,所注意者焉在?猶操豚蹄以祝篝車,其不獲報瓊也宜耳,安能慰希望而償願欲哉?

夫用志不紛,乃凝於神。體製乖方,奚自致力?天下事未有雜亂無序,而能呈效見功者。彼普通之爲訓,乃小兒之嬉戲,非有造之息游,其無裨於中國也明甚。宜一切報罷之,別擇其有關緊要,與我中土體用交通,一本同原,互相補助。如吏治制度、風俗盛衰、理財利弊,俾之預識用人、行政得失諸大端,固不僅以算術爲先鋒,兵、刑、錢、穀爲後盾。凡屬四民實業,六府攻修,繫乎羣生通塞者,均爲治之。并製物品,開源節流,禁奢崇儉,俾百姓日用有資。而後因庶政養,因養成教,外嚴條目,內肅章程,使承學仕宦之士,腦筋浸灌於其中,庶幾乎民生以殖,民智以開。古之人所謂"胥保惠,胥教誨"者,其即在是歟?其即在是夫!

第"知之非艱,行之維艱"。苟不從家族主義先興,仍以四子五經爲授業,使鄉閭有塾,里黨有庠,則聯誼既不親,即立教亦不專,風氣人心更泛而無統。彼勢紳土豪,據霸學堂爲世承業,爲混飯所者,其視誨路人之子弟,與誨宗屬之子弟,認真泛鶩,戚疏判若天淵,勢使然也。普通之訓術,明眼人雖知其不便,而究不能爭,亦勢使然也。誠能一概罷輟而取消之,使僞學謬種,奸徒惡孽,無所用其爭,而後鼓萬派而朝宗,易事耳。若第空陳而不得行,敷衍而不實用,吾未如之何也已矣!

與友人論朱陸辨無極太極書

昨觀《象山集》與朱子書牘三段,申明梭山論說,謂"太極"不可加"無極"

163

字，詞旨深切，幾於盡言發揮，不留餘地；竭力磋磨，不嫌唐突，在今人無此古風矣。良友、諍友之規，實事求是之益，非九淵不能明，亦非晦庵不能受也。故朱子與其徒云："南渡以來，會得着實工夫，惟余與子靜兩人。"誠哉是言！可爲篤於學者勸焉。夫單言太極，則陰陽之氣物，自在其中；陰陽之理數，亦即在其中。斷不可頭上安頭，屋上架屋也！《繫傳》曰："易有太極，是生兩儀。"聖人立言，何等渾涵！何等簡淨！無體無方之奧，只在學者會悟其窾妙，與其變化之所極，貫而一之，融而通之，以歸於該括了當。稍着一推溯意、分晰語，便嫌瑣碎支離矣。形上、形下，截然判然也。太極之圖，非形器之物也。

然天下事，有終必有始，有後必有先，有物必有原，有形必有氣，有象必有數，有質必有名。太極之原質，本於陰陽。陰陽者，二氣之著名，猶男女之號爲乾坤，水火之號爲坎離也。動靜未分，如子居母腹，陰陽已含太極内；動靜一兆，似母娩子身，太極實位陰陽前。其包蘊也，雖非可以形器名。然既具有是象，即應有生是象者；具有是名，即應有生是名者。業既有之，決難言無。固不得概行抹煞，謂之無始無初也。無始無初，物從何來？非第使淺人體會不得，即精通學子，亦解説不開也。因其無從分解，姑用膚廓語，假裝大帽頭，是真以不解解之，故加"無極"二字於其上也。明明無可尋而偏若曰有，與明明有可闡而偏斷爲無，是皆講學家"意、必、固、我"之通病。極之極之，榮勝恥負。門户水火，而交爭遂不可收拾矣。朱、陸二子，却無是見也。然其解太極之原，尚有未盡豁然透澈，使人確然滿意者。朱子所謂無，非有無之無。子靜據《繫詞》硬指爲有，亦誤認爲實有之有，均未爲圓融也。古來經學家，有死字活用，實字虛用之法。朱子亦猶是意，特子靜未喻耳。

至於據《洪範》釋"極"爲"中"，可矣。復釋爲"止"，則又似武斷杜撰，節外生枝焉。且既有所止，必有所自起。正不得效鼙解雷，空說起於起處也。或曰：子靜説理，每趨踏實；朱子伸意，偏近蹈虛。二説皆未盡妥洽，亦似是而實非也。然則將何以解兩家之結乎？則亦曰渾然元氣而已矣。渾元者，氣之初始，無形無名者也。謂二氣初始，生於空虛，是即太極的髓也，亦即無極釋詞也。苟第通其意，不必著其解可也，著其解則鑿矣。但知所當然，與所自然，而不能窮所以然。此太極一樸團之生成體用也。無形無名之初，非可説破也。即强説，亦復不破也。學《易》之工夫，莫深於宣聖。即説《易》之元妙，亦莫過於宣聖。但只言有太極，而不於其上有所增添。以此施教，真所謂潔净精微也。無體無方，祗就卦氣宣，非爲元氣衍也。學問未至於聖人，而强争有辨無，誠未免書呆陋習。朱子非愚魯，又何以至是？謂二氣無來由，何以能生兩儀？兩儀既爲太極所生，問誰實生太極者，恐亦口噤舌撟，啞然莫能遽解者。然則斯理遂終不解乎？請舉故事以證之，復伸舊説以明之。以余所聞，二程少年時，即鋭意於致知格物。嘗舉雞卵爲説，研究其所從生。伯淳謂先有卵而後有雞，正叔謂有雞而後有卵。兄弟争辯未决。時有高僧，寓居近處。昆仲相議，盍往就正。僧見之，笑曰："二君均高明上哲，何以下問老僧？"大程具道所以然，謙己求教。僧曰："此理自在二位聰度中，一提便當下了然。"二程曰："何謂也？"僧曰："太虚之初，先氣化而後形化。"語畢，兩君均拱手而去。《道德經》曰："無名，天地之始；有名，萬物之母。"此二語，實先紫陽揭太極之根柢，爲《圖説》、《通書》特下注脚，的解也，非創解也！而子静偏故抑之，自是儒家習氣，宋儒每以肩稻桶自恃自負，而以闢老釋自任自期，并其所不必闢者，而亦闢之。

夫道，若大路然，固天下公共知行之軌轍。而出諸宋儒，則若私爲己物也者。不知言苟可採，何論芻蕘，況君子不以人廢，斯爲宏道真詮。就以上二氏所云，釋老之説，實優勝儒流。則所謂未交未聚，元氣間猶渾然也。逮洪濛剖判，輕清上浮，重濁下凝，斯必交必聚矣。既交既聚，是即生生之機將著也。若未交未聚，誰識有生之根猶掩哉？即明知其有，仍渾然莫窺其涯際。故周子强以無焉名之，然究不若孤言太極之尤爲簡當也。是孔子之教也。形從氣生，名自形立。有形有象，故終得以名名之。若無形無象，又烏得虚以名名之歟？揭之爲渾元，於以加夫太極，即起濂溪於地下，亦終不易吾言也。若朱子之空談無，則亦贅焉爾矣，焉能以服子静哉？

逸翰樓詩集

目　　録

逸翰樓詩集卷一 ……………………………………………………… 179
　同星岑觀察、酉山少尹、舍弟荷生游紫雲寺拈韻 …………………… 179
　觀《唐書》李治納武曌事憤嘆 ………………………………………… 179
　幽居即事 ……………………………………………………………… 179
　南亭即景 ……………………………………………………………… 180
　送廉甫兄司訓 ………………………………………………………… 180
　即景 …………………………………………………………………… 180
　飛鶯 …………………………………………………………………… 180
　初秋平陽道上 ………………………………………………………… 181
　感時十首 ……………………………………………………………… 181
　水仙花 ………………………………………………………………… 182
　鴉 ……………………………………………………………………… 182
　同星岑觀察、酉山少尹游紫帽山，憩安福禪林，敬步原韻奉答 ……… 182
　東際橋 ………………………………………………………………… 183
　喝水巖 ………………………………………………………………… 183
　涵江秋興 ……………………………………………………………… 183
　禦侮 …………………………………………………………………… 184
　孤憤 …………………………………………………………………… 184
　中秋玩月即事，兼簡京朝同年 ………………………………………… 185
　繭虎 …………………………………………………………………… 185
　元武門 ………………………………………………………………… 186

金川門 …………………………………………………………… 186

八月初三夜坐述懷 ………………………………………………… 187

幽棲 …………………………………………………………… 187

滕王閣 ………………………………………………………… 187

弔虞卿魯仲連 ……………………………………………………… 187

陳橋驛 ………………………………………………………… 187

舊將 …………………………………………………………… 188

鼓山 …………………………………………………………… 188

旡剌峯 ………………………………………………………… 188

福州府治 ……………………………………………………… 188

冶城攬勝 ……………………………………………………… 189

古劍 …………………………………………………………… 189

鄰霄臺 ………………………………………………………… 189

丁酉仲夏，赴聘東甌，道出漁溪，復此投足。距季弟之没已周星矣。
　撫視墨塵，不勝泫然，因再叠前韻，以志悲慟 …………………… 189

經采石弔李白 ……………………………………………………… 190

同星岑觀察、酉山少尹游紫雲寺原唱 ……………………………… 190

和星岑先生游安福寺原韻 ………………………………………… 190

烏江 …………………………………………………………… 191

讀《留侯世家》 …………………………………………………… 191

謁漢昭烈帝陵 ……………………………………………………… 191

金門島弔鄭延平 …………………………………………………… 192

柳蘼蕪妝鏡 ……………………………………………………… 192

咏萍 …………………………………………………………… 192

咏新雁 ………………………………………………………… 192

老伶 …………………………………………………………… 192

漢武	193
鶴	193
過絳雲樓故址感懷	193
江村即事	193
藏書	194
漫詠	194
寒江即事	194
有慨	194
素心蘭	194
佛手柑	194
武彝茶	195
唐睢帶劍上殿圖	195
伏生授經圖	195
太真扶醉上馬圖	196
擬吴梅村《龍腹竹歌》	196
太學石鼓歌	197
同星岑觀察、酉山少尹、舍弟荷生游紫雲寺拈韻	197
信陵祠懷古	198
觀潮行	198
會稽王子穀投湖徵詞	199
嚴陵灘懷古	200
即事	200
馬嵬坡	200
偶成	200
憶廉甫兄	201
觀馬江重修戰壘感賦	201

過釣磯書感 ················· 201

螺陽旅次和傅砥人廣文原韻 ······· 201

游一片寺偶成 ················ 201

讀張亨甫集書感 ··············· 202

題趙松雪畫竹 ················ 202

津門道上偶成 ················ 202

贈萬福寺慧泉上人 ············· 202

汴梁道中漫興 ················ 202

游覺海寺，贈悟净上人 ·········· 203

讀《抗（控）鶴鑑秘記》書後 ······· 203

前明新樂府 ·················· 203

逸翰樓詩集卷二 ············· 207

馬江哀 ····················· 207

長平嘆 ····················· 209

求仙詞 ····················· 210

禄山反 ····················· 210

猛虎行 ····················· 210

咏山中狼 ··················· 211

禮烈親王克勒馬圖歌 ··········· 211

和子瞻粲韻 ·················· 211

感事復叠前韻 ················ 212

伏魔大帝贊 ·················· 213

魁星贊 ····················· 213

題文信國遺像 ················ 213

岳鄂王墓 ··················· 214

讀《淮陰侯傳》 ················ 214

讀《留侯世家》 ·················· 215

讀曹操本紀 ·················· 215

咏燕棣 ·················· 215

宮嬡雜咏 ·················· 216

咏文君 ·················· 217

咏武曌 ·················· 217

咏文皇 ·················· 218

昭君曲 ·················· 218

讀《忠憤集》感時 ·················· 218

宦途嘆 ·················· 220

船政弊 ·················· 220

學堂吟 ·················· 220

鐵路謠 ·················· 221

財用傷 ·················· 221

述懷次東坡"粲"韵,寄友其年丈,兼柬朗南 ·················· 222

海上觀潮放歌 ·················· 222

贈別曲 ·················· 223

甬江夜讀《楊椒山先生集》 ·················· 223

宋劉後村克莊書林氏夫人墓銘拓本 ·················· 224

排悶 ·················· 224

古洞房曲 ·················· 225

詠老馬 ·················· 225

書感 ·················· 225

杏花 ·················· 226

觀蔭蓀所藏《摩崖碑》題後 ·················· 226

遣懷 ·················· 226

即事 …… 226

臺江雜咏 …… 227

偶成 …… 227

晚春即事 …… 227

璧月 …… 228

逸翰樓詩集卷三 …… 229

讀《後蘇龕集》，留贈逸民施先生 …… 229

題《後蘇龕詩集》 …… 229

留別耐公 …… 229

咏虞美人 …… 230

和耐公施先生六十述懷原韻 …… 230

再步原韵 …… 231

三步耐公施先生原韻 …… 232

四叠前韻 …… 233

題虞姬像 …… 234

釣臺懷古 …… 234

王鐵槍歌 …… 235

感憤 …… 235

就《正氣歌》借舉十二史事咏古 …… 236

幽意 …… 238

踏青 …… 238

冬日有懷耐公 …… 238

簡朗南 …… 239

仿《松寥戴笠圖》寫真 …… 239

題《曾經滄海圖》 …… 239

讀書 …… 240

束友人論詩文事	240
和耐公原韻,兼簡怡園	240
叠韻	241
三叠原韻	241
四叠前韻	241
五叠前韻	242
六叠前韻	242
七叠前韻	242
八叠前韻	243
九叠前韻	243
十叠前韻	243
十一叠前韻	244
十二叠前韻	244
諛墓嘆	244
翠羽曲	244
當爐曲	245
有所思	245
閑窗即事	246
砭愚	246
擬淵明誡子詩	248
讀漢史稱"四皓安劉",聊爲辨之	248
涵江妓玉英者,余遇之莆陽城中。面首丰姿,楚楚有致。風塵薄命,淪落不偶。感其流滯之與己同也,爲之太息。歸來檢東坡詩,得粲韻,和以贈之	248
感時偶成八叠東坡粲韻	249
感時九叠東坡粲韻	249

述亡	249
咏史雜感	250
排悶	250
前詩排悶，餘意未盡，再伸之	251
書憤	252
感時偶賦	252
寄語	253
夜坐觀星有感	253
和螺陽旅次原韻	253
車鼓	253
燕都感賦	253
溫陵雜咏	254
清明節前後，偶出東郭，見墦間紛紛祭掃，感而有賦	254
讀《宋史》書憤	254
《宋史》書感	254
岳忠武墳	255
南山吟	255
蛻岩小憩	255
積鬱	255
秋懷	256
讀《三國志》，感曹操事書憤	256
解意	256
擬少陵古柏行	256
荔支曲	257
述意	257
國師巖	257

忘歸石	257
託意	258
夜坐	258
咏西施舌	258
虎溪留贈慧上人	258
涵江即事	259
羅漢寺	259
靈樹廟	259
通仙橋即景	259
雜咏	259
雨後暑退，友人夜坐談心賦感	259
古意	260
玉英挽留不住，恚甚，且出怨言，作此謝之	260
贈映容樓女史	260
宋石壺同年笑問頗懼內否，作此戲答	261
贈歌伶怡雲	261
吕幼漁司馬《滄海歸舟圖》	261
冬日即景	262
春游晚步	262
春草	262
和林觀察氂雲年丈老女嫁	262
咏史	263
滬上竹枝詞	263
東坡生日	263
夜宿楓口驛	263
擬小游仙詩	264

寄耐公	264
易俗里古迹合咏	264
還珠門	265
哭湖荃姊丈	265
消寒四咏	265
諸同年招飲吳雲笙宅，即席留簡，并調郭幼安	266
李龍眠《劉阮入天台圖》	266
短歌	266
艤舟江口同翊仲説鬼	267
有贈	267
息妃	267
吕雉	267
文君	267
明妃	267
武曌	268
楊妃	268
再咏息妃	268
黄牡丹詩	268
臺江旅次感懷	269
途次遇舊紳喪車進城有感	270
涵江雜咏	270
送董伯因知事還燕	271
偕同廨筍江泛舟，時八月十七夜也	271
奉題江太夫人八十暨侍御杏村先生六十，稱觥徵詩祝言	272

逸翰樓詩集卷一

同星岑觀察、酉山少尹、舍弟荷生游紫雲寺拈韻

古寺延今賞,新知話舊游。開元年已遠,祝聖觀誰修？亭圮荒蕪蔓,庭空積蘚浮。雕梁銷乳燕,石柱失蟠虬。喬木參差出,丹楹剝落周。駝經非白馬,吐飯少青鳩。行脚頻充數,忘軀不可求。布金思長者,卓錫紊緇流。未問瓊瑶報,徒看瓦礫投。塵紛飛野馬,水逝幻沉舟。壇宇風烟晚,江山歲月遒。疇肩禪客擔,常切杞人憂。梵唄時聞響,神工莫借籌。滔滔僧俗輩,泛泛稻粱謀。祇見墻遮面,難期石點頭。山靈應爾笑,佛道豈人尤。陳迹千春在,高軒一日留。霜天開霽色,勝地豁清眸。鐘磬迴廊寄,松梅曲徑幽。此生耽净寂,何處訪曇優。禪喜隨緣法,吟樽互唱酬。尋碑仍草撥,織句似絲抽。且作消閒局,遲登望遠樓。風塵終擾擾,雲水自悠悠。

觀《唐書》李治納武曌事憤嘆

國色虬髯重,家風燕翼疏。妖言昌女主,天意警宸居。慨自中宮逝,充多下陳餘。華清宵入侍,太白晝頻書。掩袖讒工蝛,更衣寵貫魚。後房滋蔓草,中冓穢篔簬。巢刺嗟同窟,宣華蹈覆車。終身慚曷忍,萬世議何如。誰種前根毒,真成附骨疽。老臣心愈憤,哲婦舌仍舒。愛切佳兒護,凶翻此獠鋤。豺狼鸚鵡性,牛馬雉奴裾。負荷知難稱,元良失易儲。安劉需子孟,誅吕少朱虛。藥石甘何苦,茨墻積不除。效忠雖耿耿,改過竟徐徐。在昔青宮樹,相傳教冑胥。縱令生狗彘,應醜誚豭猪。毓德須行道,圖終慎服初。無儀遄死愧,有粟得餐諸。

幽居即事

山深花蕚茂,樹密鳥聲歡。渥潤滋萌蘖,輕陰養羽翰。奇功非助長,厚煦早

勝殘。一氣洪鈞轉,春生泰宇寬。

其　二

木樹長年計,喬遷出谷窠。紛更乖物性,剥洩削天和。新法千秋誤,休徵九叙歌。迂生惟養拙,避地耐岩阿。

其　三

泉水響潺潺,高松峭壁間。眼前無俗溷,物外與心閑。地僻門長閉,天空鳥自還。塵囂清夢境,賴有好溪山。

其　四

組綬能辭縛,鄉園信可娛。魚蝦喧晚市,鷄犬識歸途。畜牧因時息,苕翹遂性扶。年豐生計足,奚慮問薪芻？

南亭即景

羈懷鬱不扃,斜日度南亭。遠水連天白,孤山特地青。風埃颺滾滾,漚鳥去冥冥。悼嘆墦間朽,浮沉幾醉醒。

送廉甫兄司訓

善教均爲政,儒官職最清。子衿無在闕,吾道有干城。競説登門鯉,誰懷出谷鶯。風愆疲舊染,月旦此先聲。

其　二

積重行知蔽,歸休已自尋。不開廉恥路,終泯是非心。正軌遵先哲,繁箏導雅音。翹材桐鳳上,豈止鹿鳴芩。

即　　景

宿雨晴猶漬,幽齋晚更陰。蛩聲雙砌沸,花影一燈深。纖月窺墻角,微雲入漢潯。填胸多壘塊,酒薄且孤斟。

飛　鸞

積莽森重薄,奔流急溯洄。白飛千嶂逕,青湧萬竿來。石色黝於鐵,泉聲怒似雷。重關當險要,草澤豈無材。

其　二

雲氣薄蒼冥,高標鎖鑰扃。藤蘿蟠百道,風雨擁諸靈。鳥度崖陽絕,虹吞澗水腥。層巘高不極,終古闢畦町。

初秋平陽道上

蟬噪風颺柳,魚翻日浴萍。澗邊流水遠,林外暮山青。牧笛鳴雙犢,樵謳下一亭。蕭疏無限意,盡入蓼花汀。

感　時　十　首

赤縣誰階梗,蒼生未解懸。容身慚入地,炙手劇薰天。沉陸流橫溢,災原火始燃。及今猶築室,尚詡局籌全。眉批:胚胎老杜,積健為雄。於字句中鍊力更妙。

其　二

旌旗更歲月,將士漸零凋。無復中興壯,虛隨暮氣消。捷書常掩飾,散卒自逍遙。漫變臨淮節,終貽部曲驕。

其　三

司農頻告罄,軍器輒增新。但擲金錢去,何曾尺寸伸。臨戎雖作色,制用豈如神。棄置行資敵,應嗤廢物珍。

其　四

投袂蒼黃甚,彎弓涕淚多。宋君真坦率,屈子但悲歌。共指乘軒者,于思棄甲那。書生空面白,經濟欲如何。

其　五

被髮甘蒙面,全身亦厚顏。拚無深遠慮,偷得歲時閑。薪積忘移突,絲棼遽棄菅。駑駘雖戀棧,豺虎已當關。

其　六

盡室行搜括,盈庭苦度支。捉將襟見肘,燃得火焦眉。七竅雖都鑿,千瘡豈易醫。秉鈞瞻具爾,漫仗一方夷。

其　七

屠沽矜宰割,和緩辨膏肓。強刮心頭肉,難編《肘後方》。補苴成底事,邊幅已多傷。國手虛名保,遲回痛癢妨。

其　八

練兵今最要,篤論畢公聞。外國心如結,中華治愈棼。樓船喧酒肉,幃帳雜釵裙。不辨無雙士,安能立一軍？畢士麥克,德國名相也。嘗論當今中國,以練兵爲要。

其　九

執筆驅天下,端由號令行。孟明雖倖免,子反敢偷生。責縱偏師減,辜難失律輕。眉批：偏師減,用荀林父事。即下"事之不捷,惡有所分"意？尚嚴夫子勖,勿用小人征。用《左傳》側亡君師,敢忘其死後以偏師陷事？

其　十

文章關運會,禮樂判升沉。競作傷時語,如聞亂國音。典型無白叟,顛倒任青衿。爲溯熙朝老,應歸大雅林。

水　仙　花

畫樓春未半,曙色冷含烟。美人來湘渚,凌波漾素娟。冰肌姑射媵,香夢瓊臺圓。斐几饒清供,寒漪縈石鮮。

鴉

落葉亂平林,寒雲蕩夕陰。鴉聲殘照沒,秋氣衆峰深。古木迷行色,荒關老客心。西風千里刷,送影下高岑。

同星岑觀察、酉山少尹游紫帽山,憩安福禪林,敬步原韻奉答

曉行天幕樹,歸道日銜山。寺遠初鐘動,林深去鳥閑。風篁饒響韻,霜葉半朱殷。地僻由來古,高吟獨此還。

東際橋

言從東際去,喬木動清陰。若問西來意,相應入此深。

其二

人方入山來,水自出山去。誰道在山清,人不如水處。

喝水巖

一棒當頭去,奔流遂此停。生公今不見,頑石舊精靈。

其二

徑竹迷烟綠,岩松破霧青。龍頭泉倒湧,應擬可中亭。

涵江秋興

露下天高秋氣清,杜少陵句。浮嵐曲渌繞江明。水田扇爽蒸晨潦,山澗含滋悅晚晴。赤地驕陽真自掃,銀河洗甲倩誰傾。危檐倚檻觀台座,翊衛森嚴拱斗正。時值大旱,入秋方雨。

其二

熒惑何曾斗炳(柄)侵,來朝走馬率西臨。千秋斧鉞難逃箴,一夕檣槍或早沉。疇挽長繩迴短晷,頻聞怨笛閧悽碪。良言退舍天猶感,矧邁興元降德音。

其三

搔首問天似醉醺,蒼生何罪付沉焚?軍容草草兒嬉甚,民舍陰陰鬼哭昏。廢壘腥風號怪鳥,窪田黑月聚牙獽。最憐孤館江村埃,簫瑟漁歌靜夜聞。

其四

共羨重瀛利火船,添蛇畫虎兩茫然。三年刻玉難為楮,六府開金不及泉。差使競趨洋務局,司空泛擲水衡錢。燕雲黯淡無消息,悵望京華涕泗漣。

其五

萬里西風驛雁愁,關河落葉更驚秋。不圖烏合真無賴,翻挾紅毛獨與讎。

忍棄虛縻焚鐵路,憑誇上策奠金甌。閑觀古柏千尋茂,虛老空山歲月周。

其　六

千樹喧鴉弄夕暉,疏林寒色映斜扉。長籬隔舍驅羊下,小艇衝波趁鷁飛。宅泛江湖情已寄,躬耕隴畝願終違。高風鶴唳清天遠,肯齒謀糧鷗(鷄)雀肥。

其　七

白蘋洲上蓼花村,斷岸侵苔葉擁門。鳥度炊烟山樹暝,魚吞落照水花翻。經秋氣已金風肅,入夜聲偏鐵馬喧。淒絕三更凉滿院,又催鄰笛過庭垣。

其　八

月冷江空萬木號,憂時杜老目頻蒿。孤燈爐易凉飆掩,大樹根仍晚歲牢。簪筆無緣追鳳閣,釣竿端合理魚舠。荒村酒薄難澆塊,清夜銜杯起鬱陶。

禦　侮

禦侮憑誰作長城,釁端外患枉開兵。處堂燕雀誠難諱,當道豺狼孰敢攖。不向危時支大局,拚將孤注擲空枰。前車轍覆知非遠,鑄錯何堪一再成!

其　二

艱難締造溯先朝,櫛沐無忘瘁旰宵。一德同心資旦奭,群謀博采合曹蕭。已陳典樂康哉舞,<small>本朝大有明良喜起之舞。</small>又遣觀風使者軺。眷顧璇璣凝寶命,詎矜予聖薄芻蕘。

其　三

片言得失關天下,衆望重輕寰宇中。江漢朝宗惟翕受,古今大道本爲公。徒矜已見仍偏執,恐拂人情且致窮。剛愎臨川貽禍酷,千秋嘆恨一般同。

孤　憤

崩壓相關痛癢情,情癡漫笑杞憂傾。安心忍付形骸外,搔背猶嫌指爪輕。含垢卧薪期可滌,道謀築室問於盲。填胸慷慨孤生憤,寶劍無端一夕鳴。

其　二

乘風破浪戮長鯨,意氣威雄蓋世英。豈謂徵師遲後至,翻勞法駕早宵征。

西山列戍渾無濟，東海揚塵已再更。愁煞桑滄今更幻，人間何地着初平。

中秋玩月即事，兼簡京朝同年

窗虛竹斷難遮月，一榻輕風灑静便。花影撲簾香暗透，雲根澈漢浄無邊。何人惜假空階地，終古長輝不夜天。外分澄清饒勝賞，更深默坐抵高眠。

其　二

顧我無能唯養拙，叨君有信屢相招。詩書萬卷成何物，風月三秋獨此宵。趨熱京塵覊宦緒，納凉高閣美人簫。等閒寄跡分勞逸，所好從吾漫折腰。

繡　虎

使君製錦手多違，繡虎驚心面目非。古語：「聞虎心驚，談虎色變。」聊假談聞供被飾，徒形嘯卧得依稀。龍起則雲隨，虎嘯則風生。右軍書如龍跳天門，虎卧鳳闕。牽連傅翼宜添綫，《韓非子》：「毋爲虎傅翼，將飛入邑，擇人而食之。」點綴加冠好作威。《漢書》「吏虎而冠」。未脫負隅凶猛樣，前身化滯繭絲機。《國語》：「趙簡子使尹鐸爲晉陽，請曰：『爲繭絲乎？抑爲保障乎？』」

其　二

枉成文彩昧前因，《易經·象》曰：「大人虎變，其文炳也。」空效牛哀變色身。《淮南子》：「牛哀病七日，化爲虎。其兄啓户，虎搏而殺之。」全露爪牙如欲攫，《韓非子》「使虎釋其爪牙」。生風氣象豈能馴？捋鬚驟狎疑傷汝，履尾終難起咥人。《易經》：「履虎尾，不咥人，亨。」儘道登高應有力，《詩經》：「有力如虎。」那知雕繢竟非真。《列子·盜跖篇》：「捋虎鬚，幾不免虎口。」○《詩經》：「將叔無狃，戒其傷汝。」

其　三

高視雄眈畫不成，畫虎不成，出馬援《誡兄子書》。傳聞機緒已先驚。算緇質抵羊群賤，羊質虎皮。羅織威偏狐假橫。唐《酷吏傳》，姚崇曰：「當時告訐爲功，天下號曰羅織。」○狐假虎威，出《戰國策》。壯士擎來真仿佛，宫人刺去更分明。隨園有《題費宫人刺虎》詩。牽絲合繋千峰頂，李義山詩：「玉虎牽絲汲井廻。」愁落平陽抵死争。《唐書》：文皇與王顯狎，嘲之曰：「王顯王顯，抵死不作繭。」諺云：「虎落平陽受犬欺。」

其 四

急縛偏逢自作期，呂布縛虎，不得不急。古語作繭自縛。門懸辟惡符同垂。《風俗通》："人卒得病，燒虎皮飲之，繫其爪亦辟惡。"旛掀彩勝樞星動，緯書《運斗樞》："星散而爲虎。"綏縊黃封獄吏追。劉斧《青瑣高議》："張侍郎守蘄，虎害物。公令吏執符追虎。"鼉館正歌金縷曲，豹房又掛璪盤絲。豹房見《明史》。○《禮·祭儀》：夫人纚三盤手。○纚，《廣韻》《集韻》蘇遭切，又子皓切，音早，義同。《五經文字》："纚，《禮經》或以爲'藻藉'之'藻'。"《周禮·司几筵》"加繅席畫純"注："繅讀爲藻。"是有厎音，不第作騷音讀也。《儀禮》"圭與繅皆九寸"注："古文或作藻，今文作璪。"人間設陷多機穽，《廣異記》："開元末，渝州多虎暴，設機穽，恒未得之。"解脫從今謝虎癡。《三國志》："軍中號許褚曰虎癡。"

元 武 門

元武門前骨肉殘，親心傷甚付誰安。論功夙定賢儲位，伺隙何由啓釁端。毀室罪人應致辟，毀室出《詩經》。○《書》："居東二年，則罪人斯得。"○乃致辟管叔于商。鬩牆冤孽每尋干。《春秋傳》鬩伯日尋干戈。管周不類多貽憾，召穆公思周德之不類，故糾合宗族於成周而作詩。兄弟相容本自難。高祖謂世民曰："我觀爾兄弟似不相容，吾欲擇自陝以東建大行臺，如梁孝王故事，使爾主之。"

其 二

經天太白出秦分，占象臺官早奏聞。但解東都先建節，奚勞北闕競揮軍。家藏國難誠難料，兄奪弟妃尚忍云。想是高穹深痛惡，故生狐媚陷吾君。

金 川 門

坑儒已甚更焚書，暴戾嬴秦信不虛。詎意千秋悲覆轍，翻刑十族累群居。疾風勁草無人賞，向日芳蘭盡室鋤。男女何辜分配酷，教坊象隸痛何如！

其 二

從來操莽託文周，心事奸雄孰與儔？每援聖賢相竊比，終然逆惡自包羞。成王遁跡仍安在，漢庶生心亦效尤。立高煦爲漢王，後廢爲漢庶人。信是高皇空泥古，立孫一語誤貽謀。

八月初三夜坐述懷

萬里無雲月上弦,當空星斗爛檐前。桂香未滿冰輪仄,荷葉初擎露湛圓。少女清商剛草奏,雛伶妙樣貼花鈿。何時應制西莊宴,錦幰新詞寫彩箋。《唐詩紀事》:"景龍三年八月三日,幸安樂公主西莊。李適詩:'平陽金榜鳳凰樓,沁水銀河鸚鵡洲。綵杖遥臨丹壑裏,仙輿暫幸緑亭幽。前池錦幰蓮花艷,後嶺香爐桂蕊秋。貴主稱觴萬年壽,還輕漢武濟汾游。'"

幽　棲

地僻翻疑晝閉關,江村野趣稱疏頑。脱巾露坐松邊石,倚杖雲移竹外山。日暝雞豚群下宿,天空鳥雀自飛還。幽棲向夕心都静,雅愛清風響珮環。

其　二

争教桃李艷芳辰,偏向薑椒閲苦辛。流俗難堪惟避世,時宜不合且藏身。勞勞枉見真徒爾,碌碌因成竟有人。無計消閑聊養拙,敢誇著述足千春。

滕　王　閣

勝跡未荒韻事休,臨江閣憶賞高秋。曾聞玉佩樽前舞,空捲珠簾檻外流。終古臺隍依半壁,一家詞賦艷千秋。餘風不作知音渺,尚有文人愛俊游。

弔虞卿魯仲連

脱印從亡急友心,高情風雨見翰音。孔鮒云:"風雨如晦,雞鳴不已。其魯仲連之謂乎!"信陵大愧知人淺,曲阜交推論士深。魏安釐王問天下之高士於孔子順。子順曰:"世無其人,抑可以爲次?其魯仲連彊作之者,非體自然也。"子順曰:"人皆作之,作之不止,乃成君子。予作之,不變習與體,成乃自然也。"濟困名猶輕萬户,解紛義豈戀千金?愁窮蹈海秦終帝,傳世書成淚滿襟。

陳　橋　驛

將士歡呼忽不禁,主恩天命兩難任。黄袍早信賢郎志,金匱虚傳聖母心。

背德翻嗤先帝誤,遺盟誰憶長君臨。斧聲燭影非疑獄,鴞鳥原鴿本異音。

其 二

欺人孤寡襲傳文,遷置房州冀釋紛。自是阿兄先負國,休言太弟獨忘君。傳賢夙體慈恩旨,顧命何關學究聞。普至河陽上表自訴云:"外人謂臣輕議皇弟,皇弟忠孝全德。太后大漸,臣實預聞顧命。"但傳賢之事,出自宋祖孝友本旨,且有深意存焉。普但藉斯事挾舊恩,爲希榮固寵計耳。普未遇時,人稱普曰"趙學究"。祗欠世宗斯一語,光義嘗稱范質:"宰輔中能慎名器,持廉節,無出質右,但欠世宗一死耳。"難爲同氣亦云云。將士擁范質、王溥等至,匡胤流涕曰:"吾受世宗厚恩,一旦至此,慚負天地。"

舊　將 仿西昆體

生平鏖戰劇關河,回首風塵慷慨多。部曲新封開甲第,營壇遺址冷山阿。數奇祗合閑居穩,志壯寧容伏櫪過。日暮灞陵亭下獵,竟衝醉尉浪遭呵。

其 二

據鞍矍鑠話儀型,新息威容似壯齡。畫虎家書傳訓誡,圖麟盛事待丹青。雄心裹革羞終牖,舊望臨戎懍不庭。莫道將軍今已老,多年銅柱敦勳(勒)銘?
的是舊將,移作老將題目不淂。時望注。

鼓　山

似策虯龍上嶠壺,牙旌雲霧擁仙都。屏藩雄鎮三山最,砥柱滄波衆壑趨。炎海回瀾成保障,元穹特地植靈樞。振衣長嘯高岡頂,四望空明入畫圖。

旡 崩 峯

振策丹梯絕頂遊,亂峰合沓狀奇幽。晴雲擁樹雞聲白,初日扶桑蜃氣浮。上界諸天開净域,下方無地瞰平疇。海門遠抵蛟龍穴,漫倚安瀾蕩迓舟。

福 州 府 治

建國無諸溯冶城,圖經郭璞舊辨名。先朝故址頻增拓,嗣構雄規迭告成。

襟帶江湖輸灌注,烽烟樓櫓費經營。年來蜃海梦多惡,好認晴昏樹堠旌。

其 二

危疆版宇盛駢羅,民物熙豐幸止戈。兩代行都成寄寓,十州掌鑰束關河。鼎祔門第藏書富,燈火市橋負販多。願約西湖湖上月,頻年載酒泛金波。

冶城攬勝

漠漠城陰覆水雲,越王宮闕閟蘭薰。甌池劍氣寒風吼,仙觀鐘聲夕照聞。雉堞周圍雙塔聳,龍臺盡處一江分。海天港浦通潮汐,願假蒙衝簡水軍。

古 劍

錦匣珠縧三尺清,藏深猶自作龍鳴。冲天寶氣光難掩,_{眉批:力能穿札。}砯地高歌意未平。尚有餘腥沾塞草,多應起舞帶邊聲。夕堂試罷燈花落,滿室虛生挂壁明。

其 二

雪鍔霜鐔秋水清,宵中風雨匣中鳴。荒墳挂去魂應戀,大澤揮時鬼亦驚。屠狗悲歌猶慷慨,英雄心事最分明。虬髯遠逝黃衫渺,誰向人間報不平。

鄰霄臺

上方絕頂費躋攀,俯瞰危欄百尺間。鳥度夕陰遊客盡,雲封清磬暮僧還。千家井竈堆秋思,萬里風濤動壯顏。自是清時銷列戍,渾忘島舶擁前關。

丁酉仲夏,赴聘東甌,道出漁溪,復此投足。距季弟之没已周星矣。撫視墨塵,不勝泫然,因再叠前韻,以志悲慟

夢斷池塘草失春,飄零風雨對床人。傷心化鶴形安往,喋血名駒志未伸。月掩青山詩骨冷,魂棲黑塞怨吟頻。龍光上爥通牛斗,雙劍何緣並没津。_{是年兼遭伯兄之戚,故不覺言之沉痛也。}

經采石弔李白

采石江頭酹晚樽,星精仙李掩靈根。何人携句天堪問,有客孤吟斗欲翻。明月一輪供酒物,青山萬古宅詩魂。長庚下射沙州艷,彷彿宮袍蕩水痕。

同星岑觀察、酉山少尹游紫雲寺原唱

咒蓮法界聳桑蓮,舊事吾家捨宅傳。佛國千春開勝地,海濱雙塔麗中天。相輪耀彩騰雲護,寶級毫光映日圓。最是詩豪多逸興,登臨難遣着先鞭。宋子京詩以劉夢得爲詩豪。劉越石常恐祖生先着我鞭。

其 二

東西相望肇何年,換石崇基美易磚。劻護神工當日應,咸通帝號昔時鐫。布金侈態誇香積,逝水浮名悟净緣。長願登斯仁壽域,靈威坐鎮靖烽烟。兩塔東名鎮國,西號仁壽。

和星岑先生游安福寺原韻

紫帽山腰一徑深,天留福地敞禪林。懸崖漬雨蒼苔滑,遠岫鳴風衆木森。但覺疏鐘沉夕壑,相看飛鳥度層陰。仙棲僅飯胡麻去,惆悵劉晨獨至今。

其 二

健步游山推濟勝,嚶鳴遷谷託求音。隔溪短引和吹笛,幽澗長篁似奏琴。願把新詩留石刻,消將俗韻謝塵侵。相思漫恨蓬瀛遠,青鳥殷勤慰夙心。

附錄 劉星岑觀察、秦酉山少尹游安福寺原韻

舊傳一十二峯深,紫帽山有十二峰。歲晚同遊祇樹林。岫幌雲間烟靉靆,霜籬雪澗氣蕭森。似聞梵唄飛花雨,合有眠琴倚綠陰。寺中花木葱鬱可玩。可惜老僧唪經處,一彈指頃去來今。用成句。時寺中老僧新逝。

附錄其二

曩道文江真賦手,君爲唐黃文江公之後。兹來何幸託知音。繡翻好問機中錦,元遺山有織錦機句。曲譜成連海上琴。高格自饒松竹韻,俗塵未許鬢毛侵。鳳池他

日傳佳咏,好展鵬搏愜素心。君已加中書舍人。

其 三

乘興不知遠,言尋紫帽山。徑荒無客到,地僻覺僧閑。斷港波仍白,疏林葉半殷。未聞城柝響,飛鳥已知還。

其 四

侵曉出西郭,寒烟起遠山。寺經羊劫古,官比馬曹閑。蘆淑波光漾,楓林夕照殷。蓴鱸鄉思切,倦翮幾時還?

其 五

古刹傍山麓,疏林曲徑環。夕陽明佛閣,亂葉擁禪關。壞碣留名古,蒔花俗慮刪。闍黎參梵偈,愧我鬢毛斑。

其 六

中壘校書富,春申健筆扛。蕩胸羅五嶽,濯足挽雙江。潭水清于鏡,環峰綠到窗。歸途風颯颯,遠寺一鐘撞。

烏 江

四面歌聲楚帳空,拔山氣力此時窮。招魂子弟哀桑梓,回首關河屬沛豐。百戰祇餘殘卒在,千秋終讓大王雄。名姬駿足相隨盡,慚愧野雞逐馬東。

其 二

烏翻楚幕晚呼風,垓下愁雲壓陣空。殘局已難眉批:筆鋒犀利無比。支趙北,偏安終不戀江東。淒凉面目羞憐我,慷慨頭顱願贈公。一語欺人非戰罪,阬降畢竟累英雄。

讀《留侯世家》

秦火中炎六籍灰,天留韜略贈雄才。身先陳涉爲戎首,足躡淮陰是禍胎。十日潛蹤進履出,三年辟穀藏弓哀。未央宮裏烹功狗,誰救登壇國士來?

謁漢昭烈帝陵

漢寢斜陽拂草萊,背城石壒尚崔巍。蒼苔作繡陰風冷,炎井無光鬼火哀。

萬古魚龍空帳殿，千年松柏感風雷。老瞞疑冢知遺臭，故遣分香銅雀臺。

金門島弔鄭延平

戰航百萬指南都，_{眉批：起筆空兀驚人。}虎踞河山唾手圖。豈謂筵中驚化鳳，遂教幕下散啼烏。荒榛草創滄波冷，濱海流離正朔孤。揮罷義旗賫壯志，和衷遺憾不同途。_{延平與黃幼平爭文武班次，遂至失和。}

柳蘼蕪妝鏡

絳雲樓上舊衣香，奩匣空餘月影涼。鉛粉已更塵世劫，銅花如印昔時妝。愁銷宿膩纏蛛網，解醻春痕入錦囊。對此紅顏羞髮白，饒他謔語劇清狂。_{牧齋一日在我聞室，瞠目視柳甚歡。柳曰："公胡我愛？"曰："愛卿白者面而黑者髮也。然則卿胡我愛？"曰："愛公白者髮而黑者面也。"牧齋爲之絶倒。}

其二

黛影猶疑拂水光，秋波照徹鬢雲涼。烏紗相幻收塵夢，紅粉妝餘染舊香。漲膩已飄桃葉浪，風情尚帶柳花狂。尚書自照鬚眉愧，輸與蛾眉未改裝。

詠萍

蓬踪飄蕩倚浮楂，送遍夕陽碧水涯。萬里鄉心人喚渡，三生幻夢客爲家。慣隨別淚拋桃浪，解惜春情逐柳花。風颺灞橋無限恨，青袍痕曳一溪斜。

詠新雁

西風獵獵動江干，顧影先驚一夕寒。斷岸有霜初戰葉，高樓無夢乍憑欄。搖空隊冷穿星沒，掠水光虛帶月看。夜白孤舟人悄悄，天涯消息感衣單。

老伶_{以上均和支社詩拾韻。}

錦城絲管數前遊，淚冷青衫鬢已秋。十載金樽千載恨，一番檀板幾番愁。歌筵落日虛同調，菊部春風換裹頭。閑伴月明聊置酒，不堪老大唱涼州。

漢　武仿西昆體。

高會詞臣詠柏梁，臨流鼓曲薦清觴。將軍薪負仍虛築，《瓠子歌》成未塞防。青海草枯丹淚濕，金盤露浣碧霄涼。樓船百丈橫汾上，欲問東瀛苦望洋。

鶴仿西昆體。

華表千年憶帝鄉，歸來風景異遼陽。芝田未許誇瓊樹，閬苑多應啄玉霜。警夜露華留好夢，清秋雲漢耐高翔。劇憐衣繡翩躚日，猶向人間借稻粱。

其　二

投鞭何地避兵氛，唳響風聲處處聞。見說乘軒都竊位，空教受甲可能軍。多寒祇訝今年雪，鎩羽終思遠道雲。歸去但尋烟月好，華亭詞賦豈書勳。

過絳雲樓故址感懷

故國方哀望帝魂，詩壇尚擁謝公墩。眉批：一起大聲急呼，下文方振得起。牧老地下聞之，亦當汗流。青衫桃渡酣香夢，白練煤山冷淚痕。兔窟難藏遺老拙，鴛衾長倩美人溫。蛾眉戀主鬚眉愧，身後風波獨報恩。牧齋身後有族人之難，其長子某某孝廉至匿不敢出，勢將傾陷。賴柳以死報之，故得支衰宗門戶。此一節，賢於尚書遠矣。

江　村　即　事

日麗荷池滿院香，風穿竹徑透窗涼。魚吹細葉波紋縐，鳥唳清音密幄張。微繞餘馨參鼻觀，倒節个影漏清光。浮生放曠符鷗鷺，六月江村野趣長。

其　二

朱顏似客終難挽，白髮欺人肆上催。欲假鉤金珍寸晷，正須一日送千杯。子期遠逝知音絕，伯樂虛生朽骨哀。莫嘆泥塗仍屈辱，高邱萬古總塵埃。

其　三

遙天萬里波濤闊，小屋三間歲月深。膾錯雕盤宵貰酒，香薰繡榻夜調琴。不因近市隨乾没，豈有浮家遂陸沉？吏少催租稀客訪，聊堪嘯傲當披襟。

其　四

漁燈落落船依岸，殘月凄凄鐸上城。亂響莎蟲疑雨驟，失群孤雁挾風鳴。撫膺物候中宵感，回首天河北斗傾。予美茫茫誰獨旦，無人細會此時情。

藏　書

萬卷圖書不作糧，高齋插架伴清觴。幾成脈望吞仙篆，空付芸籤發古香。東閣虛名同措大，橫陳慣見任拋荒。侏儒腹負臣枵甚，疇與樊姬乞玉漿。

漫　詠

儒術烏能起廢屚，襟期忤世率疏頑。但窺狡兔營三窟，豈惜雞豚禍半山。一派膚談傳故套，千秋手實侈新頒。臥龍未厭滄波冷，冷眼狂濤忍笑顏。

寒江即事

秋水蘆花拂釣船，西風蕭颯動江天。頹城廢壘荒荒日，墟里孤村漠漠烟。山鳥語藏幽樹裏，寺鐘聲繫暮雲邊。誰憐雪夜漁翁苦，斜倚寒燈獨叩舷。

有　慨

萬里青雲瞥鳥過，黃金白日兩蹉跎。錐秦莫出窮途篋，望魯難揮倒退戈。宦海鯨吞羞北斗，侯封蟻夢斷南柯。幾人誨子充籯黜，鮑肆腥風戀棧多。

素心蘭

一瓣孤馨繞水清，臨風婀娜不勝情。曾傳楚客紉芳佩，長伴幽人老此生。出世豈能叢棘伍，妙聞端稱國香名。共盤晨夕誰消受，嫋嫋涼颷析宿醒（酲）。

佛手柑

祇園佳果足芳甘，清供維摩斗室參。現相色香尋解脫，觀空妙有肖携探。

多應灑柳敷千界,更好拈花共一龕。笑煞樨香襌指盦,無端合掌又和南。

武　彝　茶

名山佳茗鬥清華,九曲烟雲入望賒。妙解籠薰留雋味,飽餐珠露茁靈芽。君謨著譜精心品,孟頫描圖絶須誇。最是閩人差不俗,幔亭春雨摘春茶。

唐睢帶劍上殿圖

嬴政恣睢虎狼橫,六雄其誰鋒敢攖?布衣天子爭一怒,忠勇獨有唐先生。先生非尚氣,片語能息紛。土地雖小受,先君千里百里安足云。祖宗尺寸願終守,懍懍大義干青雲。披圖仿佛爭衡意,摹寫折衝劇盡致。秦王怫然怒,先生眸不顧。鳴劍陡驚風,倉黄失故步。空作虛驕欺人語,雄心莫騁色先沮。頭顱何曾搶地哀,膽寒尸血終首鼠。千古河山日月光,國君社稷同存亡。背城縱拚傾孤注,入廟猶堪見先王。秦王辭謝屈而跪,爲道寡人今喻矣。區區安陵五十里,長存實賴先生耳。先生持義服披猖,善批逆鱗先扼亢。眉批:叙事中却帶鋒鋩,咏史自應如此。環衛庭階森矛戟,摧鋒豈徒恃干將。乃知生劫原非計,荆卿亦知事不濟。成敗論人多鄙儒,易水悲風增隕涕。

伏生授經圖

鳳凰不鳴麒麟菱,道將喪天文墜地。裳衣顛倒祖龍狂,更令青衿日頫領。儒書奇禍遭燔阬,後死何由問老成。挾藏者族傳者辟,俾無遺育留蘖萌。高穹深憫辟蒙翳,爲遣朱暉振書契。五星預聚兆文明,重垂典常開六藝。肇基東巡拜孔庭,因之遣使求遺經。抱遺伏生年九十,聾耳贅牙難爲聽。據牀危坐老態垂,繪出高冠古鬚眉。門下儒巾拱座立,旁有髫鬟扶侍之。舊篇傳來四十六,著錄相承依前牘。別出舣頭自何年,訂譌應須質韋服。煌煌謨誥自千秋,箋注傳家紛楚咻。若使白頭凋博士,漢庭何處更徵求?累世收藏孔壁真,文分今古需後人。學官未立宮墻閟,留與智囊誇傳薪。

太真扶醉上馬圖

明皇暮年昏聲色，濡首酣身忘軍國。醉鄉禍水已傾城，翻向宏農歌寶得。承歡侍宴惟太真，繁華如夢度芳春。曲江宴罷羞同輦，玉驄初試玉街塵。矇矓醉眼幻如霧，金勒初銜馳磬控。雲鬟欹側細釵搖，力士前導三郎送。灔泛桃花上馬嬌，胭脂帶雨難畫描。倚鞍整策頻回顧，又似春風綰柳腰。漁陽鼙鼓雜胡騎，隨從六飛潛地避。都門同出不同歸，回首征塵感夢寐。當時立仗據要津，賜宴飛來中厩頻。楊花零落覆灰土，下馬當軒又何人。

擬吳梅村《龍腹竹歌》

仙客騎龍來雲麓，下投荒陂化爲竹。一夜雨風颯滿林，四山疾雷殷破屋。燒尾未成空飛逐，泥蟠仍歸篔簹谷。渭川千畝渾蕭森，幾堪截竹作龍吟。此中空洞了無物，觸手蟠蟠冷不禁。通元老人手斯杖，蒼皮倔強殊異狀。僵臥浮埃尚鬱盤，潛藏奇氣須騰上。咄哉子魚推龍首，空忝歲寒厠三友。霜幹相期遠凌雲，誰信此君終腹負。偃蹇應同處士心，坦懷高掉赾知音。若捫枝節探鱗爪，頷下驪珠不可尋。吁嗟乎！禹門千尺浪花粗，風波惡險非一隅。世路人心劇畏途，傾危賴此相將扶。投閑且任便便睡，需用何堪一日無。

其　二

生長海濱不識龍，共聞變化昇騰驅雷風。云何訛傳見首不見尾？不見雲色霧裏布遠空，亙天白氣垂若虹，自是神龍掀翻蜿蜒蟠其中。何處飛仙跨下蓬壺來，手握青筠當龍媒，擲之空谷成異材。儘道胸中難犯具鱗甲，不圖拋落閑散生塵埃。即今高臥牀束尚偃蹇，坦腹何心乘龍選。一朝破壁上天門，無復輪囷皮骨森森漬蒼蘚。吾聞夸父竹杖化鄧林，又聞猶龍殺青寫遺箴。成竹在胸願爲腹，至人潛見皆甘霖。酒酣披拂寫數竿，奇氣矯矯猶鬱盤。杈枒芒角露雲端，仿佛風濤汹湧迴波瀾，懍懍堂陰白晝寒。葉公見之應駭走，屠豢兩家空長嘆。額睛點完仍飛去，禹門燒尾歸何處？惟餘蒼頭倔強嚚張儔，漲腹膨脖不能耆。

太學石鼓歌

韓蘇亡後數詩篇,扛鼎大筆疇如椽。石鼓昌黎舊有歌,殖荒才薄奈鼓何。周自耄荒肆游宴,王綱不振諸侯擅。流離遷嬗倒太阿,馴致要荒陵服甸。宣王修攘正天誅,獫狁淮夷朝並驅。大開明堂陳王會,八方冠劍鳴中都。蒐于岐陽羅擒護,同馬攻車選徒籍。已崇羽葆樹牙旌,更錯繡裳霏金寫。皇靈疊振聲赫張,宏思考伐紹芬芳。欲垂武烈昭來許,刊石作鼓留山岡。考稽年代紛聚訟,珍藏無人嗤唐宋。巨眼千秋惟退之,上溯中興媲雅頌。幾經劫火沒荒榛,重移太學仍具陳。三代同文餘碩果,名物呵護蓋有神。即今晴旭射膠東,高崎虎門雙廡中。十鼓九完雖缺一,芒猶作作光猶熊。吁嗟乎!末流篆書淵源異,規矩方圓失兒戲。天留石鼓開鴻濛,毋讓斯冰專樹幟。

同星岑觀察、酉山少尹、舍弟荷生游紫雲寺拈韻

泉寺紫雲最,招尋快此游。海天逢冬日,和煦似春留。訪古空陳迹,肇唐年歲遒。荒草蔓庭宇,廢壇今誰修?孤高聳雙塔,營造垂千秋。伊昔登臨去,冷風夏颼颼。似雷殷兩耳,刮刷聲未休。俯視大地上,身世一泡漚。飛鳥層空沒,極目遠難收。蒼茫接雲水,惟見白日浮。何當挾海客,乘槎凌斗牛。及今來塔下,翹首但夷猶。勝地緣終結,會逢良有由。三生幸再獲,陳榻且依劉。常笑禰衡傲,激成黃祖羞。他年宣室席,願言借前籌。誠愫或非妄,尚期策蹇脩。

附錄　劉星岑觀察、秦酉山少尹游紫雲寺原唱

人生相遇無定踪,離合聚散由天公。獨怪媧皇當日摶土有何術,妍媸闊狹無能窮。黃君績學搜百氏,外雖謙抑中腸充。秦君才堪濟世用,毫釐剖析明且聰。謂我腰腳頗輕健,趨步登眺猶從容。豈知已似溝中斷,蒼顏白髮傷龍鍾。兩君體氣俱高朗,有如寥廓翔冥鴻。聊遣畫師繪杖履,雪泥爪印何其工。刺桐城臨東海東,琳宇紺園相對紅。中有一殿號百柱,浮圖突兀雙摩空。兩君來此具清酌,哀梨陳荔釘盤豐。酒酣縱談天下事,槎枒芒角填心胸。此寺築自李唐

末,五朝戰伐争群雄。玉帳牙旗皆幻耳,往事變滅隨雷風。遨遊今尚容我輩,雄姿逸態將毋同。各携一圖上馬去,但見紫雲冉冉飛出梵王宮。

其　二

歲月不可留,倏忽日南至。結伴訪紫雲,清晨入古寺。階砌頗逶迤,一徑掩蒼翠。禪室聞妙香,花鳥含幽意。黃子壎與篪,青雲蔚國器。秦君性高朗,落落凌霄志。縱觀五宗圖,快論興亡事。几案羅珍饈,黃橙雜丹茘。清醪滿玉壺,勸我酩酊醉。憶昔鄭延平,瀛海標赤幟。奇績固難成,精誠貫天地。聖朝憫孤忠,史臣載筆記。至今想鬚眉,懍懍有生氣。此刹乃家祠,鐘簴幸勿棄。棟宇自豁序,豐碑尚巋屓。東望海茫茫,梯航不可致。莫放酒杯寬,人生盡如寄。

信陵祠懷古

長平阬後趙卒寒,秦軍席卷吞邯鄲。救兵十萬雖臨鄴,晉鄙猶作壁上觀。虎狼橫行驅犬豕,諸侯聞風盡色死。畏首懷兩端,魏王終鼠似。賓客説王王不理,平原書獨責公子。義高鶺鴒罔急難,附託繫援空徒爾。如姬竊符亥奪兵,薦士畫策出侯嬴。匆匆北面自刎送,報恩毋乃太輕生。信陵安螫產非異,不恤其姊遑嗟季。專兵擅殺雖負辜,忍令亡外十年同抛棄。秦拔高都魏患深,請還使輩相追尋。幸因毛薛始趣駕,一語能迴公子心。公子之賢天下聞,底事從游爲羞君。傾心下士真盛節,博徒賣酒何云云。吁嗟乎！嬴秦兼併如蠶食,六邦誰與争蔽翼。大梁當衝首被兵,泥封函谷憂心惻。公子韜鈐舊擅長,更兼得士共扶將。蒼生若獲長禱斯人在,何止安危障一方。傷哉信讒奪其兵,自壞萬里堅長城。危時收用安時黜,剡翳同根獨寡情。此身存亡關天下,純酒婦人胡爲者。愁深日夜聊陶寫,以歌當哭悲宗社。信陵已没世無人,夷門墟壟草失春。山東河北均淪喪,何怪名姬珍寶相輸輦入秦。

觀潮行

萬馬奔騰催急箭,雪海翻飛玉龍戰。鼉鼓錢塘鬪陣酣,風雲交薄聲色變。強弩射潮潮爲東，水國犀軍驅組練。陽侯憤怒決雌雄，迴日揮戈掣鞭電。傾山排岸矢石馳，檣帆辟易無留片。江門束峽矗銀濤，龜赭孤懸渺如綫。平生踪跡肆游遨，遇佳山水神尤戀。自從山陰道上來，到處鶯花羅芳甸。雄奇壯觀惟此推，驟觀難禁耳目眩。船頭飛激射千條，危坐頓忘衣襟濺。對此江山興不孤，笑凌滄洲筆誰擅？恨無奇作紹枚生，傾倒詞源降羣彥。且收佳景入錦囊，留與他年伴遊宴。

會稽王子穀投湖徵詞

泰岱之高黃河之深不可名，偏隅丘壑饒紆縈。中庸千古不易得，一時苦行亦錚錚。山川靈氣爭盤鬱，間出幽芳標奇倔。會稽王子真孝子，祈延親算先祈死。一再投疏事可哀，難贖靈椿歸泉臺。淒涼堂北兆妖夢，侍疾萱幃心倍摧。自恨當時志未堅，誓更代母將身捐。乞得昊穹鑑余愚，名譽妻子皆區區。慷慨寧隨三閭後，冲天濤浪竟投湖。靈旂髣髴迎神曲，爭擁波心袍立鵠。賦詩遺文謝諸昆，隕身難酬罔極恩。膝下雖增阿嬰感，冥間翻得慰幽魂。中朝大官老於事，疏籲皇仁推錫類。苦節終須達帝天，從優仍復格史議。人亦有言處死未得宜，母病兒亡心更悲。衰齡沉疴若不起，孝子此心將何施？伊余持論獨不然，精誠未必負蒼天。君不見風雷拔木西郊起，又不見蕭叡祈天娥入水。吾鄉近有弟代兄，籲神神亦哀其誠。至行貴庸不貴奇，古今難處在捐生。腐儒論人務責備，致命臨時偏窺避。一物不捨肯捨身？座間縱談殊容易。勿因孝子事，更笑孝子癡。忠孝貞廉本真性，各行其心容有之。他年吾得執簡依天仗，陳辭將與聖賢抗。安節難求君子貞，匹夫匹婦從其諒。

閩縣有一陳姓者，兄負販而弟讀書。甲申年，郡中疫病四起，其兄遭傳染，危甚。醫藥既無效，家又赤貧，典貸皆罄。嫂以女紅助日用者也，遭夫病，針綫皆廢，膝下子女俱幼，益苦無以爲計，惟祈天旦夕，願減己算以益夫齡。陳之弟聞之，慨然曰："安可令兄嫂死而拋侄輩乎！"遂被髮服毒，籲疏於城隍廟，願代兄死。其疏言：己讀書坐食，資兄爲生。兄若死，則己無力贍家，是均死者也。不若己先死，祈神錫兄齡，兄存而嫂與侄皆有賴云。詞甚哀楚，聞者爲之泣下。

果於是日毒發死，其兄汗發蘇矣。此是年六月事也。

嚴陵灘懷古仿山谷體。

東京節義誰發硎，弋羅争篡飛鴻冥。布衣高風響千古，帝座何妨厠客星！故人不壓天子貴，以足加腹忘其形。至尊大度猶難屈，矧與趨炎奔漢廷。富春灘聲自清泠，巢由洗耳莫共聽。潰瀾泱泱孤柱砥，力挽羣漲回滄溟。一宵同卧偶然事，旋令萬口播芳馨。狂奴故態語慣經，移書規戒仍典型。相助爲理正在此，何必雲臺勳鎸銘。長安塵高十丈腥，衆人皆醉羞獨醒。先生一出簪纓賤，滌净繁囂入清涇。再求下榻不可得，先生之眼爲誰青？

即　　事

清風悄然來西隅，庭院蕭蕭響竹俱。階空如水浸明月，飛天欲下玉盤盂。獨酌花間誰與娛，更遣閑愁入羈孤。興懷陶寫賴絲竹，姮娥在天不可呼。彩雲何處霓裳散，廣寒幽閉疇能逾？

馬嵬坡

西來走馬説周京，一例官家兒女情。解事司空渾見慣，肯因鼙鼓阻長征！
《詩經》："乃召司空。"

其　二
桓桓秉鉞舊知名，倉卒難收禁衛兵。若論危時能效死，將軍還自愧傾城。

其　三
動地漁陽鼓忽驚，倉皇烽火擁西行。禍胎若鑒驪姬日，早遠南威是聖明。

其　四
腸斷宮梧葉落時，香魂長逝苦相思。興亡白傅長歌恨，未抵新臺燕婉詩。

偶　成

四海於今息戰争，樓船歌舞遏雲橫。當年壁壘金陵下，玉帳軍書夜點兵。

憶廉甫兄

衰草泉宮日色曛，生天成佛向誰論？夜深擬續池塘句，夢斷西窗月撼門。

觀馬江重修戰壘感賦

馬江天險今如此，未許西戎戰艦來。爲報朝廷新簡帥，海疆重鎮領群才。

過釣磯書感

落日荒城感霸才，王孫何處不同哀。當時偶便輕簞食，換得千秋漂母來。

螺陽旅次和傅砥人廣文原韻

雲霞絢彩徹天遙，騎鶴吹笙上絳霄。願向緱山需子晉，不隨仙眷渡藍橋。

其 二

仙窟洞天隔玉京，瑤臺應許侍飛瓊。層城十二游將遍，更唱琅璈入太清。

其 三

誰家院落奈何天，醉擁歌姬笑榻前。是夕，有客召妓。見慣司空渾解事，應憐冷客伴燈眠。

其 四

雞聲催起夢將殘，繡被孤眠不厭單。旅館重衾戀未得，滿天風雪五更寒。

其 五

寒透重衾旅夢醒，曉風偏自撼疏櫺。窗開月落啼烏寂，剩有殘星幾點青。

其 六

耽詩嗜畫虎頭痴，解賞無人祇自知。志遠千秋深寄託，升沉早已付天隨。余嘗撰楹以寄意："瀟灑送浮生，嘗帖唐詩饒勝賞；升沉隨濁世，高山流水渺知音。"唐元次山，自號天隨子。

游一片寺偶成

崢嶸片石寄層巔，飛下遙空不計年。爲想斷鼇施斧日，達摩壁影已驚遷。

其 二

巨靈一劈破天荒，滄海灰飛歷劫中。無數頑冥頭不轉，遠移混沌避生公。

讀張亨甫集書感

四海飄零杜牧之，《罪言》未敢訟當時。前身應是張亨甫，掩卷淒涼憶舊詩。

題趙松雪畫竹

不教寒歲伴梅花，留得疏枝夕照斜。欲問主人三徑寂，隨風落葉到鄰家。

津門道上偶成

老去詩壇黃仲則，清名當日在人間。風塵憔悴今誰惜，漂泊江湖我獨還。

贈萬福寺慧泉上人

灣環香積擁松梧，勝地靈山入畫圖。欲問笑譚賢上座，風流得似遠公無。

其 二

三生石上舊因緣，重借蒲團信宿眠。憶自過溪相送後，傳燈迢遞幾千年。

其 三

舉目河山異昔時，當年梟鳥已生悲。怕經城郭重來日，又感滄桑淚滿衣。

其 四

海內詞人悲仲則，漂泊江湖浪得名。慚愧黃童今亦老，萍踪竹院話浮生。

汴梁道中漫興

春景今春負上京，日驅鞍馬事晨征。茶樽莫解風塵瘁，一路哦詩到汴城。

其 二

雞聲催起馬聲蕭，豪氣元龍興未消。雲樹微茫星斗粲，踏霜人過趙州橋。

游覺海寺，贈悟净上人

亂峰聳插斷雲横，雨後餘霞一片明。萬里秋天開覺海，老僧入座説無生。

其 二

山石青涵渥潤新，巖花妍帶舊時春。自從南渡傳衣後，振響禪關此替人。

衆徒弟到方丈問疾，宏忍大師曰："病則無，然衣缽已南矣。"又宏忍送慧能到中流，欲自摇櫓，曰："合是我渡汝。"答曰："迷時師度我，覺時自度也。"

讀《抗（控）鶴鑑秘記》書後

一編秘鑑繪荒淫，照澈明空鏡殿深。無限侍臣遺恨劇，千秋發覆勝誅心。

前明新樂府

履 聲 橐

簾外履聲何橐橐，高皇一日御東閣。顧遣内臣問爲誰，學士自封老臣危。朕將謂爲文天祥，不謂是爾厠班行。若係元朝舊臣素，何不看守余闕墓。

一 篋 疏

一篋疏，何秘扃，房中術，進内廷。若自口出尚不冷峭屑，眉批：冷峭。施諸奏疏安敢形？大臣所爲顧若是，科道交章卿試聽。不聞馨，惟聞腥。每一展卷讀，慚汗似雨零。恨地無縫容頑冥，犬馬未足辱驚霆，涕泣祈恩延暮齡。摘其牙牌請出矣，在途猶望三台星。

驟 鐵 牌

太皇太后女中聖，家法肅承三朝慶。本朝家法邁前朝，内官不得干朝政。是時王振初用事，朝夕侍御漸縱恣。眉批：筆力迴轉如挽千鈞。留之終爲聖德累，當如守忠即安置。召大臣，數其尤；命女官，刃其頭。何事紙糊三閣老，匆匆相率隨跪求？不聞皇祖當日垂訓崇，鐵牌特置宫門中。振毁鐵牌意太横，天子亦呼王先生，何况百官與六卿。

東樓曲

蔡京後，有蔡攸；嚴嵩後，有東樓。戾氣胡來鍾一家，逆種偏與亂臣侔。父戎首，子主謀，笑中藏奸腹中矛。堂構相承艷門第，濟惡終貽百世羞。吾聞鴞鳥產鵂鶹，又聞封狼生貙貐。那堪乾兒效鷹犬，附以牙爪羅與牛。甘心助惡鄢趙儔，搖尾乞憐無時休。當筵鎖門客盡留，匍匐終夜苦低頭。吁嗟乎！堂上方滅燭，榻下肆淫籌。青天複壁藏年少，黑夜侍兒香暗偷。惡既稔，罪還浮，天道惡盈匪悠悠。會看東樓赴西市，轉瞬華屋成山丘。

複壁香

一團香，複壁炷；亂宸襟，欲敗度。皇考皇兄皆爲誤，先朝置之非典故。曷爲久留此淫具？是誰作俑始何時？宮禁森嚴那得知？自是奸璫秘計深，暗藏媚藥蕩上心。欲令昏迷無暇及，此輩肆志得自任。眉批：深說一筆，筆力寬博有餘。再打到本題，更見冷峭。古來閹兒衣鉢皆如此，更忌官家讀書史。一團香，猶小耳。

趙高傳

中宮几上書，獨置趙高傳。問胡讀此爲，惟恐君不見。趙嬈曹節久勾通，老祖太太私公公。奉聖夫人九千歲，氣焰熏天有誰同？歸第紅燈炙手熱，又來宮中弄唇舌。偶輕失意怪至尊，竟墮后胎皇嗣絶。內操喧闐儲宮休，枉說朝班血橫流。掩卷無庸嘆史書，願今覆轍鑒前車。

棄南交

南交置，因黎季；南交棄，由黎利。舊爲漢唐郡縣地，趙宋微弱始復封，元黎則《安南志略》備載：南交自漢孝武建元四年，歷隋唐，皆隸版圖，置都護。至宋開寶年間，始封安南王。先朝乃更建官吏。當年辛苦命將帥，次第經營非容易。經營辛苦十年功，十年之功一旦墜。是誰下策出阿奴，區區竟從珠崖議？惜哉三楊僅守位，肆虐復有中常侍。朝廷撫馭何無人，卒令閹醜司閫寄。君不見齊貂寺，漏師事，一例璫奴多縱恣，柄權稔惡由漸致。英公黃公先後歸，太阿倒持冰霜至。豎貂漏師多魚，爲齊寺人肆志之始。馬騏虐南交民，亦明中官肆惡之漸。

碧血冤 謙嘗自謂："此一腔血灑何地。"

奸臣不可爲，眉批：一起便聲滿天地。醜名千秋穢青史；忠臣不可爲，悲風落日纏西市。君不見錢塘雙忠少保祀，丹心碧血同冤死。于公視岳尤難耳，外寇鴟張内姦宄，九門烽火將誰恃？幸金陵，幸成都，羣工紛紛議遷徙，用宋事。陳堯叟請幸金陵，王欽若請幸成都。當時徐有貞諸人亦有南遷之議，故藉宋事爲比。免爲南宋亦幸矣。日再中兮天重回，西湖遺憾不歸止。少保詩有"何日得歸西湖"之嘆。法駕備陳迎上皇，諫章屢争易太子，俗士皆咎公不諫易儲，即袁隨園忠肅廟文，鎮海張鞠舲評亦云爾。朱石君《知足齋集》有跋忠肅諫易儲真跡，讀張次仲跋阮泰元于忠肅公諫易儲，請復儲三事。本朝嘉慶年間，邵二雲爲學士時，於通政司搜得之。按：陳子莊《庸閑齋隨筆》，係閩海寧吳槎客騫《拜經樓詩話》所載，張侍軒跋阮氏讀于公《旌功錄志感詩序》，所稱"侍軒"，不知即次仲否？云斯錄在嘉靖元年壬午，先祖檜屏公永訣時手授泰元，云供事實錄，獲睹是疏，又有請復儲二疏。公之素心本爲是。倉卒宮門夜竄呼，孰意官家殊鼠似！《左傳》："抑君似鼠。"夫鼠，晝伏夜竄，不穴於寢廟，畏人故也。奪之一字名謂何，僥倖居功真可恥。謀立襄王豈足誣，不過亨等意如此。吁嗟乎！大廈倩誰支？長城甘自毀！再造山河功莫比，帶礪酬庸等逝水。不念徽欽當日亦蒙塵，五國冰霜棺歸梓。青衣行酒獨何人，釅血筵間竟如彼。眉批：掉尾洗鍊精采，極見用意。

議禮嘆

煌煌大典欲明倫，越倫逆祀空尊親。興獻當年舊爲臣，附廟稱宗誣鬼神。《唐書》：開元初，詔孝敬皇帝廟號義宗。韋見素父湊奏曰"孝敬皇帝未嘗南面，且別立寢廟"，稱宗之議遂罷。以明皇未即位時，原爲孝敬帝嗣子。孝敬本爲太子，追尊在前，稱宗尚且不可，况非儲貳追尊者乎？觀韋君"未嘗南面"之言，則後之紛紛議禮者，可息喙矣！不爲人後曷繼統？咄哉盈廷紛聚訟！大宗難絶况天家，倉卒遺詔開其縫。倉卒遺詔不能正名正分，楊廷和諸人不得辭其責。永嘉逢君驟躐進，韜萼三奸效將順。附和更有楊一清，不自愛惜終成釁。劉健謂一清曰："君不自愛惜，爲吾輩羞矣！"後楊卒與張、桂忤，亦罷歸。繼後承統爲之子，千古大倫皆如此。匹夫負恩羞蒙業，南面忍爲天下法？

哀煤山

亡國恨，煤山哀，守死社稷胡愚哉！眉批：伸縮自如，無一平筆，是真得樂府秘訣者。普天之下莫非都，天下未亡猶可圖，嗤效諸侯困一隅。不聞前朝有李唐，崎嶇行在劇倉皇，卒復兩京銷弧狼。《天官書》："西宮七宿，觜星東有大星曰狼。狼下四星曰弧。弧屬矢,擬射於狼。弧不直狼,則盜賊起。"可憐艱難撫二王,圍城命逃催改裝,何不及早遣元戎?滿朝庸臣安足勸,當時恨少郭從願。《唐書》:"父老郭從願遮道攀留曰:'如至尊入蜀,某等願率子弟從太子東討賊。'"自是有君竟無臣,亦由思陵不識人。黃道周,洪承疇,外此更有熊袁孫盧儔,賢才如此誰其侔?如此賢才未能共,誤國溫薛偏知重,且寄楚材爲晉用。

逸翰樓詩集卷二

馬江哀

馬江哀,哀何極！窮陰愴悽天異色,鳥飛不過獸逃匿。野鬼荆榛殷啾唧,骨骸山堆血水溢,蒿目荒郊愁沾臆。苦憐古戰場,無此慘消息。法夷渝盟開邊仗,中朝宵旰籌戰防。誰主兵謀護儲胥,竟令藩籬失屏障？恃威火艦駛進江,槍礮漫天輪破浪。我軍慵懦敵驕橫,江神憤撲潮退漲。沙壅鼓不行,淺擱拖難放。此時虜失機,深入似入甕。曹操計敗資漢成,英雄所鑒同其洞。濟時之彥在識時,匪令奇才乏龍鳳。師中果有人,指麾能切中。乘時展長籌,出奇力相控。多方以誤亟肆疲,居屈掌中憑玩弄。隻輪使無還,何止討西貢。徼天難倖機會逢,駑犛庸奴付一慟。儘傳名士竊虛名,誰道風流難伯仲。古稱天險閩江雄,鐵港周遭敵語同。但令一戰威張國,塗炭生靈亦原功。豎子蠢才奚足論,趙括膠柱謖過言。巾扇飄揚胸無物,敵人倀鬼閩軍冤。疇遣寧馨新狎客,總持江令開戟轅。江總字總持,隨軍南下,陳之兵事皆總持之。法夷來時,閩中雖有督、撫、藩、臬,一江之號令,皆張總持之。氣焰橫爍,動欲凌人,各上峰事之,如小婦仰大婦眉睫,卑詣過甚,均不敢於張聲張也。故先生借"總持"二字爲發揮云。時望謹注。佺傯軍事偷閑去,賭棋麗酒賦詩繁。安希草率就和局,藉解畫眉京兆辱。渾忘窺伺久垂涎,待焚燕幕施災毒。託詞中旨禁先發,不防敵人戈已拔。法之主帥名戈拔。此詩即於題縫行間無意點出,語奪天工;與上文"總持江令"句同一巧妙也。時望再注。癡守凶信遵約時,讓渠先手掣紅旗。既不受賓即寇讎,那堪緩擊誤軍謀。從來善師先人奪,毋令生心坐待囚。不見桓桓穆將軍,早時怒馬截長門。前驅雖雄勁,後援竟莫聞。拚死廣艇甘遭焚,逆衝烽火遏凶氛。犬羊膽驟驚破羣,卒支危局解此紛。彈準對針轟其艣,大桅橫折臺倒翻。逆夷主帥正誅戮,痛麾凶焰電飛奔。軍民櫻慘萬萬計,橫屍麻亂流濁渾。乘勢思退遁,敵傷仍圖存。可憐張公子,依然虱處褌。福星兵輪亦好整,端賴陳君勇天逞。

福星管駕陳英令於衆曰："男子漢，食君祿，當以死報，有進無退。"遂掌柁貫敵陣而前。惜炮小，救援無佐，仍力戰不退。迨火藥艙中彈，船焚，始赴水亡。然半截未沉，猶揮軍苦戰也。或曰：被敵彈殞於望臺。三副王漣繼之，亦被彈顛。計該船配九十五名，存者僅二十餘，可謂血戰矣。若新藝、伏波等不遁，互相併力合擊，則敵船燼矣。福勝游擊呂翰，船尾受彈，尚燃炮奮擊。管駕葉琛，彈貫煩，猶指揮裝炮；翁守正發彈中敵礟。二人均被傷陣亡，與陳英同爲忠勇致命也。半截已沉烽猶猛，差強人意真將領。鼓聲陡靡軍心死，豐潤學士逃去矣。赤足徒奔胡厚顏，兩兵挾之如挾豕。漸眛投江亡，又惜自刎割。喪師辱賤俘，苟忍偷生活。土人聞之羣羞逐，爭欲磨刃裂其腹。投棄虎豺鴉鳥啄，鄙沾肉食污腥肉。傷心往事難詳陳，亂離雞犬勝於人。十室九空盡如洗，浩蕩乾坤焉置身？風聲鶴唳皆荆棘，祈捨家逃去不得。出門風塵黑，遍地都是賊。微命危須臾，變幻在頃刻。搶掠靡孑遺，何處求安食？親朋偶相遭，倉皇無人色。井里蕭條成荒村，炊竈傾頹渺一存。狼籍死傷積，日氣黃封霾。村村均糜爛，骼胔誰掩埋？曩時殷戶困堆萬，今日凄涼慚討飯。骨肉飄零痛難收，資裝寥落更何算！既不能强又遲和，謀臣謀拙喪損多。馬江戰地原堪戰，其奈帥軍疲曳戈！甲兵犀兕尚山積，皤睅于思棄則那。頗聞兵將精謀貴，旅密若林虛列羅。又聞學士嗜葡萄，下筆千言仍滔滔。聲名瓦裂塗地敗，欺世大言難自豪。平生意氣終無濟，空笑談兵紙上高。

　　馬江之敗，全係平時毫無布置，不得專責澎張一人。陳友諒將必先驍勇善戰，人號爲澎張。故知備預不虞，古之善教也。張悖倫誕妄，庸奴豎子耳。不特巽懦無謀，其驕橫之氣，溢於面目，幾令人不可嚮邇。諺云："驕兵必敗，驕人必害。"彼自恃博覽羣籍，曉暢兵機，不知其致敗正在於此。觀其行事，直是胸無點墨，全未讀書，一竅不通舉動。古人云："國之大事，在祀與戎。"正宜極虛心謹慎處。趙奢云："兵凶戰危。"而括易言之，此其所以敗也。即以讀書論，亦宜謙虛謹慎。平日一心兩眸，痛下功夫，不使簡編中一字一句忽略過去。以《左傳》即在眼前，渠尚未曾寓目，何語其他！趙盾曰："我若受秦，秦則賓也；不受，則寇也。既不受矣，而復緩師，秦將生心。先人有奪人之心，軍之善謀也。逐寇如追逋，軍之善政也。"盾卒潛師蓐食，先發勝秦。其得機訣，實由乎此。此即馬江前鑑著龜。彼法酋與我訂十下鐘開戰，而竟於三點紅旗先掣，運炮動彈。在俗論，必責爲行險僥倖，違信背言以徼利。然兵不厭詐，機必爭先，本出吾國武略常談。且《左傳》論兵機多矣，論此等情節亦多矣。"元戎十乘，以先啓行。"孫叔敖亦曾及之。蓋引古之軍志其言如此，其根據均自中華先時古籍，不必西學而始創出也；而西人亦常得此意以行軍。今者，兵烽雖息，窺伺猶多。狡焉思啓封以利己疆者，何國無心？安不忘危，前車覆轍，亦後事之師也。鄙意欲將此首長歌，貼諸各省武備堂，以作學童觀感，必能由激生恥，由恥生憤，由憤生勇。此即古人明恥教戰要訣，亦前事不忘之意云爾。彼西人凡遇戰事敗仗者，其國每於各學堂，莫不圖繪喪亡、傷毀、敗辱情狀，以發國民之哀痛，醒未死之人心。故其民自老弱婦稚，無不具有忠君愛國真忱，亦由平時造就，多方有以激發之也。余因感悱馬江事，常持論及此。此乃古今中外磨勵通國國民心法，不得疑其説之迂疏也。余此作，自揣頗極痛快，但未知衮衮當道，能行此意，將此歌行貼於各學堂與否，余未敢必。第余與豐潤學士，素無嫌隙。不過緣國讎公憤，不得不痛切發揮，力抒前後失着情形，猶憾癢處未全着搔，正勿謂盡言以招人怨也。筆鋒所至，必使之酣暢滿愜，淋漓盡致，方能令人興哀。"《詩》可以興"，古語豈欺我哉！是即作者長言詠嘆之微忱所寓，讀者慎毋誤認爲訐毀憤詞則善已。凤潁上人自記於松風閣。

長　平　嘆

長平日落悲風起，遍地荆棘腐草靡。寒雲慘澹天無光，野鬼啾啾哭聲裏。誰令絕食坑趙軍，四十萬軍同日死。骨骸如山血如水，掩埋不得輸蟲蟻。狼藉尸首亂麻横，難挽天河洗濁壘。賢哉括母真知子，上書極言不堪使。賢相相如亦力陳，徒讀父書虛名爾。膠柱鼓瑟豈知音，其奈趙王猶充耳。吾聞將相輯和國之喜，當時廉藺實可恃。師中有人持守堅，武安雖肆謀難詭。奈何臨軍易帥來，兵家所忌徒自毀。更置將吏已粗疏，約束堅明亦棄委。可憐月餘糧空盡餓莩，縱不即坑胥如此。人民相食腹仍枵，乞粟於齊受笑恥。自將搏戰逃出難，秦人射之如射豕。寄語大言欺人儔，毋易談兵輕上紙。

求 仙 詞

今日除少翁，明日收欒大。文成五利拜貴官，竟辱公主親裙帶。後雖無驗均遭誅，未悉奸言盡罔誣。且爲孫卿勤走趨，重建樓臺望蓬壺。安期羨門久不至，猶謂神仙終可致。巨人夜跡晝見殊，萬歲恍惚嵩山呼。使車搜羅無停晷，方士繹絡遵海隅。興築禱祀同時促，勞民傷財奉多欲。禁方修藥了無聞，賜第封侯印佩玉。古來首出聰睿俱，如斯迷戀實大愚，枉稱聖哲奚爲乎？吁嗟哉！悲夫棄常興妖蠱生巫，奸人乘隙威假狐。京師人民累慘屠，至尊骨肉傷無辜，他日愁尋思子湖。

禄 山 反

重邊功，寵番將。御幄東，金雞帳。寵之太過必生驕，何況番奴性本梟。外裝癡直中狡黠，傾巧事人善伺察。薰天氣焰方沸騰，援聯宮掖勢馮陵。林甫裴寬亦希旨，河北兩使交譽稱。_{平盧采訪使張利貞盛稱之，河北采訪使席豫稱其剛直。李林甫、裴寬亦順旨稱美}，由是寵益固。太子力陳猶未省，他人焉敢與阻梗？坊第傾宮窮壯觀，區區財帛更何算！

早徵逆奴反相必生亂，曲江先鑒空長嘆。當日若悟從忠言，奚事西行蒙急難？明皇少年實英明，不期耄老顛迷失雄斷。信知色欲令智昏，帝奪兒婦天奪魂。他年流涕憶始興，羞慚遺祭痛難勝，文獻地下聞之感泣徒拊膺。

猛 虎 行

南山猛虎當路隅，腥風慘慄草木枯。牛羊雞犬掃空盡，一夕居民羣逃逋。橫行搏噬爪牙銳，那堪鬼倀爲走趨！帝天不擊神不驅，何地生靈問有無？是誰遣虎來此都？村中父老日嗟吁。孺婦哀罹三世害，拚欲死徙懵去途。人言到處虎均猛，心苦避喧仍遭虞。_{杜少陵詩云：「避喧甘猛虎。」}周公不出難遠絕，孔聖手空喪斧柯。使我躑躅悵山阿，對此涕淚雙滂沱。

咏山中狼

山中孽狼擅山勢，麥禾牛羊橫遭厲。雞犬無聲居民逃，婦孥爭哭夫兒斃。狼也噢人巧無踪，潛來窺伺爪牙銳。晝伏荒途宵越墻，但餘肝腸榛莽繫。嘯風相率聚其羣，桹闌雖堅慘莫閉。苦思焚香告天帝，驅遣山神嚴勒制。昊天子君君子民，毋令當道吞苗裔。儘知畜類肆野心，忍畜斯畜留其弊。比來年荒餓殍多，恒珍殘粒防暴戾。《孟子》："樂歲，粒米狼戾。"狼籍不除快貪饕，縱食人食終橫噬。豈尾跋胡猶蹶張，漫放歸山思自衛。

近來為山中狼者，聞係狐羣狗黨雜種居多。君子學道則愛人，我輩科名孝秀出身，漫不致此。斯作思藉以提耳警世，非必確有所指也。惟善人能受盡言，其亦引以自鞭。他時轉輪仍藉人身，毋流畜生道中焉可。鳳穎上人自記於松風閣。

禮烈親王克勒馬圖歌

長白之山雲氣高，黑龍之江風怒號。神駒天遣下騰蹴，淨掃烟塵萬里渺秋毫。風雲有會龍種出，踶齧驚人人誰匹？烈王騎上馬如飛，閃電摩空征鳥疾。超岡騖澗等平地，千萬雄兵輸一騎。破竹功歸汗血成，苦身百戰場經備。松杏峰前薩爾滸，炮聲轟雷箭飛雨。蹄蹋昏埃橫陣來，人馬神勇如猇虎。萬重敵軍鎖鐵堅，聞鼓聲奮勢無前。腰下旋毛盡鱗甲，解洗金瘡尋靈泉。赫赫勳烈羅史傳，承平馬從畫圖見。至今天廐剩駑材，徒赴沙場空健羨。我聞燕冀多靈窟，方皋伯樂應未沒。千里空羣非世稀，奚事虛用金錢買朽骨？《左傳》："冀之北土，馬之所生。"

和子瞻粲韻

坡老逸羣才，足跡天下半。懷奇苦難施，每興感遇嘆。扛鼎煥雄文，流傳遍觀玩。醫俗振起衰，服之逾藥散。奈何雲鶴姿，流落雞羣伴。蘭臭鮮同心，寤歌仍獨旦。小人肆讒張，羅織興詩案。明明繅絲清，淆言黑白亂。澡雪賴聖明，讒毀與湔盪。從此遂初衣，解簪宜勿緩。安用富經綸，羅胸謟淹貫。末流功利趨，風尚極頑懦。橫溢日已往,欲挽嗟塗炭。孰如挈琴書,陽羨開仙館。時鳥弄春聲,風日美清暖。觴詠陪朝雲,需酒謀此粲。

其　二

古今八斗才,疇能賦其半。韓海兼蘇潮,庶免望洋嘆。時流矜組織,華侈競珍玩。工師擇不精,藻飾蒙樗散。流弊起六朝,徒侶繁充伴。繼明得子瞻,朝旭升昧旦。天孫乘雲後,仙吏下香案。篤生振兩朝,粃糠掃濁亂。至今讀奇文,焚香手重盥。鐘律首應商,巨聲壓嘽緩。根源溯經史,兼綜仍條貫。配道師昌黎,雄風激衰懦。自來禍福衡,忠佞分冰炭。衰世寄浮生,旅懷羈孤館。高襟負所存,豈徒耽飽暖。尚友復聯歐,千載三英粲。《詩經》:"彼其之子,三英粲兮。"

感事復叠前韻

人生無十全,所失恒過半。百年歡幾何,已逼吾衰嘆。少壯不努力,優游成愒玩。零落虛山丘,暫住久終散。是誰享高名,長留千載伴?徒作應聲蟲,起隨雞叫旦。尸居餘氣存,積幸羅公案。平日訥風流,坐懷焉不亂?縱決東海波,流惡豈能盥?亦知稼穡艱,種德更難緩。蘊利孽將生,奚事腰纏貫?立身期錚錚,卓然跨庸懦。末流熱因人,附紅煨爐炭。賃舂亦賤役,羞假伯通館。高志不在溫,豈徒爲身暖?濁富浮雲輕,持觴仰天粲。

其　二

學道求進功,修途未及半。豈真末由從,輒作喟然嘆。從來造詣精,深嘗滋味玩。智慧磨愈開,形神不外散。時賢友未厭,尚期古人伴。材藝如姬公,勤求且待旦。百篇與多士,日日羅几案。爲問時彥才,疇能媲十亂?雞鳴起孜孜,日新銘澡盥。自新逮新民,民事不可緩。立志期勇行,猶矢穿徹貫。磨鐵期成針,肯效疲夫懦?寸陰惜空過,費時消薪炭。無事徒食羞,穀儲糜虛館。勿蒙守株心,負暄真自暖。濟時懷寧戚,興歌白石粲。

其　三

國家樹治功,臣力居大半。衰運付庸才,江河日下嘆。俊傑期識時,匪徒充物玩。匡濟負奇猷,偏多置閑散。腹笥虛位儔,唯阿聊食伴。方寸試自捫,喪心昧平旦。豈惟懷慎庸,文書紛堆案。援引羅雜流,更如治絲亂。粉黛雖充庭,曷堪侍巾盥？佩環空鏘鳴,裘帶自輕緩。爭妍希寵榮,忝然厠魚貫。倉卒教當熊,首鼠盡疲懦。何況老大僚,率成燃灰炭。暮氣餘尸居,尸素混餐館。區畫故步封,晏安蒙溫暖。絕無進取思,研精惟白粲。

伏魔大帝贊

帝德廣運,乃聖乃神。參天贊地,立極生人。立人維何？曰義與仁。漢室傾圮,吳魏弗賓。奸權竊命,綱紀斁淪。疇靖鬼蜮,疇掃妖燐。羣邪未絕,正氣難伸。維帝時克,鋤孽清屯。青龍赤馬,威若天嗔。功蓋三國,名震千春。聞風興起,用愧不臣。至今寰宇,郡國明禋。歲時伏臘,俎豆騂騂。凡有血氣,莫不尊親。惟帝之德,宏被無垠。聲靈赫濯,護國庇民。風雨時若,函夏清塵。伏魔息厲,歲序其馴。

魁星贊

占方元武爲盜賊,《天文書》："元武在北方,主盜賊。"仰訏天閶象緯逼。其氣熊熊陵魁台,見之天下生荊棘。爾來六合兵氣銷,洗清逋藪難藏匿。下方蹤跡靖萑苻,上穹福曜纏奎翼。懸象著明皆仰之,奚俟虛尊瞻斗極。何年肇祀遍九州？香火因緣增翰墨。摹寫猙獰窮鬼工,狼牙青面供雕刻。象形祇憑想象中,一坏塗抹毋乃飾。得非椽筆競錐刀,及鋒而試摩弗克。巧偷豪奪勝綠林,名場標舉曾獲弋。竊譽由來盜魁多,攫取金印矜強力。習俗流傳訛轉音,附會成形疇能測？他日司衡重鑄金,建构壇坫開其惑。

題文信國遺像

吉水陰風龍夜吼,孤臣函櫬歸丘首。雷霆驅送龍輴回,掃盡浮雲燦星斗。先生大節自堂堂,河嶽精英日月光。萬里江山悲禾麥,千春俎豆奠馨香。維持正氣三百載,趙宋雖亡仍不亡。國可滅,身可裂,此心耿耿終不折。俘囚年縱深,柴市卒就烈。道貌至今尚凜然,終古靈魂長凝結。常山舌,嵇紹血,先生忠肝更如鐵。孔孟之後挺孤蹤,何人能繪先生容?不摹零洋笠,不寫燕山筇,獨畫稜稜鬚眉古,岩岩氣象泰山崇。文章節義百世宗,允爲千鈞國脉一朝臣鵠持其終。

岳鄂王墓

北伐廻戈痛,東窗購綫牽。狡妻牢縛虎,望帝咽啼鵑。冤獄沉三字,奇功廢十年。城長甘爾壞,巢覆竟誰憐?

其 二

麗日臣頭重,傾城婦舌長。九哥貪固位,二聖棄窮荒。割土仍甘讓,輸金更易償。南枝孤憤寄,千古幾廻腸?

讀《淮陰侯傳》

日肅登壇禮,風傾拜將幢。諸軍疑不一,國士信無雙。遇厚誠難間,知深豈易逢!蒯生交淺甚,倍義語紛哤。

其 二

志大行憂阻,才高命苦奇。得君方克展,背主欲安施?威震恒遭忌,功多肯自危?祇傷隨鳥盡,不早效鴟夷。

其 三

後車旋釋縛,迎謁澈初心。徙蜀行仍赦,移淮豈再擒。情難功狗忍,柄已牡鷄侵。鍾室憐冤孽,歌風痛不禁。

其 四

不遇蕭侯薦,難蒙漢祖恩。追亡推特識,賺賀逼浮言。力諫需親信,心期共鑒原。滕公非相國,痛惜只聲吞。

其 五

奇賞終難恃,成何敗亦何。深知遭柱慘,祇爲自全多。薦主寬連坐,盈廷謹避羅。長城傾潑婦,專擅試操戈。

其 六

論兵矜智術,請王犯疑猜。不赴徵師會,偏貪厚餌來。急流須勇退,降秩尚遲廻。辟穀先幾作,藏弓後悔哀。

讀《留侯世家》

人傑推三士,惟良實最良。追隨如手足,夷險此心腸。勝算先機決,前籌借箸忙。沖天資輔翼,儀羽已高張。

其 二

純一貞臣志,清妍美婦容。報韓錐納袖,撓楚策藏胸。兵法師黃石,仙機託赤松。帷中謀謹密,一發見英鋒。

其 三

誤中驚鸞駕,追呼亂虎賁。祖龍雖倖免,徒御已褫魂。大索從容去,高飛晦跡存。千金隨客散,萬乘卒師尊。

其 四

忍恥方能濟,爭期貴得先。《六韜》無秘術,一語即心傳。事誠輕嘗憤,功收大用全。漢廷觀晚節,道氣獨充然。

讀曹操本紀

姦人誰最雄,今古推曹操。異才雖挺奇,賦性亦桀驁。遺醜襲贅奄,蔽明饒煬竈。種孽本家傳,何毒不謀到。孤寡剹易陵,倖僥乘末造。志得權愈橫,生殺隨其好。臣節既不終,兼之肆凶暴。詭言託文王,欺世名難盜。夢馬同槽三,天心垂儆報。朽骨身後寒,疑冢終難靠。難免千秋誅,空竊一時號。

詠燕棣

今古篡逆臣,賊虐燕棣最。阻兵甚州吁,怙寵橫子帶。《左傳》:"不穀不德,得罪母弟之寵子帶。"溯當防邊年，初建臨戎斾。節制統專歸，授柄倒持太。燕棣性本跋扈。太祖命統兵防邊，詔諸王均受節制，驕橫禍端，實始此矣。分封信過侈，本先枝葉害。卓哉居昇言，忠讜豁矇昧。偏愛明祖心，愎諫難自艾。釀成跋扈機，野心肆狼狽。豶豕蓄牙長，駮鯨蟠尾大。七國紛楚吳，三監連奄蔡。蔓滋遂難圖，塗炭空冠蓋。削藩誰肇端，誅叛將何賴。方、黃主興削藩議，全無廟堂將帥之略。不念勝負軍家常事，偶一蹶敗，無關大局重輕。惟最忌臨戎易帥，乃竟退老將耿炳文，而用膏粱無賴之李景隆，已爲棣窺破藐視矣。措置乖方，罪實難辭。反縱姦凶橫，狼戾峻嵩泰。象奴教坊間，男女無遮會。忠良不憫思，翻肆供屠膾。暴惡千載希，絕乖人理外。《藍鹿洲先生文集》，痛誅燕棣之惡，以爲豺狼心肝，絕無人理。故僕此作標題，先削王封，以筆舌爲斧斤，誅死朽之姦雄，雪忠良之怨憤矣。

宮嬡雜咏

大邦纘女倪天祥，窈窕偕歡琴瑟張。怪底瑤臺空煽艷，靈芬莫盼造舟芳。太姒

其　二

雞鳴警枕頌齊姜，解步先朝澗藻芳。若論中興功合最，忍耽同夢誤君王。姜后

其　三

尹邢相避竟何心？爭似莊姬智慧深！推進宮寮如不及，漢家明德嗣徽音。虞姬

其　四

月中聚雪映綃紋，玉質冰肌兩不分。妖玩難堪期撤毀，賢明甘后本超羣。甘后

其　五

無言桃李自成蹊，結子蒼茫落葉淒。料得枝頭陰尚茂，傍宮萬舞更低迷。息媯

其　六

臨行大會掖庭中，盛鬋嬌容動漢宮。顧影裴回留不得，饒他絕域識春風。昭君

其　七

芝生殿裏舊承恩，縪拂難勝恐體痕。曲唱廻風花盡落，更吹香氣勝蘭蓀。麗娟

其　八

文車十乘遠將迎，紅玉冰壺淚泪擎。翡翠明珠猶厭俗，龍鸞釵重更難撐。夜來

其　九

春深鏡殿老頭娘，爭擁蓮花泥六郎。萬種風流矜秘戲，二陵雲雨久拋荒。

武曌

其　十

再世新臺禍水洋，昭陵遺憾起茨墻。痴兒惡露真難洗，不賜金錢浴壽王。

玉環

詠文君

芙蓉臉際遠山眉，消渴輕軀那得支？但解求凰誰賞曲，好音只許長卿知。

詠武曌

紛爭廢立釁誰開？淫妒顛迷種禍胎。投甕孽冤由自作，悔教蓄髮進宮來。

其　二

先帝才人已放過，私情泣訴敢云何？生憎佳婦偏多事，曲意逢君與執柯。

其　三

自分衰顏畢老尼，況經剃削已多時。不因謀間蕭妃寵，爭得抱衾夢玉墀？

其　四

三十沙彌半退娘，偏工奪婿混瑤光。人妖一代饒奇福，位壽兒孫獨擅場。

其　五

宣華尚恚同心結，不解雉奴別肺腸。想是天家生果報，楊妃再世戀巢王。

巢刺妃姓楊。

其　六

景升兒子真豚犬，萬世長貽負荷羞。還笏一言深痛哭，傷心末命褚潭州。

《書經》："導楊末命。"遂良後貶潭州都督。

其　七

鏡殿空明露雪膚，更衣白晝肆歡娛。深宮秘戲無人見，一幅藏春極樂圖。

其　八

老媼風流孰與群？雌雄競好鳥難分。鳩居鵲占沿成例，猶勝曹家九錫文。

咏　文　皇

玉華館裏殿含風，獨戀蘭亭副劍弓。遺恨能言鸚鵡在，不隨仙駕入元宮。

其　二

從兒乞物意殊深，百玩都妨政要心。喪志何曾因翰墨，偏教割愛省痴淫。

《宣宗集》："文皇治法爲《貞觀政要》書。"

昭　君　曲

飄零環佩漢宮春，塞草秋黃落日昏。不信紅顏同落魄，誰憐青冢與招魂？

其　二

一時圖畫仍援手，千載琵琶枉怨思。老爾長門埋粉黛，輸他北地染胭脂。

其　三

輕重黃金與轉移，國家黜陟賤工知。丹青失意尋常事，肯數沉冤有蛾眉。

其　四

腥膻臭味已差池，寢處穹廬更可嗤。梟獍凶頑豚犬蠢，那堪再世作閼氏？

其　五

漢家裙屐總風流，胡地嚴凝萬象愁。偏是嬌花多玩愛，此鄉雖樂不溫柔。

讀《忠憤集》感時十二首

痛哭臨朝逼，艱辛議款違。堅撐難久恃，立斷貴當機。紓難家誰爇，侵吞計轉肥。提封今尚固，申畫慎郊圻。

其　二

宗祖疆場闢，屏藩膂力多。雨風勞櫛沐，尺寸得山河。棄擲同揮梗，賠償望止戈。憑誰收報復，雪恥濯江波。

其 三

耻辱初生憤,因循久便忘。彌縫成底事,粉飾又多方。戎馬知何限,樓船逼此疆。輸金非買地,割肉可醫瘡。

其 四

渴睡何曾醒,治絲愈更紛。張皇空爾爾,興革漫云云。頹憒仍今樣,蕭疏祇具文。視天同爾夢,故遣醉瞯瞯。

其 五

苦志宜師越,甘心勵胆薪。堅強惟忍耻,創痛轉忘身。鋼鋭刀猶淬,途長驥益振。疾風知草勁,蠢種信殊倫。

其 六

一德君民易,同心屬佐難。李牛争激拂,洛蜀率譏彈。議禮嫌頻構,當筵釁肇端。交遊紛黨與,翻覆起波瀾。

其 七

搖尾迎門犬,司晨報曉雞。受恩知顧主,得養豈爲妻?禄薄心猶奮,官尊道更迷。何當緣老病,長遣杖扶携。

其 八

圖強憑屢詔,積弊竟多年!宵旰朝廷函,寬閑守牧偏。國讎誰迫切?主辱且遷延。苟有歌筵會,吾曹穩醉眠。

其 九

清勤雖本分,消遣亦何怨。但惜賢勞死,聊爲奉米牽。努羊徐待牧,麻鵲促當筵。回首三門外,煌煌禁令懸。

其 十

賭風嚴厲禁,夜柝警巡街。不解其身正,空懷率教齊。算緡攤急注,燈火澈深閨。外畏堪防口,長唇敢反稽。

其十一

欲弭貪人謗,難拋好貨肩。城狐威可假,屋鼠暗能穿。賄縱焚身積,官仍轉瞬遷。詮衡公道少,衆察亦徒然。

其十二

不有嚴霜儆,難消積莠多。凌寒方凜冽,厚煦繼陽和。左衽終身感,游鄉没齒歌。濟時需俊傑,誰遣卧岩阿?

宦　途　嘆

我朝至中葉,吏治靡以卑。驚官宦途雜,整頓終難期。樞垣暨臺省,百僚具師師。奈何招權賄,昧公獨惠私?貪緣肆奔走,蠅營靡不之。酬應繁煨極,難怪分績疲。優游勤撫字,原望盡所爲。僞心勞且拙,何暇籌設施?冷曹與雜佐,間冗費推移。得豐便加納,穿縫窮鑽窺。肥瘠羅成算,計本攫利貲。貪酷日彌甚,溝壑日彌滋。剝洩犯天譴,旱潦成瘡痍。民窮財終匱,度支曷由支?古來培國計,端賴吏叶宜。大臣矢忠潔,小臣馨循規。居高惜名器,凡百趨風馳。奈何今仕宦,異途泣路歧。明哲縱自愛,下品多詭隨。直方援繫絶,安得雋不疑?

船　政　弊

船廠蓄水軍,兩利同一舉。外侮眈視多,備籌思力禦。土揮萬千金,度支告空杼。云何棄擲輕,相率逃威旅。誕言誇四遠,濟遠、致遠、定遠、威遠四鋼甲船,極爲堅猛。未戰時咸誇如何迅利,而卒相率逃走棄去。威海、旅順概不守,船盡貲送敵人。局終終齟齬。席捲賫送人,等閑一炊黍。蓬蓬氣吐虹,頽敗成首鼠。平日百鍊鋼,懦懦變桑茹。方柄圓鑿歧,刻玉期成楮。主持既無人,機器消攻拒。玉石紛混灾,塗炭付一炬。司演没彼何,投袂仍慚沮。從來軍帥才,措置自得所。而况權餉需,斯費實最鉅。衡用苟非夫,船械曷區處。《左傳》:"命爲軍帥,而卒以非夫,惟羣子能,我弗爲也。"

學　堂　吟

外國興學堂,盛隆三古邁。中國亦步趨,云何日腐敗?試究利弊因,長言發深喟。溯源詎非同,流失成異派。精氣苟不存,毛羽仍頽壞。病在董率虚,非種叢學界。抉剔嚴無人，雕飾競售賣。終覺狗續貂，尾禿滋笑話。又如疲蹇驢，奔走隨駝疥。泰西則不然，章法垂厲戒。一藝務底成，爲山肯虧簣？末工尚整然，矧伊針投芥。五穀雖種美，不熟遜荑稗。研磨存精良，簸篩汰糠稗。培養信不貲，艱難國力憊。庶幾報責償，受恩如負債。

鐵 路 謠

版圖滋遼闊，車轍難儘通。神速惟火軌，人巧奪天工。地縮長房快，奇肱遠飛翀。朝發夕可至，迅疾輕冥鴻。繹絡萬千里，如驅雷霆風。何物爲之阻？一氣吞鴻濛。朝廷爲此役，苦心酌議公。經理人苦乏，貪緣局董充。前後尋覆轍，因循鑄錯中。從來舉大業，諧衆宜和衷。官紳民氣協，何事不成功。要在偕商務，經緯互始終。形勢兼繁盛，參審極思聰。毋或私自用，致爲矢的叢。人南我轅北，彼西我徂東。區畫乖衆志，資藉自此窮。縱饒盈山積，誰肯拋擲空？縱有聚財手，何處竭牢籠？集成裘需腋，端在衆擎崇。血誠期共灑，意氣各自融。輸將效羣力，一心鑒公忠。

財 用 傷

賠款傾千萬，債臺苦難償。羅取窮搜掘，財政愈更荒。祖宗不加賦，民富樂且康。整理得機要，流節源自長。執法驅天下，虛耗貴能詳。奈何憚法祖，向盲問道茫。朝增一機局，暮設一學堂。兩軍兼路鑛，倉卒備舉忙。興作滋煩擾，財用繼匱妨。局面紛膚廓，收拾費周章。取民苟無制，元氣從茲傷。信知歐風美，孰如家法臧！緬懷純廟日，權度正高張。大小懍嚴肅，公私涓滴彰。廉俸軍需額，朗然網在綱。澄賞刑威峻，時復括貪囊。列曹黜閒冗，兵簡存精良。綜核歸提挈，安得不富強？實事能求是，設誠勵周行。內刪宮省費，后妃逮嬪嬙。侍御僕從簡，名數厥有常。外釐餉糈濫，吏營周限防。好爵非苟縻，報銷汰名糧。歷史觀勤儉，今古冠百王。誦芬念昔先，繼序宜勿忘。要當參時局，斟酌善籌商。調劑合新制，精意迪前光。師法期取上，執中原無方。

先生嘗謂：今之時勢現象，局面大則收拾愈難，興作多則財用不繼。張皇恢廓，雖具有大樣帽頭，徒見名目紛更，文書煩擾，適爲屬員奉承，病累地方，條理瘡疣耳，究無關緊要實際也。當世識時俊傑，咸服名言；而趨風舐痔之流，恒以自欺者欺人，爲問所謂實事求是安在乎？上下相蒙，無一認真。督撫既逼於詔條，苟從遷就；守令亦奉行文具，虛應委蛇。此等風氣不除，行看越趨越差，越做越壞，他日皮毛蛀露，虛枵立見，又不知作何景象也。有心人竊爲痛之。同學弟殷時望謹注。

述懷次東坡"粲"韻，寄友其年丈，兼柬朗南

夙懷臨九州，踪跡未及半。苦酬壯志難，輒廻臨河嘆。咄咄慚書空，時日終惕玩。天涯渺子期，恐虛《廣陵散》。伍噲常所羞，安肯中書伴？良友意纏綿，銘佩申旦旦。每懷瓊玖投，思報青玉案。顧維此區區，奚足心曲亂？誓當登清廟，宗器重薦盥。亟追擊楫先，毋令着鞭緩。管葛非殊途，王霸仍一貫。及茲年未衰，一起當世懦。風雲會有期，激揚拯塗炭。溫飽我心輕，授適隨餐館。願同登春臺，一被天下暖。勿學賦小樓，哀傷等王粲。

海上觀潮放歌

昔聞海客談風濤，波濤欲至風颾颾。須臾澎湃相怒號，湧出銀山十丈高。我聞斯語深嘆息，安得乘槎窮八極？苦無彩鳳雙飛翼，欲往觀乎猶未得。忽來海上寄浮蹤，放開眼界破惺忪。瞥見陽侯騎五龍，雷轟電激勢洶洶。風雲變態渾萬狀，豈是天吳爲鼓浪？抑或百川東流障，不然潮聲滾滾何雄壯！來浩浩，去悠悠，匋匋直欲撼山丘。溟渤都歸一望收，豁眼能消萬古愁。君不見廣陵濤，西興瀰，越王當日曾控强弩射。其奈蛟螭氣不下，至今觀者猶驚詫。又不見估人重利弄輕船，乘風常隨早夜潮。片帆斜挂扶桑杓，衝波不畏黿鼇驕，恍如列子泠然御行任飄飄。從知潮性由素習，陰陽二氣相呼吸。對此茫茫百端集，悵望滄波人獨立。

贈別曲

余癸卯春，棘場文戰仍復不利。下第南歸，落拓無聊。遇梅紫校書於臺江水榭，馬齒已加，鶯聲如故。風塵滯迹，雪印留痕。傷知己之無多，萍踪適合；念斯人之不偶，蘭臭同心。所惜過客難羈，流年易暮。歸山逝水，觸處增懷。聊賦長歌，以當贈別。回憶路途辛苦，霜雪飄零，真不覺涕泗之何從也。作此非寫閑情，亦以抒其感嘆云爾。

秋柳江城已改柯，尚餘樹葉影婆娑。沿堤悵望凋零甚，對此秋光喚奈何。板橋流水夕陽邊，家家畫閣整花鈿。中有一人清且妍，臨風婀娜濯娟娟。當初覆髮纔及肩，梅素之名一時傳。一聲河滿送客還，新鶯幽滑咽流泉。似拂花枝落舞筵，金石爲裂縞爲穿。聲技冠場顏色減，春風桃李憶華年。桃李春風復幾度，青年轉瞬傷遲暮。不堪商婦託殘身，其奈英雄餘末路。春草春波無情緣，驪筵送斷歌聲促。香巾拋墜碧玉家，紅粉飄零縷金曲。魂消餞罷油壁馳，落拓歸裝轉縈思。髩鬌長亭剛話別，連宵香夢尚迷離。離群每覺情懷惡，孤館單襟久寂寞。未斷春心強遣排，非痴自笑情絲縛。狂奴故態名士懷，斫地高歌傚《七哀》。燕都久圮黃金臺，當世誰鄰抑塞才？才人廝養夙同悲，同病相憐亦解頤。聊賦閑情非作達，兩心印證又誰知？鴻雪因緣劇有情，願卿得嫁我成名。高飛黃鵠低飛燕，孰訂風流月旦評？

近時亦有同名梅紫，適余在酒樓，傳箋座中，杏燕校書誚余不問妙齡，而屬意年退者，豈知余之志別有所寄，聊假此以遣懷耳，豈爲梅紫發哉？

甬江夜讀《楊椒山先生集》

甬江寶氣夜涵秋，長夜星輝百尺樓。樓中簡冊蠹蝕多，獨有椒山一集留。主人好古識忠義，珍重鴻文如天球。集中玉虹干霄起，凛凛椒山長不死。相嵩橫絕百倍鷙，緘口惜身非男子。五奸十罪褫其魂，奏疏朝出天下聞。一字嚴於千斧鉞，滿朝忠佞自此分。縱不即誅倖寬假，徙薪讜論揚清芬。香風遍城枷鎖吹，萬口芳聲一朝馳。中官聚觀羣傷憤，曷不移枷鎖分宜？乃知忠孝國本根，斯民直道終古存。人生原無百年命，殺身成仁順受正。《鈐山堂集》介溪殘，萬古溪山留詬病。下場難返窮秀才，回首富貴盡寒灰。堂堂宰相投荒裔，流離道途辱且摧。老骨分埋邊城隈，曷弗見機早自裁？至令相傳耄年餓死亦可哀，奸惡枉施險手段，當日豪橫凶焰安在哉？吁嗟乎！賢愚千載等蒿萊，擇福寧同君子災？只今人寶《椒山集》，松筠庵裏酹尊罍。争奉瓣香俎豆來，誰問西江讀書臺？

宋劉後村克莊書林氏夫人墓銘拓本

莆陽自宋盛文獻，人物一代存公論。忠惠忠肅樹鄉邦，穹碑嶷然教忠勸。後村劉子艷聲華，南宋文章一大家。問學交推真直院，治安抗志賈長沙。著作等身書尠見，水邨游釣摩挲遍。<small>陳恭甫續修《通志》，創《金石志》，得公書"水邨游釣"隸古四字。</small>鏟采消聲七百年，閫德幽芳發石竁。<small>銘爲公裔澹齋上舍修塋時所得，拓而傳之。</small>結體渾融筆鋒勁，四家饒與君謨競。《茶經》、《荔譜》得正傳，筆正由來先心正。臨安半壁小朝廷，忍恥忘讎污汗青。公熟韜鈐悉兵事，力主恢復揚皇靈。夫人讀書知大指，婦病小撓虜入恥。巾幗一言趣渡江，愧他鬚眉多男子。閩中《通志》補金石，此石鴻濛土纔闢。礪世磨鈍振懦頑，公家太守爲題額。<small>册開卷首繪墓圖，劉賓臣郡守篆額。</small>徵文考獻守官職，誦芬雅宜追先德。觀拓撰記作者誰？司馬家傳筆五色。<small>郭蘭石先生子子壽司馬爲撰訪墓記。</small>君不見西劉山拱如列屏，石墨鐫華發新硎。又不見馬坑峯邃尋岾峇，翁仲林立犂墓庭。搜羅故家揚明德，我欲摹碑傳拓銘。

排　悶

誰標駿骨千金相，空擁皋皮一席尊。經史久虛仍束閣，籌圖尚淺豈專門。授餐祇冀修羊混，吠影聊隨衆狗喧。漫笑春秋夏課拙，冬烘頭腦本來昏。

其二

頭巾架子枉軒軒，脫落皮毛渺一存。競詡學堂能富國，那知金穴不開源？

虛張例示繁仍擾，苦耗度支屈更冤。數仞空高無寸祿，雖稱冠冕亦奚論？

其　三

成連遠逝嵇康死，海内從茲失賞音。吐氣難容階下白，慰情豈復邑中黔！焚餘竹棄成材笛，爨後桐遺入選琴。才命相妨今古嘆，痛深憎達感文林。

其　四

高樓百尺臥元龍，坐擁千城錦繡封。縱邁塵埃難溷俗，不矜經濟已羅胸。多能藝事緣微尚，便列詩家亦大宗。笑絕陳桓雙眼窄，驕人末富博登鍾。

其　五

三斗猪脂快乞醯，多收十斛便驕妻。甘憐蠢裔抃充馬，增削比鄰甚攘雞。累寸桐棺難帶入，絲分营蒯尚思犁。田翁顧盼從來短，鼠腹惟堪一淖泥。

其　六

低昂得失數前歸，漫竊天功假福威。品到高時香自遠，身沾下氣願多違。顔同譽美千年駐，腹負貲多一旦肥。物理齊觀空色相，黑心富貴黑雲飛。

古　洞　房　曲

錦帳流蘇艷洞房，青春綺夢託斯鄉。仙山靈草長生域，佛國天花極樂場。枕繡文鴛偎鬢影，爐薰寶鴨透衣香。人間不是温柔極，太白何因竊玉娘。太白星竊仙女梁玉清，逃下凡間。

詠　老　馬

回首金臺屢斷魂，方皋長逝向誰論。人間孰是空羣選，市上虛傳買骨言。峻坂風凄心尚壯，長途日暮足難奔。自憐駑質馳驅促，伏櫪猶邀豢養恩。

書　感

騰輝莫艷中秋月，落魄空膺末世才。獨鬱幽思偏我憾，孤懸雅抱向誰開？愁亡儷偶增岑寂，賴有童孫慰笑咍。歷溯千春天降任，壯心雖耗未全灰。

杏　　花

畫橋村店酒旗風，城郭江南夕照紅。帽影鞭絲遲驛騎，餳簫粥鼓送飛鴻。枝頭鬧曉春無價，叢薄嬉晴興更濃。難得田家剛賽社，繁陰十里艷牆東。

觀蔭蓀所藏《摩崖碑》題後

洞天清供列西齋，燒燭瓣香慰遣懷。拍案有人浮大白，浯溪舊本認《摩崖》。《秋江集》自注："與古梅觀《摩崖碑》，拍案浮白。"

其　　二

縱飲高歌欲放顛，唐碑漢隸錯樽前。自從博雅梅亭後，金石消沉二百年。

其　　三

提挈珍藏日過從，吾家硯叟錦羅胸。標題莫憾予生晚，願續清芬翰墨蹤。

其　　四

野鶩家雞辨未真，來禽枉喚作廚珍。嗤他俗物肥腸販，豈似憐香賞識人？

近時慕名風雅者，率無真鑒。蔭蓀巨眼，獨能萃此於金消石沉之後，可謂能事不負。余足跡半天下，收藏亦頗多矣。即獲顏書及《摩崖碑》亦多矣。平生老眸並未有快意如此者。一見驚爲奇絕，幾欲如古梅拍案浮白矣。蔭蓀見余愛極，乃笑謂吾輩中除幼誠同年與余外，卒未有流連賞識者。方知博雅之難，故末首感慨及之。余借觀後恨難攘奪，然精光寶氣，終不可掩。慢藏誨盜，蔭蓀其慎守之哉！鳳穎上人自記。

遣　　懷

水如環佩月如襟，難得佳人共素心。祇願團圓猶月永，浮雲世態任升沉。

即　　事

檐前鳴滴雨絲絲，讀畫攤書百不宜。細撥寒灰新炷火，焚香多在下簾時。

其 二

元日新春忽響雷,昭蘇蟲蟄起根荄。深山別有龍蛇窟,莫遣阿香尺蠖催。

臺江雜咏

滑膩烏雲鬥晚妝,輕風吹上鬢邊凉。斜陽門巷簾初捲,粉黛家家茉莉香。

其 二

水閣笙歌簇醉迷,燈輝簾幕小橋西。定知傍岸閑鷗鴨,妒煞鴛鴦兩兩棲。

其 三

蠢腹膨脬一樣皆,揮金豪氣劇錐埋。妍媸未入登徒好,爭快屠門饜足來。

其 四

仙露清香白定樽,纖纖捧茗好溫存。粗商俗物真無賴,遽向花叢解渴吞。

其 五

花開姊妹趁芳辰,嫩柳夭桃一色新。無數飛禽紛下上,最難抛去是青春。

其 六

風月閒情一筆勾,披襟爽氣入高樓。酒酣快把《離騷》讀,消盡人間無賴愁。

偶 成

跳跶輕揚豈不羣,置身高雅媲皇墳。誰扛百斛龍文鼎,巾扇風流謝世紛。

其 二

雅好詩情矜吐屬,生憎禮法作拘囚。黃粱夢醒抛凡骨,濯足丹臺石上流。

其 三

粗頭亂服難容悦,習禮明詩足信修。麗質天成超俗艷,不矜風調自溫柔。

其 四

旗鼓堂堂鐵騎精,登壇劈畫一軍驚。已麾衆將傳餐去,又遣偏師拔幟行。

晚春即事

小園春去日初斜,楊柳風清噪晚鴉。纔捲窗簾舒望眼,曲闌干外已飛花。

其 二

犁花漠漠柳絲絲,細雨堤邊欲暮時。繞樹啼鶯渾似訴,愁尋芳緒覺來遲。

璧 月

璧月麗高空,虛明萬象通。清光澄木末,寒色閃花叢。水澈淵沉鯉,雲飄塞斷鴻。冰壺輪净潔,渣滓一消融。

其 二

正擬揮塵慮,難容穢太清。銀河傾斗滌,玉琯轉階平。絕域腥都掃,羣啾暗不鳴。中天懸鏡好,暗裏灼虛盈。

逸翰樓詩集卷三

讀《後蘇龕集》，留贈逸民施先生

鷺江風味滾腥羶，鮑肆登盤若個鮮。俗士虛名多似鯽，先生才學博於淵。江干把袂慰相思，兩地閑雲聚一時。天遣詞人雙合傳，奚容同異說孟施？《列子·說符篇》："孟氏之父叩胸而讓施氏，施曰：'子道與吾同，而功與吾異。'"觥觥大集芬洋溢，一語抵人千百筆。五色生成鑄管花，尋常詞藻違詩律。我好君詩如好色，燦花繡錦同機織。最嫌生命並時難，粗鄙偏逢程不識。傾城名士本同根，情種能邀造化恩。閑情誰似先生篤，美人醇酒醒詩魂。嫁才配養古同悲，吾輩多情信有之。我縱嗜才非重貌，名花解語亦娛痴。他生倘變西施子，甘鴆情緣爲若死。第恐生同沒字碑，空從娓嫱相容皮。才人例葬胭脂窟，香土幾曾埋秀骨。何物阿婆塗抹來，效顰偶爾亦唐突。讕語調君君莫笑，芝蘭入室誰同調。君不見闤闠蜣蠅糞矢多，染臊逐臭難消磨。語言無味奈彼何？惟大腹賈揚其波。先生詩才我夙羨，憾未鑴刻傳觀遍。刪訂若容贅游詞，附驥流行速郵傳。老我江郎才已窄，飄零剜值斜陽迫。設仍年少似麻姑，願餉冰壺濯頑魄。

題《後蘇龕詩集》

福慧雙修下佛天，風懷跌宕老吟仙。前身玉局同生日，閑向詩龕話宿緣。先生與東坡同誕日。

其 二

同時敢惜慳同命？衰老猶應讓出頭。羡絕蘇潮吞海澨，微瀾山谷幸陪游。

留別耐公

才大今詩伯，蹤高古逸民。先生自謂七鯤逸民，因臺省割後避地寓廈也。襟期經雪滁，談笑出風塵。宦味君消趣，儒冠我誤身。熱場偏冷態，誚已是陳人。

其 二

鷺門偕旅次，蜃市寄游蹤。故國翻新樣，神州變鬼容。火餘池劫燼，風起海潮衝。窟室三宜擇，枝棲一且從。

詠虞美人 排律二十韻。

劍花化碧奪天工，色染啼痕怨草紅。千載英靈貞魄在，一枝髣髴艷姿同。雲鬟自是歸天上，露蕊依然墜土中。欲種江東愁瘠壤，可憐垓下戀芳叢。生憎白骨重圍掩，斷送青春往事空。此夕歌聲何處起？當年意氣為誰雄？停樽罷曲離情愴，赤血丹心薄命終。婉轉猶留殘妾恨，飛揚莫倚大王風。即今弱質飄零甚，異舊柔肌旖旎豐。冷萼經霜懷懔懔，幽顏映月影濛濛。楚天暮色腸堪斷，蜀地春暉氣已通。袖曳單莖輕婀娜，虞美人單莖，一莖三葉，有五彩者，江浙、西蜀、秦均有之。衣薰五彩秀玲瓏。瘦腰解識迴風展，淚眼真應返照烘。黃土茫茫虛覆鹿，覆鹿，夢也。出《列子》。烏江渺渺剩留鴻。西方嘆逝人難挽，《詩經》："彼美人兮，西方之人兮。"南國歸休路亦窮。尚有香魂依楚塞，可能嬌態向秦宮。含愁似舞湘江竹，寄恨如飄苦嶺楓。一息哀音身竟殞，孤根薄殖蘴滋蒙。誰移穢廁羞亭長，願苫荒墳侍魯公。殢綠迴黃時物變，垂青再世鮮重瞳。

和耐公施先生六十述懷原韻

滄桑閱盡海東頭，老禿中書勝退休。水幕投身憐泛泛，風塵俗眼信悠悠。荒虛幻夢蕉探鹿，游戲浮文棘變猴。生世無聊逢隕墜，那堪恤緯釋氂憂？

其 二

三生墜地符髳叟，磨蝎身宮不自今。八斗才華丸脫手，百端感觸淚酸心。杜鵑化血空成恨，鸚鵡能言老亦瘖。假日銷憂頻望遠，昆明劫燼底飛沉。

其 三

壓線依人溷保傅，賓鴻響戀夕陽紅。難馴性格同中散，免憾睽乖異敬通。

生今厄運甘韜晦，自古工詩例致窮。淥水蓮泥違素志，幾經洗眼水雲中。

其　四

英年橋柱憶曾題，鴻爪空餘印雪泥。晚景吟風偕石友，寒香對月夢梅妻。新供茗具烹龍餅，重向薰爐熱麝臍。自惜衰齡悲奉倩，牽絲莫挽日飛西。

其　五

琅環福地信非虛，門外伊誰得造廬。金匱藏書新秘本，璚樓典籍舊仙居。徒矜偤漢傳三賦，奚異謊唐載一車。腹笥多文儲蓄富，澆胸塊壘易消除。

其　六

典重文章屬老成，五車萬里任縱橫。小儒界限拘唐宋，俗子鄉村塞晦明。北海朋樽雖變局，東山婦孺早知名。蒲輪異日來徵者，高妙應推個儻生。

其　七

書田廣拓闢荒蕪，百畝膏腴擁一夫。抱璞未沽誰識寶？守錢有虜爾何愚！居鳩託庇安巢鵲，穴鼠矜高肆野狐。蚊睫何能鷯窟處，枝棲聊假計非迂。

其　八

勝地幽居稱我頑，天留詩局在禪關。耽吟到地翻成癖，作戲逢場亦等閑。花酒此生隨逝水，芒鞋何日上名山？芳情綺業渾如夢，漫仿新詞付小鬟。

再　步　原　韵

生成慧業出人頭，綺豔詩情過惠休。斫地高歌仍抑塞，蒼天閉眼竟長悠。朝陽幾樹棲鳴鳳，困檻何時脫鎖猴？自顧微軀非沒用，誰教嘆世獨沉憂？

其　一

命宮蹭蹬愁坡老，振古如茲匪獨今。風節千秋銅樹骨，雲羅萬卷錦爲心。奇才且感知人慟，死報何妨國士瘖。得早處囊錐脫穎，肯隨宦海浪浮沉？

其　二

熱不因人廡下傭，隨唱權應付小紅。檀掾徒能矜武達，江淹雅合字文通。生憎才鬼偏諛墓，死罵錢神靳送窮。莫羨遭逢尊李蔡，時名佼佼率庸中。

其　三

早歲科名雁塔題，晚來蓮幕狎淤泥。移樽昔日招良友，藏斗今宵憶老妻。酒麴香浮多甕面，薑絲糝好少團臍。人生行樂安隨遇，天命猶難永眷西。

其　四

樓閣凌雲盡子虛，淵明尚自愛吾廬。鯤瀛故國翻新界，鷺嶼浮家好寄居。儘有高名當盛業，應無戴笠更乘車。李白詩："頭戴［笠］子日卓午。"古詩："君乘車，我戴笠。"觚稜已改棲金爵，草土空懷侍玉除。

其　五

大器由來貴晚成，雄才老氣到秋橫。研精體認思方密，閱歷心虛識愈明。小技虛文寧見道，專工實學匪求名。相期俊傑通時務，經濟胡關白面生。

其　六

衰周著述久烟蕪，功利人心讓鄙夫。競說新書翻舊樣，私傳飾智藉驚愚。身窮莫變成龍鯉，貌託虛張假虎狐。劫火烽烟今尚鬧，從甘守拙未曾迂。

其　七

耽僻猶當勝鄙頑，塵流俗冗豈相關。志方厲處難灰滅，情極深時怎耐閑。每惜疏才悲北海，昔人謂："北海志大才疏，故爲逆操所害。"敢矜遠略笑東山？不逢明主常愁寂，絲竹雙行鬥翠鬟。《春秋傳》"晉悼公以女樂二八分賜魏絳"，即此意也。自注。

三步耐公施先生原韻

多年聲價尚埋頭，採藥何勞訊伯休。無用浮生空日損，聊供卒歲似雲悠。槽中已兆同三馬，閣上寧疑畫一猴。極目風潮衝世界，榱崩棟壓總貽憂。

其　二

蘇李文章憎命達，才人一例古猶今。排空老雁多成字，結舌祥鸞兀似瘖。遠徙潯江悲宦迹，投荒儋海識臣心。拚隨弔客青蠅逝，莫問知交素鯉沉。

其　三

偶向皋春託賃傭，新炊冷火待爐紅。山中寄足懷商皓，廡下潛身倚伯通。

志士羞傳稱小隱，高賢耐守是清窮。囂歌作後京關去，又勵精修閉戶中。

其　四

過門凡鳥謝留題，未許清珠混濁泥。犀角通明推肖子，牛衣勸勉賴賢妻。良庖始解精批窾，學養焉能教斷臍？老眼詞宗真賞在，誰分五色紊□[西]。按：此批字應用仄方爲正音，奈《唐韻》、《集韻》均有平音。近時韻書都雙收，都訓擊，莊子注及各家訓釋亦不甚明，姑從之。

其　五

新巢故壘兩榛虛，辟地荒江抵結廬。權把生涯移記室，恥因俗物惹懷居。擬陪豪貴牧猪戲，更借番奴大馬車。翰墨因緣都冷落，烟花債累合開除。

其　六

瀟洒洞天似削成，青山老去暮雲橫。向平結願愁難副，宗炳圖看恐未明。好築丹爐修實行，休題石壁博虛名。風塵漂泊難持久，轉瞬光陰過一生。

其　七

六經灰爐百家蕪，敦篤真難望薄夫。如許盲人行小慧，直將專己肆獰愚。同眠窟穴通猫鼠，各據憑陵聚兔狐。穿孔合污多少輩，轉譏書種是拘迂。

其　八

酣夢頑仙墜落頑，清秋騎鶴過江關。人如杜牧風情好，路入揚州景色閑。極樂何曾輸净土，修真翻悔入神山。散花嬝娜疑天女，矧有明璫壓小鬟。

四　叠　前　韻

水木清暉鼓浪頭，卜居何自是歸休？江閑雲物霜華重，天外風聲日影悠。場圃穿花多蛺蝶，山園摘菓少獼猴。衡門棲築毋嫌小，容膝能安便解憂。

其　二

詩書廢棄猶秦虐，風雅將衰道變今。簡竹爆聲誰嗣響？琴絲梗咽已成瘖。趨時競效緘金口，共夕安從得素心？忍說新亭輕痛哭，神州大陸付全沉。

其　三

柳作姬人檜作傭，摒開牆外馬纓紅。清高木客閑留伴，濁暗金夫絕往通。

殖本長垂千載計，探源那苦一經窮。逍遥日月拋梭外，跌宕風雲刻漏中。

其　四

羣慕龍門善品題，一經聲價判雲泥。投胎白老甘爲子，得配參軍快作妻。熊美難兼惟取掌，麝香最好在留臍。各因才具爲分篤，斗柄何曾獨指西。

其　五

點綴浮雲壅太虛，分無皓魄照精廬。剛移木榻依遼海，恰便金壇稱隱居。借策方期乘有馬，招旌胡至出無車。不愁俗類輕相染，些少塵氛易撲除。

其　六

清麗詩難七步成，陳書几案雜縱橫。鼃更吼續鯨鏗發，珠斗光聯玉燭明。史局誰人傳信史，名山他日可留名。異才弗使嬴焚掩，天相昌期特地生。

其　七

大雅陵遲正道蕪，開荒莫與問凡夫。疇精樸學追先哲，偏哂藏修屬古愚。瘈噬多緣生國狗，宵鳴定見出篝狐。買山圖隱非長策，垂老經營總滯迂。

其　八

多時踪跡覺疏頑，寄寓還思返故關。屏却笙歌歸静定，點裝竹石煥溪山。文從絢爛方趨淡，地闢膏腴始養閑。煖老年來需玉種，瓊田底處有雙鬟？

題　虞　姬　像

溺色殉情貞媛恥，殉名就義奇烈女。臨難偷生每失身，不獨息嬀羣如此。偉哉虞美人，甘爲項王死。聞歌慷慨血濺塵，帳下健兒涕沾巾。辜恩難苛弱女子，草間乞活多貴臣。虞兮虞兮奈若何？姬也聽憤肝塗戈。先驅願爲泉臺侍，信誓妾志重山河。君王意氣盡無聊，身非楊柳風莫飄。生憎野雞夜奔醜，死逐逝騅魂難消。妾身先隕表君前，妾魂隨君更可憐。縱捐麗質神終古，風馬雲車仍着鞭。

釣臺懷古仿山谷體。

西風落日嚴陵瀨，子陵已往何物最？時危競爭權利趨，節義漸輕中深害。

上書四十萬,廉恥道已窮。不有先生起,波靡幾時終？狂奴仍故態,至尊前席崇。以足加腹忘帝貴,天子真與故人同。孰白衣？孰聖躬？一夕共卧偶然耳,客星奚爲遽犯紫微宫？辭歸富春渚,身高道益隆。到今千載下,何人喻深衷？論世知己僅范公。但見山峻穹,水長空,羣仰先生之清風。屈尊貴德邁唐虞,惟帝惟光曠古無。漢廷人才曷足道？眼前落落侯司徒,惜哉磻溪釣璜德不孤,王半山咏嚴陵祠堂:"迹似磻溪應有待,世無西伯可能留？"放歸似買櫝還珠。非帝雅量難容賢,西京百年頹運賴彼之所扶。從此頑懦皆廉立,較之知人得人十倍急。先生與帝兩相高,吾愛光武真人豪。以斯培天下士氣,羣覺鶴聲徹天聞九皋。我來斯臺深弔古,傷心不見謝皋羽。痛飲高歌亡國哀,忍看擊碎如意胡旋舞？

西京經王莽篡逆,天下上書請即真者,至四十萬人。士風波靡,幾不知世間有廉恥事,正賴先生崇高節以默拯之。此惟世祖相印厥心,故能降尊以求,虛己以待,仍不敢屈其志,則所以崇重先生者至矣。此處於世道名教爲人心上無形絶大關繫,故東京既亡,漢末節義猶復林立,則先生與世祖暗中培養,先有以振起之也。平生持論及此,斯作猶素志耳。謹爲拈出,以告天下之同心同道者。

王鐵槍歌

王鐵槍,赤心低首事朱梁。衰朝佐命附末光,闞如虓虎空飛揚,那知朱三實豺狼？是時天地晦蒙金烏墮,妖龍戰野血元黄,沙飛塵走禽獸忙。將軍挺槍誰敢當？竟逢英年角立沙陀王。横行決死鬥,挏出肝腦塗戰場。惜哉武夫書未讀,但曉豹皮死留香。自來受人翦拳每搖尾,惟有村野之狗多猖狂。忘主反噬仍亂吠,翻託桀犬嗾無妨。何若將軍一心所事尚留芳,反顔狗彘何肺腸。千秋愧煞藥封創,莊宗用藥封其創,又遣令明宗諭意,均不從,乃授命。嗚呼！反顔狗彘甚肺腸,千秋愧死王彦章。

感　憤

世態紛多故,浮生變幻中。強權争勝勢,奪利巧趨風。魑魅神洲混,妖魔聖域叢。陽光遭掩遏,陰翳極昏蒙。蚩蠢離心兆,奸凶趁隙攻。沐猴形異類,檮杌技偏工。冠履憑顛倒,詩書任蠹蟲。杏壇猶謗毀,鄒邑漫推崇。正論何人抗?憂思獨我忡。泣麟傷廢道,嘆鳳惜卑躬。觸突過童牿,焚坑劇祖龍。民情原可見,天意豈終窮?七作思殷德,三登邁禹功。朝廷非桀紂,叛逆豈歧豐?殘賊傷生命,兵戈雜女戎。賠償雙倍苦,財帛九州空。不有袁安起,誰修虎拜隆?三正期反正,五服庶懷同。跡絕狐羣媚,皮留豹變雄。推誠增廣益,共濟在和衷。仍以共和作結,意尤周匝。時望注。

就《正氣歌》借舉十二史事詠古

太　史　簡

晉董狐,齊太史,麟經未出先孔子。一簡一筆各千秋,雙懸日月非悠悠。能貽亂臣賊子終古憂,能令病狂喪心一時瘳。君不見寧殖驚心偃戴頭,頑軀幸免罪仍留。臨終業鏡照膽愁,儼有斧鉞開其眸。孰褫厥魄孰魂收,奸雄志事無與儔。曷爲猖狂橫肆假息休,皆賴史簡爲之尤。嗚呼！人心未死天理流,惡名恒怵身後羞。多殺難滅萬世口,丹書一勒凝山丘。當官死職不甘避,南史執簡後勁遒。誰是威稜如鐵嚴霜雪,壯哉此簡干城世道逾戈矛！

董　狐　筆

臣獒猛君獒,宮甲蜂亂起。趙盾雖亡未出山,桃園之攻誰主使？爲法懲惡非責賢,盾也豈賢董良史？縱賊之罪歸正卿,難因公婿赦猶子。逆凶何人寬如此,一語誅心已足矣。

張　良　椎

祖龍焚坑肆雄威,軻劍離筑遭禍機。張良力士奮椎鐵,儼如迴日天戈揮。大索十日終難獲,萬乘膽寒魂魄飛。貌似婦人心壯士,帝師人傑古今稀。報韓之功縱不遂,平生視死原如歸。要令義聲震天下,豈輕一擊昧見幾？

蘇　武　節

大漠風塵苦冰雪,作常餐吞氣猶熱。十九年始萬里歸,一生大節視此節。朝茹暮咽長抱持,心似寒霜肝似鐵。陵律自慚罪通天,欲爲游説無可説。人生百年仍必亡,輕棄旄麾由難決。老母終堂妻去帷,歸來鬢絲並節脫。安東將軍亦秉旄,濯纓恐不如是潔。

將軍頭

將軍斷頭不肯降,拚此熱血灑三江。尊爲上客納頭拜,五體投地士無雙。感恩知己非屈膝,平生鬱積恨滿腔。故主無能信闇弱,願興炎祚開蜀邦。各州聞風崩厥角,惟賴降長先麾幢。張公叩首嚴泥首,都人解體不驚尨。鬚眉低頭變巾幗,聽降將令誰敢撞?

侍中血

王裒死孝嵇死忠,各行其志信不同。誰謂求忠必於孝,當官盡職原匪躬。血濺帝衣刃攢叢,以身蔽帝袖盡紅。雖有車帷不能蒙,惟見赤氣旁噴沖,赭色如虹飛長空。他日更衣見沾染,帝曰勿易苦朕衷。疾風板蕩思貞烈,偉哉血軀真侍中。

睢陽齒

保障江淮竟隕身,功過中興郭李三數臣。罵賊噴血血併熱,銜刀刀缺齒穿斷。同齦。蠢哉羯狗肉腥不足齒,吾縱喫之穢逾豕。此齒金石厲冰霜,嚼賊萬段未爲強。獨期漱清編貝中流砥,樹屏撐列帶礪長,不令亡脣寒生殃。可憐南八之指常山舌,與君折沒恨同切。擊聲震震如電寒芒裂,淋漓頰輔鬚髯畢張堅勝鐵!

常山舌

嬖巧之舌肆廣長,諛佞之舌生疣瘡。惟有忠臣舌鋒最犀利,寸根能生五色光。隱褫奸魄刺其腸,嘳之舌撟脣莫揚,關喉奪氣塞猖狂。吁嗟乎!此身萬古堅金剛。金人舌凝金口張,噴銜血刃生寒芒。支解雖鈎尚存本,千秋仍嚼俎豆香。

遼東帽

角巾折後帽頭出,神龍畏尾藏之密。皂襜雖矮任清寒,不喜戴高心如一。闊狹長短非所歆,惟愛潔涓存其質。履冠倒置天日昏,蒙頭蓋面翻洋溢。笑他日落逾龍山,絶纓多一羣用壯,喪元无首胡爲吉。

出師表

隆中一對定三分,天下英雄讓使君。祇惜永安託孤後,僅留元老討賊文。《出師》二表聲悲壯,鬼泣神歌千秋愴。鞠躬盡瘁死方休,一落大星元氣喪。雄氣高文訓命高,蘇軾謂:"《出師》二表,與《伊訓》、《説命》相表裏。"誓誅姦凶鋤爾曹。煒煌義憤懸日月,如挈鐵簡麾金刀。雙管齊下大書上,何止生華添彩毫!

渡江楫

舞劍聞雞興,運甓朝夕入。雄心恐人鞭着先,誰砥中流堪作楫?倚擊悲歌慷慨期,不學楚囚新亭泣。此生自誓非異任,能障狂瀾斯卓立。未清中原掃邊塵,對此茫茫百憂集。樹名萬古争一時,策馬渡江嗟何及!擊汝仍期乘長風,奚止濟川需汝急。

擊賊笏

司徒滿腔血,忠貞堅逾鐵。憤然舉笏肩千斤,當頭奮擊逆頭裂。霹靂破空震響來,預褫奸魄心魂折。平生執笏日朝天,肯與逆竪相折旋?庸奴滿床盡無用,秉持掩面亦徒然。象牙魚袋多閉藏,稜稜誰見威凝霜?物因人重免塵埋,袖手旁觀驚擊排,枉相金玉列下階。

幽意

東風料峭草萋萋,花落閑窗剩鳥啼。悵盼天涯音信斷,芳晨已過夕陽西。

其二

芳訊頻年懸遠矚,野蘿叢棘負春暄。子規泣血腸空斷,望帝冤魂淚枉潸。

踏青

桃紅柳緑趁青春,粉隊相攜競上墳。笑問踏青兒女伴,春風何事颺羅裙?

冬日有懷耐公

借色方君者,蛾眉退閉休。窮途名士慣,終古美人愁。寵極情甘死,才豐命與儔。英雄真氣短，知己幾爲謀？

其　二

不遇高唐艷，空聞下里卑。雙尖么鳳味，三少嫩雞皮。和却《陽春》寡，歌惟《子夜》宜。效顰猶未可，怵此老西施。

簡朗南

但以詞章重，吾心亦已灰。龍文期出匣，驥迹遍污萊。黑劫愁將到，青雲黯不開。生逢身世辱，愧古敢言才？

其　二

樂毅投何處，燕昭去不回。昔賢猶觸厄，我輩漫增哀。白璧終遭市，黃金尚有臺。臥龍潛豈悶，屈尺俟風雷。

其　三

居幽雖困頓，壁立未摧隤。一旦操鈇鉞，千秋仰斗魁。民情原可見，天意豈能推？待看誅檮杌，終能遣鬱壘。

仿《松寥戴笠圖》寫真

感念科名髣髴因，舊詩屢讀倍沾巾。蹉跎酷似張亨甫，未必導師轉後身。
亨甫遲至三十七歲方登賢書。其舉拔萃科亦乙酉，與先生同。門人陳廷策謹注。

題《曾經滄海圖》

王生瀟洒瀛東客，滄溟涵胸巨浪擘。獨立風塵迥出羣，年輕肯讓老詞伯？衝波跨海遠相存，友尚千秋仍求益。希有大鵬《莊子》："大鵬,希有鳥。"萬里臨，翻風當厲垂天翮。嗟余耄矣閱滄桑，乘槎擬窮星河脈。問津不來俗流稀，淒寂衡門杜其隙。空外敲飛剝啄聲，迎歡倒屣幾折屐。雞黍留賓少抒誠，乍逢如舊交初獲。納涼披襟開北窗，縱談清快莫與謫。清風從述故人情，生自述由老友耐公處來，頗蒙青睞。謂渠少亦耽詩癖。殷勤就我相切磋，粗糲不厭他山石。那知江郎才已窄，飄零更值斜陽迫。平生過賓驛，隨處留題迹。青蓮彩筆疇垂青，途窮翻遭俗眼白。萬言杯水比猶輕,九天珠玉盲安惜。何人知己慕浮名,空似矮塲笑觀劇。觀海孰悟爲水難,一勺雖清沙露磧。吁嗟乎!滔滔海宇誰與易?生不逢時時丁厄。狂瀾亂潮汐,俯仰今殊昔。葦杭未聞宏濟才,迴砥何功輕改革。擊楫非無人,澄清枉抱策。縱藏名山避暴秦,難免空言遭焚擲。佇看滄海重揚塵,再訪圖書符命赤。想君深意或寓斯,姑向老朽商于役。乘風破浪難預期,陡變神龍會有適。飲海騰雲好作霖,飛行千丈等尋尺。即觀斯圖溯洪源,回首蹄涔猶待澤。

讀　書

飫古塵糟粕,推新厲磨鐫。恨無修綆汲,底事繡絲穿。道阻常通驛,山高不涸泉。回甘忘欖苦,豁貫在精研。

其　二

亦有書叢死,難同字食仙。師承村學究,坐老苦枯禪。即鹿空林舍,求魚向木緣。笑他門外漢,終始殢寒氈。

柬友人論詩文事

論詩必區唐宋界,論文必侷方劉派。是皆乞丐與興夫,苦争地段勿敢踰。天生我才既非偶,奇麗清雄靡不有。但能澤古與鎔經,漢魏六朝均入手。先以騷選厚其腴,次以韓杜開其膊。縱橫萬里通億年,衆長並包稗販走。直造瓊樓達雲烟,仙山景物儼在前。將餐玉液不火食,肯與世味論烹煎?若僅小數分家數,佁人卑田劃途路。

和耐公原韻,兼簡怡園

騷懷塊壘鬱難平,晚對蒼茫感又生。先世豈知新室歷,史官孰紀舊春正?爐圍鍊字攻詩陣,拇戰消寒挫酒兵。擬撥窮愁尋歲計,推敲剥啄送吟聲。

其　二

故態豪狂愧未除,寸陰瞬過歲之餘。徒勞楚闕三投璞,枉向秦關十上書。

僕隨計十次，空勞僕馬。縱問青天終竟爾，冤沉白日入無諸。鯉城尺素匆匆肅，并訊林間候起居。

叠　　韻

陽和不散冷灰生，逼歲頻聞爆竹聲。盲史歸餘差再閏，豎儒亂統紊三正。日窮《月令》："日窮于次。"難考靈壺職，天醉真同阮步兵。見說當塗多肉食，宰鈞何處問陳平？

其　二

痼癖今來已掃除，浮生泛度任波餘。竄身三徑惟耽酒，昧道十年枉讀書。從此風塵終板蕩，仁看明晦換方諸。買山憾未桃源入，避世無嫌木石居。

三叠原韻

不幸生辰覯此生，蠅營到處混雞聲。羣看觸目多狂吠，絕昧懲心覆怨正。《小雅》："不懲其心，覆怨其正。"國狗偏從宗國噬，《左傳》哀十二年。人枭出《宋史》。亂煽刺人兵。《孟子》："是何異刺人而殺，曰非我也，兵也。"魯連蹈海羞秦帝，精衛禽冤填此字除真震韻，平仄皆通。莫平。

其　二

遼豕井蛙鬧未除，禍胎夥涉踵陳餘。田夫鹵莽焉知禮，亭長粗豪豈識書？濁水呈珠終汩沒，名山有牘且藏諸。休憂好樂今宵讌，《詩》："好樂無荒，良士休休。樂酒今夕，君子維宴。"毋以太康想職居。近耐公來函，有"恐不免牽率重入政界"之言，故以此規。"已"、"以"古字通。

四叠前韻

窄韻因難觸巧生，和聲難得遇同聲。才人見說鴛乖偶，君子未聞鵠失正。泛涉詞林搜掌故，橫麾文陣鬥心兵。等閑漫把《離騷》讀，繡幄薰香拜屈平。

其　二

逆旅流光歲律除，清妍何物適紆餘。韓文《進學解》："紆餘為妍。"尋梅醉月頻傾犟，倚竹吟風勝著書。程明道云："自從周茂叔吟風弄月，有吾與點也之意。"持蟹何妨師畢卓，烹魚且欲訪專諸。寬閑永遂安心趣，斗室從容邁廣居。眉批：諸字押得巧妙。門人陳庭策拜讀謹注。

五叠前韻

形影誰憐太瘦生，好音空谷迭傳聲。鈞天廣奏團仙樂，三月聞韶換斗正。儘許求嚶須得友，《易經》："則得其友。"那嫌共語老於兵。陳承祚《三國志·劉巴傳》。三操送臘漁陽鼓，別有風狂似正平。

其二

筆陣千軍足被除，再三賈勇力仍餘。頻暈鳳彩翔高藻，仿睹龍威蓄祕書。蒙儗小邦羞自檜，山谷與坡老詩："我詩如《曹》《鄶》，淺陋不成邦。公如大國楚，吞五湖三江。"可爲知己道也。君真昌國繼望諸。淵源家學資深造，左右逢原得所居。公父笙陔先生以詞賦文章爲館閣前輩所推，公承其家學，益加深造。淵源所漸，非偶然也。

六叠前韻

焚香瓣奉玉溪生，鑒別風騷示正聲。每惱唐藩干國紀，漫同周室得天正。《論語》朱注："周以子爲天正。"《易經》："湯武革命，順乎天而應乎人。"塵纓解遜投林鳥，心緒棼如失伍兵。極目世途多反側，悲歌拔劍恨難平！

其二

盡日愁城未破除，擁胸萬卷衹灰餘。矧經改朔移花界，莫問編年削竹書。屏却詞人誰麗則？雅非知己漫求諸。新春草木開新眼，重訪江干水竹居。

七叠前韻

放曠殊同倜儻生，歲闌擊鉢尚催聲。眼看除夕開春事，今年除夕日入春。心喜元辰襲月正。願築詩壇多拜將，空羅武庫鮮論兵。憑誰韻譜從調律，識曲端推阮始平。

其 二

酒香爐氣滿軒除，歲俸通償樂有餘。比户桃符紛換帖，虛堂茗椀静研書。瓶花細插難倉卒，盤果清供盉備諸。除却吟朋無俗客，茅檐真像野人居。

八 叠 前 韻

渾如擊筑和荆生，慷慨同歌變徵聲。九服頻年争易制，百官何日更朝正？未能減賦翻增賦，便欲銷兵却鑄兵。濁浪滔天方浩蕩，元主無地奏成平。

其 二

積習淪肌莫滌除，蝕侵元氣絕無餘。性頑偏講文明度，心計孰精《平準書》。北虜三邊窺已爾，西方九國撫其諸。滄桑變幻今頻亟，愁煞危巢豈定居。

九 叠 前 韻

葭灰飛動一陽生，漏滴銅壺候轉聲。纔喜窮冬喧至節，幾忘改歲入元正。詩城列陣如當敵，酒户軍疲可罷兵。抱膝長吟時莫許，知心見信獨州平。

其 二

瑶瓊孰是列階除，五桂傳家亦慶餘。尺璧誠珍無剩晷，千金願購未亡書。閑情合仿陶元亮，遠適何勞蕩意諸。李陵答蘇武書：「遠適異國。」《左傳》「蕩意諸曰合適諸侯」，又「蕩意諸來奔」。絲竹花房需送老，恒愁兒輩攪安居。

十 叠 前 韻

紛紛世界棘荆生，觸處如驚鶴唳聲。不見金莖承漢露，偏聞玉曆奉秦正。花封有客難爲主，草劫何人更避兵？《法苑珠林》。射日彎弓空后羿，眼前局勢已難平。

其 二

殘月凄凉下玉除，鏘鳴寶瑟墜歡餘。三階祇借螢飛照，一箭難憑犬報書。鏡影猶能寒鬼魅，瓊輝何事食蟾諸？《淮南子》：「月照天下，食於蟾諸。」姮娥耐冷原如素，護擁嬋娟亦獨居。

十一叠前韻

論命班生首衆生，班彪《王命論》。當頭一捧疾呼聲。羞從操莽膺餘運，怎比殷周協改正？《禮記》"改正朔"疏："周子、殷丑，是改正也。"絕塞三方將入寇，平林五校且興兵。土崩瓦解橫分裂，誰信愚公可剗平？

其 二

劫運循環復算除，驕人擁富亦其餘。拚將掛杖邀朋酒，勝似籯金《誡子書》。詩就留遲奴送却，瓶空歸向婦謀諸。小園得遂枝棲願，長效安仁賦適居。

十二叠前韻

西來謬種禍蒼生，僞學紛迷亂應聲。不向操刀尋窾郤，安能志鵠入侯正？射有"三侯"、"三正"，見《周禮》疏。又《詩》："終日射侯，不出正兮。"庸醫病縈紛添藥，債帥糧空妄憤兵。趙括虛談書誤讀，何如方略老營平。

其 二

司命東厨祝解除，留金買醉不求餘。李白詩。月移檻曲猶呼酒，日麗窗紗借展書。羅列香花供李白，閑從樽俎試梅諸。到門車轍俱長謝，陋室偏宜養靜居。以上數叠，皆袁逆未稱制前兩年和作。先生灼知先見，并能以《易》數算定該逆亡於何月，可謂哲人矣。庭策再記。

諛墓嘆仿古詩

元化乘流運，草木及時新。人生在世間，飄若風中塵。形骸隨年老，志業百未伸。没世名譽寂，見譏君子人。淹忽丘山下，蒼莽掩荆榛。斜日惟掛樹，浮靄無留痕。空餘諛墓碣，世誰信其真？

翠羽曲古樂府

蝴蝶戀餘春，竊採空花臭。翩翻枝上飛，衣裳艷錦繡。形色炫一時，戲撲狎閨秀。羽禽爭芳時，力與花神鬥。花既逞其驕，蝶亦媚其遘。不解入莊夢，園林誰暢茂？覺時蝶尚留，栩栩香風透。鮮妍漸衰歇，蝴蝶不來就。

當爐曲 古樂府

盈盈當爐女，含愁意難語。春風吹羅裙，手垂頭懶舉。抱琴遲奏試君心，白頭望君奈何許？綠楊飛絮草芊綿，飄蕩輕颸迷遠烟。一曲《鳳凰》生悔恨，妾心難縛誤青年。爐邊重畫遠山眉，願誓終身君未知。寄語人間好閨秀，莫令琴挑便心移。

有所思 古樂府

我所思兮在古琴，嶧陽之巍巍千尋。上有孤桐遠下臨，百尺無枝倚層岑。不知斫伐何年代，委配成材費酌斟。烹調膠漆供追琢，綠綺朱絲相玉金。師襄未奏牙期侍，高山流水德愔愔。獨揮羑里《履霜操》，寫盡貞臣順子心。文仍引咎已自怨，惟德動天神鬼欽。鳳凰來儀鳥獸舞，屈軼生庭鴞懷音。家國重慶和平福，始識聖人感人深。吁嗟乎！窮羿商臣何代無？愧聞斯曲汗沾濡。改弦更張非易事，願從根本收良圖。宮商定位先自正，下風民順分趨①。八音克諧無相奪，和聲鳴盛溢皇都。虎豹深藏蛇龍遠，何俟伯禹周公一再驅？

其二

我所思兮在仙山，方壺圓嶠蓬瀛間。玲瓏傑閣不可攀，金支翠蓋相往還。琪花瑤草紛爛斑，採擷鍊調成餌丹，早暮服之能駐顏。吁嗟乎！天地劫運仍循環，龍蛇起陸虎當關。浮生寄殼成何事，忍能俯視千秋過？瞬間蜉蝣塵世空擾攘，安得白日生羽翰？眼前富貴何足算，枉勞心血負苦艱。黃粱何時醒惡夢？擔當大物非等閒。一髮千鈞稍差跌，雲陽市上愁凶頑。屢朝簪纓朝夕盡，祇餘棺蓋論賢姦。信哉寶位難闖干，願從赤松黃石游仙班。我所思兮在古籍，洞天福地寶藏册。琅環秘文龍威書，金簡玉函羅千百。燃藜太乙監典司，仙聖神人爲之役。蒼水使者導我前，爲帝王師留一席。石室三重盡開扃，更檢元章紫字示我無餘積。發揮兩大見提綱，大地山川源流通絡脈，悉昭形勢窮禹迹。用兵治河咸詳覈,功成身退復明辟。歸隱神山餐金液,自是人生一快適。吁嗟乎!俗士光陰多虛擲,那諳聖人分寸惜?不學無術挾《兔園》,僞謬方版昏決擇。鼠眸蚊睫空窺隙,胡怪登場方寸窄?平生未聞三墳五典口遺貽,烏能胸函如指畫?異域乞靈亦何益!我所思兮在修鍊,寸陰過隙如傳箭。浮漚幻泡流電馳,精氣游魂終潰散。参同悟真闢生關,築鼎立基僅門面。大小三百六周天,坎離會合何時見?音現。靈飛真傳自有真,性命雙修歸一貫。龍升虎伏元功收,洪爐點雪舌根嚥。黃婆姹女原寓言,醢鶏巢燕迷視線。枕中秘書孔聖傳,下土粗才何由見?孟先存養收放心,開章明義高山奠。拂拭之勤常惺惺,三教薰修括無倦。頑空苦空枯死灰,儒釋道流混爭戰。根本不存枉徒然,倫常綱紀操其券。吁嗟乎!庸流名利涵濡深,更滋嗜欲鍾惡淫。孽緣種長仙緣短,求換凡骨丹無金。回首駒光足可惜,空留食息等犧禽。何如割捨世累去,逃入名山幽密林,一意棲真了此心。轉功丹成上金闕,俯視塵海嗤浮沉。黃綺未遠留芝草,欲往從之商嶺陰。

【校記】

① 此句"趨"字爲韻腳字,以上似脱一字。

閑 窗 即 事

工愁善病謝情癡,幽夢醒回玉枕移。睡眼矇矓纔卷帳,水仙花氣沁心脾。

其 二

氤氳小閣熱檀餘,静歛凡心檢道書。斐几疏簾人不到,猶揮麈拂净窗虛。

砭 愚 此題作於籌安會未成立前一年。

三寸桐棺五尺軀,伊誰再起展雄圖?桓文霸略今安在?湯武征威古已殊。漢寢唐陵藏底物?秦宮晉殿落荒蕪。山清室暖忘冬夏,争及巢由穩睡無?

其 二

漫道燃灰死溺人,冢中枯骨亦生春。加冠作沐成何樣,升木教猱枉損神。居所未能安北極,責言終恐鬧西鄰。班彪警論當頭棒,受命無符錯自珍。

其　三

俯視生靈愧影衾,哀鴻遍地劇呻吟。湯湯浲割狂猶水,闇闇迷雰杳作霖。野獸爭羭稀率舞,爰居聽樂豈知音？眉批：蓋袁逆固曾以世家子讀書,冒取青衿者。休同采擷桑芹細,容易飛鴞入泮林。即真豈尋常事,非若八比秀才之容易做也。

其　四

竊據上游擁重兵,奸雄自古奪先聲。三分過二災生福,萬取因千妒起爭。得隴心仍貪蜀望,劇秦願便美新榮。人情不遠應思舊,天監非輕總惡盈。

其　五

慚德寧辭口實蒙,普天率土有何功？防民自信防川易,樹敵端由樹怨叢。金爵新移棲魏闕,銅駝會看掩荊中。簡書誓命前言重,誰向官家辨大同？

其　六

藻火松雲製變奇,忘身北面炫鬚眉。履冠倒置新增服,綿蕞參差舊雜儀。儘有貂裘添狗尾,何曾虎質被羊皮？羣公衮衮趨蹌緊,誤認興周制作時。

其　七

盡心諂附喪心窮,長樂紛來老董同。競慕腥羶趨隊蟻,渾忘幻夢想飛熊。修成素女非難耐,羨見金夫不有躬。欲舉《春秋》誅亂賊,五經掃地遍衰風。

其　八

智計曹瞞信可兒,闌干心事路途知。履霜故跡由馴致,爐火新居竟不爲。豈慕文王將武薄,巧言天命釋人疑。早徵閏運膺年促,守節終身亦未痴。

凡篡奪之輩,欲爲兒孫作馬牛計者,亦望一世至萬世耳。使曹操早知國統之運僅四十年,其智識聰明亦不爲也。晉安帝嘆："祖宗作事如此,安能長久！"良有以焉。萬里江山,空羨秦、隋之短祚！何若千秋俎豆,猶然堯、舜之長存。高人如巢、由,終願以此易彼,其識見諒非痴拙歟？玉林山人自誌于逸翰樓次。

先生讀《孔子秘房記》及《明堂歷代圖》,每謂"袁逆無受命之符",當凶焰方張時,人人固未之信也。先生平生深於《易》理,遭遇末世,謹懍遜言；然胸中悲憫,容有不能自已者,每於詩詞中婉委出之。一唱而三嘆,慷慨有餘音矣。門人陳庭策謹注。

擬淵明誡子詩

人生無百年,恒與草木朽。富貴浮雲虛,惟名留差久。所以古之人,三立期垂後。德盛樹仍滋,功言亦非偶。聖門賢若參,猶慎淵冰守。順正安考終,啓襟示足手。置身天地間,君親期無負。根本倘先虧,行爲皆芻狗。善士鄉國稱,論古更尚友。務令後人欽,巍然標泰斗。

讀漢史稱"四皓安劉",聊爲辨之

漢高原定見,趙隱豈成材?欲藉商山老,陰消禍水胎。子房窺此秘,呂雉孼能媒。曷否窮真僞,詢從底處來?如意王趙謚曰隱。

其 二

帷薄英雄忌,箕裘曖昧萌。偏旁翻類己,正嫡訝同生。《春秋》:"子同生。"母愛兒恒抱,陰私世所驚。聊陳仁孝行,冀動本根情。

其 三

淫悍真難馭,英明素所疑。祇愁前曜暗,或被老陰欺。羽翼誠能假,蕭曹尚有規。盈廷羅衆正,付授免輕移。

其 四

自古開基聖,希貽老悖羞。何來疏闊輩,欲與間親謀?避我先曾去,煩公卒竟留。無人投隙會,遂爾倖功收。

涵江妓玉英者,余遇之莆陽城中。面首丰姿,楚楚有致。
風塵薄命,淪落不偶。感其流滯之與己同也,爲之太息。
歸來檢東坡詩,得粲韻,和以贈之

世間難平事,顛倒恒過半。好花墜溷憎,薄命紅顏嘆。尤物匪易生,乃供狙獪玩。淪落等浮漚,雖聚不如散。生世多鮮諧,才人厮養伴。雨風勉同心,燈火殷待旦。羅胸錦繡堆,文史充几案。途窮阮公悲,路歧楊子亂。誰向垢塵中,拂拭加濯盥?我生負腰圍,常覺衣帶緩。填膺壘塊多,纏無十萬貫。每思假酒澆,中聖激衰懦。死灰不復燃,雪霜誰送炭?置身入青雲,到處皆舍館。涵江酒肆邊,清樽風日暖。歌觴忘悴榮,聊復對此粲。

感時偶成八叠東坡粲韻

浮生虛景馳,百里行過半。俯看髀肉生,恒動吾衰嘆。少賤急科名,因循逐時玩。艷趨天女妝,卒隨空花散。詞翰枉勞心,奄氣等老伴。<small>明末宮中太監自相呼爲老伴,猶計們也。</small>冠蓋混京華,秉彝喪平旦。極目瘡痍多,醫無方列案。病危入膏肓,施治況雜亂。羣公甘垢污,傾河難重盥。羸瘠日侵尋,起衰失和緩。天怒儆示殃,慧星仍月貫。拚將九鼎遷,疇敦屠夫懦。死灰詎復燃,生靈空塗炭。志士徒凄其,風雨闃孤館。寒霜飛滿天,何日迴春暖?誓歸學無生,逃禪師忍粲。

感時九叠東坡粲韻

炎景麗天中,浮光掠地半。山崇風竟蠱,川逝日增嘆。紈綺墜先基,志喪物斯玩。無多貴官爵,賣粥零星散。衰季豚犬兒,叢生偏合伴。得賄供霍揮,肺腸迷昏旦。淫佟自明空,慘酷翻成案。頃刻需萬千,度支始紊亂。濁窩浪銷金,決東流難盥。元氣本不充,四支漸弛緩。圖根方及末,散蔓何由貫。天眷暫遷移,人心變頑懦。戚疏競蝕侵,母子分冰炭。憶昔郊壘多,弊興四春館。皇情非暇豫,<small>當時內憂外患方逼,夷梵、髮匪正熾。</small>未老耽娛暖。<small>杜詩:"暖老須燕玉。"</small>當時諫諍臣,寧效死袁粲?<small>南史:"寧爲袁粲死,不作褚淵生。"</small>

述　亡

道喪無古今,時衰無賢聖。利權假黨爭,逞強拚奪命。惡黨社會聯,心凶難改行。內訌蠡賊紛,外蠱游魂盛。當道率豺狼,據地多梟獍。侈淫惟樂身,遑思恤民命。拖累九州空,草頭猶強橫。卓哉老袁安,區宇灼狂病。蘊孽次第芟,掃除憂未净。所願懍共和，濯熱心無競。更思襄贊才，繼此爲後勁。長劍偕巨尋，拂拭青天鏡。區抱恨未償，窮愁孤憤咏。思述喪亡因，哀涕流泉迸。近溯咸同朝，内外敵患儆。忘危作色荒，賞春日游泳。四春館既興，園林窮幽夐。嬖孽枉司晨，親貴亂專政。元氣始漸傷，國脈淪陷阱。四方指目多，切齒奸王慶。老奸不自羞，倒持益堅硬。尊屬縱難誅，黜革律宜怲。獲幸宗社深，焉得視季孟？載醴偶俑流，牽率循延請。洶濤亦兒嬉，紈綺女妝靚。藉粥官爵贓，揮霍供鴛娉。頹陽顛倒傾，兵烽紛肆映。骨血浪漂流，暮夜追呼訶。哀我鮮民生，不如死爲正。緬昔宗祖初，勤民顯思敬。侍御簡僕從，發號莊施令。今亡胡此速，毋乃人反性。匪天懵愛兒，繼體荒魁柄。歷史遭昏蒙，改物憂易姓。傷哉王室遷，奚自依晉鄭。桓靈啓禎間，未容窺其竟。爲國兼諱尊，載筆焉敢更？風人三代遺，直道準公評。抒我《述亡》篇，後來監者證。

咏史雜感

嗚呼！時衰極傾頽，臣子多不肖。徐陵禪册文，陶穀登基詔。面目變本來，趨走争榮耀。毀方堪瓦合，先號率後笑。朝秦暮楚移，李戴張冠誚。名節付浮漚，娼優傳秘竅。二天倚貴臣，五日輕京兆。傳舍閲人多，居停疲物照。親民賴久成，任用頻更調。猾吏競貪婪，當官羣竊劓。迂疏薄老成，孟浪誇年少。病亂喪心狂，游行翻臂掉。横征盡室敲，烈焰平原燎。斫地向誰哀？呼天終不弔。彌傷剥削深，孰括治平要？嗚呼！千載論共和，勳名獨周召。

排悶

宇内英雄屬使君，差嫌見事晚三分。名虛鼓瑟仍膠柱，實亂治絲莫解棼。自古知人方普惠，匪今用獨克成勳。開基制作膺天厚，曷恃干戈玉帛云。

其二

債臺高築券難支，竭澤偏忘漏塞卮。前代邊防傾歲幣，當朝賠款罄民脂。漫將宣武方英物，不信曹瞞是可兒。除却卧龍微管比，夷吾江左屬今誰？

其 三

會計艱辛稅則繁,節流無術況開源。編條密愈滋中飽,捷足踰爭自短垣。但博花消張面樣,應嗟草掘盡皮根。愁深吏猾財難理,弊害相因豈過言!

其 四

野史疇將大雅分,襟期落落鮮同羣。蒙皮幾許誇新學,遜志偏多記舊聞。救火才宏傾海水,爲霖望重出山雲。長吟抱膝知音渺,惟有徽平見許殷。

其 五

連日陽森宿雨收,晴天盛夏似清秋。峰巒冒絮雲爭出,澗壑分支水積流。擘藕調冰紛洗盞,烹茶點雪自擎甌。山林隱福饒危局,熱宦奔投枉自囚。

其 六

疏簾清簟竹方牀,瀟洒輕風入戶凉。石枕攤書拋醉夢,紗屏評畫認香光。幸除酷吏熏心烈,消受青娥抵足霜。爐炷烟微琴響歇,靜參茗韻滌詩腸。

前詩排悶,餘意未盡,再伸之

濟世安民匪易居,維新人物近何如?金錢籠絡空揮霍,蘭艾參差亂剗除。僥倖壞泉容螻蟻,那堪鐘鼓享鸂鶒。危邦即有擎天手,便向磻溪問釣魚。

其 二

衰朝局勢底掀翻,法密牛毛賦又繁。苛政橫加蛇虎猛,淫刑劇甚焚坑冤。前車不遠應三嘆,濁浪奚容許再渾?漫道蚩蚩防口易,他時須慮石能言。

其 三

財政爭談眼便醒,云何愛寶地無靈?浮槎縱販羊皮好,入肆終嫌鮑臭腥。愁向借材資異域,翻多棄貨未開局。《禮記》:"貨惡其棄於地。"又,"地不愛其寶"。卝人利用修工府,凡水、火、金、木、土、穀,百工六府之事,均宜修明。故《周官》卝人之職,所以攻金化質,辨別土宜,皆唐虞修府水工、土工、金工、木工之遺意也。省試《周官》有舊經。《中庸》"凡爲天下有九經,日省月試,以勸百工",即《周官》"月要歲會"舊規。

其 四

人才失養學堂偏,頹敗如今盡舍旃。僞種徒紛滋野蔓,清香莫覓出淤蓮。

浪施供給傷元氣,邈視綱常卸仔肩。笑煞金盤裝狗矢,枉留餘臭度殘年。

書　　憤

蒼天已死《三國志》:"張角謠言:'蒼天已死,黃天當立。'"金難雨,赤地無靈時值大旱,赤地千里。寶亦慳。《禮記》:"地不愛其寶。"誰遣卬人開利用?空令權使苦鑽研。披根掘草無生趣,竭澤求魚不見鮮。拚使周黎遺靡孑,游魂釜底等憂煎。

其　二

蜂房蟻穴盡尋穿,好貨何人不喜肩?《書經》:"朕不肩好貨。"裂眥千家叢怨毒,迷心幾輩伺金錢。奉行威但憑三尺,喧鬧譁然滿百廛。便責無辜償負擔,乾餱失德枉誰愆?

感　時　偶　賦

勘透居官實種冤,公門修行憑誰論。好生枉道高穹德,嗜殺漫布大帥恩。邑令張皇終鮮濟,武夫粗鄙更難言。假權劇作威風擅,授柄何當舊樣翻。

其　二

一群聲響鎖銀鐺,遣盡雞豚付虎狼。肯舍千金分皂白,亟加三木失倉皇。覆盆借得春暉炤,枯槁深憂夏日傷。寄語盲丁程不識,莫將苗莠混禾粮。

其　三

盲人瞎馬臨深池,政治云何俗物知。漫遣畜生迷六道,憑教走卒作三醫。流民孰恤溝中瘠,風漢真堪戶外麾。見說狂濤多泛濫,魚殃一網逮鴻離。

其　四

寇賊鄉鄰迥不侔,那堪一律肆虔劉。曾聞重典開生路,幾見輕刑當死囚。剔蠹祇應除太甚,懲凶誰解擇其尤?菲才自忖難勝任,陳力何妨請罷休。

其　五

下手知難識隱衷,偏思弛擔學狙公。羣情競誚遷延役,士論尤寬指摘叢。豎子無能虛度日,丈夫餒氣喪英風。過情聲聞曾窺破,腹負將軍點墨空。

其　六

觀風郡邑遍星軺,民性難馴意氣囂。界執參商爭勝負,針移子午紊昏朝。空施步障圍奚解,縱斬紛絲亂未消。下體剛柔相濟審,毋違葑菲薄芻蕘。

寄　語

年來閱世澈幽衷,六十光陰似夢中。貴賤浮生均就木,行藏陳迹總飄蓬。悠雲聚影終歸散,逝水西流豈復東。寄語權強休措意,枉拋心血負英風。

其　二

伊周一德終無累,操懿三分久必爭。歷數前車當首鑒,群思集矢已心驚。王頭血漬漸臺水,董腹膏燃峒島坑。天命人心今未定,藏身恕喻正名成。

夜坐觀星有感

懷國心常切,憂時淚屢彈。百年雖易盡,一息豈能寬?吾道今方喪,凶徒久必殘。憑高覘斗柄,終古見天端。

和螺陽旅次原韻

世變翻隨逆旅過,休同成敗論蕭何。紛紛鼠竊爭權利,冷眼千秋孰不磨。

其　二

誓志東山畢世過,蒼生其奈謝安何!漫云堅白難緇磷,守黑親從鐵硯磨。

車　鼓

滿街車鼓動春聲,髣髴先朝樂太平。蠢蠢村民知憶否?當時王道信夷庚。

其　二

因循昔誤仍今弛,苛酷新添倍舊加。思向漢廷相痛哭,下流難覓賈長沙。

燕都感賦

晦日江亭遞酒籌,河山風景觸生愁。酒酣起舞青萍劍,慷慨興歌涕泗流。

其 二

百年社稷倚喬材,故國菁華入望來。禪代傷心殊魏晉,如何荊棘竟同哀?

其 三

喬木蕭條禾黍深,名藩邸第亦銷沉。貪婪貴冑今安在?賣國當年枉用心。

其 四

土荒長白天容慘,泉竭西山地氣頹。人物百年銷剩幾?牛羊滿望遍污萊。

溫 陵 雜 詠

新春景物稱詩家,游興牽連樂事賒。每向城西觀塔像,閑從郭北訪梅花。古松徑曲寒風吼,古松灣風濤殊大,然意景蕭疏,煞有宜人雅趣。叢竹山低瘦日斜。淡泊生涯隨意適,饒他薄宦役奔車。

其 二

承天崇福紫雲屏,高大沙門盡掩扃。幾費金錢收廢物,拚消土木養閑丁。愚人佞佛原多事,釋子參禪孰透靈?三寺即今都冷落,當年秘室極丹青。

清明節前後,偶出東郭,見墦間紛紛祭掃,感而有賦

澆酒墳頭草不春,山椒如故紙灰新。一盂麥飯荒郊灑,三尺桐棺朽骨湮。地下可能魂魄聚?生前空戀髮膚親。百年鼎鼎飛駒隙,金帛誰家永庇身?

其 二

腥膻眾蟻縛貪癡,解脫終難破結期。不悟逢場原戲劇,爭先染指潤膏脂。驕盈便欲蛇添足,穢惡空傳鼠有皮。濕化浮生均畜道,同歸土壤任風吹。

讀《宋史》書憤

精忠不入風波獄,千載誰知長惡深?拚割股肱拋骨肉,九哥先昧子臣心。

《宋史》書感

黃袍詭意驟披襟,天命攸歸力匪禁。兄弟相傳輸胤義,子孫不肖極徽欽。

頻添艮嶽花綱石，莫減澶淵歲幣金。就令遷都依早計，可堪末裔負初心？_{太祖欲遷都長安，太宗不從，曰："後裔其弱矣。"}

其　二

幾道金牌假詔書，功成十載一朝虛。千秋怨獄寒三字，萬里長城壞隻鋤。何物書生能叩馬，偏教居士竟騎驢。寄聲韋后南還日，誰向冰天問起居？

岳忠武墳_{改張怡亭作十之五六。}

每向黃龍感塞烟，寒雲慘慘暗千年。金牌召去星隳地，碧血冤沉霧障天。半壁小朝甘屈辱，兩宮大駕苦顛連。西湖歲歲墳前草，落日東風叫杜鵑。

南山吟_{改怡亭作十之七八。}

寒風出谷雉驚飛，童叟走告爭闔扉。南山白額今苦飢，張牙舞爪肆雄威。攫人而食日不足，血口滴瀝橫噬肥。豈無虎圈可禁束？嗇夫袖手莫指揮。且謂虎性當飽肉，不飽則噬性難違。少見多怪事甚微，奚庸過責爭是非。更有假虎狐充役，爲虎作倀導以機。嗚呼！惡獸何物勢何依，不生化外生郊畿。留茲凶猛貽災害，嗟爾惸獨將安歸？

蛻岩小憩

十年不見青山色，今日滿山披白雲。幽澗送流聲瀧瀧，狂風飄樹葉紛紛。寺燈隔浦微紅晃，仙樂高空入定聞。何似脫身塵外住，禪房花氣一簾分。

積鬱

信口呻吟意早闌，勞思積鬱苦摧殘。生逢國變身將老，自顧家資力已殫。祇慕子騫諧骨肉，恒嫌叔寶絕心肝。賦詩飲酒尋常事，莫當風流名士看。

其　二

蒼昊無情似有情，冥冥降鑒極分明。幾聞豢養辜恩叛，終藉經營得力成。小積金貲猶視福，大官玉食豈能爭？六旬兩慶先朝享，鼎命應無一旦傾。

其 三

運窮百六疑將轉,河濁千年望再清。日月重光思虎拜,雨風如晦賴鷄鳴。羞稱老寡仍思嫁,待報英雄積憤平。重任擔當非俗物,分無坐論腐儒生。

其 四

縱橫小術儀秦挾,開濟宏才管葛難。自負羅胸千古在,休教比例兩生看。風花景物空開界,潦草詞人妄築壇。北望燕雲增涕淚,平居懷抱敢求安?

秋 懷

侵階如水浸空明,旅感騷懷漸欲平。月色爐香供座好,閑窗陡覺送秋聲。

其 二

補天無石憾難窮,看劍無端血噴冲。便遣關窗拋月睡,莫推愁恨付西風。

讀《三國志》,感曹操事書憤

誰信心肝奉至尊,欺人孤寡古羞論。奸雄志事和盤託,千載同符莽卓敦。

解 意

吳兒木石展禽同,老健原非妬婦功。余少志學仙,斷色二十餘載。茲年近望七,鬢髮猶未白也。然内人逝世已多年矣。無分春情虛絢爛,桃花影陷夕陽中。

其 二

每依北斗戀西京,雪涕填膺恨莫平。國恥家恩雙負報,粉身尚望補他生。

擬少陵古柏行

魏臺銅爵一片瓦,金阝亢吳宮餘抔土。惟有古柏蜀相祠,堅貞不摧經風雨。鐵幹摩空凰鳳飛,濃陰匝地蛟龍舞。八百桑株同託根,千尺條枝翳環堵。君臣魚水世所難,錦官城外碧攢攢。久歷霜華添節勁,終然日色照心丹。擎天有柱撐危局,支廈無成僅偏安。濤聲震撼春秋夜,如聞先生吁長嘆。先生去矣古柏在，柯葉不與四時改。後凋萬古歲寒形，照耀千秋金石采。古來巨室須梁棟，扶傾孤木迥殊衆。何似園林桃李華，隨風零落消改凍。

荔支曲 用東坡初食荔支原韻。

海内奇才誰駱盧？謫仙醉死筆花枯。沉香亭北荔香滿，一枝紅艷傳先驅。憶昔驛塵海天隅，飛騎征裝纍貫珠。水晶盤裏粲冰雪，絳紗擁出傾城姝。是時玉環正病齒，風味雅愛嶺南腴。絶色佳人嗜佳果，同類仍厭杏楂粗。豐肌嬌態肥婢似，仿佛當年新睡圖。睡覺單綃紅帳揭，霞裳輕裹白玉膚。但能飽啖同瑶柱，何須更憶江鄉鱸？

述　意

大夏漸傾欹，一木焉強支？但有春蠶質，欲牽未死絲。譬諸遘寒厄，其初本不奇。標消失方劑，庸醫輒擾之。金石仍雜投，四體成瘡痍。憂煎迫疵癘，鬱積日垂危。隱忍諱宣告，坐使調理歧。疏導非得源，曷由清條支？蕩蕩流橫溢，如值懷襄時。攻達既不及，和緩又不前。殆哉入膏肓，咎誰使之然？幸得市上譽，補救當奚先？忍視白日暮，度日仍遷延。所施非痛癢，但冀能保全。虛養老成重，語偷豈曰賢？奈何趙孔孟哲①，玩愒如此焉？明知千瘡孔，難期刮肉痊。惟祈早病者，保譽終天年。

【校記】

① 此句當有衍字。

國　師　巖

白石滋鱗鮮，蒼崖俯衆岑。靈修人已遠，空谷有遺音。

忘　歸　石

絶好忘歸石，巖扉水劈流。同行人去盡，杖屨獨勾留。

其 二

清磬晨烟護,疏鐘夕照聞。晴昏均適趣,嵐氣自氤氳。

託 意

古松寒不枯,歲暮凌霜發。梅花耐清冷,幽姿弄明月。託根巖穴中,根深氣鬱勃。烟霧恣吐吞,虬龍深蟠窟。劫逃野火燒,薪免樵斤伐。蘊藏得天全,生理豈終沒。衆卉驕芳春,繁華有時歇。色香一何嬌,節晚仍僵蹶。物情遷移多,堅定具風骨。相賞人不來,空山自臬兀。

夜坐步姚復莊原韻

雲净天幕垂,羣籟淒已静。夜氣涼如霜,微風篩竹影。浩然白空庭,色侵萬瓦迴。衆鳥遠幽棲,坐覺園樹暝。呼童挹酒漿,對月歡趣領。溫溫溢太和,頓忘寒威警。衆醉俟已酣,吾生何爲醒。欲呼下姮娥,慰此孤羇影。

咏西施舌

沾唇夙嗜領香溫,風味差堪餉酒樽。過去西施留舌在,不曾真箇也銷魂。

其 二

艷色傾城擅絕場,饒人咀嚼口脂香。含情入夜餘深味,階厲應防肆廣長。
《詩經》:"婦有長舌,惟厲之階。"宋詩:"水聲運似廣長舌。"

虎溪留贈慧上人

舉目河山異昔時,當年梟鳥已生悲。怕經城郭重來日,又感滄桑淚滿衣。
此作已刻《逸翰樓集》。錄舊移贈,感時撫事,頗相合也。

其 二

滄桑百變千年幻,猛虎嘶風日已西。我似泉明公似遠,依然相送過前溪。

附 印月和尚步韻和答

中秋風月最清時,感氣澄懷可却悲?陡覺雲山成幻景,淒涼烟水映禪衣。

凄凉,託之景物,寓意獨高。

其 二

翛然物外忘吟賞,月魄升東我意西。栗里詩成千古調,無弦琴響續清溪。

涵江即事

狂風吹夜雨,新漲失溪橋。落葉紛無數,寒雲慘不驕。沙痕衝岸裂,槳纜倚舷搖。飛鳥烟波外,蘆塘雪浪飄。

羅 漢 寺

烏石山陰浴聖池,舊王夢飯梵僧時。前身果證阿羅漢,並峙金剛秀檜枝。

靈 樹 廟

古廟空山喬木存,相傳靈樹吐清芬。只今香火因緣盛,烟靄冥濛度曉雲。

通仙橋即景

通仙橋上望,山水鬱蒼然。日射江如練,雲開石現拳。波魚騰耀彩,澗草暖含烟。欲有迷津問,維舟桃渡前。

雜 咏

太白仙人尚有情,方壺偷擁玉壺清。水仙洞裏真無賴,孰把天條問罪名?

其 二

掃盡繁華銷綺夢,瓊樓耐冷抱孤衾。年來老病風懷減,虛負姮娥碧海心。

其 三

從來名士號風流,別有羅胸萬古愁。僅暢疏襟標曠達,空遺短氣憾千秋。

雨後暑退,友人夜坐談心賦感

樓前月出檐猶溜,簾外香氳韻更清。願假奇書消永夜,好添旨酒話深情。

俗衰顛倒忘冠履,身賤殷勤薦菜羹。北望中原覘斗極,何時授柄向南征。

其　二

亂世臣心多反覆,時清政體鮮紛更。膺新一德思湯尹,正統千秋媲漢明。但擇鷹揚居上將,應收靡鬲佐中興。恩深九世淪肌髓,每念先朝涕泪傾。

古意改張亨甫作。

阿嫂言夜短,小姑言夜長。無心聽夜漏,語罷各歸房。

其　二

夜漏猶未徂,春風吹欲蘇。前宵咽幽夢,燈影綺窗虛。

玉英挽留不住,恚甚,且出怨言,作此謝之

街卒匆匆護夜深,千秋幕府獨知音。即今海內憐才少,話到司勳感不禁。

其　二

載酒江湖似牧之,揚州醒夢已多時。青樓薄倖渾無賴,猶怨尋春去較遲。

其　三

陶令閑情亦夙因,護花竟被野花嗔。籬邊不種相思草,虛負江皋解佩人。

贈映容樓女史

自昔當壚著褌,忍辱一時；施幨解圍,貽譏千載。臺江近日有寄籍女史者,館開照像,樓號映容。雖曰風流,實嫌浪放。從此櫜砧拱手,巾幗呈身,縱生面之別開,奈紅顏之猶薄。嫁才人於厮養,脂粉添愁；對優孟之衣冠,釵裙失色。就令神傳阿堵,彌增筆墨之羞；憑教貌似中郎,能洗巾枥之玷乎？室家相瀆,關係匪輕。所願持節台司,韻琴良牧,及早開示之閑,勿令忍爲此態。庶風徽未沫,名教猶張,存廉恥之防維,耨狂榛之棘楚耳。嗟乎！才非詠絮,艷豈羞花？胡爲牛馬襟裾,桁楊物則,好是宜人相映,甘爲悦己者容乎？因作兩絕詩,爰以贈之。詞雖涉於譏呵,語仍含夫蘊藉。未敢輕挑失體,刻薄效尤；實欲俾早回頭，喚醒塵夢云爾。

疏簾琴几足清幽，生面新開畫筆留。紅紫萬千都奪色，春風併入映容樓。

其　二

自是詩情太放顛，投疏感帨漫輕傳。爬搔肯着纖纖爪，盡許仙人一再鞭。

宋石壺同年笑問頗懼內否，作此戲答

多情絕世艷牆東，虛負三年竟未通。知妒婦津聲太惡，屈卿花信守雌風。

其　二

內官笑指狀頭車，侍女熏香興更賒。底事忍寒拋半臂？任他春意鬧杏花。

贈歌伶怡雲

莫倚年華便浪游，春風瞥眼又經秋。旗亭唱晚人歸去，斷袖香銷散酒籌。

其　二

燕國烏衣夕照斜，江皋映面此停車。重經門巷都非舊，腸斷春光桃李花。

呂幼漁司馬《滄海歸舟圖》

烽火連天外，萑符遍地中。有聲驚唳鶴，無夢感飛熊。移艇潛洪澤，輕帆趁曉風。遙瞻以北①，仍就海之東。史，文王感飛熊入夢，獵渭水而得太公。萬里乘風者，同舟復幾人？驚波衝虎口，古諺有"出虎口，投慈母"。以五虎口亦係福建臺灣古地，故借用。涉險出鯤身。物望懸冬日，《左傳》："趙衰，冬日之日。"唐詩"霄漢常懸捧日心"。天心惜好春。濟川需楫用，《書經》："若濟大川，用汝作舟楫。"留待渭溪濱。不謂雞籠下，偏逢鶴立羣。史，鶴立雞羣，因臺地有雞籠，借用。檢裝知石重，用載石事。護卷避琴焚。行李攜村老，甘棠慕使君。瀟瀟風雨夜，豪客舊知聞。唐李涉博士遇盜事。滄溟開眼界，圖繪入詩篇。佳話東瀛遍，風流北苑傳。鵬霄期遠擊，鴻雪認前緣。更矢蓬瀛釣，歸舟自日邊。

【校記】

① 此句疑有脱字。

冬 日 即 景

蕭蕭落葉紛飛下,漠漠寒鴉瞥疾過。曉氣溟濛天欲雪,樹陰庭角黑雲多。

春 游 晚 步

日夕山莊静掩扉,行看隔岸暮烟飛。高堂鉢寂僧初定,野渡舟橫客未歸。近水雜花宜晚霽,投林倦鳥厭斜暉。開軒欲話桑麻事,新月窺人影上衣。

其 二

孤亭一角抹殘陽,行脚漫遊野趣長。繞郭刺桐歸轡緩,敲門乳燕揀巢忙。簾垂月上烹茶熟,袖拂風清帶酒香。幾處笙歌春社曲,觀鐙已過少年場。

春 草

坼甲欣承造化功,春來何處不蘢葱？芽抽綺陌經新雨,莖屈金鈎趁曉風。曲岸濃添垂柳綠,平原淺襯落花紅。東君自是多情甚,百卉都歸長養中。

其 二

高低瞥見燒痕青,爲問榮枯幾度經。金粉淒迷飛蛺蝶,土花歷亂醉蜻蜓。波廻南浦人何在？鳥囀西亭夢未醒。極目天涯思遠道,尋春莫問短長亭。

其 三

韶華吹轉草萋萋,古道平蕪一望齊。醉繞裙腰縈弱絮,香粘屐齒踠柔荑。芳洲杜若王孫去,故徑蓬蒿處士栖。綠滿窗前渾不覺,任他燕子啄春泥。

其 四

曾借東風披拂新,瀛州曉色已回春。朱輪碾過嘶金垺,碧綬拖來綴錦茵。三島倐成交翠地,六街半是踏青人。托根若傍龍池畔,顧報芳暉遠志伸。

和林觀察氅雲年丈老女嫁

<small>此題不知考者,疑迫於俗。然宋時劉屏山先生已命之矣。博識如林君,斷非孟浪,漫然杜撰者也。</small>

倚欄幽怨託黃昏,幾許名花耐夕陽。零落海棠春睡倦,莫教燒燭照新妝。

其　二

迢遞天孫失報章，年年拋擲錦機裏。聘錢十萬能教早，忍待髧頭鵲駕忙？

其　三

憶到文姬贖漢宮，廿年箛拍怨春風。羞傳改字陳留後，競說新辭幼婦工。

咏　史

書劍飄零霸業空，錦衣徒望故鄉中。鴻溝割據真輸局，早信杯羹負乃翁。
楚項王

其　二

玉樹凋傷花折枝，春江枉唱斷腸詞。吳公宅裏雞臺上，誰與紅梁泛海蠡？
陳後主

滬上竹枝詞

靜安寺外罨斜陽，並轡香車一翣忙。占斷申江好風景，多情終讓冶遊郎。

其　二

華風白晝障夷氛，亂梗誰階至此淪。江亭望遠頻揮扇，懊惱元規塵污人。

東坡生日

紛紛天下分門戶，蜀黨才人拜下風。何以壁磯逢李委，紫裓吹笛月明中。

其　二

商丘宋後大興翁，二百年來風雅同。還誦公詩祝公壽，一龕香火繼元豐。

其　三

黃州裾屐鴻留雪，赤壁笙簫鶴馭風。海外波瀾身世幻，詞臣白髮泣孤忠。

其　四

舊詞唱罷大江東，蕭寺攜樽我輩同。回首西湖香似海，蘇堤烟柳醉春風。

夜宿楓口驛

臺江南望遠，歸路尚程賒。宵永涼如水，燈昏凍不花。山涵潮氣暝，風捲雨絲斜。破曉雞聲入,荒村綠樹遮。

擬小游仙詩

牧龍涇水感華年,霧鬟風鬢苦執鞭。聽罷錢塘破陣樂,水晶宮峙洞庭淵。

其　二

祥雲一派落蓬萊,太華青蒼跨鹿來。下界瑯環饒福地,秘書熟讀龍威回。

其　三

蟠桃雅集宴離宮,曲奏雲璈拍按紅。偷向阿鬟杯酒乞,天衣醉舞蹋天風。

其　四

採芝搗藥傍丹臺,磽砌頑雲掃不開。祇恐上清丹詔下,玉樓需用挨天才。

其　五

瀛東黃海起揚塵,灰劫滄桑話宿因。飽看氛祲騰世界,洞天清寂穩吟身。

其　六

絳雲高護列仙家,圓嶠方壺笑語譁。踏遍軟紅埃萬丈,歸來飼鶴種梅花。

寄　耐　公

擬遣窮愁便著書,誰供仙吏養清虛?飢凰合享高桐實,肯戀叢箋厠蠹魚?

其　二

琳瑯金薤玉堂書,彩筆凌雲勝子虛。祕室龍威森異寶,饒多尺素夾雙魚。

其　三

伯鸞炊熱豈因人?恤困憐才患鮮真。漫向乞兒尋乞火,嗤他向火是前身。

其　四

黍谷吹噓孰見真?可能分暖十分春。杜陵廣廈香山被,大庇歡顏有幾人?

易俗里古迹合咏

寺名寶月但雲封,亭樹迎春似勸農。畢竟千年功德院,僅傳墟墓失題蹤。

勸農亭與迎春爲近。

還珠門

鎮閩臺上舊重關,百琲殷闐聚八蠻。持節人來輕玩好,那教合浦不珠還?

哭湖荃姊丈

訃病天涯信息空,倏驚哀雁度西風。傳來噩耗心猶訝,拆去郵書望始窮。逆旅關河成黑塞,良宵魂夢入青楓。新秋一別今終訣,欲泣無聲泪已紅。

其二

昂藏七尺好丰儀,偶恙緣何遂不支。壽殀憑誰徵善相?參苓畢竟誤庸醫。金錢久布功奚補,土偶無靈禱豈知?想是九京頻悵望,侍君團聚又□□。

消寒四詠

蔣心餘集中消寒十詠,舉類標題,錯羣雜坐,構形失似,比物何從?中如潮帆、樵岫與鐘罨、硯鑪均殊依附,至強牽疏吠,尤迥絕擬倫。余別擇分開,朗眉列目,俾聯章而趣韻,因同體以和聲。於其標旨也,不已先有合乎?

寒鐘

寺古禪枯打冷支,下方塵夢轉醒時。發人深省晨清好,示物歸休漏盡知。一杵聲威蘇閉蟄,羣蒙震豁動春機。客船未觸寒山覺,泛夜沉冥任所之。

寒鑪

鬼火深青佛火紅,陰房闃寂冷灰同。從知出色生香具,儘得趨炎附熱功。炭片未添猶縮慄,煬威乍撥便通融。獨憐乞相冬烘物,偏坐清氈冷淡中。

寒硯

幽齋筆墨極辛酸,盡力精研片石鑽。苦藉噓枯分澤潤,幸無惡歲當田看。冷官器小磨難盡,窮幕材輕洗早乾。海嶽無人誰賞識?蟾蜍清泪更汍瀾。南唐李主硯山,後歸米元章。米與蘇仲恭學士易固甘露寺見北海《嶽庵避暑漫抄》後,米思想硯山,因筆爲之圖,題詩其上云:"硯山不復見,哦詩徒嘆息。惟有玉蟾蜍,向余頻泪滴。"

寒　燈

冷落誰遮九曲屏，依稀閃道似燐青。村頭犬吠晨縱發，渡口漁喧夜夢醒。點錯紅檠光倚岸，膏殘白板晃開扃。前途廢堠巡更斷，幾見紗籠護驛亭？

諸同年招飲吳雲笙宅，即席留簡，并調郭幼安

畫舫青簾快昔游，酒痕襟上溯杭州。湖山勝地經時賞，簪盍鄉邦復此留。大好琴聲期遠託，細看車轄漫輕投。人間十倍登龍價，輸與元龍百尺樓。

其　二

蘆溝橋畔柳如烟，雲樹經春倍黯然。寓意賦梅仍鬱鬱，謂宋石壺。多情贈縞獨翩翩。謂雲笙。風塵弋幕難羅俊，溫堯珊同年。星曜高門已聚賢。陳伯時。道上角巾來禾（何）暮，免教麟史補遺編。郭自浙回，冒雨赴席。

李龍眠《劉阮入天台圖》改張亨甫作。

以下共三作。因原本未極研鍊，故僭易之。附敝集後，高明辨之。

天台山，高極連天關，仙人來往不可攀。風蕭蕭兮泉潺潺，雲容容兮花斑斑。對臨流之石室，想窈窕之雙鬟。我欲從之竟無路，劉阮胡爲舍之去？黃粱飯熟胡麻香，不見仙娥留宿處。但覺石梁瀑布飛作烟，華頂日落山蒼然。橫空四萬八千丈，霞標遙界赤城顛。倒景滅沒不能望，欲摹彩筆是誰傳？空撫絹素爲流連。李生下筆挾飛仙，披圖仿佛湧毫端，嶱嶱突兀來目前。李生今亦不復作，留遺粉本已千年。

短歌 改張亨甫作。

我聞蓬萊方丈東海東，上有仙人乘飛龍。浮雲滅沒翳倒景，雨濕瑤草凋龍葱。惟見茫茫白浪飛若雪，鯊魚接翅凌長風。天地黯慘無定容，徘徊欲溯金銀宮。安得六鰲遙跨靈山頂，青旄紫蓋金支翠羽紛相從，霞裾雲袂瑞氣融。參駕彩鳳雙翱翔，扶輦上入五雲中，瀛壺閬苑咫尺通，丹崖絳閣光玲瓏。侍從仙娥共

游衍,吹笙擊筑百花叢,朝馳暮驟樂無窮。上界官府凡百豐,瓊宇瑤臺富石崇,下視塵世蜉蝣擾擾如沙蟲。

艤舟江口同翊仲說鬼改楊雪滄作

錢塘江頭多蘆葦,腥風吹碧一江水。孤舟枕水不能眠,大開談藪同說鬼。林侯莊重鮮游詞,治經久闕彭生豕,大小新故傳雖分,載盈一車無此理。豈知天地久陰霾,妖孽漸漸將成市。露牙森髮夜鳴號,陰房青燐集如螘。九州怪異無處無,鑄鼎亦難窮姦詭。每逢不若山林多,幽僻無光白日靡。精氣銷磨魄散飛,游魂再變祟仍死。君不見東坡聞鬼顏色喜,泥人自首說至尾。又不見嵇康披衣滅燈起,爭光魑魅吾所恥。

有　　贈

路曲峰回綠水環,難遣卿情別此間。聽到銷魂南浦曲,幾生淚灑柳絲灣。

息　　妃

息宮恩淺楚宮深,虛謂未亡實稱心。空笑子元痴莽煞,落花如許易成陰。

呂　　雉

猛士歌懷國士悽,誰教擅處煽嬌妻。辟陽應斬籌難決,帷帳司晨唱野雞。

文　　君

卓女當壚劇有情,頭猶未白已辜盟。《鳳凰》一曲三生恨,挑達何緣累長卿。"佻𨇤",《詩經》作"挑達"。

明　　妃

慷慨王嬙勝請纓,單于重漢更堅盟。拋身萬里原為國,詎賴丹青惱遠征。

武 曌

蕭妃故后猶承恩,荒色誰家啓亂門?莫怪雉奴豚犬醜,巢楊變相再生冤。
巢刺妃姓楊。

楊 妃

翁奪兒妃媳作婆,英君慚德穢聲多。前車不鑒先朝覆,猶唱《宏農得寶歌》。

再咏息妃

掖庭已定文夫人,自認先君語最真。貪戀繁華恒惜死,殉身亡國幾忠臣?
袁逆將即真,盈庭皆稱"我聖主"。

其 二

流芳金谷古來無,肯抱雙男憶故夫?漫笑草間多苟活,衣冠江左半龔吳。

黃牡丹詩 七律,不限韵。

綺麗端凝並擅長,修成金屋貯宮妝。椒房不煽偏妻艷,栗里真宜處士莊。絕代風標開間氣,閑情靖節慕流芳。宗盟若證羣芳譜,花伴騷人夢一場。《詩經》:"艷妻煽芳處。"昭明太子謂:"靖節白璧微瑕,惟在《閑情》一賦。"《禮記》"鞠有黃華",作者亦與之同譜也。

其 二

嘆眼催開武媚娘,武曌游後苑,詔百花皆開,惟牡丹獨否,故貶洛陽。曌有催開詩。綠衣偏許繫黃裳。天香徑跨中天立,《三國志》:"黃巾謠言:'蒼天已死,黃天當立。'"不知其讖乃應黃初之代漢也。又《孟子》:中天下而立。國色翻貽舉國狂。但逞妖嬌迷落照,幾曾淡雅傲清霜?根移土德嗟衰漢,竟體風流迭變裝。菊以衣綠爲貴,而最易變種。見《花譜》。此作爲西后而發,想知音自能辨之。

其 三

儼如傾國錫殊封,繐柄新呈九曲張。仁廟東巡,以九曲柄黃緞繐供曲阜聖廟中。式度琮容流玉瓚，《左傳》："思我王度，式如玉，式如金。"《詩經》："式（瑟）彼玉瓚，黃流在中。"傳觀錦彩爛金章。雙增出品東籬價，一洗頹輝老圃荒。獨著麗天垂正色，《易經》："日月麗乎天。"漫嫌異種亦稱王。沈歸愚詠紫牡丹詩，有"奪朱非正色，異種亦稱王"句。純廟見此詩大怒，故有身後奪諡、貶斥之禍。

其 四

幽芳端不數姚黃，三徑繁華勝洛陽。洛陽牡丹惟姚黃最貴，見《名園記》。東坡詩有"洛陽相公忠孝家，可憐亦進姚黃花"句，可見一時取尚。綏冊榮徽臨極道，麾廻綺照奪霞光。古詩"餘霞散成綺"，謝元暉句也。英餐絳色猶憐嬪，《陳書》："後主謂：'絳仙貴嬪，秀色可餐。'"《離騷》："[夕]餐秋菊之落英。"系出金天合保皇。莫倚眼前稱富貴，香名節重晚香堂。周子《愛蓮說》："牡丹花之富貴。"又，魏子野贈韓忠獻詩："不嫌老圃秋容淡，惟有黃花晚節香。"

臺江旅次感懷

登場傀儡鬧難休，竊國安然似竊鈎。信是覆舟悲逝水，非關大盜掩戈矛。"民猶水也，可以載舟，可以覆舟。"見子書。

其 二
努力疆場報國讎，馨香祠宇越山頭。先朝壯武今誰憶？豚犬傷心艷仲謀。

其 三
新增馬路羊車迴，酒館娼寮次第開。舊夢申江偏髣髴，桑間風到此間來。

其 四
納藏污垢是公園，如許蒙羞那忍言？誰與游蜂增宿舍，偏勞許子耐頻煩。

其 五
晉安兒女盛淫風，敗檢頻聞聚上宮。若更開端鬆帶扣，盡教姊姊《齊書》："姊姊腹大，不敢見我。"福多鴻。《詩經》："要我乎上宮。"

其 六
從來政治務探原，風俗人心繫本根。防杜漸微先事易，清流漫引濁流渾。

其 七
學堂工業百無成，籌汰度支未敢更。群慕歐風期富國，幾多掊克累民生。

其 八

登朝競尚權利偷，袞袞諸公像沐猴。誰信榱崩將僑壓？枉勞嫠婦恤宗周。

其 九

破壞邦交入戰團，生靈凋敝忍能安？黔驢技拙甘牛後，鑄錯渾忘鑑水看。

《書經》："民無於水鑑。"中國當此時，疲弱已極，民生凋敝，實不忍言。復敢與列强入戰團，渾忘自己爲屠夫病夫。此諺所謂"無鏡何不照水影"也。

其 十

欲明刑政苦無時，恰值歐爭及此疲。事會難逢閑暇隙，天開興亞好機宜。

其十一

妝花傅粉逐時妍，名世奇才不值錢。末路英雄堪痛哭，寄人籬下受人憐。

其十二

斧柯失手恨難禁，濟世安民負此心。莫誚杞人空苦惱，當今舍我又誰任？

途次遇舊紳喪車進城有感

銘旌首舉帶風揚，靈襯穿城喝道忙。畢竟難拋官樣好，新銜舊級兩排場。

近新學界人每惡官僚派，道及便唾棄不遑。觀是日喪車入城，其先驅執事大牌涼傘，熱鬧排場。銜頭首書"光禄大夫安徽道府壬午科舉人"，次則幾師團旅長、關監差務、幕府秘書，紛紜行列，前朝盛典，新國榮章，靡不大書特書，美矣備矣。

涵江雜咏

峰如屏幛水如環，青叠千重綠百灣。除却畫船歌舞事，蘇杭無此好溪山。

其 二

涵江江水净無塵，宕漾波光躍彩鱗。不獨松鱸留夜網，江魚入饌四時新。

其 三

丹荔青瑶快老饕，兩三知己酒容舠。風塵俗物無清福，詩興難堪敗土豪。

其 四

瀟洒溪風入牖寒，疏簾清簟少棋盤。交爭末劫終輸着，高卧猶饒冷眼看。

其　五
窄小幽居六月涼,開軒曲檻入清光。高人韻事安䆟懶,屏謝紛紜鼠雀場。
其　六
高樓百尺臥元龍,歷史環球視掌中。爲報田奴吾豈妄,輸他爭食混雞蟲。
其　七
大雅扶輪有正聲,熙朝詩品重新城。半江紅樹誇鱸賣,未及潛波水底清。
其　八
南北汪洋接木蘭,經營海岸屬都官。修新補舊勞江叟,盡得消閑付等閑。
其　九
米家舫子滄江月,書畫猶堪載酒行。欲帶收藏同鑒賞,幾人緣慧似仙清。
其　十
不受虛名不愛錢,但逢詩酒便留連。先生杖履無拘束,春在壺中別有天。

送董伯因知事還燕

風催冠蓋酒生波,送客銷魂奈別何?欲唱陽關愁遠道,青天望遠去思多。
其　二
還鄉衣錦適清秋,重上金臺話唱酬。寄語同升臺省貴,可知高士隱南州?
其　三
交游踪跡我疏頑,息絶干求謝往返。今日送君偏不懶,強扶衰病餞江關。
其　四
烈士幽燕有古風,悲歌慷慨尚稱雄。望諸訪古相期遠,勉效平生慰退翁。
其　五
畢業東京著,鳴琴下邑聞。不憑三策決,能解一時紛?近得燕臺月,暫停晉水雲。無因留董史,聊與誦韓文。

偕同廨筍江泛舟,時八月十七夜也

節過秋中月色寒,輕風習習怯衣單。空江夜氣涼於水,萬頃光明白露團。

時尚在白露節氣內也。

其二

一片沙灘倚小舟,帆檣樹立隔林幽。漁人繫網知多少?惟見繁星帶水流。

其三

古蹟金溪附孰傳?從游自得賴詩篇。同人盛會今方始,預約山靈九日前。
新安朱陽、金溪泉南、布衣傅自得從焉,至今傳爲韵事。

其四

秋氣平分需十日,閩濱節候異他邦。推篷看月同清賞,凉袂飄飄拂酒缸。

奉題江太夫人八十暨侍御杏村先生六十,稱觥徵詩祝言

莆陽諸山梅陽殊,地胍奇闢何同荷天衢。壁立海濱小鄒魯,靈鍾間氣德不孤。卓生偉異頻濟美,三峰聳峙邁三蘇。橋梓棣華仍競爽,後先踵武庭鯉趨。鶯章燕喜世恒有,積善貽慶天昌扶。本春二月花朝日,萱堂蘭室雙懸弧。壽母賢過柳仲郢,大郎品擬蔡君謨。更有孫曾列階砌,森然瓊玉茁菰蘆。從來厚德多壽考,何況慈幃福蔭乎。即今畫錦重歡娛,袞衣彩服髯白鬚。風概雅與長公俱,饒他程母衍慶圖,上壽稱觥莫同符。

其二

忠孝薪傳最難假,孤行一意世蓋寡。血性性真自有真,上上人終殊下下。
《傳燈錄》:"五祖慧能云:'下下人有上上智。'"閩學變衰士趨俗,心紛靡麗争苟且。廉恥道喪求利權,毀方何妨合以瓦。梅陽晚出繼紫陽,獨有江公我心寫。即今簪纓人羣朝遍野,志行誰似杏村者?告歸奉母效之推,任他焚山卓大雅。老來壽母花朝旬,欲舞萊衣晉瓊斝。徵詩下走艱吐蠱,擬罄纏綿綿薄灑。盛事德門弧重懸,天倫此樂曷甘捨。我想江公喜欲顛,益篤餘慶培弓冶。其告階砌芝蘭與梧檟,爲我並祝公純嘏。

詩莫難於古體。大作前用柏梁,次仿山谷。運典確切不浮,選韵鏗鏘,非同凡響。才人學人,一齊俯首。宗世愚弟黃搏扶拜讀。

校 點 後 記

　　黄啓太《逸翰樓文集》與《逸翰樓詩集》爲泉州市圖書館藏本。《逸翰樓文集》共四卷，清光緒三十四年戊申（一九〇八年）季秋泉州亦文齋石印版；《逸翰樓詩集》共三集，其中一、二集與文集同時由同一書坊刊刻，第三集則爲民國六年丁巳（一九一七年）春泉州新易文石印版。内頁有幾張出現"泉州亦文齋石印"字樣，可見此爲同一書坊，僅易"亦"爲"易"且冠以"新"字而已，今依集分爲三卷。

　　據《金墩靈慈黄氏族譜》之《啓太公傳》，黄啓太（一八五三——一九二一），又名重光，字秋舫，號恕齋，又號瀛海釣客。其詩集自署"温陵黄思忠仲恕著"，詩中出現"玉林山人自誌於逸翰樓次"字樣，可知其又名思忠，字仲恕，號玉林山人。黄啓太是清光緒十五年己丑（一八八九年）恩科舉人（榜上題名"黄重光"），欽加内閣中書銜，授河南候補知縣、福建省泰寧縣儒學教諭，均未赴任。家道殷實，優游自適，廣置圖書、金石古董，家藏圖書積至四萬餘卷。泉州進士黄摶扶序啓太之《松風閣書畫跋臨池纂要》，謂其"博識清尚，復多材藝"。一生樂善好施，扶危濟困，熱心公益。

　　文集四卷，其中前三卷目錄置於首卷前，第四卷目錄則在本卷前。除自序外，文凡一百三十餘篇，内容涉及政治、經濟、軍事、哲學、宗教、教育、文學、歷史、地理和方志等多種學科，體裁則有文、賦、志、傳、記、序、論、碑、銘、疏、考、議、策、書、啓、説、解、辨、頌、誄等。詩集計有五、七言律絶及歌行樂府二百多題數百首之多，題材多樣，内容豐富。

　　黄啓太生當清季民初之際，内憂外患頻仍，社會變動激烈，中西文化碰撞猛烈，新舊思想交鋒不斷，而反映在其詩文中，則皆"獨抒己見，饒有心得，不屑寄人籬下作依附語"(黄搏扶語)。如其《傳言録》,包括審敵、洋務、建都、策兵、察吏、制用等數篇,組成議論國家大計的系列文章,頗有見地。他認爲中國當時面臨的形勢"以東北爲虞",主要在俄國和日本兩國,而"患實心腹","切近之災,惟在日本耳"。他又以爲"洋務之有利於國,當迅圖而不可緩,力求而不可懈",指出"中國之弊在乎虚慕富强,不明次第,以致茫然無把握",認爲"重洋務,首在興學校,舉人才","宜預儲十年之蓄,廣置數輩之才,圖其可成,求其可繼,持之以漸,守之以恒"。主張"去無用之兵以省費,乃能策有用之兵以得力"(《策兵篇》);以爲"察吏與制用相爲表裏"(《制用篇》)。對貪官污吏尤爲深惡痛絶,指出貪官污吏的顯著特點是"以要結上官爲故智,以侵漁百姓爲恒情",應用重典嚴加懲處,"與叛逆同科"也"非過嚴"。在文學上,他的主張較爲融通,反對"侷方劉派",作詩反對"區唐宋界",而他自己爲文,立論有據,論據博贍,馳騁才情,詩則"奇麗清雄靡不有"。

由於没有其他版本可供參校,我們僅對文中一些引語錯誤進行修正並注釋於文後;而對刊刻中出現的一些錯别字,則直接予以改正,依凡例加( )附原字後。原脱漏者,能補則補,否則以□表示。詩文中作者夾注,仍以小字形式保留於原處。總批仍置文末,用另體字排印,眉批則以單行小字置於相應正文之後。

編　者
二〇〇八年八月三十一日

圖書在版編目(CIP)數據

逸翰樓詩文集／(清)黄啓太著；陳忠義，林興中點校. —北京：商務印書館，2018
（泉州文庫）
ISBN 978-7-100-15755-1

Ⅰ.①逸… Ⅱ.①黄… ②陳… ③林… Ⅲ.①中國文學—古典文學—作品綜合集—清代 Ⅳ.①I214.92

中國版本圖書館CIP數據核字(2018)第015028號

權利保留，侵權必究。

責任編輯　閻海文

特約審讀　李夢生

逸翰樓詩文集
(清)黄啓太　著

商務印書館出版
（北京王府井大街36號　郵政編碼100710）
商務印書館發行
山東鴻君傑文化發展有限公司印刷
ISBN 978-7-100-15755-1

2018年4月第1版　　開本 705×960　1/16
2018年4月第1次印刷　印張 17.75　插頁 2
定價：90.00元